蔚蓝自选集

批评视域中的思情与识见

蔚蓝 著

中国社会科学出版社

图书在版编目（CIP）数据

批评视域中的思情与识见：蔚蓝自选集／蔚蓝著 . —北京：中国社会科学出版社，2015.6

ISBN 978 – 7 – 5161 – 6394 – 8

Ⅰ.①批… Ⅱ.①蔚… Ⅲ.①中国文学—当代文学—文学评论—文集 Ⅳ.①I206.7 – 53

中国版本图书馆 CIP 数据核字（2015）第 146980 号

出 版 人	赵剑英
责任编辑	刘志兵
责任校对	周 昊
责任印制	李寡寡

出　　版	中国社会科学出版社
社　　址	北京鼓楼西大街甲 158 号
邮　　编	100720
网　　址	http：//www.csspw.cn
发 行 部	010 – 84083685
门 市 部	010 – 84029450
经　　销	新华书店及其他书店
印刷装订	北京君升印刷有限公司
版　　次	2015 年 6 月第 1 版
印　　次	2015 年 6 月第 1 次印刷
开　　本	710×1000　1/16
印　　张	24.5
插　　页	2
字　　数	414 千字
定　　价	86.00 元

凡购买中国社会科学出版社图书，如有质量问题请与本社联系调换
电话：010 – 84083683
版权所有　侵权必究

目　　录

自序 …………………………………………………………（1）

视域一　当代批评场域中的识见与思考

城市文学的二度空间 ………………………………………（3）
海味文学的小家子气 ………………………………………（7）
革命历史小说的书写与叙事者的身份和立场 ……………（12）
二十年中国小说：艺术典型的弱化与缺失 ………………（23）
论新闻媒介与文学的互动关系 ……………………………（34）
面向长篇小说：思考与批评 ………………………………（41）
撤退：当下文学创作的一种姿态 …………………………（46）
小说的字里行间 ……………………………………………（52）
"底层文学"：一个太多预设的话语链 ……………………（57）
缺失群体特征 ………………………………………………（65）
汉味：一种文学风格的审视 ………………………………（68）
非主流创作与热播影视剧 …………………………………（70）
舞台视觉艺术的边界 ………………………………………（75）

视域二　文学批评与认识论视野

文学批评的现实态势与显在的危机 ………………………（81）
文学批评的当下功用与批评学科的建构转型 ……………（87）
批评的时疾：失语与失信 …………………………………（97）

天窗亮话
　　——关于批评的随想 ………………………………………… (99)

视域三　地域视野中的文学态势

文化的根基与文学的发展
　　——新时期湖北文学话题之二 ……………………………… (105)
均衡圈掣肘湖北文学发展的阻滞机制 …………………………… (115)
九十年代:湖北作家创作纵横论 …………………………………… (122)
武汉作家近期创作纵论 …………………………………………… (143)
湖北文学:回望中的思考与期待 …………………………………… (150)

视域四　历史小说叙事范式的探寻

重组感性的历史空间
　　——评二月河的长篇系列小说《雍正皇帝》 ………………… (161)
海峡两岸历史小说创作比较阐释 ………………………………… (169)
穿越历史空间的审美气度与理性精神
　　——论熊召政的长篇系列小说《张居正》 …………………… (183)

视域五　非虚构文学的理论建构与言说

报告文学:创作与理论研究的思考 ………………………………… (197)
报告文学:时代的纪实与思考
　　——评徐迟报告文学奖获奖作品及报告文学发展走势 …… (204)
中国本土化的乡村实践与理论研究实证
　　——评《中国乡村妇女生活调查——随州视角》 …………… (211)
新媒体时代报告文学的发展路向 ………………………………… (217)
激情书写来自最底层的感动
　　——评寒青的报告文学《大巴山的呼唤》 …………………… (220)
来自大山深处的文学纪实
　　——评王伟举的长篇报告文学《汾清河的儿女们》 ………… (223)

视域六　面对当代作家的批评阐释

陆星儿和她的当代女性 …………………………………………（229）
方方创作论 ………………………………………………………（239）
邓一光小说创作论 ………………………………………………（257）
老城的小说 ………………………………………………………（264）
叶梅的小说世界 …………………………………………………（268）
论华姿的创作 ……………………………………………………（274）
牛维佳的小说创作 ………………………………………………（284）
体认中国经验的文学阐释
　　——张炜介入中国经验的两种书写形态 …………………（287）

视域七　现在时的文本叩问与解读

深套在甲胄中的奋进
　　——浅评王英琦的《姑娘过了三十一》 …………………（297）
山的壮歌
　　——黄风显《赶山》略谈 ……………………………………（302）
生命之船从江南小镇启程
　　——评徐迟的长篇小说《江南小镇》 ……………………（304）
方方近作印象
　　——读《祖父在父亲心中》《一波三折》 …………………（309）
小说内涵的多向度空间
　　——评铁凝的小说《对面》 …………………………………（313）
北方海的文化意蕴
　　——关仁山"雪莲湾风情"系列小说谈 …………………（317）
直面生活的沉疴
　　——读刘醒龙的新作《去老地方》 …………………………（320）
理性观照下的小说阐释
　　——评池莉的中篇近作《云破处》 …………………………（324）

历史理性的审美观照与阐释
  ——论方方的长篇小说《乌泥湖年谱》……………………（328）
历史与文化语境中的家族叙事
  ——评张一弓的长篇新作《远去的驿站》………………（337）
城灯光照下的尘世意象
  ——评李佩甫的长篇新作《城的灯》………………………（340）
社会矛盾的日常化降解
  ——评苏童的《人民的鱼》…………………………………（344）
个体民间意识观照中的历史叙述
  ——评周大新的长篇新作《战争传说》……………………（347）
寻找和思考最宝贵的失去
  ——评姜戎的长篇小说《狼图腾》…………………………（351）
神话原型与原始生命激情
  ——评李传锋的中篇小说《红豺》…………………………（355）
城市历史记忆的个体言说
  ——评方方的长篇小说《武昌城》…………………………（361）
贯流于岁月之川的江河湖
  ——读刘继明的长篇小说《江河湖》………………………（365）
理性：烛照生命的暗河
  ——评唐镇、刘工的长篇小说《同一条河》………………（368）
风，穿越细致，覆盖辽阔
  ——读王芸的散文集《接近风的深情表达》………………（372）
向着生命的长旅
  ——读范春歌的散文集《天歌难再》………………………（375）
现实的农村，真实的农民
  ——评王建琳的长篇小说《迷离的滚水河》………………（377）

跋 …………………………………………………………………（380）

自　序

这部自选集，在我，可以说是对自己的一次近乎终结性的清点。

自选集关涉到学术人生和个体生命的历程。选择、汇集的这些文本展现了我之所以成为现在的我的成长过程，以及个人身份的建构，这是一次漫长而又不断地在汲取、选择和思考中进行着建构的学术长旅，也是一路承载着记忆，有着愉悦、惶惑与痛感的生命的长旅。而学术与生命的不可分离性就在于，学术贯穿在生命的过程中，是在个人的自我感觉中不断地修正和确认着自身的方向与学术定位，也是在生命的流逝中日渐沉积而显现出丰厚。尤其是存在着个性品质差异的生命，又会将那些带有个人主体性的思情细无声地渗透到学术中去，形成带有个人特征性和范式性的思维定式和学术风格，使学术显示出生命的品质与蕴含。因而编选自选集，便呈现出梳理自我的学术轨迹，重返时间序列去回望前尘的二重意义。

集子中的这些文本，留有我曾磕磕绊绊走过的学术追求的印痕，也会让我的记忆和检视视点回到30年前，我最早选择做文学批评的时间点上。成为大学教师算是开端，但真正的起点应该是1984年去上海复旦大学学习，正是这次进修，决定了我以后读研的专业选择，以及所从事的研究方向，即将当代作家、作品批评作为自己的选择。这也可说是选择了我的学术人生和与此紧密关联的个人命运，奠定了日后我去做文学批评的基础。在那一年的时间里，我不仅聆听了蒋孔阳、李泽厚、朱立元、陈思和、吴立昌、吴中杰、戴厚英等一批名师名家的授课与讲学，又恰逢赶上1985年的"方法论"的潮流，使我开始有意识地注意到文学批评的方法问题，尝试用新的方法去研究作家作品，第二年我在《小说评论》第一期上发表了论文，继后在《文艺报》和《光明日报》发表文学评论文章，就此走上了我的文学批评之路。

当然，看似是外部的原因催醒了我对自己学术方向选择的自知，而实际上，起着决定性的前置因素，全然是因着自己从小对文学阅读的热爱。小时候，三天两头生病，几报病危，把父母的工资都花在看病住院上。买书、借书是父母对我生病的安慰和奖赏，看书常常忘乎一切。生病和后来因"文化大革命"上不了学的日子，阅读也就漫无边际。三年级之前囫囵吞枣地读完了家中书架上大量的民间故事，对《百鸟衣》《娥并与洛桑》《召树屯》《热比亚与赛丁》等叙事长诗留下很深的印象。读完了安徒生全集，其后是鲁迅的小说，《青春之歌》《红旗谱》《红日》《太阳照在桑干河上》等当代作品，还有《钢铁是怎样炼成的》《日日夜夜》《牛虻》《白痴》等。后来成了图书馆的常客，由于借书太频繁太多，管理员允许进书库自己去选。这样的阅读带动着我内心的激情，更有穿心而过的撼动，文学就这样融进了我的生命，一点点培育了我文人的性情，更重要的是积累了我的阅读经验，使我有了充足的文学阅历，提升了我对文学的最基本的审美鉴赏力。喜欢阅读成为我后来从事文学批评的一种原动力，这动力强大而持久，并将这种热爱一直延续到今天。即使是后来那种不一定有审美愉悦的职业性的阅读，于我也并不感到厌烦，仍会坚持读完并且做出自己的分析判断。

所有的自选集都可以看作是个人生命和学术个性的展现范式，但这种范式特征也会呈现出阶段性的特点。若以时间按序排列，可以在前后彼此的参照中看到一种发生在文本内部的变化，这其实也意味着批评者自身正在发生着的一些变化，诸如学术视野的变化、思考范式的嬗变、小说理论和批评观念的更新，以及对文学认同范式和批评书写范式的改变，这些发生在批评主体身上的变化，直接地影响着批评文本的书写策略和研究模式，从些微的变化中可以看到自己的一种成长，也意味着自己在学术研究过程中的一次次蜕变。

在这些分散性的批评文本中，让我，也会让读这本书的人看到我所经临过的不同的时代印迹，以及整个学术语境的变化，20世纪80年代的豪情激荡，90年代的商品化潮流，新世纪文学的分化和衰微，等等。而与这些时代变化相一致的，则是文学价值观念的变化、小说美学的嬗变、理论资源的更替等。这些变化也造就了带有明显的时代特征的文学批评范式，在我也不会超然物外，批评文本也会被语境化。但这种多少有些让人无法从容应对的时代的急速变化，恰恰不断地为研究当代作家与作品提供着新的批评视域，也会逼迫自己在思考上不断地去进行升级。

返视观照这些已经成为过去时的批评文本，已有了一种陌生感，甚至有些已经被我自己淡忘了。的确，这其中的有些文章如果以"此在"的学术标准、判断尺度与接受预期去进行框定评判，可能是有些浅露，有种时过境迁之感。但对这些自己学术成长期的批评文本，我依然会珍视，因为这是我学步时的印痕，也是生命的印记，是对我以往生命的另一种形式的永存的纪念，也让我借此可以重新回到特定的"彼在"场景中，在向往昔历史的延伸中去解读旧作，重拾过去曾有过的感受与感动。尽管岁月流逝，书中的一切，仍然体现着一种最本真的述说，它们出自我的眼睛、我的心灵，出自我当时所能感悟的一切，尤其是其中贯流着的生命的激情和文字表达上的华彩，在今天，我已无法在文本批评中去重现和复制。

出自选集为我提供了一次检视自己学术成果的机会，其实我更愿意将它看作是对自己的生命轨迹的一次梳理。在今天的视点上去审视观照，不论这些结果是否达到了最初我在学术上对自己的期待，我都会心存感激，因为这本文集让我的生命有迹可寻。

视域一
当代批评场域中的识见与思考

城市文学的二度空间

一般地，表现城市生活的文学所构筑的城市现实的生存空间，都具有相似相近性，单位、高层楼群、立交桥、广告牌、公园、购物娱乐场所，以及显示出城市文化身份的人群等，这些极突出的城市标记或城市意象，似乎传达出一般读者对城市文学的普遍期待和认同。但从阅读分析中，我们会明显地觉察到，文学文本除了提供城市现实生存空间外，还时时提示着另一种空间的存在——作家的文化心理空间。这种空间或与城市的生存空间相包容、相协调；或与其相拼接、相间隔，体现出不同的把握、观照城市的观念和方式，并由此形成了小说文体和文本之间的差异。这为研究城市文学展示了不同的层次和深度，也使我们有理由认为：城市文学批评的目光要穿越题材和主题，深入到作家的认知结构、思维模式和美感经验中去，这样才有可能在更深一层的意义上去把握城市文学的特质。

实际上，相当一部分提供城市生活文本的作家在文化心理上却体现着城乡复合型的特质。他们曾在乡村环境中感同身受着农民的生活方式、文化心理和道德习俗，形成了自己的感知形态、文化心理和情感经验。城市作为人类文明的最后归宿，使他们义无反顾地告别了出生、成长的乡村，投入城市的怀抱。他们取得了城籍，而且很难也不可能再离开城市重踏回故乡之路。但乡村生活方式的特点、传统和准则却仍影响着他们在城市的文化活动，他们的血脉和乡村文化母体一脉相通，以至他们身在城市多年，心灵却并未完全适应城市环境，城市生活往往被视为消磨鲜活生命的稳定完备的循环圈，在城市狭小而喧嚣的空间，唯有乡村记忆是无限开放的，他们需要在乡村记忆中寻找一种心灵的补偿与还原。这种文化心理空间与城市生存空间既互涉又阻隔，因此在文学中，他们容易进入物质的城市，却不一定能完全进入城市文化和城市精神的深层结构。在创作思维中，城市常潜在地成为理想化乡土的对立面，总有一种有形的对立关系存在，这或体现在主人公与生存环境之间，或体现在与城市配偶的关系中。在情感上、道德倾向上他们都更向着自己首属的乡土群体，对自己首属社群的文化模式在城市中的解体而生出种种惆怅与眷恋。在一些作品中，常能让人感到城市中的新乡村移民对城市生活的厌倦和人格损失。他们被迫放弃习惯，放弃他们奉为做人训诫的东西。面对城市他们总是心存自卑，又反生强烈的自尊去争取自己的地位和生存空间。因此，在主题、人物的选择上往往体现着趋同趋近性，着力表现由乡村农业文化向现代城市文化的转换过程。表现乡村人格类型立足于城市所做的另一努力，像引起文坛注目的刘震云的《单位》《一地鸡毛》中的小林，张宇的《城市逍遥》中的鲁风，郑彦英的《下亦难，上亦难》中的李先明、罗斌，陈映实的《下个星期天》中的司汉哲，等等。从这些人物身上，也能让我们把握到创作主体的深切体验和认同。这说明，生存的社会文化环境对生存观念的形成，对个人的文化需求和价值体系的形成，确实产生着重要影响。正由于他们与现代城市之间缺乏一种天然的心理和感情上的联系，所以他们对城市既拥抱又反抗，既亲近又疏离。

作家的这种文化心理的时空背景，往往也影响到他们的小说文体。从文本分析中我们可以大致把握住其总体面向。他们的小说在文体特征上显出较为平稳的特点，对城市生存空间的描述，多采用平面的历时性的呈现，基本顺应了生活的时序，尽管有时打断了情节链条，重新进行了组接，但仅是在同一叙述平面上变换了前后位置，仍然体现着生活过程的有序性，这和多数作品叙写主人公努力立身于城市的过程达到了一致，也由此而注重于对生存困窘和生存现象层面的具体写实，形成了细致铺陈的叙述模式。

所以，题材的选择并不能完全说明文学类型，我们更应注重的是作家如何把握城市，并使其获得文学具体化的过程。尽管目前对城市文学的界定并不明确，但在这种文化心理空间里进行的对城市生活的文学实践，显然距真正意义上的城市文学还存在着距离，属于一种转型中的文学类型。

相对地，目前在文化心理上离城市距离最近的多是20世纪60年代前后出生的城市作家。城市，作为他们的出生成长地，为他们提供了一种接受现代城市文化的自然过程，城市的社会基础、结构特征及城市所沉潜的心理机制无处不在地对他们施加影响，使他们天生具有了现代的城市感。

和上一代生长在城市的作家不同的是，旧城市文化的内核中更多地体现出与农业文化内在的同一性，城市所提供的物质世界、文化背景对人的行为规范和心理状态的刺激与影响也远不如现在那么突出。尤其是上一代城市作家，也包括后来的知青作家，在个人生活和情感经历中多有过与乡村文化相融的历史，他们的城市文化品格都不同程度地有所消解，在对城市的感觉中，多少已潜在地存在着一种文化的间离感。而这一批青年作家却完全是被日趋现代化的城市所塑造起来的自身类型，特别是近些年来的改革与开放，带来了新的生活节奏、生活方式和文化模式。中西文化的撞击，也最早在处在开放前沿、同时又拥有自身文化优势的中心城市荡起回响。人们面前开放了更开阔的思维空间，文化意识出现了多元并存、多元整合的局面，这种崭新的城市环境给这一代青年作家提供了各种条件和便利，使他们能在最大范围内通过各种行为方式发展其个性心理素质，在文化心理和创作视角上，他们与城市之间不存在间离感。因此，从自己所生存、所熟悉的城市生活背景中来寻求创作题材，并加以城市化的艺术表现，实在是一个极为自然的过程。

作为城市生存空间造就的人格类型，他们并不过分地注重城市文化和城市情境中较为自觉的方面，如城市特有的人文景观、无孔不入的现代传播媒介等城市标记，去叙写意义过于裸露的城市。而往往以敏锐的城市知觉度去感应城市文化和城市心态中非自觉的方面，那种无时不在、无以名之的城市氛围和感受、城市心理和情绪，去捕捉城市物象背后那些更耐人寻味的东西，这似乎更切合现代城市文化的深层意蕴和现代城市人心态。张辛欣的《清晨，三十分钟》，完全是以城市人心态完成的北京街头写生。从头至尾的骑车人赶着上班的情景，倒是真切地体现出城市的感觉和城市的生活节奏。赵玫的小说提供的对世纪末城市人情感与心理体验的层次与深度，一种对城市氛围的自由而独具个性的感觉；王朔笔下的顽主们身上所表现出的无拘无束、俨如城市主人的自在心态；徐星的城市系列中所描述的在都市人海之中浮游着的精神上的流浪感与漂泊感，一种动摇和无所适从的情绪；以及在刘索拉等人作品中所共有的现代城市人的孤独感、焦灼感、困惑感和无言的躁动不安……尽管笼罩着他们作品的这种典型的现代情绪，在中国的城市生存圈中并不普遍，但却已涉及世界发达城市所共有的人类命题了。所以从整体意义上他们所着力体现的是特定的城市环境对城市人文化心态和精神气质的渗透和影响，是现代城市人精神与情感的窘境。

　　正因为生长在城市多元繁复的结构系统中，适应着不断变动、发展的城市环境，以至他们对城市文学实践的特征也在随之变化。在小说文体上他们求动不喜静，刻意寻求着对传统的突破和超越，不同程度地体现出文体实验的特质。他们风格迥异于传统的文体，不仅是一种小说技巧的新变，而且也是他们的思维方式和感知方式的外化，是个性特质和自由心绪宣泄的形式，显示出创作主体深处的城市文化结构。在他们作品中常见的共时性多层立体的结构，使情感意绪、心理流程以及多元开放的城市生活得以充分的展现，而对故事、人物采用多重角度的叙述和进行多向度的求解，既丰富了表现手法，也使作品具有了更耐人寻味的不确定品格。赵玫小说中穿插内容各自独立的幕间曲的形式，正和城市多重立体的空间结构相一致，有如城市中挨肩比邻的一座座大厦，彼此并无干系，却构成了城市的总体气势。刘索拉流动的文体，借助于"音乐，这一最情绪化而又抽象化的艺术"，"成为表达此种荒诞体验的最佳形式"[①]。方方、徐星、刘毅然、王朔对城市生活调侃、谐谑、嘲弄的幸灾乐祸的文体，张辛欣较早使用的口述实录文体，方方利用反讽语言形成的独特的语境效果等，都反映着这批青年作家相当自由的城市人心态，以及对传统束缚的抗争和舒展创作个性的追求。他们不顾及种种规范是否允许，只是按照创作主体的需要，在小说文体和语言中不断尝试、创造着新的城市编码形式，从而在艺术世界里获得了相当大的自由度。

　　显然，这一批青年作家在对城市生存空间的文学实践中占据着文化心理上的优势，这使他们的创作更自觉、更主动地体现出城市人与城市、作家与城市之间的对应关系，使他们能自如而深入地穿越城市景观，透析城市的内核。这不仅从创作角度提供给我们一个启示，而且也预示着城市文学发展的一种必然。

原载《文学自由谈》1992年第4期
《文论报》1993年2月13日4版转载

[①] 黄子平：《青春的骚动和不安》，《当代作家评论》1989年第1期。

海味文学的小家子气

作为小说的文化背景的存在，上海滩具有它无可估量的厚重底蕴和阔大的容量。这不仅由于这座城市的身世使它最早具备了现代都市的气质，最容易为现代意义上的城市文学提供都市意识，而且它自身有别于沿海和其他内陆城市的独特气度和风采，也难以融没于沿海文化和都市文化的大背景中。

所以，新时期的上海文学，完全可以借助于这种无法混同的大都市文化特质而凸显它的海味，使其雄踞东南一隅。但事实是：在如此大背景中滋生的海味文学并不开阔自如和具有大都市气度，相反却透出它的局促和小家子气。尽管近年来，呼唤上海文学走向大气的呼声甚高，但这似乎并没能使作家具体"走"的步幅增大，这中间到底存在着什么障碍呢？这确实是值得我们去深入探讨的话题。

明显地，新时期文学中的海味文学主要体现在市民文化形态中。这种文化形态呈现出它的两极，主要在题材走向上显出其文化归属，一是前资产中产阶层，另一是弄堂里的市民生存圈。着力于前一地界开掘的首推程乃姗，追求海味在她的创作中似乎从一开始便成为一种自觉。《蓝屋》是她较早的一篇产生过较大影响的作品，它不仅给程乃姗带来了声誉，而且也给与海味文学生疏了许久的读者留下了新时期海味文学复归的最初印象，这种印象经她后来的《女儿经》《当我们不再年轻的时候》等一系列作品而进一步拓深。如果说京味小说给读者的突出印象是它的世俗品位，由此而在作品中经常出现的小胡同里的庸常之辈、天桥市井、大杂院、遛弯儿找乐、谐趣的京片子嘴，还比较形象地把握住了京味的文化蕴含的话，那么，程乃姗小说中所显露出的特殊的上海文化形态却造成了内陆读者对海味文学的片面解读。于是她作品中常有的花园洋房、高级饭店、名牌老铺、西餐大菜、家庭派对、风度教养等，便似乎成了海味文学的例证，而由这些与前资产中产阶层的家庭故事稍加整合便形成了她小说中某种特定的上海味的表达方式。当然，客观分析起来，读者阅读中对海味文学总体把握的偏离，其中确也存在着一种潜存的阅读印象的联结。这既有旧海派文学中对享乐消费的大都会形象特点的多种描绘，也有来自《子夜》《上海的早晨》这些都市文学的鸿篇巨制中所描写的都市景观的印象。尽管后者尤其在茅盾的作品中，那种五光十色纷繁的都市情绪节奏，仅只是作为一种都市文化的载体，它所传递出的是更深层的社会政治内容。但由于这些作品中的人物历史在经过时间和社会变动的断裂之后，恰又在程乃姗的笔下被重新续接，并且由于程乃姗文学意识的某些偏重而使这一特殊层次的消费享乐特征凸显出来。读者很容易着眼于这一层面去唤起潜在印象，从而片面地去把握新时期的海味文学。

由于程乃姗描写的这一特殊的生存圈，和一般市民生活有着相当的距离，它的陌生化和上海味不仅满足了一部分读者的好奇和觅旧心理，而且也迎合了部分小市民的享乐心理。同时由于她的小说注重于写家庭故事，具有较强的可读性、消遣性，因此便产生了趋俗、从众的流行价值。她的读者层不一定非常高却相当广，于是她的海味文学模式便在广泛的读者群中沉积下来，反倒淡化了上海滩不同于京城的民俗文化形态具有趋同趋近走向的特点，那就是海味文化的包容性和多元性。

应该肯定，程乃姗对海味文学是有她的贡献的。她对自己最熟悉的那一生存圈的叙写，填补了新时期文学的这一题材领域空白，具有他人所不可替代的意义。但她在对这一类人的整体把握中，缺少一种现代审美意义上的平民眼光，缺少一种博大的入世近俗的人生态度。尽管她的创作正一步步走向现实主义的深入，尽管她自己也清醒地意识到她笔下的这一圈人，已面临着生命力萎缩的干瘪，她为他们的平平庸庸而哀叹，而产生某种惆怅。她不得不在人生的抉择中，让顾传辉走出那座带有殖民地特色的蓝屋；让沈家姆妈的小女儿去选择自己的道路，但她自己却没能在创作的主体意识上真正走出这个圈子。不管在《蓝屋》还是在长篇近作《望断天涯路》中，作为圈子中人的优越感总会在什么地方津津乐道出来。从对这一圈人的风度教养和生活方式的赞赏中，极自然地流露出她的眷恋和偏爱。

可以说，程乃姗的创作突出地代表了海味文学的某种价值取向。程乃姗也好，还是她笔下的人物也好，作为上海民族资产阶级和中产阶级的第三、四代子孙，从小耳濡目染五光十色的都市大场景，大都市旋流的节律早已潜沉地流入他们的生活方式、价值观念、情绪感受以至意识深处。都市不但是他们的生长之地，也是他们的精神家园。他们以都市人的眼光来看都市，虽不一定有现代都市意识，却确有都市意识。这对程乃姗的都市文学创作应是一种优势，至少不会产生乡土文化视角那么突出的对城市的距离感、审丑感。但另一方面也容易以对都市的亲近来容纳都市的一切，包括他们自己也在批评着的都市中的物欲、金钱气息，甚至消费享乐的趣味和媚洋的西崽味。程乃姗的圈子既成就了她，也限制了她。文人圈常有人批评程乃姗小说的"俗气"，这种印象恐怕正来之于此。但如果从本质去分析，这种"俗"虽然体现在程乃姗的主体意识和她笔下的这一圈人身上，但它的深层意识空间却超出了圈外，涵盖了相当一部分的市民心态。

海味文学的另一大宗是弄堂文学。作为城市文化的一种外在表征物的弄堂，不仅凝铸着这个沿海大都市的漫长历史，而且也是市民文化传统最厚实的沉积层。那些密集地拥塞于弄堂中的市民生态和心态，能使我们从某种文化意义上洞察到该城市人所具有的深层心理特征。

近年来，弄堂文学有了很大发展。不少作家沉入狭弄，更多地从审美的视角去观照市民层次。从市民意识、市民的生存状态、市民心态情绪、生存技巧以及人际交往中去深入开掘，注重从都市文化的角度去把握市民心态。涉笔于这一领域的作家不论在数量还是在实力上都占据着相当的优势，其中不少人自身便是都市平民的儿女，他们既熟悉都市生活，也熟谙表现对象的生存状态、文化背景、心态特质。因此，他们很容易用文学的滤网，在四周生活中打捞人情百态和世俗心相，并在作品中得到最细致、最丰富的还原。在我们充分肯定弄堂文学对底层普通人审美的价值的同时，也不能不看到，由于一些作家过于沉入弄堂狭境，使得自己笔下的弄堂生态、心态显得太直观化和本色化，不免流于身边琐事和平常印象。在阅读接受中，上海读者会凭借日常经验去认知它的本色程度，但对外地读者却产生了一定的负接受效应。它可能使文本里在原色的生活图景中所负载着的文化意味，或者对历史、现实的某种思索相对减弱，而凸显裹挟其外的生活载体，于是狭窄的生存空间、拥挤的交通等都市病，以及由此带来的邻里纠纷、小市民强撑门面的虚荣和势利，聪明无大用的精明的生活技巧等，像城市的痣疣一样相当显眼，反倒淡漠了作为中国第一大都市的总体文化背景。海味文学在新时期文学中一直被认为不成大器，这或许也是其中原因之一。

海味文学的这两大类题材，尽管在价值取向上各有不同，但有一点却是共同的，即城市人对城市的依赖和需要。在这个二维平面上，前者着眼于昨天的城市，那是其祖辈们的辉煌，呈现着一种怀旧的创作心态，虽然处在今天的现实中，但始终未能走出旧往的精神圈子。后者则更多地感受着现实中都市化、文明化带来的城市病态对人的挤压和异化。他们既离不了城市进化的诱惑，又生出一种对城市的厌倦和精神逃离。海味文学便徘徊在这样狭窄的平面之中，继续着多年来存在着的"车间文学""弄堂文学"这种板块结构的弊病，而没能充分发挥大都市文化的主导轴作用，去构建立体各面的海味文学的共构体。

因此，不管是弄堂文学还是蓝屋文学，虽然都表现着大都市生活，但这都还不能算现代意义上的海味文学。按我的粗浅理解，所谓现代意义的海味文学在总体的价值取向上应体现出这种特色：它要显示出大都市特殊的文化身份，既展现出较为稳定的都市文化的传承性，又更多地表现城市在流动中，受到内在和外来的多种文化力量与现代技术力量的冲击而显现出的多元性、复杂性和多边性。都市外在景观的叙写将不再是凸显海味的重要手段，而主要是通过对现代都市人的叙写而滤出其时其地的都市气息、都市内在品质和精神特质，着力于都市人面对着急速变化着的多维立体的城市现实，面对着城市多种生活方式和丰富的价值标准的选择，而在不断调整中的思考方式和行为模式。

不过，要使海味文学跃上一个高层面，就必须调整和改变陈旧的对都市生活的认知方法。我认为，目前海味文学在价值取向中出现的某种失落，主要产生于作家对都市认知方法上的缺陷。正如文章开头曾提到的，在中国城市文明的总体构架中，上海以其特殊的开放的文化气质而难以融没其中，这种特质本身就决定了感知方法的特殊性，而我们恰恰在这一点上没能给予足够的重视。以为阻碍了海味文学突破的仅是对题材疆域的拓展还不够，仅是由于沪上优秀作家对自己脚下的土地打下的钻头还不深，常常将视野越过这片海滩而汇入大时代的文学潮汐中。于是大家呼吁拓宽题材，紧紧咬住上海滩。怎样咬住呢？感知上海这么一个大都市，我们的作家仍旧使用着传统的感知方式：以知觉的敏锐触手去感知它，以生命的有限体验去理解它。因此，不论是程乃姗对前资产中产阶级的感知，还是对弄堂生态的描绘，基本上都是采用的这种生活其中的、近距离的、凭借感觉和心灵体验而获得的。由于这种感觉和体验融有较重的情感因素，极易产生对对象的亲近性而使其浸润在各自所处的都市圈子的外在氛围中，这便产生了对蓝屋里心迹人情的细微体验，也有了对弄堂琐碎的生活毛刺的细触感觉。实际上，近些年都市的发展已不是仅凭感觉和生命体验所能把握的。都市穿越在立体多维的空间中，人们越来越与土地隔离，而与空间亲近。格外强化了的空间意识，使挨肩比邻的现代大厦向高空耸起。城市被它的子民所塑造，反过来城市也塑造了它的子民，愈来愈立体化的都市不断修订着他们对都市的认知方式和审美经验。海味文学要靠具有自觉的都市意识的都市人去发展，把握上海需要有多重立体的视角，从哲学或文化的高度俯视，穿过表层的都市景观和层叠的海味文化层，去透析都市的内核及深邃的人文内涵，抑或在仰视中把握上海在浩大的全球空间中的地位和昭示它的未来。总之，调整我们目前对都市的认知方法，这或许能为海味文学的发展创造一种新的可能。

原载《文学自由谈》1990 年第 3 期
人大复印报刊资料《中国现代、当代文学研究》1990 年第 9 期全文转载

革命历史小说的书写与
叙事者的身份和立场

书写近现代中国革命历史的小说,在中国当代文学的创作中一直占有很重要的地位。革命历史小说主要是指在既定意识形态的规限内的历史题材小说,以既定的中国革命历史为创作题材,挖掘和再现了中国革命的历史记忆,书写中国革命的曲折历程和最终取得的胜利。

这一类的小说,后来一般被称为"革命史小说"。作为文学史的命名,"革命史小说"是有其特定的旨意的,是当下人们对20世纪50—60年代主流小说创作的一种集体命名。而对90年代以降同样也涉及近现代中国革命历史的长篇小说,却很少会有人用"革命史小说"去进行称谓,而是更看重个体创作的特性,在叙事内容上更多的是用"家族史"、"民族秘史"来说事。尽管都涉及写革命、写历史,但对中国革命历史的文学书写明显地存在着历史和时代的限定性和差异性,读者的阅读接受也有着不同时代语境和认知观念上的相异性。究其原因,除却中国社会政治历史语境所发生的巨大变化外,也与小说书写者的身份与叙事立场所发生的一系列的变化有关。在这些不同视点的文学阐释中,都充分地体现着书写者不同的对革命和历史理解的合理性,以及在不同的时代背景下所呈现出的文本的审美价值。

一

对中国革命历史的文学叙事,第一次创作高峰主要集中在20世纪中期。1949年新中国成立后,在全国范围内,曾经出现过一个创作长篇小说的高潮,出版了一大批后来被认定为"红色经典"的革命史小说,构成了这一历史线段中最繁盛的创作景观。这些有关中国革命叙事的作品主要有：袁静、孔厥的《新儿女英雄传》，碧野的《我们的力量是无敌的》，杜鹏程的《保卫延安》，知侠的《铁道游击队》，曲波的《林海雪原》，杨沫的《青春之歌》，冯德英的《苦菜花》，乌兰巴干的《草原烽火》，雪克的《战斗的青春》，刘流的《烈火金刚》，梁斌的《红旗谱》，陆柱国的《踏平东海万顷浪》，冯志的《敌后武工队》，李英儒的《野火春风斗古城》，李晓明、韩庆安的《平原枪声》《破晓记》《风扫残云》，袁静的《红色交通线》，周立波的《暴风骤雨》《山乡巨变》，柳青的《创业史》，罗广斌、杨益言的《红岩》，梁斌的《播火记》，马识途的《清江壮歌》，王英先的《枫橡树》，陈立德的《前驱》《翼上》，等等。还有王愿坚的《七根火柴》、峻青的《黎明的河边》《交通站的故事》这类产生过广泛影响的中短篇小说。

  以前多种当代文学史一直沿用了"十七年小说"的概念来框定这一批小说。"十七年小说"的提法，主要体现了时间向度上的限定性，强调了1949—1966年这样一个时间线段。而"革命史小说"尽管在涵盖的作品上与前者是大致重合的，但在时间上更具有开放性，范围可以向前或是向70年代后扩展，是一个更大的时间范畴。对"革命史小说"，现在人们更多使用的是"红色经典"这一说法，一方面肯定了"革命史小说"经受了岁月的淘洗，仍然具有恒久的文学经典的价值和超越时间性的意义。另一方面，"红色经典"也是在大众文化产业增殖的现实中，以一种新的提法对革命史小说进行的再度的开发。不论是"革命史小说"，还是"红色经典"，两种冠名重点强调的都是既定意识形态的规限内的历史题材小说，其关键词是革命和红色。这种刻意强调，恰恰显示出当下社会政治和文化语境所发生的巨大变化。这一时期的小说创作完全是在一元政治意识形态的覆盖之下，为达成既定的意识形态目的而规划了特定的题材和主题，其文学接受也是统一的价值取向。而当下则是在一个多元文化多种话语的共生共存的社会格局中，因此，凸显这一类小说的红色身份就成为区分不同类型小说的需要，也成为时代话语的表征。

  对"革命史小说"的理解，要从支撑它的两个支点——革命和历史着手。从"革命史小说"这一术语来观照革命的内涵，首先是体现在作品中的政治意识形态，这可以从作品主题的革命性，对革命英雄精神的弘扬，以及所传输的主导思想和价值观念上去加以考察。像《新儿女英雄传》由冀中白洋淀青年农民牛大水、杨小梅在抗日斗争中的觉醒和进步为主线，谱写了冀中新儿女的英雄传记。《保卫延安》通过延安保卫战的几次重大战役，体现了党中央和毛主席的战略部署与英明决策。描写了我军为保卫党中央、保卫毛主席、保卫陕甘宁边区所进行的浴血战斗，凸显了英雄连长周大勇的英勇事迹。《铁道游击队》描写的是活跃在百里铁道线上的一支抗日队伍。他们扒列车、截弹药、毁铁路、炸桥梁，给予日伪武装以沉重打击。《林海雪原》真实地书写了在东北林海雪原人民解放军进行的一次次艰苦的剿匪战斗。《青春之歌》以林道静的成长，诠释着20世纪中国知识分子命运的根本性问题。从个人对封建家庭的背叛与反抗，到谋求民族和阶级的解放，由一个小资产阶级的知识分子，蜕变为一个彻底的革命者，涵盖了一代中国知识分子所走过的道路。《苦菜花》表现了一位普通的母亲在阶级矛盾、民族矛盾的尖锐冲突中，由革命的同情者成长为革命者的过程，反映了母亲及家族成员在抗战与革命中的种种经历，以及血亲关系中的爱恨情仇。《红岩》中的江姐、许云峰等共产党员在被捕后受尽折磨而不屈服，在渣滓洞和白公馆集中营极其残酷恶劣的条件下坚持斗争，始终坚持共产主义的信仰和革命理想到生命的最后一刻。乌兰巴干的《草原烽火》主要描写了在中国共产党的领导下，蒙汉人民对日寇统治下的封建王爷所进行的艰苦卓绝的斗争。《战斗的青春》表现了1942年"五一"反"扫荡"时期，滹沱河边枣园区遭受日寇烧杀和叛徒内奸的重创后，新区委书记许凤和区小队长李铁等英雄人物，在血雨腥风中坚持进行着不屈不挠的斗争。《踏平东海万顷浪》描写了解放军解放一江山岛的战斗。《敌后武工队》《烈火金刚》《野火春风斗古城》《平原枪声》等，都是写抵抗日本侵略者的斗争，仍然是以绝对的革命主题来展开小说叙事。

  历史和革命是关联在一起的，革命史小说对历史的选择是有限定的，讲述的是既定的历史题材，通过再现历史场景肯定了革命的正确性。这种有规定和限制的对历史的表述，一是由于社会的主流意识形态所决定，二是因为作者特殊的身份。作为中国革命的参加者和亲历者，他们对革命有着强烈的认同感，选择革命历史为叙述主题就成为一种必然。尤其是表现自己所参与和熟悉的革命战争生活，就成为这一时期创作的主导潮流。革命史小说的叙事对象基本是顺应着中国革命的历史发展过程来进行选择的，比如反映北伐的陈立德的《前驱》，以1931年九一八事变，到1935

年"一二·九"运动这一历史时期为背景的《青春之歌》，描写了一批爱国进步青年的成长与分化，以及他们在中国共产党领导下进行的革命斗争。而表现抗日战争题材的作品很多，有《新儿女英雄传》《铁道游击队》《敌后武工队》《烈火金刚》《野火春风斗古城》《平原枪声》《草原烽火》《苦菜花》等，表现的都是中国共产党领导下的抗日斗争，基本不涉及国民党抗日的正面战场。而表现解放战争的长篇小说有《保卫延安》，这是我国第一部大规模正面地描写解放战争的小说，真实地再现了西北战场延安保卫战中几次著名的战役。随后是《红日》，描写了华东野战军由战略防御转为战略反攻的战斗历程。《林海雪原》写解放战争后期在东北大后方的剿匪战斗，《暴风骤雨》写了土地改革，《创业史》写了农业合作社等。革命史小说对历史题材的选择和对历史的叙事重构，呼应了时代的意识形态的要求，也成为对广大人民，尤其是对青少年进行革命历史教育的教科书，在潜移默化中完成了一种对中国革命历史的认知，由此构成了一代读者的革命史的集体记忆。

在这类小说的书写中，革命是被作为预设的前提存在的，强调作品主题的革命性，以及所传输的主导思想和价值观念，还有对革命英雄主义精神的弘扬。在很长一个时期里，作家很自然地在这一前提下进行创作，很少有人会就这一前提的合理性进行深入的思考和论证。所以这一类革命历史小说不管是情节、结构或是人物，都已经形成了较为固定的叙述模式，通过再现历史场景肯定革命的必然性，通过讲述革命战争传奇，讴歌革命英雄，充分肯定了中国共产党领导的正确性，并且已经形成了近似公认的文本模式或者说是创作理念上的共识，即革命的先天合法与合理性，以其特定的思想和价值观念，构筑了特定的社会政治语境中的主体意识，这种共识在革命历史小说创作中成为最重要的思想基础，也成为很长一个时期文学话语中心的承载体。

二

涉及近现代中国革命历史的文学叙事，形成的第二次创作高峰是在20世纪90年代中后期以降，出现了一大批具有很大影响力的作品，如陈忠实的《白鹿原》，刘震云的《故乡天下黄花》，邓一光的《父亲是个兵》《走出西草地》《我是太阳》《江山》《想起草原》等，刘醒龙的《圣天门口》,张炜的《古船》《家族》等,莫言的《丰乳肥臀》《红高粱》《檀香刑》,徐贵祥的《历史的天空》,王火的《战争和人》三部曲(包括《山在虚无缥缈间》《枫叶荻花秋瑟瑟》《月落乌啼霜满天》),都梁的《亮剑》,方方的《武昌城》,张一弓的《远去的驿站》,岳恒寿的《娲魂》,何存中的《姐儿门前一棵槐》《太阳最红》,李锐的《银城故事》,格非的《人面桃花》等。对这些在90年代以降出现的,同样在内容上或多或少地牵涉到中国革命历史的长篇小说,现在一般却很少会用"革命史小说"去冠名,而是直接以长篇小说来指谓,或如同我前面所说,有的是用"家族"小说的说法来替代,并不会刻意地将其与"革命史小说"去做连接。对这些小说,人们更多关注的是作家个人的创作特点,以及具体的作品所表达的内容。

　　陈忠实的《白鹿原》时空跨度宏阔,起笔于辛亥革命的历史烟云,而终迄于解放战争的尾声,借关中平原上白鹿两个传统大家族三代人纠结在一起的明争暗斗、恩怨情仇,将中国近现代史上所经临的各种政治大事件都容括其中,展开了中国社会近50年浴血的历史画面。在小说中,家族成为连缀与贯穿历史、文化寓意及作家思考的珠链,以此而显现源远流长的中华民族生存的历史进程,和充满民族精神凝聚力的文化意蕴,其创作基点落在"史"上。以家族的兴衰发展来浓缩中国社会和民族历史的变迁,以当代性的艺术思考去穿透历史纵深,写民族秘史、悲怆国史、隐秘心史,再现历史艰难曲折的延伸与挺进,展示民族文化的深邃与厚重,从而获得了凝重、大气、深沉的史诗性品格。

　　刘醒龙的《圣天门口》是一部百万字的鸿篇巨制,小说叙事同样起始于20世纪初的辛亥革命,而尾声是60年代中后期的"文化大革命"。小说以大别山一个山野小镇天门口为叙事背景,借天门口镇上雪、杭两家几代人的恩怨纠结,叙写了中国近大半个世纪的革命历史。不过《圣天门口》在叙述这段历史时,却是另寻出路,用一种新的个人视角,有意识地突破过去一些有形无形中规定和限制着历史表述的惯有理念,试图打造出不同于以往的占据主流的革命历史小说的文本模式。在小说中,刘醒龙以当代性的思考去穿透历史纵深,以此来探寻被既定的革命史所隐含的被遮蔽的历史面貌,在对革命史所做的新的诠释的过程中,以自己对历史、革命的理解和认知,去还原自己所认定的历史和革命的本真面目。并且探讨在特定的历史环境中,理性人格与世俗人性之间的相互碰撞与冲突，人性在历史的节点上所做出的各种不同的反应，以及个人对历史的发展所具有的作用和影响。

革命史小说对历史的选择是有限定的，最突出的特点就是对阵分明，阶级矛盾双方所处的位置非常明确，作家赋予人物的阶级立场和情感倾向也都十分明晰。但这也同时形成了此类小说模式化的通病，即二元对立的构架，安排阶级对立的阵列，由此形成人物之间的鲜明对立以及激烈的矛盾冲突。而《圣天门口》摒弃了倾向分明的阶级对抗的叙述模式，努力摆脱意识形态的束缚，避免先入为主的、图解式的、概念化的表象叙述，不做简单的是非对错的价值观判断，并且有意识地模糊人物的阶级立场。在《圣天门口》的表述中，革命不再具有先天合法性，而可能变成某些人堂而皇之地实现个人欲望的手段和工具。在革命发生的背后有许多很难说清的原因和动力，或本能的、原始的、自发的，为生存，为恩怨，为利益，等等。刘醒龙是以对人性的观照，去感性地对历史进行着更为具体的一种还原，更多的是去挖掘人物，特别是革命者在大的历史背景和事件中隐蔽的私人的想法和欲望。在小说中，一些人物虽然打着革命的旗号聚在一起，但是却各自有自己的算计，这样的革命队伍与过去革命历史小说中所表现的"纯洁"性和"完美"性相去甚远。这一点也可能正是作家用心良苦之处，在光鲜的革命的外表下深入人物的内心世界，尽量去还原当事人当时的想法，他不提供评判，读者只能以自己的理解和判断去求真求实。

刘震云的《故乡天下黄花》从民国初年写到"文化大革命"，展现了中国半个多世纪错综复杂的历史和社会情境。在"马村"，民国初年村长被谋杀，人们为争夺村长的位置结下世代冤仇，在70年时间里大动干戈，从1940年"鬼子来了"，再到1949年的"翻身"，再到"文化大革命"，更朝换代仍是争斗不断，血雨腥风，只是延续着一些蝇营狗苟的闹剧。小说阐述了刘震云的当代历史观，也用一种反讽的语言解构了革命和历史。

格非的《人面桃花》以辛亥革命为背景而展开叙事，虚构和想象了一段革命的历史，在具体的历史场景中描写了主人公知识女性陆秀米富有传奇色彩的一生。秀米从一个不谙世事的大小姐到不顾一切投身革命的烈女，和父亲"桃花源"式的乌托邦梦想有关，她和父亲陆侃都成为追寻大同社会和世外桃源的追梦人。改造现实民生，实现大同理想，构成了秀米生命和生存的动力。格非认为他写的不是历史，只是个人与现代的关系，他并未刻意地去渲染历史感，甚至一开始是准备把《人面桃花》写成一部地方志性质的小说，但作品却让读者从中领悟到格非把握和构造历史的一种方式，体现了格非对中国百年历史的理解与书写。

何存中的《太阳最红》以富家子弟出身的革命者与旧制度的维护者乡绅之间的斗争为主线，以大别山地区的"黄麻起义"为背景，再现了红四方面军早期10年组建过程中艰苦卓绝的奋斗历史。小说没有选择正面战场，而是以本是同一阶级的大家族成员在革命中形成的你死我活的新的阶级矛盾来重述历史，体现了一种新的历史观和对历史的重新思考。

方方的《武昌城》重现了1926年北伐战争中的武昌之战，但她并不仅仅是表现革命军北伐的历史，而是摒弃了用固有的观念看待历史的方法，把攻城的北伐军和守城的北洋军基本置于对等的叙事中，不是简单地把对峙的双方处理成革命与反革命的关系，她通过主人公重点表现的是双方同样作为优秀的军人所承受的历史和个人命运的苦难，以及内心所曾有过的各种挣扎。在小说中，持续了40天的残酷的围城战役让武昌曾经有过的雄伟的城墙、城门、护城河毁于一旦，灰飞烟灭，方方借小说对今天的人们提示着一种被湮灭了的城市的历史记忆。她也表达了自己的战争观，不论这场战争的合理性和革命性如何，最遭殃的是城中的老百姓。

在对革命和历史的表达上，这一时期的作品显然迥异于前一时期，首先是创作不再是为了达成既定的意识形态目的而受限于规定的题材和主题。在一个多元文化多种话语的共生共存的社会格局中，作家对历史、革命可以进行多视角的观照和不同的理解，在具体的表达上也呈现出多样化的选择。

三

显然，对上述不同历史线段中的有关革命和历史的叙事的罗列，能明显看到二者之间表现出的差异性，这不仅反映了时代和历史的发展变迁，而且也体现了书写者对革命、历史的理解和阐释上的一些变化，而这种变化的主要根源是在叙事者的身份和叙事立场的改变，正是因为叙事立场的不同，才使得有关革命和历史的文学阐释表现出了差别。

有关叙事者的叙事立场，这必须得从作者的身份来加以考量。"革命史小说"的不少作者身份比较特殊，他们首先是革命者，然后才是作者。

最初他们大多不是专业作家，有关革命历史的叙述主要来自个人的记忆，是以革命的亲历者的身份来参与革命史小说叙事的，其中有的人就是自我经历的讲述者。像写《林海雪原》的曲波 15 岁参加八路军，16 岁加入中国共产党。曾以牡丹江军区团副政委的身份，率领解放军小分队数次深入牡丹江一带进行剿匪战斗。小说扉页上的第一句话"以最深的敬意，献给我英雄的战友杨子荣、高波等同志"，就已经让读者坚信不疑地认定少剑波的有些事情是按曲波的经历去写的。曲波一直把自己定位于业余作者，认为"没有杨子荣等同志们的斗争事迹，我是根本不可能写出东西来的"[①]。杨沫 1936 年加入中国共产党，抗战爆发后到冀中参加中国共产党领导的游击战争，做妇女和宣传工作，《青春之歌》写进了她个人的生活和几次情感经历，"林道静不是我自己，但是有我个人的生活在内"[②]。小说中林道静所遇到的几个男性余永泽、江华，在杨沫的情感生活中都有具体的原型。梁斌写《红旗谱》，他就亲自参加过反割头税、保定二师学潮运动，还参加过《播火记》里表现的著名的高蠡起义。《红岩》的作者罗广斌、杨益言，都是老地下工作者、共产党员，是渣滓洞和白公馆集中营的囚禁者中极少数的幸存者，书中许多事件，他们都是目击者、参与者。写《烈火金钢》的刘流 1937 年参加革命，曾担任晋察冀军区第五支队的侦察科长、军区司令部的参谋等职务，所以这一部分作者自身积淀的原生体验，个人的革命经历、现场的斗争经验成为小说创作的主导部分。

正因为作者本身是革命的参加者，所以他们始终表现出对革命的忠诚和热爱，有一种强烈的写作愿望，甚至是一种责任，要将刚刚过去的革命历史记载下来，流传后世，这成为他们创作的原动力。就像曲波认为的"应当让杨子荣等同志的事迹永垂不朽，传给劳动人民，传给子孙万代"[③]。知侠对铁道游击队"有着要表现他们的热烈愿望"，"也有责任把它写出来，献给人民"，"不完成这一任务，就对不起他们，和他们在艰苦卓绝的对敌斗争中牺牲了的战友"[④]。梁斌的《红旗谱》里许多事是他的亲身经历："我决心在文学领域里把他们的性格、形象，把他们的英

---

① 曲波：《关于〈林海雪原〉》，《林海雪原》，人民文学出版社 1977 年版，第 579 页。
② 杨沫：《谈谈〈青春之歌〉里的人物和创造过程》，《文学青年》1959 年第 1 期。
③ 曲波：《关于〈林海雪原〉》，《林海雪原》，人民文学出版社 1977 年版，第 577 页。
④ 知侠：《铁道游击队·后记》，上海人民出版社 1977 年版，第 608 页。

勇,把这一连串震惊人心的历史时间保留下来,传给后代。我觉得这是我的责任。"① 这一类表述在不少作家的创作谈中都可以看到,要将革命的经历写出一部书来安慰死者、鼓励活者、教育后者,这成为革命史小说作家创作的出发点,他们也由此开始并且最终完成了对中国革命的文学叙事。

作为参加这场革命的胜利者,他们有足够的自信和沛然的革命激情,以强烈的责任感和最大的热情,去努力地阐释中国共产党领导的革命的正确性和革命胜利的必然性。所以这一时期的革命史小说普遍是高亢的调子,表达着乐观必胜的信念,叙事充满革命理想主义和革命乐观主义的昂扬精神,以及催人奋进、鼓舞人心的力量。他们的创作活动成为构建新中国主流意识形态的一个重要组成部分。由小说主题和人物的言行所体现的价值观、人生观,曾经建构了一个时代的价值观念,教育和激励了一代人的成长。

而对 90 年代以降出现的涉及近现代中国革命历史的文学作品来说,叙事者的身份和立场与上一代作家则有很大的不同。这一代作家大部分出生成长于新中国成立后,有关中国的革命的历史不是他们个人切身的记忆,他们只能是凭借前人所经临的革命和历史的间接记忆,从载入各种书籍史册的革命史中,也包括上一代作家所创作的"革命史小说"留存于脑海中的各种影像中,形成自己最初的对革命和历史的认知。他们的创作也多是从史册的文本资料中,发现和发掘那些可用的革命和历史的经验与记忆。当然,将这一切转化为新的创作审美资源,他们更需要发挥的是自己的想象力,以当代人的想象去激活革命历史的意象,打造出想象中的历史空间。可以说,他们对中国革命历史的叙事主要是依靠史料和自己的想象来完成的。

方方写《武昌城》,是在研读了大量史料后,对武汉有了更深入的认识,了解到"武昌有城"的历史,从而萌发了写武昌战役的想法。尤其是读到关于武昌战役的资料,主要是围城期间城内人的回忆录,这促使她动笔,即写了现在长篇中的"守城篇"。而"攻城篇"则是因为方方看到了一份武昌战役部分人员的死亡名单和一张北伐战争中女护士身着白衣裙

---

① 梁斌:《漫谈〈红旗谱〉的创作》,《人民文学》1959 年第 6 期。

站在一排的照片①,从而激发了想象,甚至小说中曹渊等人物就来自这份名单,而女护士张文秀可能就是受照片的启发。方方通过想象使一个个平躺在纸面的历史事件和名字,鲜活地在作品中立了起来。

都梁的《亮剑》在人物类型与个性上,在艺术表现、语言风格上,都无不体现出最具个人特性的特点。主人公李云龙是个另类的军人形象,浑身土匪气,霸气十足,又显得很狡黠,鬼点子多,有时不听上级的指挥,看着像个刺头,但他会动脑筋去打仗,常常出其不意,以少胜多。李云龙完全不符合传统的革命史小说中的英雄军人形象,充满了作家对自己喜欢的人物类型的想象。李云龙形象的塑造正是都梁创作个性和特殊的人物叙事的方式的体现,他表现当代生活的《血色浪漫》中的钟为民也是这样一种类型的人物。

特别要指出的是,这一代作家是以一种后世的旁观者和审视者的身份,来参与对革命和历史的小说叙事的;是以当代人的视角去穿透革命和历史纵深,去把握和发现历史的新的意味的。他们视野开阔,思想解放,更具有个人精神和判断的独立性,可以更自由地去选择和表现自己所理解的革命,以及对历史的当代认知的深度。所以他们是带着质疑性和反思性进入上一辈革命者经历的复杂历史情境中的,他们不会简单地在革命史的脉络上去想象和还原历史与革命。

正因为他们不是革命的亲历者,而是以下一代人的反视观照去审视历史和革命,渴望真实地了解历史的本真面貌,所以他们与叙事对象之间是存在距离的,不仅是时间和时代的距离,也包括心理距离。所以与上一代作家比起来,前者是革命的激情叙事,对叙写对象全身心地投入,完全是零距离的体验和表现,基本是让小说的叙事停留在历史的忆旧中;而后者对革命和历史是在一个此在的当代视角下被讲述,多了一种理性的审视。邓一光的《我是我的神》在对父辈历史性的回述中开始保持了一种书写的警惕。因为创作立场和叙事策略的改变,使作品的阐释与《我是太阳》有了明显差异,书写父辈的价值尺度悄然间发生了位移,在属于他们的时代,他们是英雄,仰视中,革命父辈无比高大,但在《我是我的神》中,父辈英雄已从高台上走下来,被还原成一个不再需要仰视的人。

这一代作家在"参透"上一辈人革命的过程中也承担着审视者的角

---

① 参见方方《武昌城·后记》,人民文学出版社2011年版,第276—277页。

色，在对历史所做的当代性的审视和反思中，完成着对历史、对革命的重构。在刘醒龙的《圣天门口》中，革命的结局不再是剥削阶级被推翻，劳苦大众过上好日子的场面。对多数读者而言，似乎已经习惯了在革命历史小说中常见的剥削阶级被打倒，劳苦大众翻身做主人这种有关革命的叙事模式，意在说明革命的代价是完全值得的。而在小说中，在革命者傅朗西的动员下参加革命并献出许多人生命的天门口镇的村民发现生活并没有多大变化，傅朗西曾许诺给他们的"过不完的好日子"的诺言并没有实现，作为革命者的傅朗西自身也对之前的作为产生了怀疑，并且感到深深的悔意，其实这也是作家对革命和历史的一种质疑。

革命史小说的叙事者不论是什么身份，他们的叙事立场基本是趋同趋近的，代表着整个时代的趋势。而当下一些作家对革命和历史的叙事更多的是秉持了一种个人的叙事立场，创作目标也不是直奔革命的主题。在历史或现在时态中，他们更多地诉诸对人类生存、对自身命运和人性这一恒大而又包蕴无穷的命题的追踪与思考。

原载《华中师范大学学报》（人文科学版）2012年第5期

二十年中国小说：艺术典型的弱化与缺失

一个显而易见的问题是，近 20 年来的中国小说创作，虽不断地有热点出现，却精品不多；虽有大量的人物问世，却缺少有深度的艺术典型。而从中国文学的整体发展态势来考量，典型人物塑造的弱化与缺失，正成为一种普遍的创作走势，这种创作态势的发展，到底会给中国当代文学带来怎样的危及成长的伤害，又会对文学生产、文学研究，以及对受众的文学接受造成什么样的影响，这些都不能不引起我们的思考。

以艺术典型作为题旨来反省和探讨近 20 年来中国小说的人物塑造问题，似乎显得立足点有些陈旧与局限，因为艺术典型这一词语，总是与典型人物、典型性格这些词语相连接，令人联想起特殊时代的社会文化语境，给人一种时过境迁的意味。但我重提艺术典型，并非又绕回到传统现实主义的典型话语中去，要作家去恪守创作成规。我所要探讨的问题，主要着眼于当下文学中写人不足的创作倾向，通过对中国小说近 20 年来的人物形象塑造的整体观照，探讨由艺术典型的弱化与缺失所引发的一因多果的问题，诸如与此相关的中国当代文学创作的衰退，文学阅读的式微，文学批评和文学研究的浮泛化等相关现象。强调重视这一问题对中国文学的未来发展所可能产生的影响。

一　人物形象的弱化与小说公共空间的萎缩

近 20 年来，以小说为代表的文学公共空间的不断萎缩，已是一个不争的事实，尤其是纯文学小说，经临了 20 世纪整个 80 年代及 90 年代初的辉煌，曾经构筑了最广大受众的主导阅读空间，同时也是受众集体宣泄情感和参与公共意见的特殊空间，却在 90 年代呼隆而至的市场经济的挤压下,迅速地压缩。这之间的巨大落差,令每一个时代的经历者都有目共睹,尤其是文学的阅读者、文学的生产者和研究者,更是有着切身的失落体验和由此而产生的精神焦虑。

当然,这种传统文学公共空间的萎缩,有其时代发展的社会缘由。在20世纪90年代,市场化成为一个强大的推手,开始大举侵蚀一统体制下以传统纯文学为主体的文学空间,形成了以市场营销为导向的市场化文学,并迅速地扩展了自己的地盘。而进入新世纪后,文学的公共空间更是形成了多元化的分散格局,对受众阅读产生很大影响的是电子媒介、数字媒介,新媒体正在形成一个新的文学生产、传播和阅读的链条,这对传统的也是纯文学的主要承载体的纸质出版物,构成了一次最强有力的冲击。更主要的是,以互联网为首的新媒体,正在形成一个吸引更多受众,特别是年轻人参与其中的网络公共空间,由此造就了新的网络受众群体,网络空间已日渐成为全民参与公共意见,也包括发表文学和文学见解与判断的新的公共空间,所产生的讯息正日渐成为左右普泛受众的信息资源。

不过,需要说明的一点是,传统文学公共空间的萎缩,除了市场化文学、新媒体文学对读者产生的分众效应外,另一个主要原因还在于其自身所出现的一些问题。事实上,文学空间的缩小,小说读者的流失,与近些年来小说产量的增长,正形成一种极不相称的反比关系。我们就以代表叙事文学最高成就的长篇小说为例,各种相关信息显示,长篇小说发表与出版的数量,在逐年递长,现在每年都稳定在1200部左右[1],如此庞大的统计数字,似乎标示着长篇小说创作的繁盛与实绩,可受众的接受效果却远远不及从前。这种令人惊诧的反差,仅仅是从这样那样的外部的社会原因去寻找说法,是不足以说明问题的,我们也应该从小说创作本身去进行必要的观照和反思。

我认为,造成小说公共空间萎缩的主因,与典型形象的弱化存在一定的关联。盘点近20年来的小说,虽写了各种各样的人物,却少有艺术典型,几乎没有塑造出几个经典人物形象,正面英雄形象退场了,涵盖人性类型的形象很少见,个性突出的性格人物也不多,很难数出几个能像乔厂长、陈奂生一样让公众长久地留在记忆中的人物,或是读完后能让人多少

---

[1] 参见白烨主编《中国文情报告(2008—2009)》,社会科学文献出版社2009年版,第13页。

有些回味有些放不下的人物，甚至很多人物成了一次性的消费品，读过即忘。人物形象的弱化，的确已成为当代文学创作中的突出现象，为了更清楚地说明这一点，我们可以从以下几个方面去进行审视观照。

首先，以近些年来主流作家的创作作为考察对象。比如说莫言，这位被读者网上投票列为20世纪中国优秀小说家榜首的作家，梳理一下他近些年来重要的长篇小说，从《丰乳肥臀》《四十一炮》《檀香刑》《生死疲劳》，到2009年新近刚出版的《蛙》，似乎找不到一个可以被称为文学经典的形象。《丰乳肥臀》中的母亲，是其讴歌的生命的创造者，虽然以不伦的方式生下八个儿女，个个经历离奇，却留不住印象。《檀香刑》中赵甲身上的血腥气让人发怵，他算是个人物，但不可能成为文学典型。《生死疲劳》让人有点儿感觉的是对民间记忆中的六道轮回之说的演绎，是"猪肚部""豹尾部"的分章方式，而不是西门闹这样离奇想象中的人物。《蛙》中的主人公妇科医生"姑姑"，她既接生也"杀生"，显得有些诡异，这个莫言根据生活原型全力打造的人物，奇诡的感觉和行为却有些令人难以接受。像贾平凹，检视他的《废都》《白夜》《土门》《高老庄》《怀念狼》《病相报告》《高兴》《秦腔》，除了颓废的庄之蝶，其他作品中的人物已无甚印象，就是庄之蝶也不是一个具有类型概括化的形象。尤其是用"还原式写作"创作的《秦腔》，正如他自己说的，写的是一堆鸡零狗碎的泼烦日子①，人物没立起来。像刘震云的《故乡天下黄花》《故乡相处流传》《故乡面和花朵》《一腔废话》等，读过后却不记得人物，倒是满纸废话的感觉成为了记忆。《手机》中的人物只是故事的串联者，主角实质上是手机。《我叫刘跃进》中，民工厨子刘跃进捡到的U盘造成的命运的纠葛变化，以及牵涉出的官场腐败和社会乱象，贯穿在他丢包、捡包的过程中，小说的重点是在制造故事的曲折上。入围茅盾文学奖的王蒙的《青狐》是专门写人的，作品中的主角卢倩姑是个少见的特异人物，却不算是文学中的"这一个"。张炜作品很多，从近几年的《能不忆蜀葵》《外省书》到《刺猬歌》等，人物塑造却远比不上他早期的《古船》中的隋抱朴。阎连科的《风雅颂》中由清燕大学副教授杨科引发的激烈批评，主要还是因为其对北大的影射。他的《日光流年》《受活》《坚硬如水》《丁庄梦》等长篇，在叙事内容和形式变异上常常引发

---

① 贾平凹：《故乡啊，从此失去记忆——〈秦腔〉后记》，《收获》2005年第2期。

争论,却没有创造出艺术典型。

其次,以那些引发文坛轰动的小说作为例证。姜戎的长篇小说《狼图腾》成为2004年最热门的小说,一直居排行榜之首。此书最为重要的聚焦点,是姜戎将狼图腾和龙图腾、游牧文化和农耕文化互为参照比较所做的当下性的文化思考,实际上小说中的主要人物没有一个能在读者心中立起来。2005年出版的多卷本《藏獒》是一部受到众多读者热切关注的小说,杨志军只是在借藏獒来反思人,用藏獒精神来呼唤传统的价值观的回归。韩少功的《马桥词典》发表后很是轰动,但只能去分析其词条结构。王小波的小说曾经轰动一时,读者众多,尤其是《黄金时代》,是他最好的作品,但王二和陈清扬,却不能做形象上的探讨,而反响不小的余华《兄弟》中的李光头、宋刚只是些浮泛的没有力度的形象。

最后,从获得茅盾文学奖的文学作品来看。阿来的长篇小说《尘埃落定》,被人议论最多的是土司制度的消亡和傻子的叙事视角。王安忆的《长恨歌》在一次文学名著评比中名列世纪百强第39。王琦瑶虽吸尽上海的精华,但她的艳和风情都是轻描淡写的、最日常本色的,她是个无深度的边缘小人物。还有贾平凹的《秦腔》、迟子建的《额尔古纳河右岸》、周大新的《湖光山色》、张洁的《无字》、张平的《抉择》等,都存在着形象的弱化问题。

尽管纯文学公共空间的萎缩,是一个不可抗衡的时代潮流,但近些年文学人物形象的弱化与缺失,的确让读者觉得小说不再好看。读文学作品,读者总渴望看到几个让人过目不忘的"非常典型""非常性格"的人物,能留存于记忆成为伫立于文学画廊中的形象,这是文学受众的希冀,也是纯文学公共空间抵抗挤压的支撑。

二 人物塑造的平面化与价值维度的消解

小说人物形象的弱化,或说是艺术典型的缺失,成为近20年来中国小说创作最突出的现实问题。事实上,从20世纪90年代起,这种现象就已经开始凸显出来,却没有真正在文学创作中受到重视,并加以修正。90年代的中国社会,正处在一个激烈变动的二次变革的过程中,经济发展跃居社会的中心,一切都在发生转型。在学术和文学领域,后现代主义的影响渐盛,传统的小说美学精神和价值取向被销蚀,整个既存的文学话语和规则被质疑与消解。文学创作和文学形象的审美塑造，也不得不被文学所发生的三大转向所波及，并发生着一系列变化。

首当其冲的是文学价值观由一元化向多元化的转向，这从文学的整体发展的趋势来看，无疑具有其正面的意义。但是在 90 年代商品化潮流泛滥的背景下，这种转向，却呈现出一片混乱的场景，传统的文学价值观受到了冷落和弃置，人们在求变中寻找着新的价值坐标、新的文学定位，也在努力的出新中与旧的一切进行切割。在这样一个社会文化语境中，强调典型形象、典型人物的塑造，很容易使人与旧的文学和理论的话语体系相联系；而另一方面，多元化的取向中人们又难以取得共识的价值标准，正因为价值体系的消解所造成的混乱，使时代精神趋向平庸，这也是导致典型弱化的主要社会根源。而且后现代主义思潮覆盖下出现的非中心化的、不确定性的、削平深度的文本写作理论或叙事方式开始大行其道，这不能不对文学与创作的价值维度产生影响，因此，生活在"一地鸡毛"的琐屑中被复制，人物被还原成为生活中的任意一个，这种"日常审美化"的趋势，成为当时的一种写作潮流。

二是文学审美观从人化审美向物化审美的转向。新时期文学最主要的特征，便是对人的主体精神的张扬，呼唤"人"，呼唤人性的回归，书写大写的"人"，关注人的尊严、人的生存，创作的精神指向与整个社会的民众的诉求达到了一致。文学对人化审美的偏重，使得这 10 年的中国文学成为创造出艺术典型最多的时期，像乔光朴（《乔厂长上任记》）、陈奂生（《陈奂生上城》）、李顺大（《李顺大造屋》）、谢惠敏（《班主任》）、胡玉音（《芙蓉镇》）、朱自冶（《美食家》）、王一生（《棋王》）、高加林（《人生》）、孙少平和孙少安（《平凡的世界》）、陆文婷（《人到中年》）、冯幺爸（《在乡场上》）、章永璘（《绿化树》）、七哥（《风景》）、印家厚（《烦恼人生》）等，不少人物至今还令人难忘。而进入 90 年代中后期，在市场经济的冲击下，文学的外部环境发生了巨大变化，盛行的后现代主义本身是和商品化紧紧联系在一起的，这使得文学的功利主义在创作主体和作品中都极度膨胀，欲望化、物质化的叙事不仅把审美化、个性化的人物塑造挤向了边缘，并且也通过复制，把文学快速地变成了一种商品消费，人物则成为欲望的承载物。

三是文学叙事由"外"向"内"的转向，这种转向确切地说是由对"外部社会"的关注转向了对"主体自我"展示，而这个"内"，并不一定是去挖掘生命的质感、人性的质感、灵魂的质感，更多的是停留在了肉身的层面、感官的层面。90年代文坛最突出的现象是个人化写作、身体写作成为一股书写潮流，写隐秘内心、情绪碎片，性体验和肉体欢愉，甚至是极端个人化的生命体验等，将创作回复到个人本位，但并没有将这种个人化的书写提升到能反映人类精神状态、人所面临的困境的层面，而更多的是在写作中发现自己的感官，发泄自己的情绪，虽然使长期习惯于传统叙事的读者发现了另一种生活、另一种文学表达的存在，但这对传统的文学典型的塑造却是一次彻底的离弃。

文学典型的弱化与缺失，除却上述时代和社会的种种原因外，也需要回到作家自身去寻找原因，与他们的创作追求，以及在创作过程中的表现有着直接的关系。

首先，与作家叙写人物缺乏原创动力有关，究其根底是缺少原创的美学精神。要么写些模仿痕迹很重的人物，要么跟风写些类型化的人物，像2005年开始兴盛的底层叙事，大都是写国企的下岗工人，进城打工的农民工，城市下层的弱势群体，打工仔、打工妹、残疾人、被生活所迫出卖自己身体的女性等，还有诸如此类的被社会忽视和遗忘了的边缘人。在具体的表述上又缺少创新精神，在思考的深度内涵上又不能给读者不断提供新的启悟，这就很容易给人留下人物相似、缺少创意的感觉。所以追求创作的原创性，不断发现新的人物、新的性格类型，寻找新的表现人物的方法，应该成为创作的一种自觉。

其次，这与作家创作中主动或是被动地放弃对人物的深度探寻，对人物表达完美性的追求有关。近些年来，一些作家不再把性格刻画作为创作的一种孜孜不倦的追求，不是通过人物典型化的过程去表达思想的力度、人性的深度和历史的厚度，不愿意花费大量时间和精力对人物命运、性格语言反复思考后再落笔。在对人物的书写上往往表现出一种随意性、复制性，或是为了追求创作的最大利益化而写得非常匆忙，这直接造成了人物形象的平面化、浅薄化，这种匆匆写就、弥漫着浮躁之气的人物，很难在读者的情感和记忆上留下深刻的划痕，也不会给人以深层的审美愉悦，更不用说去吸引读者再次阅读。

优秀的小说人物一定是有深刻的内涵的，能够涵盖当代生活中个体和群体的命运，能够充分表达出独特的个性，能够在审美上给人打开新的视域。要抵近这个目标，作家不仅需要以对文学的虔诚之心不断对自己提出更高的要求,而且也要以敬业精神付出心血。文学曾被认为是泣血之作,而在今天,以血书者甚少,路遥算是一个,他曾经立誓一定要写一本死后能当枕头的书,不仅为此做了多年的准备,而且搭上了自己的性命。为写《平凡的世界》,病中的他"每一次走向写字台,都好像被绑赴刑场","这已经不纯粹是在完成一部书,而是在完成自己的人生"[①]。这就是孙少平、孙少安之所以被读者长久地记住的注脚。

第三,当下的作家写小说、塑造人物缺乏艺术创作的耐心,急于求成。在创作上多了经济的考量,却无形中淡化了精品意识。人性、人心,这些和深度、厚度相关的东西,都是需要时间来积淀的,也是与作家的思想和创作成长密切联系的。20世纪80年代前后的一些好作品,大多是作家用上数年时间,甚至是用一生的生活积累和人生思考写就的,真正是厚积薄发。德国汉学家顾彬教授就曾批评莫言几十天就能完成一部长篇,认为不知疲倦,写完了一本以后马上写第二本是中国当代作家最大的问题之一,而德国小说家是四五年写一本。顾彬教授评价中国当代文学的一些话语虽然受到争议,但上述批评说的基本是事实,所以要提升小说艺术典型的分量,作家就必须放慢写作速度,以期达到形象刻画上的精细与完善。

第四,作家的生活积累和艺术积淀不足,正成为新的创作瓶颈。要塑造出一个有分量的艺术形象,没有长时间的对人的观察,不去把握人、人性的丰富性和复杂性,是不可能成功地塑造出人的核心性格的。一些主流作家曾经从自己的经历中得到特殊的生活经验和人物原型,并且成功地将这些独特的个人经验和生命知识融入了小说写作,人物的厚重感和深刻性也由此而生。而在创作的大量喷涌之后,仍自负于自己的经验和想象,缺乏对当下人物的基本的社会观察力,很自信地依凭想象的虚拟经验,写出的形象经不起文本的细读,像格非的《人面桃花》中陆秀米和父亲陆侃都成为追寻大同社会和世外桃源的追梦人。陆侃的痴狂、秀米的疯癫看似很个性,但其历史的真实性和性格发展的可能性却不耐推敲。因此,深入了解生活、重蓄生活的积储是很重要的,面对真实的生活,往往会在对人的本质认识中激发我们的想象,也会通过想象去整合生活,重构人物。

总之,要警醒价值维度的消解对创作所造成的不可忽视的损害,这不仅仅是个人物塑造的平面化问题,而且也关乎中国小说的发展。

---

① 路遥:《早晨从中午开始·路遥文集》第2卷,陕西人民出版社1993年版。

三 读者接受史与文学讲授的隐性断裂

艺术典型的弱化与缺失所带来的最现实的问题，是当下小说读者的大量流失，这不仅包括一般的文学读者，而且一些专业的或准专业的阅读者，如文学研究者、评论家、文科研究生等，也愈来愈不喜欢读当代小说了。当然，读者的流失与文学的接受语境之变有着最直接的关系，近些年来，文学文化和与之直接关联的小说，正在经历一个前未有过的衰退期，纸质出版物销量逐年下降，像《人民文学》《收获》《十月》这些杂志，曾经风行天下，人人争阅，发行量超过百万份的盛景，在今天人们的眼里犹如隔世的神话，令人难以去还原想象。传统文学的公共空间在不断萎缩，文学的社会受众急剧减少，依凭于强大的市场和无所不在的网络而兴盛的市场化文学、新媒体文学对读者产生的分众效应，是造成文学阅读式微的主因之一。

除却文学接受语境的变化之外，回到纯文学自身来审视，小说不再吸引受众，未能创造出在读者阅读的记忆清单上留下痕迹的典型人物形象，才是造成文学接受困境的最主要的原因，因为市场化文学、新媒体文学对传统的小说读者的影响依然有限，至少在目前还构不成颠覆的威胁。事实上，一部优秀的小说，之所以被人所称道，或许是因为具有社会价值的主题，或是有出人意料的曲折情节、特异的风格、新颖独创的结构，但最重要的还是塑造出了令人信服的人物，是人的性格，是人性所涵括的类型化意义，是人物命运在历史中的起伏等要素，带动着小说叙事的内在节律，决定着小说的结构和叙事话语，因为组合这一切并支撑起全书最主要的灵魂的还是人物。也正是这种令人信服的艺术典型，才能引导读者穿越当下具体经验之屏而上升到审美的或认知的高度。

所以，读者对文学的接受，尤其是小说，是与其对小说人物的记忆和认知紧紧地联系在一起的。相比一部小说的内容，人们对人物的记忆会更久远。像贾宝玉、林黛玉、阿Q这些文学画廊中不朽的典型形象，几乎是家喻户晓，成为广大读者所熟悉的经典遗产，任随时间流逝却不会被人遗忘。还有过去有些作品虽然早就被人淡忘，但其中一些人物，如梁三老汉和梁生宝（柳青《创业史》）、弯弯绕（浩然《艳阳天》）、亭面糊（周立波《山乡巨变》）等，还多少保留了一些印象在人们的记忆中。这也正说明了在文学中，除了人物形象什么都不能持久。读者也正是通过阅读的潜移默化，记住了人物，也由此将作品的印象留在了自己的文学记忆清单上。

阅读近 20 年来的小说，以我个人的感觉，除了关山林（《我是太阳》）、白嘉轩（《白鹿原》）、玉米（《玉米》）、梁大牙（《历史的天空》）、李云龙（《亮剑》）几个，却没有更多的能给人留下深刻印象的人物，而梁大牙、李云龙却还不能算是完全靠小说立起来的形象，在多数受众那里，他们是影视形象。我个人觉得，近些年来的小说，在读者的文学接受中已出现了明显的断隙。这种说法可能只是一种理念上的认定，我之所以这么认为，是因为读者是从一部部作品、一个个人物形象开始形成了一种个人的阅读记忆，由此也形成了一个时代整体的阅读史，比如从新时期开始，读者的记忆大致是从《班主任》（1977）、《伤痕》（1978）、《乔厂长上任记》（1979）、《陈奂生上城》《人到中年》（1980）、《芙蓉镇》（1981）、《哦，香雪》（1982）、《美食家》《花园街五号》（1983）、《棋王》《神鞭》（1984）、《男人的一半是女人》《你别无选择》《爸爸爸》（1985）、《红高粱》《古船》《狗日的粮食》（1986）、《穆斯林的葬礼》《风景》《烦恼人生》《顽主》（1987）、《平凡的世界》（1988）等，一直延续下来，在多年不间断地阅读中，读者不仅在进行着自身的一种文化和文学素养的建构，而且也由对小说的印象，形成了自己的文学接受史。多年以后，当回忆起新时期文学，首先会让读者想起他们所曾熟悉的人物和情节，即唤起他们前在的思维和接受印象，想到的是张俊石、谢惠敏、乔光朴、陈奂生、胡玉音、香雪、朱自冶、王一生、章永璘、丙崽、孙少平、孙少安、七哥、印家厚等具体的人物形象，然后会从形象记忆中去识读一个时代的政治、经济、文化的背景，也可以从中捋出新时期文学所经历过的伤痕、反思、改革、寻根等创作潮流的轨迹。虽然近 20 年来的中国文学进入了一个创作个性充分自由的时代，中间又经过了文体热、身体写作、日常叙事等对典型塑造的消解，很难形成创作的主潮，但还是有热点小说，不过大量缺少艺术典型的小说文本，却给读者的阅读体验和心理感受上带来一次次地失望，让他们的阅读期待一次次地落空，也使一直延续下来的文学的接受史在读者那里产生了断裂。现在一般的文学读者说不出几个 20 年来的小说中可以记住的人物，即使专业的研究者也很难指认 10 个以上可称为艺术典型，并且被公众普遍认可的形象。

艺术典型的弱化与缺失从另一方面也可以找到例证，那就是文学的课堂讲授所面临的困境。尽管如前所述，纯文学空间在近20年间不断地缩小，但大学仍然是以传统文学意识形态为其内核的，外部社会的变化并未对原有的知识秩序造成太大的影响，图书馆一直在订购大量文学书籍和当代小说，阅览室一如既往地每年都在订阅《人民文学》《收获》《当代》等文学期刊，也包括《北京文学》《上海文学》《长江文艺》《特区文学》这些省市级刊物。课堂的文学讲授，也一如既往地进行，不过这表面的延续下面，深层的危机已经出现，接受的断裂已然发生，出现的问题也越来越凸显。

在文学史和叙事文学作品的讲授中，不论是以文学史来串联作家及作品，或是以作品与作家来印证文学的发生发展规律，典型人物形象都是其中很重要的榫扣。一部优秀的小说，往往借一个或几个人物，复原了一个时代的历史变迁，因为典型人物以鲜活的状态保留了那些消失了或尚未完全消失的活态的历史语境的记忆，体现出与特定时代、历史文化和社会环境之间复杂而又紧密的联系。尽管新时期之初的一些小说，留有很明显的意识形态的痕迹，所承载的思想有时大于形象，但创作基本是遵循中国古典的或是现代的文学传统，把写人放在了重要位置，所以这些形象深深地留存于大多数人的文学记忆中，而且大都成为文学研究和课堂讲授的经典范本，而艺术经典的地位和在读者中的影响力，也是在不断地被阅读中，在批评的再评价和再度阐释中，在文本的讲述中，逐渐地确立和稳定下来的。近些年来的小说过于堆砌事件、堆砌语言，铺陈详尽的生活细节，而大量平面化、符号化和缺少艺术内涵的人物往往无法去进行深入分析，讲作品只能是概述内容和相关的时代、社会的背景，这很难被存入受众的记忆，可以想象这样的作品被接受的效果。这种不可深入分析讲授的人物形象和作品，很有可能成为历史的暂时产物，很快被时代和读者淡忘。

艺术典型之于读者的文学接受的意义，我们也可以找到另一种观照的角度来证明其重要。比如路遥和他的《平凡的世界》，虽然在几本主要的中国当代文学史中都未有涉及，也被现在的文学研究所忽略，但在他逝世后的这17年时间里，却在读者中继续产生着广泛而深远的影响。《平凡的世界》受到欢迎，与路遥所塑造的孙少平、孙少安这两个人物是分不开的，他们不向贫困屈服，百折不挠地与苦难搏斗的进取精神，让读者产生了一种强烈的认同感。小说吸引了不同年龄层次的读者，从读者的文化身份来看，有青年学生，也有公司白领，甚至有企业老总，自发地形成了一股阅读热潮，也构成了一种值得研究的读者阅读史和接受史。不少人是从个人的现实处境与切身体会出发有了共鸣，产生了一个渴望填充的精神空间，孙少平、孙少安这两个历史之子，成为当代人慰藉人生的精神资源。

由此可见，优秀的艺术典型不仅使真正的文学阅读者会坚守下来，而且也会不断地在新的视角和新的经验下再被解读。

艺术典型的弱化和缺失，从20世纪90年代就已经开始凸显出来，而且在不同阶段有着不同的具体表现，基本是个延续性的问题，却一直未能引起创作的足够正视，以及批评对此的更深入的探寻。因为是在一个社会转型的大时代，文学也处在一个不断尝试变化的过程中，传统的现实主义被视为创作成规，语言和文体成为被作家高度重视的文学新元素，个人化写作、身体写作、日常化叙事被认为是展现人的存在的新的方式，随后故事又成为小说的新宠，所以人物的塑造也随之不断地转向，从语言和文体的附庸，到隐秘的个人或肉身体验，再到庸常的人生百态，接着是突出小说人物的传奇性，创作的价值取向多元，让人很难去判断和预测许多结果。经过了近20年的小说探索与沉淀，今天我们已然看到了与典型形象的弱化和缺失相关的种种后果，其对作家创作，以及对新世纪文学所蕴含的解构与建构性意义，在岁月流逝中，也在我们对人物典型观念的一步步深化的理解中，愈渐凸显出来。

虽然我们强调小说一定要着力去塑造艺术典型，也强调艺术典型是具有厚重的人文内涵和更加丰富的审美价值的文学形象，但并不认为艺术典型一定要遵循某种新的创作范式。在这20年来的小说发展过程中，我们对艺术典型的理解也在不断地演化、不断地更新，但不论做何种理解，文学是人学仍然是基本起点，小说不论做何种创新实践，其最终价值还是体现在对社会，尤其是对人的本质认知的纵深感上，倡导并努力提升小说的艺术典型的分量，这应该成为新世纪中国文学发展的一种动力。

原载《湖北大学学报》2010年第2期

论新闻媒介与文学的互动关系

　　媒介，正以其多样化的媒介传播形式，对整个社会的发展和普泛大众的生活产生着愈来愈重要的影响。媒介之所以占据着社会最中心的位置，是因为它掌握着最为特殊的社会资源，即传播效力。凭借这种特殊的传播功能，媒介形成了一个功能齐全，而又互补共构的整体系统和子系统，由纸媒质的报纸、杂志，到图影声光的电视、广播、互联网，共同营造了一个巨大的而又无孔不入的信息共享空间，提供着多元化、多向度的信息服务。而中国媒介特有的联动方式，即从中央到省市地县形成级差的多级式报道网络，又在不同的媒介覆盖层面上分配了媒介的市场份额，吸纳着不同的受众群体。

　　正因为此，才使得媒介获得了一种重要的社会权力，尤其是新闻媒介，更是以其强大的舆论监督威力和新闻导向作用，而与政治、经济、文化、教育等社会系统共构了一个相互联系、相互作用的互动结构，各级社会系统需要利用新闻媒介的传播优势和信息资源，去实现自己的发展目标，而媒介也需要借用广泛的社会信息资源获得自己社会的或经济的利益，彼此形成了一种互动关系。近年来，新闻媒介越来越多地渗透和介入文学及文学批评领域，它们之间的互动作用以及出现的正负效应，已引起社会的关注，对其思考与探究的现实意义，已真切地摆在了我们面前。

一　媒介与文学的互动共生策略

　　新闻媒介对文学的巨大渗透力，在市场经济的背景下显得尤为突出。出于自己的目的性和功利性，媒介系统依赖于自身所拥有的大众传播优势，正全方位地介入文学及文学批评领域。这种主动地渗透，既有着外部社会大环境的原因，也因为媒介自身兴盛的需要。

改革开放后的20年间，中国的媒介得以空前的发展，拥有了巨大的媒介市场和媒介产业，以及人数众多的大众传媒从业者。媒介的发达，最直接地体现了中国当代社会民主化的进程，既是现代民主社会发展的必然趋势，也是为了满足人口基数庞大的国内信息需求。同时，媒介的产业化，也将媒介推入到激烈的媒介市场竞争中，在传播事实报道的主体新闻业务外，文学作为一种特殊的信息资源，必然地被纳入媒介的经营策划规程中，以扩大和丰富媒介的生产领地，去把握和吸引受众。而且也借助于文学活动和名家名作效应，或是将文学社会化、事件化，来提升自身的文化品位和社会影响，使媒介在市场经济中所具有的商品价值得以实现，获得其社会和经济效益。

（一）利益共享的大众传媒的话语空间

新闻媒介对文学的介入，或反过来说文学、文学批评的传媒化，多少体现出二者之间一种互动共生的关系。在当下的现实中，不论是主流意识形态媒介，还是生活休闲娱乐媒介，都辟出一部分版面，其中有比较严肃的人文、读书版块，和专发诗歌、散文、随笔和批评的文艺副刊，也有贴近大众的作品连载和文化娱乐，以及文坛艺苑的见闻和事件。尽管这一正在不断地被拓展的泛文化和文学的空间，在定位上多少显得有些模糊，但毕竟营造了一个新闻媒介与文学相互利益共享的话语空间。特别是在市场经济的杠杆制约下，专业化的文学期刊和讲求学术品质和理论深度的学术刊物日渐萎缩，面临着生存的危机，不仅刊物数量在逐年减少，而且刊物的销量也每况愈下。其丧失的领地则以另一种形式潜在地转移到了新闻媒介，这也使得严肃文学的作家和批评家，包括讲求学理的学院派批评家，开始将自己一部分作品的出路转向新闻媒介载体。尽管在作品的文字风格、载体形式及深度意义上，要为投合媒介的特点做出一定的修正和牺牲，但他们毕竟获得了一个表达个人话语的有效空间。而且还有一个在经济高速发展的时代所不容忽视的因素，即新闻媒介所给予的经济回报，要高于一般的文学刊物和学术期刊，甚至会出现这样一种情况，越是地方性的级差略低的新闻媒介，所给付的稿酬越高，以此吸引名家名作，借"名人效应"来提升媒介自身的地位和影响，扩大媒介的发行量，争取到更多的广告份额，实现最终的经济利益目标。

的确，共同营构这一话语空间给双方都带来了好处。对作家和批评家而言，他们有了更多的发言场所，去阐述个人话语；或是成为自我所属的特定群体的代言人，而且在话语表述上更为自由。小说文本从俗从众，迎合公众欣赏趣味，以流畅易读的故事取悦大众。散文、随笔不受文体的束缚，表达更自在随意。批评文本则不必考虑严谨规整的学术规范和理论向度，只需对批评对象做即时性的分析和判断。媒介也在提供话语空间的过程中，逐渐获得了对这类信息资源的控制和专有的权利。在当下社会语境中，几乎是各级媒介都十分重视开掘这类新闻信息，积极吸引社会文化精英的到场，从央视的作家、理论家的专题访谈和名家主持，到报纸媒介的名人专栏，已形成了一股潮流。同时，媒介也在利用这类高雅严肃的文学或文化话语，精心塑造或说是装潢着自身。而另一情势是，文学和文学批评正越来越多地依托于媒介，在这场看似互惠互利的交易中，媒介成了最大的赢家。

（二）媒介运作理念对文学的影响

媒介因其新闻性的性质，而在运作过程中追求新闻效果，善于策划与组织各种新闻传播活动，注重发挥媒介的舆论宣传作用。媒介的这些运作理念和运作方式已经渗透到了文学领域中，作家成名、新作推介、文学评奖、出版营销、作家及作品研讨会等，全都有媒介的参与，依靠媒介的传播优势，发布信息，大造声势，以获得最有效应的信息流动和舆论支持，媒介的舆论宣传功能越来越受到重视和强调。新闻和文学，原本是两个不同的范畴，现在却相互有了更多的合作，不但相关文学的活动经常被新闻媒介所策划，而且文学一方也在主动地引入新闻媒介的运作，双方常常是联起手来，共同策划着各种文学活动。

新闻媒介的级别和地位，直接决定着媒介在传播领域中的能量，媒介的级别愈高，愈处于主流意识形态中心或大城市，它的传播范围就愈广，所承载的公共性就愈大。近年来一个很突出的现象是，各种文学评奖和各地作协、文联的一些较大的文学活动，以及作家作品的研讨会、图书的签约和出版发布会，大都在北京举行。如此舍近求远，不仅因为北京是中国政治文化和经济的中心，而且也是中国传媒的重心所在。不但当地地方媒介随同报道，而更主要的是要邀请京城各大新闻媒介的到场，完全承袭了媒介的运作理念和运作方式，重点是做宣传，来京发布新闻，凸显新闻效果。由中央电视台出图像，被《人民日报》《光明日报》《文艺报》等代表主流意识形态的大报报道，成为举办活动的主要目的，而真正文学意义上的研讨已降至次要地位。运用媒介理念进行的宣传策划，在文学领域有过不少成功的范例，获得茅盾文学奖的陈忠实的《白鹿原》，其研讨会在庄严的人民大会堂举行，被中央电视台和其他大牌媒介报道，在整个舆论宣传上已确认了其"史诗"性定位。贾平凹的《废都》及春风文艺出版社的"布老虎丛书"，是在出版产业和媒介的合作下进行的最成功的商业策划。媒介导向对受众的影响，是作品发行量大增的最直接动因，而且媒介也对一些新兴的文学文类的发展，诸如媒体散文、网络文学起到了推波助澜的作用。

肯定的是，在文学与媒介之间的互动共生关系中，双方都有所得。就文学来看，媒介使文学走向日常生活化，更贴近大众审美；使文学批评从学术化、理论化趋向于浅易化、平民化，文学批评的视角不再集中于某一具体的文学文本，而是扩大到更大的生活范围中。应该说，媒介对文学和文学批评的普及起了很大作用，更快地促成了文学文本向影视作品的生成和转换，尤其是使作家与受众，与文学市场需求有了及时的互动交流，作家可以最快地得到各方面的信息反馈，得到受众和图书市场的认可和鼓励，最快地获得社会声誉和经济利益的回报。

二 媒介对文学的消解和再构

媒介正以不同的方式从各个方面渗入文学，其消解和再构文学的能量已不可忽视，在某些方面，它所表现出来的破坏性已超过了建设性，的确存在着"商业性挑战公正性、功利性挑战学术、无序性挑战科学性的问题"[1]。而且也不可避免地在文学内部引发了深刻的认知危机，带来了多方面的负面效应。

（一）文学、文学批评的传媒化

新闻媒介自身的特质，决定了它所有的传播活动都是为了使新闻信息最有成效地被受众所接受，由此取得新闻的轰动效应和巨大的震撼力，所

---

[1] 陈力丹：《透析大众媒介的受众市场》，《新闻与传媒研究》2001年第4期。

以往往会不惜手段地获取新闻信息，使其在传播主体和受众之间实现有效的流动。受新闻传播规律的制约，媒介追求的是信息在传播过程中的第一时间线段内产生的新闻效应，而无须过多地探求深度意义，浅显性、流动性、时效性成为其主要特点。但文学，尤其是严肃文学，它需要体现价值信念和审美职能的深刻探求，以及所要坚定维护的人文精神。前者是要保证流速，完成大面积的漫灌，后者则需要慢慢滋润，潜移默化，二者在传播方式和预期收效上都存在着极大的差异。

　　但在现实中，新闻传播的特性却被嫁接到文学领域。在媒介的参与下，所有相关文学的活动都几乎被新闻化、事件化了，作家在媒介的滚动式宣传中扬名，新作在炒作中畅销。文学评奖以数十万元的奖金灼人眼目，却少有人关心和知道其内容及文学审美的价值。媒介不断地发起新的命名活动，以"美女作家""少年写作""行走文学"的层出更迭来制造新鲜感，一新受众之眼目。"批评的主导趋势不再是强化学术品质和理论含量，而是变成了一些消息、奇闻和事件"[①]，批评家的兴趣不在对具体文本的分析研究中，而是投入到对文学现象和事件的关注上，媒介与文学联手制造着一些虚张声势的造势运动，文学大师的排座次、美女作家的排阵、抄袭模仿官司等。为"二王论战""王余口伐"等口水大战提供场地，可说是没有意义的无谓论争。"批评变成制造事端的工具，变成现场的记录者，变成流行的快餐"[②]，而不是严谨的学理分析下的理论阐释。骂派批评占据着媒介批评的主体地位，并且出现了一种新的时髦文体——酷评。

　　媒介看重的是受众的接受效应，因而投合大众审美趣味，挖掘大众感兴趣的特殊话题就成为必然。文坛的奇闻趣事，诸如卫慧的行为艺术、九丹现象、韩寒的版税等，成了媒介所关注和刻意制造的热点，成了可供娱乐消费的话题。媒介对文学、文学批评消解和再构的趋势还在继续，它在将文学、文学批评变成体现世俗性、消遣性、愉悦性的消费品的同时，也销蚀着受众的欣赏力和耐性，使他们变成喜欢见异思迁、兴趣容易转移的文学消费者。

---

① 陈晓明：《媒体批评：骂你没商量》，《南方文坛》2001 年第 3 期。
② 同上。

（二）过度膨胀的市场化导向

新闻媒介介入文学的最突出的问题，是其过度的市场化引导，媒介已进入了广告与行销体系，商品消费的意识话语通过媒介而上升为受众的显意识。尤其是媒介与市场相呼应，通过便捷的信息通道，去操纵受众的文学文化消费。在经济利益驱使下，媒介主动地迁就着市场，不惜消隐意义，放弃原有的价值尺度，以与市场相妥协，竭力将其所倡导的消费意识话语和方式，强加给所有的社会阶层和个人。

在媒介与市场的合谋中，带有商业营销策略的"炒作"和"包装"成为"潮流"和"时尚"，媒介记者和批评家成了广告制作人，策划着一个个文化消费热点，且成效显著。格调不高且平庸的文学文本在媒介的鼓噪下，一夜之间成为市场上的畅销书，离奇的情节、时尚符号和作者的行为艺术成为渲染点，贴上各种品牌标签，诱使读者掏出钱袋，卫慧的《上海宝贝》、九丹的《乌鸦》便是如此。媒介参与着对作家的包装，哪怕是刚出道的少年，也会在媒介的聚焦中，从不名到名，以其另类姿态挖掘其后所隐现的庞大市场的销售潜能。

媒介正把文学和批评变成时尚化的消费品，尤其是寄生于新闻媒介上的文学文本，多成为通俗易懂、粗糙无聊的一次性文化快餐。批评的文学判断和谀辞之下浮现着经济功能，连载小说在娱乐受众的背后却体现着最终的市场目的。应该指出的是，在整体受众素质尚待提高、精英话语权萎缩的现实中，媒介为迎合市场去媚俗是不负责任的行为，尤其是以这种趋俗媚俗的意识去经营文学已成为一种社会诟病。显而易见，这种市场化导向的终结后果，必然会返身危及媒介自身，受众对媒介的意识话语的可靠性将大打折扣，进而对整个媒介失去信任。

（三）媒介霸权的扩张和异化作用

媒介霸权的形成，与信息社会传媒发达的现实背景密切相关。在当今媒介无孔不入、铺天盖地的信息时代，媒介作为主体行动的一方，自然拥有了一种特权，而其自身所具有的舆论导向功能和对社会中心话语权的占有，又构成了媒介似乎可以君临一切的地位。媒介直接介入社会的不同领域，介入千家万户，今天完全不受媒介影响的人微乎其微。媒介凭借自己对社会发展所最需要的信息资源的控制，完全有足够的力量去制约其他社会系统，以媒介的意识话语去排斥其他话语，并且把它传播的预期期待强加给受众，试图建构一种达到普遍"共识"的公众价值。电视媒介最有效地进行着封杀，报纸媒介制造着阅读潮流和文学的争论热点。媒介自以为是地掌管着筛选作家和批评家的专利，提升着圈子内作家和批评家的声名。媒介也可以组织起强有力的攻势，进行话语权的剥夺，结果往往可能是作家在媒介上红火一片，实际作品的质量和数量却令人生疑。

由于文学和批评期刊的萎缩，也由于媒介的扩张能量，使得文学与文学批评更多地要依附于媒介，时下批评文章就多寄生在报纸媒介上，日渐被媒介所异化，不得不从传统的精英文化立场，转向与媒介相配合的大众文化立场，消解了其原来的价值视角，开始放弃深度探究，多了些依附性和功利性，逐渐丧失了独立性和公正性。但文学和批评也有其自身的发展规律，媒介对它的异化不会构成无限止的恶性循环，当超过一定的限度时，反叛也就到来了。

如前所述，媒介与文学的互动关系给彼此都带来了益处，产生了前所未有的变化，但其中所出现的问题也日益显目。但肯定的是，媒介与文学的互动影响是媒介时代所不可逆转的潮流，因此，彼此持存清醒的自省意识，加强自律，坚持自身应有的定力，既遵循客观规律和行业规范，又与时俱进，这既是社会发展所需，也是双方能更好地重建互补关系的需要。

原载《新闻与传播研究》2002年第3期

面向长篇小说：思考与批评

中国20世纪的文学，在世纪之尾，呈现出长篇小说创作的繁盛景观，尤其是90年代后期，长篇小说的年出品数量已快接近千部。按常规性思维，如此巨大的创作基数，已具备了每年出一二十部长篇精品的基础，但从阅读反馈来看，情形却不容乐观。长篇小说数量的激增，并未使长篇小说创作真正实现质的飞跃，表面的繁盛与传媒的热炒，也不意味着作品品位和档次的提升。反之，精品的匮乏，平庸而流于一般化的作品出得太多太滥，而又不能更多地为读者提供新的生活发现、新的人文价值层面的启迪和提示，以及能体现出作家个性魅力和想象力的新型的文本样式，会败坏读者的阅读胃口，直接影响到受众对长篇小说文化与艺术精义的理解和认识，使他们逐渐失去阅读长篇小说的耐心和兴致。而且长篇小说的盛产，以及某一类文本的批量生产，也会对长篇小说这一文体自身所应具备的审美特性构成一种削弱与破坏。因此，梳理与审视90年代以来长篇小说创作的总体发展趋势和价值取向，探讨与研究目前长篇小说创作中所存在的种种症结，这既是长篇小说真正走向成熟和繁荣的需要，也是当代文学研究的价值意义所在。

审视观照目前长篇小说创作中存在的问题，主要集中在这样几个方面：

首先，在长篇小说的创作观念上，明显存在着认识上的误区，这主要体现在，一是在文学圈或是受众的阅读期待中，普遍地将长篇写作作为衡量作家创作成就的标尺，创作长篇小说往往被认为是一个作家走向成熟的标志，似乎只有通过这种宏大的叙事结构和对生活全景式的描摹，才足以真正印证作家的创作能力。在中国当代文坛，这种观念可说是根深蒂固，长期以来一直潜在地制约着作家的创作，既成为推动作家创作的动力，也给作家带来了巨大的精神压力。路遥是以生命为代价,完成了长篇《平凡的世界》,使其成为他的盖棺之作。陈忠实将自己的长篇创作看作是写一本死后能当枕头枕的书,为此而倾尽心血,写出了具有史诗性品格的《白鹿原》。这两部获得茅盾文学奖的长篇小说,的确代表了他们文学创作的最高成就,确立了他们在文学史中的地位。但对多数作家来说,却并非如此,长篇小说并不能成为他们整个小说创作中的压卷之作。因为长篇小说有其特殊的文体要求,既需要有一个宏阔的社会生活和文化空间,体现出作家丰富的生活、思想积累,甚至是感情积累,同时也必须具备构建繁复宏大结构的能力,尤其是后一种建构更是充满智性,耗费心机,看看帕斯捷尔纳克的《日瓦戈医生》和加西亚·马尔克斯的《百年孤独》,就足以说明这种大气魄的网状的交错式的讲述方式,不是所有作家都能担当胜任的。但这种擅长和文体优势,并不一定能和创作成就画等号,茨威格与欧·亨利的中短篇小说,同样使他们获得了巨大的创作声誉。茨威格的《看不见的收藏》《一个女人一生中的二十四小时》《象棋的故事》等篇什脍炙人口,为中外读者所熟悉,却很少有人知道他的长篇《焦急的心》。许多中国作家的创作声名实际上也是由其中短篇小说奠定的,因此将长篇小说创作视为作家成熟的标志,使其成为衡量判定作家成就的标尺,这种认知观念需要修正。创作长篇,应是作家拥有丰厚的写作资源,或是写作能力后的一种自在自为的创作行为,一切是瓜熟蒂落,水到渠成,而不必受制于任何外在的压力硬性而为。此外,文学的奖励机制也应更趋向合理,长期以来,长篇小说不仅在各级文学奖项中占据首位,含金量最高,而且成为各级文学机构总结创作成就的重项,这也使得作家不顾及自身能力,忽视艺术创作规范,而对长篇趋之若鹜,导致作品多,精品少。

  二是相当多的人视长篇小说为作家所必须操持的一个创作品种,作家自己也不例外,往往为拥有长篇而写作,以齐全自己的创作门类。在这种意识支配下,几乎所有的作家都写过长篇,基本是顺延着先写短篇,继而是中篇,然后是长篇的创作路数。而且不论作家已经拥有怎样的创作声名,仍然要去写长篇,青年作家以此为创作目标,老年作家也将写长篇作为完善自我创作的终极追求。像陆文夫的《小巷人物志》系列中篇,是他用毕生努力构建的独具个人特点的艺术天地,由此奠定了他在当代文学史上的地位,他在花甲之后,又倾力创作了长篇《人之窝》,但在审美意蕴上并未实现对过去创作的超越，仍然体现着以往中篇小说中人物系列组合式的特点。像张一弓，在新时期之初，曾以敏锐的社会洞察力和反思历史的理性批判精神享誉文坛，在沉寂多年之后，近期创作了他的第一部长篇《远去的驿站》，尽管在内容上几乎调动了他全部的人生记忆，写法上却并未有新的提升，类似情形还有邓友梅的《凉山月》和张贤亮的《菩提树》等，这种长篇小说创作的意义，对提升作家声名来说并不大，也多成不了压轴之作，只是配齐了小说品种。其实很容易理解，并不是所有的作家都适宜于长篇小说的创作，长篇小说和中短篇小说创作有各自的创作规律，需要作家拥有驾驭不同小说文体的能力。有的人一辈子只写长篇，而有的却只善于操持中短篇，作家不必强求自己去创作长篇小说，而可以专一于自己的强项，这样可以在不同的小说体裁领域中各显其能、各展其才。这对作家创作、对提高长篇小说的创作质量都有益处。

其次，作家对长篇小说的文体意识缺乏一种创作上的自觉。在当代长篇小说创作的叙事类型中，历史和家族叙事情形要好一些，前者要在重塑历史人物中展示历史和文化的深度，体现出对历史与现实的追寻和反思；后者则反映了社会与人类经验的兴衰变迁，这不仅需要作家有深厚的历史和文化知识积累，并且作家在聚合如此丰富的内容时，也必然会去反复思考小说的文体。而面向现实的叙事却不容乐观，不少作家对长篇创作缺乏必要的沉淀，没有充分认识到长篇作为一种独立的小说文体，有其自身的文体要求和文体规范，长篇的意义并不是以篇幅长短的外显形态来体现的，它必须意蕴厚重，具有多元性和包容性。在小说的时间和空间上呈现出全方位的开放姿态，情节构置多线条、多向性，在结构上体现出多维立体性和完整性的特点，具有对生活的广阔的涵盖力和艺术的兼容性，与中篇存在着本质上的差异，而是简单地将长篇小说视为在篇幅上大于中篇的小说，结果字数成为一个首要的衡量标准。不少作品意蕴不厚，人物关系简单，叙事线索单一，充其量只有中篇的内涵，却靠细节和描写语言上的繁复而成为长篇，给读者展示的社会生活和文化思考的空间都很有限。这在当代长篇小说创作中并不是个别现象，一些知名作家写的长篇也是如此，像铁凝的《无雨之城》、陈染的《私人生活》、林白的《一个人的战争》、徐坤的《春天的二十二个夜晚》，采用的都是单调、平面的线式结构或是第一人称叙事。尤其是日益增多的反映社会问题的长篇，因要紧随时代，触及社会热点，常常来不及沉淀而成为一种速成创作，写得快，也出得多，但也使得相当多的长篇成为一次性读本，变成了文学快餐，虽能引起社会反响，却缺少能让人反复咀嚼的深蕴。

　　小说文本中字数上毫无节制的铺排，已成为长篇小说创作中一个突出的弊病，也体现着隐性的市场化、商品化的制约，其突出表现在：一是由中篇膨胀成长篇，像池莉的《来来往往》《小姐，你早》《怀念声名狼藉的日子》等作品，发表时是中篇，却在市场的营销策略下扩展为更有利于销售的小长篇。邓一光的《想起草原》先是以6万字的中篇发表于杂志，后应出版社的要求扩展为23万字的长篇，多出的内容主要在细节的浓墨铺叙上，对情节和人物性格发展都未体现出根本的变化。二是多卷本的盛行，像刘醒龙的《痛失》由中篇《分享艰难》繁衍而来，却写成几卷本的长篇。刘震云的《故乡面和花朵》更是创造了长篇记录，以至于又回过头来进行缩写。张洁的《无字》系列在内容上完全可以压缩。王旭峰获得茅盾文学奖的《南方有嘉木》三部曲，洋洋126万字的巨制，对茶文化、茶民俗知识、茶都杭州，铺叙过于绵密，张扬得有些太过。王蒙的长篇系列《恋爱的季节》《失恋的季节》《踌躇的季节》《狂欢的季节》，四卷本一百三十几万字，主要是写知识分子钱文的人生经历，似乎还未写完，只写到1976年，而其后的25年对知识分子仍有写头，大概又能写三至四卷。如此的鸿篇巨制，大量的篇幅不是用在塑造人物性格上，而是铺排在语言上，排句和词语叠落，写得铺天盖地，汪洋恣肆。尽管这种随心所欲的狂欢式的语言体现了一定的文本实验性，但对相当一部分读者的耐性却是一种考验。语言上无节制的铺张，往往会对作为长篇小说重要支撑的故事和人物构成破坏，有可能使读者迷失于语言，也止于语言。

　　文体是长篇小说故事和人物的有力支撑，也是长篇小说产生意义之所在，文体并不只是趋从于内容的外部表现形态，有时它会给作家提供一个能展示个性的空间，也可能成为升腾作家想象的动力源。当代一些作家虽然具有文体创新的素质和能力，但是却不愿为此耗费精力和时间，往往会避重就轻，选择比较简单的叙事方法和结构。像方方的长篇小说《乌泥湖年谱》，采用了年谱的形式，顺年度书写，对作家来说倒是简单省事，但从整部小说来看，编年史并不是最好的结构形式。张一弓新近推出的长篇《远去的驿站》，用的是不必煞费心思的中篇组合结构，犹如"冰糖葫芦"，由第一人称叙事把几个板块串联起来，人物故事可以随写随丢，但却把内容中原本具有的史诗品格，轻易地在儿童视角的叙事中消释掉了。

尽管近些年来，长篇小说在数量上创造了新的高峰，作家在文本创作中也进行了技术性创新的种种尝试，也在积极追求艺术承载形式的多样性变化，文体上也有所创新，但总体来看，这种文本变革与作品数量完全不成比例。如果做一个初步的统计，近些年来体现了文本创意的长篇，诸如像张承志的《金牧场》，韩少功的《马桥词典》，张炜的《家族》《外省书》《能不忆蜀葵》，阎连科的《日光流年》，阿来的《尘埃落定》，贾平凹的《高老庄》，高行健的《灵山》，李锐的《旧址》，王安忆的《叔叔的故事》，刘震云的《故乡面和花朵》《一腔废话》，莫言的《檀香刑》，王蒙的季节系列，等等，估计难以超出 30 部。这一方面说明作家对文体的时空体式缺乏想象力，另一方面也说明对小说文体的创新还未进入许多作家的思考领域。应该看到，对小说文体的关注，已成为全球化背景下作家所共同关注的问题，文体已不仅仅体现着一种形式的因素，而且也表现在作家用什么方式来观照和认知世界，体现着一种崭新的时空概念和时空关系。因此，不断探索长篇创作的新的叙事方式，应成为每个作家的自觉追求，也是繁荣长篇小说的需要。

原载《文艺新观察》2002 年第 2 辑，长江文艺出版社 2002 年版

撤退:当下文学创作的一种姿态

我所指的"当下",是20世纪90年代中期以降的这一段时期。中国社会经临了市场经济的转型过程,生存的空间变了,滋生文学的气候和土壤也在相宜地发生变化,文学的价值观念、文学生产的内在机制、文学的审美选择和社会接受功能,都与以前有了很大的不同。最显目的事实是,作家、受众都在商品经济的大潮中迅速地蜕变与分化,在不同的功利追求和审美目标的驱使下,纷纷向各自心仪和选定的路向转移,使创作与审美选择都更为多元化和社会时尚化。在文学的整体格局发生变化的过程中,也出现了一些微妙而特别的变化,聚合成中国文坛一种特殊的文化现象。

在各种纷繁的文学现象中,"撤退"作为当下文学创作的一种姿态而引人注目。用"撤退"为观照角度来审视当下的文学创作,是源自莫言《檀香刑》后记中关于"撤退"[①]言论的启悟,由这种作家的有意识的创作行为,而引发了我对文坛有关"撤退"现象的种种想法。

"撤退"在当下的社会语境中有着多种指义,诸如价值取向的变更,后退、放弃原有的阵地,撤离原有的立场,等等。在具体的行为方式上,也有着被动与主动的区分。在特定的背景中去考察作家的创作与作品,这种"撤退"的创作姿态,可能会产生某种特殊的意义。但从退却的指义来看,其负面的解释则更为普遍,是处于守势而不是攻势,多是失,而不是得。

当下文学创作中出现的许多现象都可以与"撤退"加以联系,诸如从主流意识形态和精英话语向民间立场和民间叙事的撤退;从知识分子的精英立场退向大众世俗化的观照视点;从对人类生存和现实社会的深切关

[①] 莫言:《檀香刑·后记》,作家出版社2001年版。

注，到回避公共生活的自我幽闭的个人化写作；从文学的理性和思考的智慧，倒回到欲望的感官和躯体；或是放弃和逃避对思想深度、对语言和文化的多种可能性探寻的艰辛，而流于对日常经验性表象的复制与临摹；或是丢弃作家应有的独立人格和社会批判精神，完全受制于市场与利益关系的驱动，而主动遁入媚俗化的写作，等等。这其中一些现象所牵涉到的话题，像主流与边缘、官方与民间、强势文化与弱势文化也一直被人议论着，但"撤退"这一关键词的凸显，却可以提示今天的我们更深刻地检视和反省自身的文化身份、文化立场，在多元化的选择中更进一步地明确自己的位置和立场，确认以怎样的身份和角色去参与对中国文学的建构。

世俗趣味与悦民化的叙事策略

一种无法回避的事实是，在商品意识日渐浓厚的现实中，文学和文学创作的功利化和世俗化已成为一种普遍的趋势，"撤退"这种创作姿态，在一些曾被认为是主流作家的身上表现得尤为突出，并且成为一种有意识的、自知并自愿的行为。

在各种利益的驱动下，一些作家正从原先所秉持、所坚守的知识分子立场上撤退，在创作中主动放弃了以思想和认知深度为评判的尺度，甚至也放弃了传统的艺术性的尺度，即文学应有的诗性的品质。其创作的价值倾向发生了变更，而艺术趣味也倒向和投合着大众，在创作动机中熔铸了十分强烈的趋时谋利的欲望，往往会在小说写作中着意地采用趋时悦民化的叙事策略，表现手法上更从俗从众，尽可能地使自己的作品融入大众文化的消费市场。

在作品是否畅销，以书的印数为评判尺度的遮蔽下，一些作家的创作正在抛弃精神的深度和理想的情怀，他们的写作立场、精神追求、艺术表现形式都在市场经济的冲击下再度整合与弃扬，在市场的杠杆下，重新打造着自己的创作空间。的确，他们中的一些人取得了商业化的巨大成功，成为当下图书营销市场的"火人儿"一个，也成为电影电视剧市场的宠儿，不仅文本一再地被复制，而且迅速地由平面的文字转换成多维的映象声乐，在城市的夜空和白昼流动，助推着大众文化消费的潮流。

池莉是一个"撤退"得最彻底的例证，她在 20 世纪 90 年代后期离弃了知识分子的写作姿态，而进入了大众文学的写作状态，大量创作着迎合大众趣味、被大众选择消费并流行的文学作品,让自己完全成为市场效应的品牌和卖点。

相比较她创作起点与精髓的《烦恼人生》,池莉的创作立场和创作目的已有了较大幅度的位移:"我希望我具备世俗的感受能力和世俗的眼光,还有世俗的语言,以便我与人们进入毫无障碍的交流"①,在这看似合理的话语中,却意味着池莉的创作身份和立场的新的选择与连接。她开始从印家厚身上尚存的理想主义而退向世俗主义和实用主义,意义消解了,精神坐标下坠了,目的退却了,不向读者提供任何倾向性的价值判断,日常体验的临摹上升了,感官的快感与视域成为存在主体。尽管她成功地参与了文化市场和文化商品的生产,但却怎么也摆脱不了对其媚俗化的指认。

刘震云以一部《手机》成功地进入了大众文化的消费市场,出版社与电影制作联手打造共享创作资源的运作方式,使他的声名和经济利益迅速地增值。

从严肃文学作家的身份而转型为大众文化产品的生产者,对刘震云来说,也意味着一种撤退。从主流意识形态的《塔铺》《新兵连》到政治反讽的《故乡相处流传》《故乡面和花朵》,再到成功占领文化市场的《手机》,可以清晰地看到这种撤退的轨迹。《手机》从题材内容都完全投合了大众的趣味,将隐私、婚外恋、窥视、短信、传媒等当下的时髦全聚集于手机,它的制作也是商业营销化的,硬被抻长的篇幅,大面积的留白,两字便断一行,一句"春天到了"便占据了一页,块头不小,水分太多。对《手机》失望的是文学读者,但它在社会公众中却受众广泛,刘震云也将由此成为大众文学或文化消费的策划者和生产者。

方方的创作一直秉持着知识分子的立场,但近期却明显地从文化经典意识形态而走向了文学消费主义,市场的杠杆与大众的趣味已潜在地左右着她的选材和叙事策略,她多少有些远离了以往人文知识分子所看重的社会批判立场,淡化思想而取悦于受众。她近期的作品如《有爱无爱都铭心刻骨》《水随天去》,都更加突出了消遣性,在叙事方式上强化了大众所青睐的故事性,为吸引大众的阅读,刻意地加强了对巧合、悬念、对称、因果报应、言情三角结构等故事元素的运用,但这并未使她与市场达

---

① 池莉:《我》,《花城》1997年第5期。

到完全合谋,相反,这种撤退的不彻底性,却使她无法彼此借重,陷入了新的两难的境地。

在消费主义文化成为当今中国的强势文化的背景下,我们的一些作家正变成实用主义者,往往会弃守和修正原有的身份与文化批判立场,去趋附畅销与流行的实利化写作原则,显示出当代作家在现实和精神困境前的退却姿态。

作家这种对商品化原则积极迎合的精神状态和创作姿态,虽然使他们跻身于"新富"的行列,但却在迅速地销蚀着他们对小说诗性境界的追求,使他们在对琐屑生活的快速复制中丧失掉艺术原创的动力和能力。

民间立场与民间化叙事

20世纪90年代末,由重写文学史而引发了对"民间"的重视,有关"民间"的文学创作和批评也开始多起来,人们开始关注民间这种"非权力形态也非知识分子的精英文化形态的文化视界和空间"[①]。

一个值得注意的动向是,一些主流作家有意识地从主流意识形态和精英话语向民间立场和民间叙事撤退,在"民间"意识支配下重新寻找自己新的文学审美空间,其写作立场、价值取向、艺术表现等,都发生了迥异于以往的变化。

最典型的个案是张一弓,作为主流意识形态的代表性作家,他的创作,在新时期文学的发展过程中,曾引起过不同一般的社会反响,他的那些直面现实、与时代的政治敏感区和社会关注焦点相契合的作品,不仅在当时产生过强烈的社会冲击力,而且至今这种印象仍深深地留存于许多人的记忆中。他所具有的对国家、对人民的使命感、责任感,以及敏锐的社会洞察力和反思历史的理性精神,使他主动承当着时代道义担当者的使命,在文学创作中尖锐地触及历史大悲剧,勇敢地揭示重大的社会矛盾和社会问题,痛陈极"左"时代给人们的身心所造成的深层创伤。

相隔10年后,再推出新作《远去的驿站》时,他已撤退到了个人化和民间化的立场,由国家意识形态的宏大叙事转向到对个体生存记忆的发掘,由为国家和民族群体立言,转到为个体立言,尝试着以个人的或民间

---

① 陈思和主编:《中国当代文学史教程》,复旦大学出版社1999年版,第363页。

的视角去审视和观照历史，以个体生命的感悟和体验，完成对小说艺术的重新理解和尝试，在毫不张扬中完成了自己的话语转型。

《远去的驿站》在小说的营构上，完全消解了这类家族叙事所惯有的宏大历史叙事的史诗性品格，化重为轻，去繁就简，是在民间视野中以民间的话语形式来完成的，整个叙事更接近民间社会最本真、最原始生存的状态，在创作的整体意义上凸显了个人化的、也最民间化的"说"的意蕴。

在个人记忆再现中，张一弓着重展示的是属于他个人的独到发现，是对有限的个体生存记忆所做的历史言说，从个人生存体验的角度，保全了最宝贵的人类兴衰变迁的经验。这使得《远去的驿站》尽管素材丰富，底蕴厚重，体现了作家深厚的生活积累和文化积累，却只是个人化的民间记忆的历史言说，而不会成为民族的、文化的寓言。

莫言是公开打出撤退旗号的作家。与张一弓从主流意识形态立场的撤退有所不同的是，莫言的撤退首先是在艺术领域，他想把小说返回到民间文学的本位，还原它民间俗艺的本质，以对抗在对西方文学借鉴中壮大起来并成为主导的当代小说，但潜在地这种撤退仍与精英立场形成一种对抗和冲突。他在《檀香刑》后记里这样写道，"《檀香刑》是我的创作过程中的一次有意识地大踏步撤退，可惜我撤退得还不到位"[①]。在创作中，他大步撤退到了民间立场，面向民间，以纯粹的民间视角来审视和阐释历史，发掘和修复民间记忆，从自己的故乡乡土中取材，刻意挖掘"猫腔"和刑罚这类民间文化，并且返回民间说唱艺术的表现方法，从民间土语中寻找话语来完成故事叙事。

在《檀香刑》中，莫言担当着民间历史的代言人的角色，他关注的是官方历史文本上的大事件在中国民间底层社会所激起的各种震荡，而更看重的是民间社会对天灾人祸和外来势力侵略时所呈现出来的坚忍和耐力，以及专制压迫下的抗争。他展示的人物体现了民间社会的复杂构成，是民间的生命形式的化身。而戏剧曲词和"猫腔"又是民间文化与艺术形式的体现，尤其是远古流传的"猫腔"，将最原始的生命的激情渗透到了高密东北乡人的集体无意识中，成为寄寓情感的所在。而"猫腔"也诱发了莫言关注民间历史和民间生活的热情，成为他写《檀香刑》的最

---

① 莫言：《檀香刑·后记》，作家出版社2001年版。

直接的诱因。莫言这种撤退的另一变化,是作品中民间话语与知识分子的言说形成对照,冲突消解,又彼此依存,互为言说,体现出莫言在撤退民间立场过程中的混杂状态。

同样是主流作家的周大新,在他的新作中也在向民间立场和民间叙事撤退。《战争传说》是个体民间意识观照下的历史叙述,是与正统历史中心话语相悖的传奇故事。在这部定格于1449年明代中期的"土木堡战役"和"北京保卫战"的战争传说中,周大新有意识地拒绝了主流权力观念对历史的书写,而是从民间的视角去进行历史观照,以一个瓦剌族女子娜仁高娃的视点来介入明朝中期这场发生在汉民族与游牧民族之间的战争,以民间传说的话语方式,轻而易举地解构了这段历史。

总之,不论"撤退"的内涵是什么,对这种"撤退"的写作姿态,多少应该保持一种警惕,除必需的质疑精神外,不断提示自我的检视和反思也是极有必要的。

而对褒奖较多的向"民间"的撤退,更应有所警觉。在现在,当还看不到"撤退"所能达到的终极目标时,实在很难做出正确的判断。但有一点却很清楚,这种向民间立场和民间叙事的撤退,只能是作家民间理想主义下的一厢情愿,是作家对自己主体心灵的一次自由的放逐。当民间被作家当作理想的民族文化和民族品格的栖身之地时,却多少有意忽略了民间也是藏污纳垢之处这一事实。面对民间的混沌和变动不已,民间立场仍意味着艰难的选择和深刻的反思。

其实,"撤退"不论是一种姿态,或是一种过程,还是最终目的,可能都不是最重要的,对作家来说,不管立足于何种立场,都应该体现出对人、对人类的终极关怀,并对世界、对人做出深刻的追问。

原载《文艺新观察》2004年第1期

小说的字里行间

从小说的字里行间，我们会看到或是说想得到些什么？由人物、环境或其他叙事元素所聚合起意义的故事，哪些甚至是比现实世界更令人感到真实可触的生活，让人感同身受着作家在想象和虚构中完成的对可能世界的表达，由此而感叹文学想象的无比奇妙和无边界的生长性。抑或我们还会有另一种更高的期待，那就是在小说的叙事中，看到作家的智性通达到小说细部的每个末梢，以及他们叙事的智慧对小说文体开拓性的创造，透过作品中那些似乎有些障人眼目的叙事方式和话语、结构的迷宫，可以看到一个在小说艺术上有所追求的作家对小说如何表达所做的种种沉思。

小说的字里行间，显现出的信息太多又很驳杂，世界的、文本的，时代的、心灵的，理性的、非理性的。其中隐现着作家自身太多的奥秘，来处与经历，身份与立场，延续与超越，重复与蜕变等，这所有的一切，构成了小说叙事的千差万别，成就了小说万花筒般的魔力和多样化的叙事模式，这正是小说创造的迷人之处。

写什么和怎样写，明白而又费人琢磨地透露在小说的字里行间，这始终是作家内心一种挣脱不了的纠结。所有故事的原型都已被反复地挖掘，似乎已穷尽，却又隐现着无法预知储量的矿苗。作家们既被故事所缠绕，又不时地会陷入人物情节雷同的惶恐和困顿中，面对已有的文学经典和繁复的生活，想象显得有些精疲力竭而难以高飞。对作家而言，若是想在自己的小说创作中有所创新和建构，使故事不断地生发新的意义，就一定会把小说的叙事视为自身创作发展的一种重要的内驱力，不断地去进行小说的创新，寻找全新的、与众不同的表达内容和表现形式。

而对优秀的读者来说，最具诱惑的所在，一定是在小说的字里行间，那些隐藏在表面叙事之下的隐秘的信息和言外之意，这会考量他们的智慧和耐性，引发他们的种种联想和思考。这类读者肯定不会仅仅满足于故事这样一种最传统、最普遍的小说叙事形态，尽管故事可以提升小说的可读性，对读者会产生一定的吸引力，但好的读者往往期待小说叙事能够超越自己原有的阅读期待，超越自己的日常想象和记忆。他们希望从故事中看到的不仅仅是些常识的、常态的东西，而是一种富有创意的陌生化的叙事，能够让人眼前一亮，感到新鲜、好奇、兴奋，从中能够展现小说创造的智慧，以及作家自我的个性审美的观念和意识，反过来也会开阔视野，促成自我的提升，与作家在心灵之间"形成一种艺术上的和谐平衡关系"，"感情激越的享受伟大作品的真谛所在"[1]。显然，读者的这种潜在需求无形中对作家构成了一种极大的压力。

正是来自作家自身以及读者这两方面的压力，迫使作家必须付出大量的精力去具体地践行有关小说叙事的探索，去探寻小说叙事的各种可能性，在不断地突破自己创作的局限和叙事困境后，能够升华到一种小说叙事的自由境界。

当然，并不是所有的作家都会将探索小说叙事的各种可能性与自由性，置于自己创作的至关重要的地位，能担当起这样的责任的，一定是那些优秀的作家。纳博科夫在《文学讲稿》中谈到优秀的作家时，曾从三个方面去看待一个作家，即讲故事的人、教育家、魔法师。一个大作家往往集三者于一身，他之所以成为大作家，魔法师是其中最重要的因素。[2] 显然，单纯地讲故事的人并不是纳博科夫认定的大作家，而成为大作家得力于此的便是小说变幻无穷的创造，它使读者领悟到了天才之作的神妙魅力，所以，优秀的作家是充满叙事的智慧的，在小说创造中一定显示着魔法师的魔力。最近进驻华中科技大学中国当代写作研究中心进行"秋讲"的韩少功和格非，就属于这种具有魔法师效应的作家，他们多年以来始终勤奋地以自己的创作实践孜孜不倦地探索着小说叙事的各种可能性与自由性，并且在小说的内容与形式的创新方面取得了突出的成就。

两人都是能让人有兴趣在他们作品的字里行间中穿越和停留的智慧型的作家，不管是通过想象和虚构去完成对可能世界的表达，还是通过新的叙事的方法去实现小说创造的各种可能性，在这两方面，韩少功和格非都

---

[1] 参见［美］纳博科夫《文学讲稿》，申慧辉等译，上海三联书店2005年版，第5页。
[2] 同上。

进行过各种可能的探寻和尝试,只是在不同的阶段,他们探索的偏重点各有所不同。以 20 世纪 90 年代作为分界,在这之前格非偏重的是对小说叙事的形式技巧的探寻,把小说怎么写放在了创作的首位;而韩少功虽然不断打出新的创作旗号导引文坛,但一直注重的是小说内在的对文学和历史、人文精神的思考,重心在写什么。进入 90 年代后,格非开始回归传统的故事叙事,而韩少功则在小说的文体创造上付出了更多的精力和热情。

格非走着一条"之"字形的探寻之路。他最先是以超越常规的形式主义策略和特异的语言表达颠覆了传统的文学观念和文学体式,在小说的表现形式上走出去很远,由此探寻着小说叙事的另一种可能性。在早期的小说中,格非回避了对现实的建构和阐释,不大关注主题和完整的故事,创作更偏重于小说的叙述形式、叙事的话语结构和特点。小说叙事不再是表现社会现实、承载意义的手段,而成为创作本身的目的。作为先锋文学的代表作家,格非的小说叙事观念的变化带来了叙事方法的变革,他用形式策略消弭了故事,模糊了历史的年代和历史的确定性,以华丽的语言铺陈、精巧的句子修辞、超量的话语堆砌,表达着对形式探索的热情和努力,字里行间向读者证明和演绎着有意味的形式所可能产生的意义。正是包括格非在内的先锋派的创作,把中国小说的叙事创新突然地推到了一个似乎有些不接地气的高度。这种对小说的文体形式做的最早的探寻,提升着中国作家的文体意识,也在改变着读者传统的阅读和理解作品的方式。但这种缺少思想内容的深度仅有形式外表的创作必然地走向了颓败和转向。

就格非而言,他倚重形式主义的叙事策略去反叛传统的故事叙事,继而又从形式复归于故事叙事,主要动力是来自外部,这既有时代、社会转型的因素,还有 80 年代中期外国文学的引入和交流的背景,以及 90 年代的市场经济潮流的冲击。尽管格非后来的创作转向了故事叙事,而且几部小说都带有中国传统的文化意味和传统元素,但叙事技巧却能明显地看到西方现代小说的叙事理论和策略的影响,像《人面桃花》摈弃了传统小说中一种视角贯穿到底的写法,采用外视角与内视角、全知视角与有限视角的交替运用,从不同的视点来阐释故事中的各个事件。叙事视角的多重选择,使得陆侃和陆秀米追寻大同社会和世外桃源的追梦人的故事,具有了一种多角度立体化的叙事效果,视角的转换,也使相同的故事情节有了另一种解读。我们在小说的字里行间里能感觉到这种叙事意义的体现，双重视角产生着不同的叙事声音，时而分离时而交汇，不同的视角又制造着悬念、暗示和留白，在字里行间给读者留下了巨大的想象空间。近年来，格非作为大学课堂被讲述的对象，主要说的还是他的故事叙事、想象力以及文本的互文性，但从《人面桃花》《山河入梦》等作品的叙事策略的选择和运用上可以看到，其实形式探索一直都未远离他的创作。

韩少功对小说艺术的探索动力主要是来自内力的驱动，因为文体的创造和思想是不可分割的，他需要为自己不间断的思考寻找到能够承载的新的形式，这促使他去突破原来的叙事方法、语言和结构，不断地去创造新的叙事方式和文体。和格非不同的是，韩少功一直走着传统的小说叙事之路，叙述着故事，获得着故事的益处，把叙事探索的各种可能性都复合于故事中，即使在他那些明显带有文体实验性质的小说中，也是让读者从他的故事中去体会叙事的文体变化。20世纪90年代后，韩少功在小说创作中进行了技术性创新的种种尝试，也在积极追求艺术承载形式的多样性变化。最初他也是从西方形式技术的运用中找到了新的创作启示，像《马桥词典》之于米洛拉德·帕维奇的《哈扎尔辞典》，用词条来结构小说。随着小说文体意识的强化，使韩少功形成了一种文体探索的自觉，这给他的小说创作带来了新的生机与活力，开始有了愈来愈多的体现着原创性叙事的作品。这也使得韩少功成为一个不断地有新的小说观念作为支撑、不断地尝试小说形式创新的作家。

读韩少功当下的一些小说，几乎是每一部作品都需要读者在字里行间有更多的阅读停留。《801室故事》从根本上颠覆了传统小说的三要素：人物、故事、环境，由一份装修公司的装修方案和一份公安局的搜查报告组成。房间里只有沉默的物品，每一件物品都有故事，都有人物和情节的痕迹，衣服、药品、车票、字画、书籍、鱼缸等都成为某个故事的物证。小说的题旨是"故事"，内里却看不到故事，读者需要用报告的内容和室内的物品重组"不在场"的人物的故事，由此去发现和判断发生在河边的抛尸案的端倪。这种字里行间的停留和了悟，需要读者有相应的智性、阅历、经验和常识来做联想和判断。《第四十三页》运用时空交叉和时空倒置的方法来进行小说的叙事，体现了空间化的叙事效果。小说的空间形式是西方现代叙事理论所关注的焦点，一般在传统小说中都比较关注叙事的时间顺序，而现代小说的叙事，往往通过"并置"的手段打破时间顺序，用一种"同在性"取代顺序，《第四十三页》就做了一次这样的尝试，体验着时间的流逝和超越时间，同时展示着过去和现在。《暗示》仍然体现了韩少功对常规小说叙事的反叛和解构。构成作品的是些隐秘的信息、具象符号等，文本中一百多个零散的片断，杂糅着历史、小故事、考证、人物速写、引经据典、分析言论等。具象符号介入了记忆、感觉、情感、性格以及命运，介入了教育、政治、经济、暴力、都市化以及文明传统，"来探讨一下语言和具象怎样相互生成和相互控制，并从这一角度理解现代知识的危机"[1]。由此可以看到，韩少功在对形式的实验创新中虽然做了大量的可见的探索，但他永远都不会是一个陷于形式探索的作家，他不会被形式所束缚，而忽略社会的现实意义。

小说的字里行间，提供给我们很多的内容，可以看到作家对故事的重组与悬念的设置，叙事策略的选择与运用，隐秘的信息和具象的符号所产生的意义，也可以看到作家的奇妙的想象和思考，他的发现与创造，以及对自我的超越和蜕变。反过来说，能够吸引读者在小说的字里行间作阅读停留和审美停留的作家，肯定是那些具有叙事智慧的作家，他们不仅能吸引和留住读者，更重要的是他们用自己的作品对读者进行了塑造。

原载《长江文艺》2013 年第 1 期

---

[1] 韩少功：《暗示·前言》，人民文学出版社 2002 年版。

而且是越来越被重视的来源,高版税、高报酬相应地也会刺激大量的无名或有名的网络写手的创作热情。

其次,来源的多样化也改变了传统的文学格局,颠覆了过去主要由专业作家作品进行影视再创作的一贯传统。习惯于网上阅读的年轻受众的点击率,现在已经开始决定着文学艺术再生产机构的决策,开始形成了一条新的由网络文学到影视剧生产、传播和阅读的链条,这对过去以传统的纯文学为主体的影视剧生产的模式构成了强有力的冲击。

再次,这些作品受到了青年受众的热捧,已经在网络上形成了自己的受众群。这些青年受众大都是与网络关系密切的学生和白领,尤其是80、90后的年轻人正成为主要的受众。而与传统的受众不同的是,他们往往是在第一时间从网络上读到文本,直接在网络上进行互动交流,继而又从网上一路追捧成为影视剧的观众,形成了一种新的阅读势力。所以,网络原创作品靠点击率在网络上集聚了人气,又为影视剧的二度创作进行了预热,这也是以后影视剧热播的重要前因,同时也相应地降低了影视剧投资者的风险。

最后,形成了新的文化产业链,即由高点击率的网络小说到影视剧,再由影视剧的热播到纸媒质的畅销书,或是其他诸如话剧、广播剧、动漫等几乎所有的艺术表现样式。这条新的文化产业链,创造了许多奇迹,网上数亿的点击率、过百万册的畅销书、占据前列的收视率、巨大的票房收益等,甚至还带动了其他附加的商品收益,诸如大卖的杜拉拉的服饰、杯子等其他衍生产品。

所以,从对非主流创作与热播的影视剧现象的观察中,可以看到在现象之下正在发生的各种变化,这可能会使我们传统的认知纬度发生漂移而困惑丛生。一方面,我们需要改变用传统的纯文学的认知观念去衡量评价网络作品的习惯,对这些实际上已经脱离了纯文学规则的作品,要有更大的包容性。尤其是要看到,目前网络注册写手的总人数已经超过百万,尽管良莠不齐,成气候的不多,但相对于不足10万人的各级专业作家来说,这个巨大的基数以及后续扩展的不可估量性,都可以想见目前被我们认为是非主流的创作未来发展的各种可能性。另一方面,也需要去研究为什么这些在语言、结构、叙事上可能都存在明显缺陷,而且与传统的纯文学存在明显差距的网络作品,正日渐成为文艺生产的重要资源,由此所改编的影视剧,会受到大量青年受众的热捧,这说明他们所写的人物、故事、对话和语言，可能更贴近当下年轻人的生活状态，更符合他们对社会、人际关系、人生价值，以及对时尚等的认知和选择，其中也贯穿了他们对时空思维、视听思维、空间概念的理解，这也是影视剧热播的原因之一。

当然，并不是说影视剧收视率高，就可以证明其原创就一定是好作品，编剧的改编和名导、明星的演绎，也是影视剧热播的重要原因。对目前出现的这种现象，我们也需要做出一定的思考，点击率是否能真正体现出判断的可靠性，收视率和票房是否能代表作品成功的全部。大量脱离现实的青春小说和穿越故事充斥荧屏，会对青年受众产生怎样潜移默化的影响，我们如何从中去探寻有效的应对措施，这些都将是今后我们所无法避开的问题。

原载《创作与评论》2012年第3期

舞台视觉艺术的边界

新世纪之初，曾经对"高科技时代的文艺创作"这样的课题感兴趣，那时对高科技给文艺创作所可能带来的变化是有过憧憬的，觉得随着科学技术的发展和变化，一定会赋予文艺创作以一种全新的意义，但最后是不了了之，因为认知有限，思考受到各种限制。

今天，我们的确是看到了高科技的手段为文艺创作所提供的无限的可能性。像网络技术的发展就给文学创作带来了新的变化，提供了迥异的文学书写经验和多样化的写作规则，以网络为代表的新媒体文学，与传统的纯文学和以畅销书为主打的市场化文学，已经明显地形成了三分天下的新的文学划分板块。而网络的介入使得作品的传播与接受也发生了前所未有的变化，无可置疑地对纸媒质文本的出版和营销构成了一种不可忽视的挑战。在电影领域，高科技带来了影像技术上的新的突破，3D技术的发展，让受众看到了《阿凡达》所表现出来的视觉奇观。而另一个突出的变化应该是LED视频、数字投影、三维动画等技术给舞台设计所带来的变化。从国内外舞美设计的发展趋势来看，LED和数字投影技术已成为舞台装置的主流，越来越广泛地运用于大大小小的舞台设计之中，而这些技术在中国的运用是最具有成长性的。我之所以这么说，是因为中国有着自己特殊的国情，每年大大小小的电视晚会很多，数量和规模，还有场面奢华程度都可说是世界之最。LED显示屏、新型的数字投影仪器、多媒体电脑灯的使用也越来越广泛，表现形式和手段也在花样不断地翻新，而且各级部门愿意花钱去进行这种耗资巨大的晚会制作。2008年北京奥运会的开幕式上，鸟巢中央设计的巨型的LED卷轴，让中国历史文化的长卷动感地徐徐展开，成为这个舞台的最大亮点，舞蹈演员在卷轴上翩翩起舞，在LED卷轴上画出了巨幅的"中国山水活画"，的确可以说是体现出中华文化底蕴的经典设计。还有广州亚运会的开幕式上，数百人在 LED 显示板上表演，这些视觉景观给所有的观众都留下了极其深刻的印象。

刚刚过去了的 2012 年的龙年春晚带给我们一种全新的视觉审美感受，这台晚会可说是将高科技的 LED 和投影技术运用到了极致，立体而又华丽地制造了一种视觉奇观，整个舞台设计真可以说是美轮美奂，给亿万观众带来前所未有的视觉冲击。虽然说 LED 和数字投影技术在春晚舞台上并不是第一次运用，像 2009 年的春节联欢晚会，就由曾经是 2008 年北京奥运会开幕式的舞美总设计陈岩担任舞台设计，运用 LED 显示屏和三维影像技术给春晚带来了新的气象，舞台上不断变换的空间收到了令人惊叹的视觉效果。不过，由于受限于当时技术的原因，2009 年春晚的舞美设计比起 2012 年的龙年春晚，还是显得逊色了许多，当时是由 LED 显示屏构成的并排的柱子成为投影的载体，多排柱子或是成为侧幕，或是通过伸缩形成了罗马柱和欧式拱门的样态，使整个舞台成为一个宏大的殿堂，这种类型的舞台空间的构建多少显得有些呆板。而龙年春晚则将整个电视演播室的六面都安置了巨型的 LED 屏幕，演播厅的舞台其实是五面，包括背景墙、左右纵深剖切面，还有天花板和地面，而且和以往春晚舞台设计不同的，那就是面向观众的这一面舞台有所创新地向前伸展出去，像 T 台一样延伸了舞台空间，于是有了一种纵深感，而观众也似乎可以更近地体验舞台演出，整个舞台上，多媒体电脑灯光、LED 显示屏、数字投影相互配合，融为一体。用三维动画制作的竹林、森林等自然景物呈像效果逼真，具有一种立体感，观众好像真的走进了树林，看到花儿竞相开放，鸟儿在鸣叫，森林有了深邃的感觉，打造出了一个美幻的空间，而且在一个个节目中迅速地转换成不同的背景，上一秒整个舞台还沉浸在竹林中，下一秒整个舞台已是冰雪大地。面对这样的春晚舞台，我也和许多观众一样，被 LED 灯光柱、灯光屏所构成的美轮美奂的动感舞台，还有用投影技术制造的流光溢彩的投影所吸引，感受到了一种强烈的视觉冲击，尤其是杨丽萍的《雀之恋》最后孔雀开屏的投影画面成为表演的一部分，完美地与演员的表演有机地融合在一起，带给观众一种美不胜收的视觉感受。说真的，2012 年的龙年春晚最抢夺观众眼目的应该说是舞美设计了，这可能也和女性导演有关，在视觉设计上做得更细腻和更唯美。

但是，话说回来，不论 LED、数字投影、三维动画等技术应用，也包括大面积地使用升降板块在 2012 年的龙年春晚舞台上产生怎样惊人的效果，可真正让我们心灵震撼的作品并不多，回想起来好像没有几个真正能撼动心灵，让我们有所回味的作品。我这里并不是想对龙年春晚的节目去做什么评价，而是借此去思考一些问题，高科技的手段固然给文艺创作注入了无限的活力，但并不能代替所有的东西，并不能完全地满足我们心灵和情感的需要，视觉冲击会产生短暂的快感，但不等同于心灵震撼。我一点也不反对在舞美设计中将LED、数字投影作为主要的置景工具。的确，高科技手段为舞美设计提供了创作的无限可能性，以影像的优势提升了舞台境界。从未来的发展趋势来看，毫无疑问，LED显示屏和数字投影将成为舞台装置的主流，它们的运用会越来越广泛。不过我想说的是，技术是可以大大地提升舞台的艺术效果，但并不一定能真正地提升艺术审美的层次。

我不希望春晚舞台一年甚于一年地成为一个高科技的展示场，成为舞台视频和灯光技术的竞技场，结果可能是舞台极尽华彩，表演内容却空洞贫乏，或者是喧宾夺主，观众的眼球被天花板、地板和四周装置的LED不断变换的画面所吸引，而表演本身的艺术价值却被忽视了。我也不希望以后春晚的策划和导演都变成视觉设计家，尽管现在对策划和导演来说，技术的运用已开始对他们构成极大的压力，在策划节目的时候，他们也要将LED、数字投影等技术元素的应用考虑进去。但无论未来的电视节目和晚会怎样去做，首先重心还是节目内容本身，而不应优先去考虑制造炫目的舞台效果，打造视觉奇观。任何艺术创作首先都是感性的，必须诉之于情感和心灵的，而情感和心灵是真正能体现和挖掘出深度与意义的，技术只是手段而非目的，用技术手段去帮助我们实现作品的艺术内涵才是最为重要的。

原载《湖北日报》2012年2月3日第8版东湖副刊

视域二
文学批评与认识论视野

文学批评的现实态势与显在的危机

对当下文学批评的观照，可以看到两种不同的景观交相互现，营造出的热闹和大众回声的落寞，恰切地反映出当下文学批评的现实态势，从不同的向度上提供了透析和检视批评现象的切口与视域，可以从中获得有关文学批评的分析阐释基点。

从文学批评在当下的现实状态来看，可以归纳出以下一些新的变化。

第一，从事批评者众，形成了由几代批评家共构的批评格局。从目前的状况来看，文学批评的阵营比任何时期都更加壮大，在批评领域，至少活跃着三代以上批评家的身影。一些20世纪50年代以前出生的批评家仍然保持着批评的锋芒，继续发出着自己的声音；五六十年代出生的评论家非常活跃，成为批评阵营的中坚力量；70年代出生的批评家，逐渐成为批评阵营中的主力军；80年代后出生的一批人也已成长起来。几代人的前后续接，在世纪转型中悄然地进行着老中青的替换，也给批评不断地注入了新的活力。

第二，批评家从各自不同的职业立足点出发，形成了三大块各占一方的批评阵营，以作家协会理论室与文联下属的期刊或研究单位人员为主形成的作协派，以大专院校教师、社科研究机构人员组成的学院派，以及由各种媒体、报刊、出版社，也包括网络媒体的编辑记者等组成的媒体派成为一个多元互补的结构。

作协派的大都是专职做专业批评的，一般属于专职评论家。他们的长处是感性经验足，对新作品、新现象比较敏感，能够及时给作家和读者以创作反馈和阅读帮助，积极扶持文坛新人、推出新作。因为离创作圈比较近，他们能够敏锐地把握文学思潮和文学的变化，及时地进行分析判断与概括，在进行批评的同时，也在不断深化和建构自己的文学理论，在批评的话语上表现比较鲜活，观点明确而富有冲击力。当今文坛高学历、高文化素质的作家越来越多，他们本身搞创作，对文学了解透彻，也有人表现出很好的理论素质，有一些长于理论的专业专家也加入了批评队伍，像王蒙就写过许多有见地的批评文章，刘继明还因为文学批评文章得过奖。

学院派在人数和资源上都占据着优势，文学批评学科的体制化和程序化，形成了学院派批评的一套批评模式，其学理化的追求，使批评成为学科性理论话语的阐述。学院派批评试图引领批评的方向，也在不断地制造文学批评的新话语、新概念。

媒体派是当下批评的新宠，媒体正以其多样化的媒介传播形式，对整个社会的发展和普泛大众的生活产生着越来越重要的影响，这是因为它掌握着最为特殊的社会资源，即传播效力，所以占据着社会中心的位置。媒体和文学原本是两个不同的范畴，现在却相互有了更多的合作，媒介对文学的巨大渗透力，在市场经济的背景下显得尤为突出，出于媒体宣传的目的性和功利性，媒介系统依赖于自身所拥有的大众传播优势，大举介入文学及文学批评领域，借助于文学活动和名家名作的效应，或是将文学社会化、事件化，来提升自身的文化品位和社会影响，不但相关文学的活动经常被新闻媒介所策划，而且文学一方也在主动地引入新闻媒介的运作，双方常常是联起手来，共同策划着各种文学活动。

第三，批评的对象发生了很大的变化，形成了三分天下的新板块。批评的这种新格局的形成主要是对应于文学格局的分化，进入新世纪后，过去计划经济时代一体化的中国文学开始分化为传统的纯文学，以畅销书为主打的市场化的文学，以及以网络为代表的新媒体文学。这些新兴的文学板块，使得过去读者一元化的文学共识产生了分化，也对批评构成了新的挑战。不同的文学板块提供了迥异的文学经验和多样化的写作规则，这不仅丰富了批评的对象和批评的类型，也促使批评针对批评对象的变化不断地调整自己的应对策略，并且对批评家提出了新的批评认知要求。从某种意义上说，这对批评起到一种很好的促进作用。

第四，社会对文学批评的需求不断加大，要求强化批评的力度和广度的呼声一直很高，每年从上到下举办各种作品研讨会、批评论坛等，营造出一片热闹。各地各级部门也越来越重视对批评队伍的建设，强调批评对创作的扶持性、宣传性，积极扩大文学批评的活动阵地，创办批评刊物，扩大报纸批评版面，加大对文学批评的评奖，等等。

从以上罗列的现实情境来看，文学批评应该说是处在一种良好的发展态势中，批评阵营庞大，梯队递接有序，批评对象多样化，有大量的社会需求，并且得到各级部门的支持。但是如果我们对批评的现实态势做深入的观照与分析，就能发现一切并不像表面看来这么令人乐观，其中所显现出来的各种问题，已构成当下批评显在的危机。

从第一点来看，虽然从事批评者众，形成了由几代批评家共构的批评阵营，但阵营的壮大，并没有形成强大的批评冲击力去激浊扬清，相反，批评的软化现象却日益凸显出来。显然，在当今消费时代的背景下，在一个多元的文化与创作的格局中，批评对一些重大问题的失语，批评的不到位，正在放纵着某些文学或文化消费的趣味与走向。批评的软化，又容忍着创作的某种无序性和对终极意义的消解。商业化对批评动机的侵蚀，使批评家和批评成为文化生产的一种方式，开始进入社会的文化消费过程中，出场费和商业包装，书籍封面带条上批评家的摘句，都成为出版商的营销策略中的环节，文学批评变成了文学表扬，体现着隐性的市场化、商品化的制约。更令人担忧的是，批评缺乏文化品格和文化担当，缺乏批评的责任，在批评行为中越来越多地呈现出一种随心所欲的心态。批评失去来自心灵的灵性，失去批评的独立判断，已成为文学批评的一个突出弊病。

从第二点来分析，当下的批评大致可以分为作协派、学院派和媒体派。本来做专业批评的作协派很有实力，但近年来一些批评家的身份也在发生转化，不少人转入大学去做专职教师，在向学院体制靠拢。这里面固然有多种考量，诸如经济利益和学术地位，还有教授、博导专业职称的要求等。但他们一旦进入大学的学术体制，往往就会受制于大学的学术评价体系，这对他们过去做专业批评从作品文本出发的感性经验是一种制约，在学院批评过多依据理论文本的规程中很快会磨去敏锐的棱角，失去自己的长处。近几年来，作协派萎缩得很厉害，只有像雷达等少数知名批评家在继续坚守。不过，从批评的整体格局来审视，作协派的衰落是很糟糕的事，因为这打破了批评圈的均衡，这几种存在着差异的批评应该形成一种多元互补的格局，这样才更有利于批评的发展。

而对学院派来说，虽然人数最多，但在文学批评上并未形成优势，他们的学术重点在学科性理论话语的阐述上，而多少有些忽略现实的文学状况，忽略文本细读的感性经验。学院派批评熟悉20世纪西方的批评学派的理论和批评方法，并且尝试将其运用在中国文学的文本批评中，或是完全按照西方的批评理论、批评模式来研究、分析中国文学，或是有所借鉴地进行一些改造来进行中国文学研究。他们一般作品读得很少，所以更愿意去阐释比较固型的理论，用一种技术的思维和技术的分析演绎手段去解构文学作品，把文学批评的过程变成了模仿西方批评方法去进行的技术性的解构。比如采用结构主义的批评术语"能指""所指"来分析中国的文学作品，用格雷马斯在《结构主义语义学》中提出的"语义方阵"（符号矩形）理论去观照《创业史》，分析主人公与周围人物的互动关系；用女权主义批评的理论与方法去分析《青春之歌》中的林道静的女性意识；将苏童、叶兆言、刘震云等人的作品都纳入新历史主义的批评范畴中；用新批评的理论和方法去分析中国的小说与诗歌等。虽然新批评理论本身是针对诗歌的批评，但用这种方法来分析中国的诗歌是否适宜值得探讨，因为它们是两种不同的构成语言，之间是有差异的。而新批评理论中的反讽，更多地被用来分析小说，对小说进行反讽批评的文章比较多见，但有些批评文章对作品反讽的解析实际上超出了新批评中反讽的含义，还有套用后殖民主义理论去批评张艺谋、陈凯歌的电影等，也造成了在理论的运用上，显得有些生搬硬套，忽略理论产生的具体语境以及适用的范畴。有的批评理论和方法并不一定适合于对中国的文学作品进行分析，语境不大对称。这种依据西方的批评理论所做的对中国文本的演绎，以及为阐释和印证西方理论所做的作品的取样分析，总给人一种隔靴搔痒的感觉，有一种做作的明显痕迹，却未能抵达作品的纵深。不细读文学作品，或是转述他人对作品的阐释，纠结在对西方的理论话语的再度阐释中，这在当下的学院派批评中并不少见。在一些批评文章中，西方理论的术语化、修辞化已成为突出的问题，但内容上却显得空洞化，并未提供新鲜思路和理论洞见。讲求自身的理论化和规范化，使学院派批评愈来愈不适应于现实中文学的发展变化，对当代新鲜的文学现象和创作现象常常失语和缺位。

媒体派情形比较复杂，主要由各种媒体、报刊、出版社，也包括网络媒体的编辑记者等组成，但也包括那些主要以媒介为发表阵地的批评家。媒介因其新闻性的性质，而在运作过程中追求新闻效果，善于策划与组织各种新闻传播活动，注重发挥媒介的舆论宣传作用。媒介的这些运作理念和运作方式已经渗透到了文学领域中，作家成名、新作推介、文学评奖、出版营销、作家及作品研讨会等，全都有媒介的参与，依靠媒介的传播优势，发布信息，大造声势，以获得最有效应的信息流动和舆论支持，媒介的舆论宣传功能越来越受到重视和强调，在当下批评的表述中，媒体批评成为影响力最大、宣传效率最高的一种批评形式，这是因为媒介凭借自己对社会发展所最需要的信息资源的控制，完全有足够的力量去制约其他社会系统，以媒介的意识话语去排斥其他话语，并且把它传播的预期强加给受众，试图建构一种达到普遍"共识"的公众价值。电视媒介最有效地进行着封杀，报纸媒介制造着阅读潮流和文学的争论热点。媒介自以为是地掌管着筛选作家和批评家的专利，提升着圈子内作家和批评家的声名。媒介也可以组织起强有力的宣传攻势，进行话语权的剥夺，结果往往可能是作家在媒介上红火一片，实际作品的质量和数量却令人生疑。媒体批评的确不失热闹，似乎把持着话语中心，但过度的宣传和夸饰，也使它面临诚信危机，失去公众的公信力，而且它对文学的阐释毕竟有限。

从第三点来考察，过去文学批评主要针对的是纯文学作品，观照的范畴相对地比较单一。在当下这个新技术不断更替的时代，新媒体的兴盛，正在分割和改变着传统文学的疆域，随着文学的表现方式和传播手段的变化，批评现在要面对的是更丰富的文学现象，像发展很快的市场化的文学，年轻受众追捧的网络文学、新媒体文学，还有社会影响面极广的影视作品等，在一些新异的文学与艺术方面，批评却留下了不少介入的空白。像网络已经成为文学最重要的一种新载体，网络写手的总人数超过100万，尽管良莠不齐，成气候的不多，但相对于不足10万人的各级专业作家来说，这个巨大的基数，以及后续发展的不可估量性，都可以想见未来网络文学发展的各种可能性。尤其是习惯于网上阅读的年轻受众的点击率，现在已经开始决定着文学艺术再生产机构的决策，网络文学成为出版社、影视改编的直接来源，而且是越来越重要的来源，近两年来大热的影视作品《山楂树之恋》《与空姐同居的日子》《婆婆来了》《裸婚时代》都是由网络小说改编而成。像《与空姐同居的日子》两个月内点击率超过2亿次，累计点击率超过10亿次，后续改编成电视剧、话剧、广播剧等，出版社连印4版，而作者是个大家不熟悉的不到30岁的匿名网络写手三十，但这些却很少会有主流批评去介入。像《男人帮》这样标示为"情场知识小说"，受到年轻受众的欢迎，批评却不发声。所以传统批评现在面临的很大挑战和困难是，面对许多新的东西应接不暇，缺少应对能力，尤其是以中老年批评家为主的主流批评阵营，与处在蓬勃生长期的网络文学和新媒体文学，完全处在一种不对等的状态中，所以只能是失语与缺位。因此，要想改变这种情形，一方面要求批评家要积极吸纳新的知识，不断适应新的变化，另一方面尽快地培养与当下文学形势发展同步的年青一代批评家，也已经显得刻不容缓。

从第四点去思考，尽管说社会对文学批评有一定的需求，但是在这种需求中也会看到权力、媒体和利益对文学批评的绑架。比如有时文学批评不是出自批评家自身对文学艺术的感知和了悟，以艺术感受作为进行批评阐释的基础，然后去进行分析评价，最终做出自己独立的判断，而是出自非审美的功利欲望，为扩大作品的社会影响力，为出版社的营销宣传，为文学评奖，或是为扩大作家的知名度等，在有关部门、领导的指令下，在人情和社会关系等利益的驱使下，或是在高额酬金的回报下，去进行所谓的批评。这种批评的功利性、商业性和无序性必然会挑战批评的公正性、客观性和严肃性，造成文学批评社会公信力的下降，这种批评实际已经偏离了文学批评的本意，很难达到批评的真正目的。长此以往，对批评本身也是一种极大的伤害。

针对批评的现状，我以检视与透析的方式，逐一地指出其存在的症结和现有的一些问题。面对当下批评所呈现出的危机，积极去探寻有效的应对措施，寻求新的建构的各种可能性和可行性，就成为我们今后思考和践行的重点。要化解批评存在的危机，使文学批评更加健康地向前发展，需要大家的参与和共同的努力。首先要提高文学批评的精神向度，要有强大的新理论和精神来支撑，在批评理论和批评方法上不断寻求创新与突破。要以一种责任担当精神，担负起文学批评导引创作、褒贬好坏的重任，确立批评的独立性和导向性，重建文学批评在公众中的公信力。作为批评家也要加强自律，坚持自身应有的定力，在消费时代把握好批评的公正性和准确度，遵循批评的客观规律和行为规范，与时俱进，不断地提高自身的审美能力和理论水平，这样才有可能对繁复变化的文学作出积极的反映。

原载《文学新视野》2012 年第 1 期评论版

《新华文摘》2012 年第 11 期以《文学批评的软化》摘要

文学批评的当下功用与批评学科的建构转型

文学批评在当下是一个热门话题，各种媒介频频激起的讨论热点提升了整个社会对批评抱以期待的总体印象。这种自上而下的对文学批评的关注，尤其是对文学批评的有效性的强调，无不显现出当代中国社会对文学批评现状的不满和焦虑。

对文学批评所产生的普遍焦虑，似乎与当下一派热闹的批评景观不大对称，因为从大面上去观照，文学批评似乎比以往任何时期都显得声势喧哗：批评格局的多元互补，批评话语繁复而多样，各类批评文本逐年在迅速增殖；批评家阵营不断壮大，一批高学历出身的批评家正成为批评领域的主力军；批评的发表阵地在迅速地扩展，相关批评的刊物在各地陆续开办；各种批评论坛，各级作家、作品研讨会的数量逐年递增，等等。这些事实无不令人注目，若是以数据的方式来加以考量，各种增长指数恐怕都创出了历史的新高。

但是，这种看似繁荣的表象下面，却隐现着文学批评的极大危机。文学批评缺少力量，批评的软化现象日益凸显。文学批评已不能满足社会发展的需要，以及大众的文学审美的需求。而批评行为和价值评判标准的随意性，也使得批评失信于公众。正因为这些问题的存在，才使得文学批评成为被当下各个方面所重视的热门话题。

对文学批评过度的关注，以及对文学批评有效性的过于强调，一方面是社会对文学批评的确有着巨大的需求，另一方面也从社会的这种普遍焦虑中，感觉到在对批评的功用认知上存在着一种急功近利的倾向，由此对文学批评产生的质疑和指责，其实对文学批评的本质是一种伤害。

如何聚合文学批评的力量，显示文学批评的锐气和锋芒，并且以此来推动文学创作的繁盛，推动文学史研究和文学理论的更新，同时也振兴和发展文学批评学科自身，就成为需要我们去深入思考的问题。

一　文学批评功用的认知差异

对文学批评的功能和作用，当下有着几种不同的认知，且在当下的现实中都能找到可以用来印证的事实。

一是强调文学批评的实用性和有效性，着眼于文学批评所具有的社会宣传功能。

文学批评正受到前所未有的重视，以前批评主要是批评家自发的个人行动，有感于阅读中的心之触动由此而发声，是批评家们联手作家推出一个个文学话题，打出一些新的创作旗号进行理论上的导引，由此营造着文坛热点，但这主要还是着眼于文学。而现在是各级机构都参与进来，政府宣传部门和作家协会与批评家、作家和传媒联手，打造着一个个有关文学的新闻点，文学批评不再是批评家个人的行为和产品，而成了一种社会性活动，常常被权力和实用主义所裹挟，成为社会宣传的一个附庸。

当下的文学批评越来越体现出工具化的特点，批评成果直接或间接体现出的政绩化，使得各级部门都越来越重视批评的宣传功用。中国作家协会在今年5月份就专门以学习《讲话》为名召开研讨会，来探讨文艺批评的有效性，由此可见当下主管部门对批评功用的重视，这既有批评对创作、对地方性的文学活动所起到的推动和宣传作用，也关系到各类评奖、社会关注度等相关批评实绩的结果，以及主管部门组织工作的政绩问题。因此在有关部门、领导的指令下，每年各种有组织的批评活动、各种批评论坛等次第开展，经费上的大力投入，媒体的宣传和炒作等，就成为一种常态。

显然，在这种对文学批评的功用的认知中，文学批评的审美判断功能，以及对作家作品进行准确的文学史定位的基本功用都不大重要，而更看重的是批评产生的效应所具有的实用性和宣传性，这与真正的文学批评是存在距离的。

二是将文学批评纳入文化或文学产业化的链条，批评家和批评成为一种可以获得经济效益和物质利益的生产方式，进入到社会的文化消费过程中。现在经常可以看到媒体上充满溢美之词的广告式的批评，或是在新书的书带上印上一些知名批评家的评语，为出版机构的营销做宣传。批评成为一种商业包装，成为出版商的营销策略中的环节，在市场经济的背景下这种现象显得尤为突出。时下膨胀得很厉害的媒体批评将市场化的运作理念和运作方式渗透到了批评领域中，以宣传和炒作代替了批评，依靠媒介自身所拥有的大众传播的优势，大造声势，以获得最有效应的信息流动和舆论支持，于是作家成名、新作推介、文学评奖、作家及作品研讨会等，都被引入了新闻媒介的运作。媒体批评以强有力的攻势，提升着作家和作品的声名，于是作家在媒介的滚动式宣传中扬名，新作在炒作中畅销，批评的判断和谀辞之下浮现着的是经济功能，这种宣传和炒作往往名不副实，结果可能是作家在媒介上红火一片，实际作品的质量却令人失望，不过作品的销量却得到了大幅度提升，达到了促销产品的目的。因此从表面看，媒体批评似乎把持着话语的中心，但这种过度的宣传和夸饰，不仅使媒体批评显得庸俗而充满功利性，同时也在销蚀着受众的欣赏力和耐性，使批评陷入信任的危机，久而久之，媒介批评话语的可靠性在受众那里必然会大打折扣，进而使他们对整个批评失去信任。而对批评家来说，商业化对批评动机的侵蚀尤令人担忧，批评非出自审美的需要，而是在高额酬金等利益的驱使下，去说些好话、套话，甚至是瞎话，受制于市场化、商品化制约的这种功利性的批评已经失去了批评原本的意义。

三是将文学批评视为一种纯学术的理性建构，把文学批评置于学术体系中，将其纳入某种理论体系的框架中去加以阐释，或是通过文学批评建构一种理论体系。这种认知其实在中国的高校中颇为盛行，批评家更加注重自己的声音，试图确立批评的独立性和导向性，更倾向于文学批评的学理化、系统化和科学性的体现，并且积极吸纳美学、哲学、社会学、人类文化学、心理学等多种社会成果，来建构自己的理论体系，他们使文学批评更加理论化，使批评过程体现出学理性的特点。那些对当下作品有感而发的时评是被排斥在这一学术体系之外的，对具体作品的感性的分析阐释也不为他们所看重，他们关注的重点首先不是一部部具体的作品，而是在既成的理论框架和理论范畴中去寻找和阐释作品，使作品成为理论演绎的印证。这种将西方的批评理论话语和批评模式移植到当代文学批评中，不免显得有些生硬，理论的引述和阐释使作品分析变得空洞化，这样的批评既不能很好地阐释文学作品，总结文学经验和文学发展的某些规律，而且也不能真正对创作起到有力的推动作用，结果在西方的话语体系中对中国文学基本处于一种失语的状态中。

四是将文学批评看成是一种个人的随意的行为，轻视文学批评的社会功用，认为批评对作家创作所起到的作用微乎其微，批评也不能对读者的阅读欣赏有更多的指导意义，对批评对象发表意见只是为个人好玩，而不是以逻辑思辨性为发言基础，呈现出随意性、情绪化、简单化的特点，这种批评主要以网络文学批评为主。从整体来看，网络文学批评在当下很是热闹，任何人都可以在网上论坛、留言板、博客中有感而发，随性成文。由于批评者的身份复杂，网络文学批评就具体的表现而言，也显得参差不齐。互动交流是网络批评的长处，但随意性、片段性也使它目前很难进入批评主流，如何进行规范也成为一个难题。

对文学批评功用存在认知上的差异在所难免，我以检视的方式，逐一地指出其存在的症结，也是为了让我们能清晰地看到在不同的认知中所透露出的一些问题。正是这些问题的存在，影响了文学批评更加健康地向前发展。不论社会对文学批评的功用有何要求，但肯定的一点是，文学批评要符合社会发展和大众人生的需求，对作家创作、对读者的阅读都应该具有引领的指导功能，同时要保持自己相对独立的审美判断功能和理性思辨精神，既有切入社会生活的热情，也能体现自己的学术视野。

二 文学批评的价值重建

提出文学批评的价值重建，主要是针对当下的批评现状谈一些自己的看法，这并不是一个颠覆性的话题。从表面来看，文学批评似乎很是热闹，并且有大量的实绩印证着这种批评的繁荣。但热闹之下却隐现着令人无法回避的现实问题，这让我们看到了批评在当下所经临的窘境，并且对其未来的处境产生一种担忧。

在各种因素和利益的驱动下，批评的价值坐标出现了漂移，主体判断日趋混沌化，批评变得越来越商品化、工具化，这使得批评逐渐在丧失自己所应有的一些功能。批评与社会现实的发展，与大众的文化和文学的审美需求日渐疏离。文学审美对象的日渐陌生化，使得批评的应对能力明显不足，面对当下变化多端而又无限繁复的文学现象，批评却无法及时地发出自己的声音。尤其是社会公信力的下降，使批评的社会影响力已大不如从前。面对当下批评所呈现出的问题和危机，需要我们积极去探寻有效的应对措施，寻求新的建构的各种可能性和可行性，这应该是我们今后思考和践行的重点。

（一）重建文学批评的公信力

文学批评的公信力的丧失是当下文学批评所遇到的最大的问题，它对文学批评的伤害是致命的，也最令人担忧。市场经济下，功利性和商业化对批评动机的侵蚀，使得批评行为越来越随心所欲，批评缺少基本的准则和标准，失去了灵性和价值判断。在当下从上到下红包批评盛行，在有关部门、领导的指令下，在人情和社会关系等利益的驱使下，或是在高额酬金的回报下，批评成为以表扬为主的甜点，也更像是戏园子里捧角的把戏。批评只是需要批评家的到场，而不需要对作品发表深入阅读后的感知和了悟，批评无所谓是，亦无所谓非，真正的独立的判断、锋利而有锐气的批评越来越不合时宜。这种缺少见地、失却公允的批评，必然失信于公众。

批评的这种功利性、商业性和无序性挑战着批评的公正性、客观性和严肃性，在利益驱动下，价值评判标准的多元多样抹平了高下浊清之分，造成文学批评社会公信力的下降，这种批评实际已经偏离了文学批评的本意，很难达到批评的真正目的，而且已经对批评本身造成了一种极大的伤害。重建文学批评的公信力，就成为今后一项艰巨而长久的任务。

（二）扩展文学批评的公共空间

从当下来考察，文学批评的公共空间正在快速地萎缩。过去文学批评主要针对的是以传统纯文学为主体的文学空间，观照的范畴相对地比较单一。进入新世纪后，市场化成为一个强大的推手，使文学的公共空间形成了多元化的分散格局，新媒体的兴盛，也在分割和改变着传统文学的疆域。面对更丰富的文学现象，如发展很快的市场化文学，年轻受众追捧的网络文学、新媒体文学等，文学批评却留下了不少介入的空白。像网络已经成为文学最重要的一种新载体，尤其是习惯于网上阅读的年轻受众的点击率，现在已经开始决定着文学艺术再生产机构的决策，网络文学成为出版社、影视改编的直接来源。所以文学批评现在面临的很大挑战和困难是，它只在传统的纯文学范畴有用，但对新兴的、发展势头迅猛的新的文学无用，面对许多新的东西批评显得有些应接不暇，缺少应对能力，尤其是以中老年批评家为主的主流批评阵营，与处在蓬勃生长期的网络文学和新媒体文学完全处在一种不对等的状态中，所以只能是失语与缺位。因此，文学批评也不能总守着传统的文学空间，而且因为外在情势的变化，这个空间也无法守住。要想改变这种情形，一方面要求批评家要积极吸纳新的知识，不断适应新的变化，去扩展文学批评的公共空间，另一方面也需要尽快地培养与当下文学形势发展同步的年青一代批评家。

（三）更新批评理论和批评话语

批评理论和批评话语是文学批评的根基和武器，过去我们一直采用拿来主义的方法，将西方的批评理论和批评方法直接运用在中国文学的文本批评中，或是有所借鉴地进行一些改造来进行中国文学研究，把文学批评的过程变成了模仿西方批评方法去进行的技术性的解构。但随着时间的流逝，我们对西方的批评理论和批评模式也有所反思，当下迫切地需要更新批评理论和批评话语，调整我们的观念，寻找新的理论资源，以强大的新理论和精神来支撑批评，在批评方法上不断寻求新的突破，不断地创新批评话语。

（四）重视对文学批评的批评

文学批评的批评对象中也应该包括自身，文学批评需要以一种返视观照的姿态来时常地检视自己。近年来，一些文学批评脱离文本，自说自话，与当代的中国文学脱节。在理论的运用上，对西方的批评理论生搬硬套，忽略理论产生的具体语境以及适用的范畴。有的批评理论和方法并不一定适合于对中国的文学作品进行分析，语境不大对称。这种依据西方的批评理论所做的对中国文本的演绎，以及为阐释和印证西方理论所做的作品的取样分析，对促进当下的文学创作、促进文学的发展无用。在一些批评文章中，西方理论的术语化、修辞化已成为突出的问题，但内容上却显得空洞化，并未提供新鲜思路和理论洞见。还有一个突出的共性问题是，一些批评缺失原创精神，人云亦云，流于简单的复制，使得批评的平庸化成为一种普遍的现象。因此，重视对文学批评的批评，对提高文学批评水平有着重要的意义。

三 文学批评学科的建构转型

文学批评的繁荣和兴盛，需要有大量的从事文学批评的人，而批评人才的后备军就是大学的学生，这就关系到大学的文学批评学科的建设问题。

文学批评课程是中文系文学教育中的必修或是选修课程。这一课程的基本讲授框架，尤其是批评理论和批评方法部分，主要是以西方20世纪的批评理论和批评方法作为基本支撑的，这从多个学校编撰和出版的一批文学批评教程的教材中就可以一目了然。这些由全国重点或部属院校编撰的教材成为各级大学文学批评课程的主干教材，普及面很广，影响也比较大。文学批评现在的课程框架，涵括了西方20世纪文学批评理论的整个建构过程和各个批评流派的主张与特征，比如从语言学的走向而产生的英美新批评、结构主义批评，以及与此发展过程相关的俄国形式主义、符号学等。比如主张阐释的多样性和不可终结性的解构批评，还有从人本走向上讲述的心理学批评，其主体是由弗洛伊德的精神分析构成的。比如在德国接受美学的基础上和英美读者反映批评的实践中生长起来的读者批评，在西方的女权运动背景下产生的女权主义批评，以及对延续了近一个世纪的形式主义批评进行反叛的新历史主义批评，还有后殖民主义批评等，而文化学批评的核心部分则是西方的神话原型批评。即使像社会历史批评、印象批评这些在中国也有着悠久传统的批评方法，其理论资源与概念的框定，仍然是以西方为历史渊源来做梳理的。

这种课程框架，使人不得不质疑文学批评课程的定位问题。在文学批评的教学过程中，除了介绍文学批评的基本概念外，很大一部分时间是在讲授20世纪西方的批评理论和批评方法。尽管我们一再强调文学批评课程的实践性，但多数情况下，讲授的课时和内容重点仍是在西方批评理论和方法上，从其生成发展过程、基本理论概念和方法、批评的基本特征、研究范畴等去逐一讲授。可以说，我们对20世纪西方所有的批评资源几乎是无一遗漏地进行了引用阐释和归纳评价的梳理，由此获得了系统性的全面认识。

因此，20世纪西方的各种批评学派的理论和批评方法不仅为学生所熟悉，并且也在批评实践中被加以运用，其对学生的影响甚大，不仅在日常批评文章的写作中,还在学年论文和毕业论文的写作过程中显现出来,并且一直延续到文学硕士和博士的继续教育中。随着时间的推移,文学批评课程在发展过程中的成长性逐渐减弱或停止。尤其近些年来,随着文学批评学科的程序化和定型化,使得文学批评这一学科发展的深层危机也开始逐一显现,讲授的理论内容过时,批评方法缺少创新与突破,虽然也会加入对作品的个案分析,但这种分析也只是为了去印证和阐释某种理论。这种依据西方的批评理论所做的中国文本的演绎,以及为阐释和印证西方理论所做的作品的取样分析,总给人一种隔靴搔痒的感觉,有一种硬作的痕迹,很难真正探入作品的纵深。

通过对文学批评学科目前现状的考察和审视,出于对未来批评人才的培养需要,我们必须对文学批评课程存在的症结和现有的突出问题做更加深入的探讨,积极寻求新的建构的各种可能性和可行性,探寻可能促进文学批评学科发展的新的动力,从而规划出新的方向和前景。

首先需要我们去进行反思的是,文学批评课程的这种课程框架在当下的情形下是否仍然适用,文学批评课程的重点是否应该去承担传授西方批评资源的任务。其实一些批评理论与方法,其自身在西方的衰微,事实上已经证明了它的历史局限性。当下的一些文学批评总是纠结在对西方的理论话语的再度阐释中,试图以此来体现自身的学理性,生硬地套用西方的批评理论话语和批评模式去分析阐释作品,成为比较常见的现象。在一些批评文本中,西方理论的术语化、修辞化也成为突出的问题,但内容上却显得空洞化,并未提供新鲜思路和理论洞见,反而显得对西方话语有些食而不化。所以对文学批评来说,不是掌握了西方的批评理论,或者说对西方文学批评理论和方法经过吸收和改造就可以解决所有的问题。

但想要改变文学批评课程目前的框架和内容,并不是一件容易的事情,想回归中国传统也存在许多难以解决的问题,古代文论的当代转化也很难成功。但有一点是明确的,那就是文学批评课程必须要适应现实创作和批评的发展变化,去进行富有建构性的变革。应该看到,我们在对西方批评资源的利用和再度阐释中,一直遵循着西方的话语秩序,却未能建立起自己的批评的理论话语和批评体系,当代文学批评的理论术语大多是外来的词语。中国当代的文学批评者,也包括受到基本训练的学生,都比较熟悉 20 世纪西方的批评学派的理论和批评方法,并且会具体地运用于文学批评实践,要么完全按照西方的批评理论、批评模式来研究、分析中国文学，要么是有所借鉴地进行一些改造来进行中国文学研究。在许多人娴熟地操作西方的这一套理论话语和批评模式去阐释当代中国作家创作与作品时，总给人一种硬贴上去的感觉。让人感到有些隐忧的是，西方批评的这套评价体系，对学生，或说是对未来的文学研究者的批评价值观的潜在影响，可能会使我们习惯于用西方批评的评价体系，或说是文学价值观去看待中国文学，这肯定会影响到我们对文学的准确判断。

所以，今后在课程的建构上需要重新调整讲授内容的主次关系，对西方文学批评理论和方法的讲授，要将反思性思维或说是批判性的思维贯穿进去，尤其要强调西方理论与中国的文学语境不对称性。要改变那种生硬地将西方的批评理论话语和批评模式移植到当代文学批评中去的做法，避免作品分析的空洞化。

其次是强调感性经验的重要。感性经验的不足与缺失，已成为文学批评的软肋。文学批评学科的体制化和程序化，使批评成为学科性理论话语的阐述，而多少有些忽略现实的文学状况，忽略文本细读和感性经验的重要性。感性经验的积累和提升，并不只限于文本的细读，与多读、多看、多听有着直接的关系。我们今天所处的时代，政治、经济、文化以及社会结构、思想意识、传播方式都在发生着剧烈的变化，文学观念、文学形式和文学的表达方式都与以往不同，要引导学生对这些新的变化保持一种敏感，对新的变化不断能做出自己的独立思考。所以文学批评课程要强调文本细读和感性经验的重要，要教育学生通过阅读先从感性经验上充实自己，文学批评课程要加强文本阅读和文本分析的比重。

再次，要着重去培养学生的问题意识以及探讨问题的热情。文学批评要关注当下，敏锐地把握文学思潮和文学的变化，对当代新鲜的文学现象和创作现象及时地进行分析判断与概括。面对许多应接不暇的新的东西，要有一定的应对能力，从而发现问题，总结文学经验和文学发展的某些规律，能够及时给作家和读者以创作反馈与阅读帮助。

最后是要加强文学批评的实践性的环节，文学批评与社会文学实践活动联系紧密，应鼓励学生面向社会实践，提升学生的科研意识，提高学生的科研能力，重视对具体的操作细节的规范和训练。

如上所述，我通过对文学批评的功用的认知差异、文学批评的价值重建、文学批评学科的建构转型三个方面的阐释，对当下的文学批评现实状况做了分析论述。要化解当前文学批评所存在的危机，使文学批评更加健康地向前发展,需要大家的参与和共同的努力。文学批评的力量,要由大家一起来聚合,文学创作的繁盛、文学史研究和文学理论的更新,以及文学批评学科自身的发展,都需要批评在与时俱进中发挥作用。

原载《世界文学评论》2012年第3期(上)

批评的时疾：失语与失信

　　当下的文学批评是在繁荣与落寞中踌躇前行，各类批评文本的迅速增殖，各级作家、作品研讨会数量的激增，批评家阵营的快速壮大，若是以数据来考量，恐怕都创出了历史的高点。同时也因为批评越来越工具化，以及批评成果和批评效应的政绩化，从而使得批评受到了前所未有的重视。各种有组织的批评活动，各级经费的投入，媒体的宣传和炒作等，无一不在营造着批评的繁荣。以前是批评家们不断地推出一些话题，营造着一些看似有争锋却无枪头的争论，推涌着文坛热点，而现在是宣传部门和作家协会与批评家、作家、传媒联手，打造出一个个有关文学的新闻点。

　　不过，这些看似有实绩印证的批评的热闹与繁荣，却掩盖不了另一种事实，即批评的社会性功能正在萎缩。这主要表现在：批评与社会现实、与大众人生的需求日渐疏离，批评的实际影响力正从社会大范围内退潮；批评对读者的阅读欣赏的指导功能已大大减弱；同时批评对作家创作所起到的延伸反馈作用也微乎其微，现在很难再像高晓声写陈奂生系列那样，因批评的作用而影响到他对自己创作目标的调整和确认。

　　失语成为当下批评一个很突出的问题，这在批评界一直存在，但现在情形则有所不同。过去说批评的失语，主要还是说批评家缺少铁肩担道义的勇气，世故慎言，放纵着当今某些文学消费的趣味与走向，容忍着创作的某种无序性和对文学终极意义的消解。而现在批评的失语，除了上述仍然存在的问题外，更多的是面对变化多端、无限丰富的文学现象却无法发声。批评在传统的文学圈子中还勉强应付，但对青年受众接受甚广的网络上已经成型的各种类型化的小说，对销量巨大的市场化文学，对青春偶像剧，对动漫作品，对已对当代社会和人们的生活构成了巨大影响力的微博文本等，都无奈地处于失语的状态。当下的批评，不是不到位的问题，而是已无法面对所有的文学现象发声。另一种失语表现在学院派批评身上，生硬地将西方的批评理论话语和批评模式移植到当代文学批评中，理论的引述和阐释使作品分析变得空洞化，这样的批评既不能很好地阐释文学作品，总结文学经验和文学发展的某些规律，而且也不能真正对创作起到有力的推动作用，结果在西方的话语体系中对中国文学产生失语。

比失语更令人担忧的是批评的失信。市场经济下，功利性和商业化对批评动机的侵蚀，使得批评行为越来越随心所欲，批评缺少基本的准则和标准，失去了灵性和价值判断，而媒体批评更是以宣传和炒作代替了批评。在当下，好话、套话，甚至是瞎话在批评中泛滥成灾，这种缺少见地、失却公允的批评，必然失信于公众。

批评的失语和失信，不仅对文学创作、文学生产、文学研究，以及受众的文学接受造成不利的影响，而且也不利于批评自身的发展。改变批评失语的状态，重建文学批评的公信力，是当下批评重要而艰巨的任务。

原载《文学新视野》2012年第6期评论版

天窗亮话
——关于批评的随想

文学批评已失去了 20 世纪 80 年代它所曾有过的锐气和锋芒，营造出的热闹和大众回声的落寞，共同构成了世纪之交的批评景观。一方面，批评阵营比任何时期都更加壮大，中年评论家笔锋仍健，五六十年代出生的青年评论家空前活跃。批评群体比任何时候都更加注重自己的声音，他们试图确立批评的独立性和导向性，以改变过去一直被创作所轻慢、所牵行的现实地位。于是批评新话语的营造，新的创作旗号的张扬和理论的导引，构成了批评的文本的繁荣，暗示着批评家正与作家联手推涌着一个个文坛的新热点。而另一方面，批评的软化现象也日益凸显出来，过去所曾有过的那种"铁肩担道义"的社会使命感和责任感，那种积极参与社会历史变革，关注现实生存的批评精神却在明显地减弱。批评的某些功能正在无限制地膨胀的同时，它的褒贬善恶、斩荆开路、催生新蕾的社会性功能正在萎缩。批评与社会现实，与大众人生需求的日渐疏离，不仅使批评的影响力从社会大范围内退潮，而且也在某种程度上使它自身失去了激情与活力。显然，在今天这样一个多元的文化与创作的格局中，批评的不到位，正在放纵着当今某些文化消费的趣味与走向。批评的软化，又容忍着创作的某种无序性和对终极意义的消解。更令人担忧的是，商业化批评动机的侵蚀，以及在批评行为中越来越多地呈现出来的一种随心所欲的心态，无所谓是，亦无所谓非。横看成岭侧成峰，观照角度的多向度倒不乏益处，但价值评判标准的多元多样则抹平了高下浊清之分，一种平面化的批评，同样预示着批评的失职。时下盛行的批评沙龙和各种文学研讨会在活跃文坛气氛，给批评家和作家提供一种交流切磋的机会，并且给作家创作予以一定支持外，也有可能在一种非自觉的意识中销蚀掉批评的棱角，使批评成为闲适的一道甜点，抑或是戏园子里捧角的把戏。的确，当今批评的某些现状着实让人产生种种忧患，20世纪即将结束，在这历史的交接点上，批评需要有一种认真的回望与思考。尽管我们的批评观念、批评方法需要不断地更新，但批评永远不应该远离社会和大众的期待。每一个有良知的批评家都应切实地关注现实生活，关注文学发展进程和作家的创作走向，把促进创作和批评的发展作为一种切己的责任。

文学批评需要有眼光，但也需要有勇气。很多时候，我们并不缺少批评的眼光，缺少的恰恰是批评的勇气。一个日渐商品化的社会，最易磨钝批评的锐角，因而批评的勇气就显得非常重要，有了它，才能使批评的眼光敢于洞穿一切，显示出批评的力度。批评的勇气，很大程度上取决于批评主体的人格力量，它往往体现在批评家面对现实的一种社会良知，一种强烈参与的社会责任感，一种能容纳八面来风的宏阔而坦诚的胸襟，一种能坚忍地承受苦难和惩罚的负重意识；或许更容易些，只需有一种敢说真话和说出实话的勇气。而常常，也恰恰是这一点就最难做到，因为碍于情面，有伤友情，离得越近，了解越深，难度也越大。

回顾近10年来的湖北创作与批评，确实有许多值得我们很好地自省的地方。80年代初期，湖北作家创作在全国文学评奖中屡屡获奖，这成就了不少湖北作家，也得到了令我们乐于回味的荣誉。回过头来看，当初的一些获奖作品虽然植根于现实生活的土壤，带有浓厚的生活气息和乡土气息，但已经显露出文化根基和创作主体意识的孱弱，一旦进入艺术个性的自觉时代，这一致命伤便显露了出来，湖北文坛有不少昙花一现的作家便根源于此。当今文坛高学历、高文化素质的作家越来越多，不少作家还长于理论，并将理论的自觉回归于创作的二度自觉。他们突出的创作成就，正说明了文化根基有如沉潜在创作冰峰下的看不见的底基，下面愈大，凸现于创作水平面上的部分愈大，也愈有持久的托浮力，相比之下，湖北创作的这一缺陷也愈发明显。过去，批评对此呼吁不够，那么在今天，批评就不应该再保持沉默。在纵向的回望中，我们更清楚地看到了批评的缺席和不尽职确实留下过许多遗憾。80年代中后期，姜天民殚精竭虑的造句运动实质上已走上一种极端，我们虽看清了这一点却碍于其他，而把批评的视角更多地集中于对他小说的新变以及走出自身创作焦虑和困惑的赞美中，以致他在这种并无很大意义的形式创新中用生命标上了最后的句号。当映泉大量地喷吐生活体验和积累，让人明显地感到水多于血时，批评若能及时地加以引导，让他有个沉淀充实自身的缓冲，或许映泉就不会这么早弃笔而去。对王振武当初应以朋友式的忠告，告诫他淡化获奖意识，不至于使他囿于才力而一直深陷在无法超越的写作痛苦中，将生命闪过刃口。对楚良婚变期间所写的性爱和婚外恋小说应给予批评，至少应该指出他的创作根基主要还在乡土。我们述及过去，当然是为了更好地着眼于现在与未来。出于对湖北创作现状的切实关注，对作家有更大建树的关怀，也应及时地对当红的作家创作进行必要的剖析和总结，诸如对杨书案历史题材小说已开始显露出的惯性模式的突破点的确认，对刘醒龙小说题材价值取向的评估以及向更高艺术层次的提升，等等，作家与批评家之间应该有一种坦诚相见的回应，抑或是朋友式的提醒和忠告，这对于创作和批评都有极大的益处。在对批评的反思中，我们也应看到自身的弱点。湖北批评群体中少有职业的批评家，从事批评往往无关切身的生存利益，这样既易疏离社会和创作现实，也易失却批评的锐气和锋芒，埋头书斋又可成为批评的退隐之地，因而批评家也需不断地强化自身的参与和负重意识，切实地肩负起历史和社会所赋予批评的责任。

原载《长江日报》1995年6月28日第11版

视域三
地域视野中的文学态势

文化的根基与文学的发展

——新时期湖北文学话题之二

在新时期文学的诸神大合唱中,湘音显得格外气势恢宏,相比之下,近邻的湖北则显得有些中气不足。这留给我们一个值得探寻的话题,为什么同处古楚文化圈,共有着楚文学的粗大根系,而衍生出的枝干竟有如此区别。

最让人遗憾的是,史学家的论著中,一般把青铜冶铸工艺、丝织刺绣工艺、髹漆工艺、老庄哲学、庄骚文学、美术乐舞看作是营造楚文化高堂邃宇的六大支柱。且据此说不论是有限的传世文献所体现出的精神文化,还是丰富的出土文物所展示出的物质文化,都昭示着我们湖北域内曾占据着楚文化的腹心地位。即便是楚人先民尊崇的凤的形象,在湖北的文物中,它的体形和姿态的多种多样,它的应用之广都远非湖南境内出土所能相比的。尽管在漫长的历史绵续中,楚文化已在各种文化的碰撞中变得更丰富、多元,并逐步地汇入和融合于中华民族的大文化背景中,但作为历史上曾有过的一个整体、博大的文化体系,它的文化模式必然会给处在同一文化环境中的子民打上鲜明的烙印,深深地影响着他们的文化行为,并且通过带有群体色彩的文化质点,通过在民俗、语言、伦理、生产生活方式、思维特征、社会关系所体现出的地方特色中保留和传承下来,形成一种决定群体行为的文化动力。可以说,推动着新时期湖南文学创作向前发展的,正是这种源远流长的楚文化的原动力,而我们湖北文坛却失却了这种强大的文化的原动力。

所以,以古楚文化作为比较的基点,我们不妨对湖北和湖南的新时期文学创作的总体印象做一参照对比,这或许能为湖北的创作提供某种启示。

文化：类聚走向与散点透视

当新时期文学逐步走向深沉，由最初的控诉、伤感和政治反思而进入文化反思层面时，文化意识便自觉或非自觉地在作家创作中凸显出来。文化意识的觉醒，不仅体现出作家文学观念的不断更新，也体现出作家一种新的文学追求。他们将目光投向更深的层次，越过社会显性的政治、经济层，而探入到社会隐形的文化深层结构中去，通过文化的视角去观照现实生活对历史积淀的传达，去审视民族文化心理的复杂构成，并由此来识解当代人生与心态。总之，从民族文化中汲取创作津液，力求在历史和现实的更高层次上实现文学创作的大突破，这已成为新时期文坛的一种主题意向。

最早产生了对文化自觉的是处在楚文化之地的"湘军"。作为文学探索潮流领头人的韩少功，基于对新时期初端创作现状的不满，以及对单调、模式化的表现角度、创作手法的逆反，提出了"绚丽的楚文化流到哪里去了"的文学探索命题，在中国文坛上打出了"寻根"的理论旗帜，通过创作实践去溯寻楚文化的流向，以艺术成果来印证自己的理论。实际上，在理论提出之前，从湖南那些正视现实、直面人生的作品中表现出的浓郁的乡土气息和地方色彩，就已经显露出湖南作家对自己所处地域文化的特别关注和有意描摹。其后湖南作家在新时期的乡土文学创作中起到一种中坚作用，从所描绘的风俗画面中表达出独特的文化审美情致。应该说是先有了创作的自觉，继之有了理论的自觉，并在理论的统摄下回于创作的二度自觉。

对文化的自觉，使得"湘军"不论是创作群体还是创作个体都具有了其他所无法混同的特质，共同的文化背景并未湮没个性，反而衬出艺术个性的不同。尽管湖南写实作家在总体创作倾向上有相似之处，都以真挚的情感直面生活的真实，体现出现实人生的深刻内容和强烈的时代特色，具有现实主义的批判意识和民族的忧患意识，这正是"湘军"能在文坛上以群体的力量崛起的重要因素。但具体到对人生的把握、对文化的审视角度上又能体现出各自的文化审美差异，使古华、叶蔚林、莫应丰、刘舰平、彭见明、肖建国、孙建忠等处在同一写实风格层面的作家又显出创作上的不同个性。即便在突破了传统的审美观念，在观照视点和艺术手段上进行新探索的作家那里，多维的审美思考使彼此之间艺术风格分岔极远，如韩少功的文化寻根小说、何立伟的诗化小说、残雪和徐晓鹤借鉴现代派手法创作的小说等，其中的地域文化表征仍很突出。近年来，湖南小说群在艺术个性探索中逐渐分流，但不同的作品和人物之间依然有着潜在的文化连接与文化默契。鸡头寨的丙崽、芙蓉镇的胡玉音、放排的盘老五、黄泥街上的王四麻、做荷粑粑的吴婆等，不管被作家用何种观念与手法所塑造，他们都具有特定的地域文化构成中的诸种特征，体现出文化的人格化。所以从不同个体显现出的创作特质中，仍可把握到这一地域群体的创作心理特质的某种信息。

如果对湖南作家略作接触的话，我们会发现，这种对文化的自觉几近成为一种强烈的创作责任。作家都从自己立脚之处寻找题材并注入强烈的文化意识，这就有了作品充满湘北地方色彩的翁新华、彭见明，专写"山"文学的邵阳作家群，写黄泥街的残雪，写湘南五岭山区的古华，湘中的韩少功、刘舰平、何立伟，写湘西的孙建忠、吴雪瑙、蔡测海，大家通过不同区域看文化，便有了独特的眼光，也使作品有了个性色彩。

相对地，湖北文坛却缺少对文化的普遍自觉。诚然我们可以找到种种切实的理由为自己解释，那就是曾同处古楚文化之地的湖北，它特殊的地理位置使其比湖南更加开放。商业发达，讯息流通，城市日益大都市化，各种文化在这里相互碰撞和融合，反倒在某种程度上容易失去古老的原生的地域文化色彩。同时，日益层叠互渗的文化网络也使湖北作家的创作面临着多种参照选择，或开放的城市，或闭塞的乡土，或城乡互涉复合，已不可能形成湖南文坛那种对文化的类聚选择，而是呈现出对文化的散点透视倾向，相对地减弱了地域文化的总体特征。

其次，湖北作家也很难做到像湖南作家那样，从作为小说叙述载体的语言中显示出浓烈的地方文化色彩。对湖南作家来说，这既有周立波注重对方言的提炼和运用的文学传统的影响，也有更贴切生动地表现民情风俗的自觉需要，通过方言乡音显示蕴藏其后的文化特质，让读者体味到三湘特有的文化个性。即使在手法极现代的徐晓鹤的作品中，也运用着极地道的方言。而湖北特殊的地理位置，不南不北，各种语音杂糅，产生方言变体，语言中原生的地域特征相对减弱，因此，不易把握这种特点不突出的语言载体，并从中显出比较集中的湖北文化特色。尽管几年前方方在《闲聊宦子塌》中，曾通过自己的努力做过一次成功的方言尝试，但在湖北文学创作中，这种现象仍不多见。

　　再有，湖北缺少像湖南那样土生土长，创作扎根于本土文化，又在中国文坛上具有开创文学风气之先的写作大家的影响。如湘西之子沈从文，他的创作从题材内容到自然清灵的艺术风格都与湘西血肉相连，这种文学传统其后被新时期文坛颇有影响的韩少功、古华、叶蔚林所师承，他们各自肯定着作为一种文化形态的湘西、湘中或湘南。他们的领头作用，无疑形成一种巨大的文化凝聚力，使湖南文坛出现集体弘扬地域文化的创作态势。而湖北文坛有全国影响的姚雪垠、徐迟、碧野这一代老作家，他们的创作视野掠过整个中国版图，也并不集中于小说门类，再加上他们的出生成长地都不在湖北，因此，创作中的湖北地方色彩则不浓，从文化这一角度来说不具凝聚力。而其他中青年一代作家却因创作成就和文化心理素质所限，不可能引领湖北的创作潮流，使得湖北的中青年作家基本处在个体突破的状态中。

　　尽管种种理由都为湖北的创作现状和湖南的差距做着说明，但有一点却需我们自省的是，我们处在古楚文化的腹心地位，文化积淀更为深厚，但为什么楚文化那种灵动、热烈的品格，那种自由、浪漫、崇尚主体人格的文化个性，那种较高层次的艺术境界，没有成为我们创作生命的依托，没有在我们今天的创作中获得一种新的形式的增长，反倒有所失落呢？几年前涌起于湖南的文化寻根潮流，虽然对它评价不一，但确实为新时期文学提供了一种新的观照角度和把握方式，也使探寻民族的文化意识成为一种普遍的自觉意向。文化的自觉，打开了创作的新层面，借助于"楚文化""吴越文化""中原文化"的原动力，出现了影响极大且独具文化风格的区域性文学，如湖南文学、商州文学、厚土文学、葛川江文学等，即使韩少功、贾平凹、王安忆的创作别开生面，也成就了李锐、阿城、李杭育、朱晓平等一批文坛新人，而我们湖北文学和湖北作家却失去了这次借助文化腾飞的机会。

　　文化意识的薄弱，使我们没能从绚丽多姿的楚文化中获取创作的原动力。湖南作家有"我们是这地方人，当然要写这地方事"的理直气壮的说法，并以写自己一方事的小说去全国文坛竞争。我们有时仍是先看整体文坛创作态势再来决定自身文化的抉择，先有了框子，再来寻觅题材，反倒失去了在自身熟稔的生存环境中的自由。在湖北作家中，王振武是较早具有文化的自觉意识的一个。这种文化的自觉，不是指生活在乡土之中写乡土，而是指进入城市之后，他所做出的清醒的文化价值判断，肯定了作为一种文化形态存在的鄂西。于是他把创作之根深扎于鄂西，注重以采风的形式来汲取地域文化的养分，这种文化采风对他的创作有很大影响，可惜他不幸英年早逝。方方也是逐步地把文化意识纳入自己创作中的一个。她的《闲聊宦子塌》流溢着浓烈的楚地气息，带有深深的楚文化的印迹，但她却有意无意地放弃了对这一领域的投入。其后她注重于对都市文化的发掘，在特定的文化大背景中，探究人的本质和生成。她的人物是特定文化的构成物，她的小说展现出不同的文化层次和文化意识的冲突。这说明我们的作家已开始注意从自己立脚的土地去钻取文化的深层底蕴。

从和我们同处古楚文化圈的湖南文学发展中，我们找到了一种创作参照。一方水土养一方人，一种文化孕一种风格。我们应该立足于本土，把文化作为观照现实和历史的新视点，来把握处在特定的文化结构中的现实人生，从自己的文化土壤和文学源流中寻找文学突破的路径。这需要我们有对文化的普遍自觉，需要我们把弘扬地域文化作为一种切己的责任。

手法：多元探索与单一流向

新时期湖北的文学创作，从一开始便沿着现实主义的方向行进。最初的选择，使湖北创作的总体趋向与新时期文学走向一致，这种同步成就了不少湖北作家，也确实得到了令我们今天还乐于回味的荣誉。80年代初期，湖北作家创作在全国文学评奖中屡屡获奖，并出现了一批虽未获奖却在文坛上富有影响的作品。可以说，这一时期的湖北文学创作在总体水平上与湖南差距并不大，在创作手法上，都处在现实主义的同一格调之中。拉大我们之间距离的是在80年代中期，湖南寻根文学的兴起，成为探索艺术表现手法的契机，伴随着文化的自觉，艺术个性的追求也成为作家的一种自觉。以现实主义创作而结为强大群体的湖南作家群，开始在艺术手法的探索创新中分流，出现了多元探索的创作局面。走出共性，使湖南文学的群体力量不但没有减弱，反倒在艺术个性探索的新层次上得以提升。多元探索使小说创作更为活跃，同时也使每个创作个体具有了非常鲜明的独特性和不可重复性，如韩少功形式技巧的嬗变，何立伟和聂鑫森的诗化小说，残雪、蒋子丹、徐晓鹤各不相同地对外来形式技巧的借鉴，等等，正是这种群体的探索创新意识和个体艺术个性的独特性，使湖南文学又在新时期文学的先锋探索竞赛中仍然占据着一定地位。但是这股文体探索创新潮流并未在湖北文坛激起大的反响，湖北作家在创作手法上并无大的变化，仍然恪守着新时期初期得以确认的传统现实主义的文学传统。尽管我们的作家仍在勤奋地笔耕，尽管《闲聊宦子塌》《佛子》这些作品已显出了作家的某些新变，但相对于新潮迭起、新作不断轰动的文坛，湖北文坛近年来确实显得有些沉寂。

不过，若是把湖北文学徘徊不前的原因仅归结于现实主义手法的单一流向，恐怕并不公允。明显地，在经过诸多浪潮跌宕之后，现实主义作为一种既成的娴熟的手法，它的成功机会远远超过其他探索手法。在到达文学彼岸的途中，它的桨最为坚实有力。而且从湖南创作的多元探索中我们也看到，实际上更多地被文坛和评论界所看中的，并不全是作品的成功价值，而是湖南作家在艺术探索进程中所表现出的求索精神和创新意识。这不仅体现在创作个体上，而且也普遍地体现在创作群体的总体特征上。这种整体共有的创作心理，透达出一种内在的文化，使我们感到古楚文化传统的永恒伸越和我们先人上下求索的精神气质的延续，正通过一种潜沉的文化基因和心理基因起着作用。于是我们从湖南新时期之初比较集中的"为民请命"的创作主题选择上，从其抒发激愤的不平之鸣所表现出的强烈的忧患意识和批判精神中，体会到屈骚"发愤以抒情"的创作主导思想的深远影响。也从以后的文化寻根的现代神话中看到了楚文化逞神思驰玄想的创作特征所获得的另一种形式的实现。同样地从湖南作家突出的文体探索精神中，我们也能溯寻到屈原对各种诗句形式的穷尽尝试，以及楚文学注重字句锤炼的艺术美追求的文学渊源。因此，湖北文学徘徊不前的根本原因，不是在创作手法的选择上，而是失落了楚文化崇尚主体人格的文化个性，失落了楚文学不甘平庸的艺术探索精神。回过头来看，我们当初的一些获奖作品虽然植根于现实生活的土壤，带有浓厚的生活气息，但却或多或少地流露出主体意识的孱弱。对具体作家来说，开始的现实主义的创作实践，并不是在小说的观念上对现实主义的内涵有了较为切实的、深层的理解和把握，而仅是一种创作上的随大流，一种来自非主体性自觉的外力推动。多年来形成的思维惯性和惰性，仍使小说作家的双眼紧盯着全国文学的创作题材和创作方法的大致取向，竭力从政治和文学两方面去追撵时代的大潮。我们当时通用的写实手法，基本拘囿在反映论的概念性表述规范之中，不是将笔触探入到生活的深层，人性、人心的深层，而是更多地把憧憬和希冀轻抹过现实的表层，在获奖的《第九个售货亭》《"大篷车"上》的人物身上都带有添加上去的浓重的理想主义的色彩。直至80年代中期，湖北总体创作中的理想化趋势虽有所减弱，却仍很显眼，仍缺乏现实主义精神的力度和强度，仍未重视在创作中对自身主体意识的确认和强化，在小说观念上一直持社会认可的共同观念，所以一旦小说创作走出趋近趋同的创作规范，进入艺术个性的自觉时代时，湖北作家便陷入了创作的焦虑和困惑之中，产生了种种"失重感"和"失落感"。面对急速变化的艺术世界，他们既渴望超越旧往，急切地想找一条适应自己发展的新路，但又不知做何种选择。也正是在这种焦虑和困惑的痛苦过程中，一些优秀的作家强化了创作意识，开始努力发掘自己的创作潜能。以觉醒了的创作主体精神和审美意识对生活的直接投入，去统摄和把握生活本质的真实。并将再现和表现的手法互渗融合，使创作出现了迥异于他们先前的传统现实主义创作的特征和新质，逐渐地走出了创作的探寻期和停滞期。

但是，这种不甘平庸的艺术探索精神还没有在湖北文坛成为一种普遍的创作自觉。而且随着近两年现实主义的"回归"，极有可能使目前虽处在创新困惑中，但创作思维已从凝固化了的冰点状态迅速解冻的作家，又再次滑入以往的创作惯性之中，以为恪守传统现实主义的路子是走对了，从而放弃已经开始的强化主体意识和文体意识的努力。实际上，湖北作家目前所面临的最艰巨、最重要的任务仍然是对自身创作主体意识和艺术探索精神的不断强化。这是由于，现实主义的"回归"已不是重返旧路，而是以开放的形态，融入其他创作手法，充盈和丰富了传统的形式技巧，在不断扬弃自身的过程中，逐步地走向深化和发展。因此，对在创作手法上选择了现实主义单一流向的湖北作家来说，已不可能有现成的表现程式和创作规范去遵循，每个人在现实主义的创作实践中，都必须自蹚新路，自觉汲取具有表现力的一切艺术手段，去充分肯定自己对现实人生的独特认识和理解。近期受到文坛普遍关注的方方的《风景》《白雾》，姜天民的"白门楼"系列，池莉的《烦恼人生》，正是由于作家创作主体意识的充分确立，而在叙述视角、语境效果、审美特质、表述风格等方面显出了作品的探索创新，并在湖北现实主义创作中凸显出其不可混同的创作主体特质。尤其是姜天民，以最灿烂的生命之花，为自己的小说创新标上了最后的句号。和王振武一样，这种以整个生命的投入为代价的不甘平庸的艺术进取，不正反映出在我们生长的大地上，楚文化崇尚主体人格的文化个性和上下求索的精神气质并未在这一代人身上发生断裂，只是它确实需要更自觉地有意识地去强化，需要在创作中得到更有力的续接，这样才有可能使湖北的现实主义创作获得丰盈、强壮、本真的艺术生命。

趋向：群体奋进与个体突破

　　湖北作家队伍的总体构成分为几个层次，老一代作家徐迟、姚雪垠、曾卓、绿原、邹荻帆、冀汸、碧野等在创作年限上跨度最大，他们多成名于三四十年代，又经过五六十年代的创作发展，已在全国有相当影响。尤其在新时期初期文坛，他们的创作热情又再度爆发，徐迟的报告文学，姚雪垠的历史小说，曾卓的诗歌，再加上当时还在湖北的白桦的诗歌和剧本创作，使得湖北文学在当时全国的文学格局中占有重要地位。但他们的创作是以整个中国大背景作为自己的笔耕版图，从某种意义上来说，他们更多地属于中国的大文坛。

　　中青年一代较为活跃的作家分为两个层面。一是专攻历史题材小说的杨书案，或以特定历史阶段展现社会风云长卷的鄢国培、苏群、刘章仪等。二是切近现实生活的作家，如刘富道、汪洋、绍六、叶明山、楚良、周翼男、李叔德、王振武、映泉、方方、姜天民、陈应松、沈虹光、池莉、何祚欢、李传锋、叶梅、熊召政、吕运斌、叶大春、胡发云、王大鹏、董宏猷、李建钢、王力维、吕幼安、刘醒龙、柯尊解、苏渝、王石、唐镇等。

　　除去诗歌作者外，这基本展现出目前湖北文坛的主要作家阵容。面对这一规模并不算小的作家群，我们仍然心生忧虑。这是由于这支队伍的集体力量还不够强壮，尤其是应成为创作中坚力量的中青年作家之间，存在着较大的差异。他们中有的已在全国文坛有一定的影响，而有的只是在湖北文坛据有一席之地，或在湖北也是初露头角，给人印象平平。对这一群体总的印象是中间大，两头小，前卫和后续力量不足。而湖南文坛则显出梯队层递的发展势头。据不完全统计，湖南文坛在全国有影响的作家有二十多个，在全国刊物上常发作品的省内知名作家有近200名，在省、地、县各种报刊上常发作品的作者有两千多名。这种阵容不仅易于涌现新人，而且也使作家队伍更趋年轻化。近年来，为湖南新时期文学做出很大贡献的古华、叶蔚林、莫应丰，包括更年轻的韩少功等人已相继撤出，取而代之的多是五六十年代出生的作家。他们中有的以青年文体实验先锋的姿态各张其帜，更多的是以现实主义的作品冲进全国文坛，如写《船过青浪滩》的刘舰平，写《再生屋》的翁新华，写《玉河十八滩》的杨克祥，还有蔡测海、肖建国、晓宫、谭谈等。而湖北文坛中老年作家仍任重道远，青年作家尚嫌力量单薄，多数人创作还未达到更高层次。在这一点上，我们和湖南文坛之间在作家和作品的数量与质量上还存在着较大的差距，没有进行直接比较的基点。但从中却可以找到值得我们重视的地方，那就是文学的发展和突破，需要有雄厚的文学根基，在凸显于较高水平面上的创作冰峰下面，往往聚集着更富有生气的新生力量，正是这种巨大的底基才托起了文坛的精英。

其次，我们湖北文坛缺少湖南作家那种以共同的文学主张和文学追求，而在题材、风格上形成的文学群体的凝聚力，或是因气质、情感上的呼应和趋同趋近的生活旨趣而产生的创作个体间的亲和力。文学的发展有时也需要一定的文化环境和文化氛围。湖南的文学创作能在全国以群体的力量凸显，是和湖南作家之间的这种关系分不开的。一些已打进全国文坛的作家，在创作上常自觉地提携新人。大家常聚聚谈谈，互相交流和探讨，互相帮助和关切。而湖北作家之间则由于种种原因而显得相当松散，在文学追求和情感上存在一定间距，缺少亲和力，没能形成有利于创作的文化氛围。

最后，湖北作家在创作上往往并不只是向一个方向掘进，而是多头掘进。如陈应松、熊召政涉笔于诗歌和小说，洪洋诗、散文、报告文学、中长篇小说兼举，还有的已跨不同的艺术门类，如沈虹光两栖于小说和剧本，叶大春和王大鹏兼工小说和电视剧，何祚欢穿梭于曲艺和小说。对他们来说，小说只是事业的一部分，基本属于副业。从个人角度看，不失为文学多面手，但相应地却削弱了小说创作的力量。尤其近年来小说观念的更迭嬗替、小说视域的拓展、文体意识的觉醒所带来的叙述方式和语言的变化，都要求创作主体全身心的投入。作家兼营两头，无形中使创作主体有所松懈，处在创作困惑或功利制约时，便可以左右进退，一定程度上会使作家放松对小说艺术的深入探索，影响到小说创作的大突破。

所以，从目前创作队伍的种种现状来看，我们湖北作家还不足以形成一种群体的力量，在小说创作中集体奋进。我们作家队伍的结构相当松散,也许这种"没有群"的特征正是我们区别于别的创作群体的个性所在。因此,我们湖北创作中的这种特殊性,以及整个文坛形成的多种选择的创作格局,决定了目前最适宜我们的文学发展道路,即通过艺术个性成熟的作家的努力,以各具独特风格的作品在文坛激起关注热点,来提升对湖北文学的整体印象。这是由于寻求创作个体突破,我们有比较有利的条件。一是湖北创作处在一个开放的体系中,作家各自拥有特点各异的题材领域,不少作家已在其中显示出自己独特的艺术个性和创作风格。如杨书案、刘章仪的历史题材,鄢国培的长江题材,汪洋之于校园,方方、池莉、胡发云等之于都市,吕运斌等人的汉正街,李传锋的动物题材,映泉和叶梅的鄂西山区,王力维的改革题材等,只要不断地深化,一定会有大的突破。近期湖北都市文学的凸显,便显出了探寻的深度。二是湖北地域文化的多元复杂和意蕴互涉,拉开了作家在文化的感悟和把握上的间距,使得作家的个人优势、地域优势得以充分张扬。三是湖北比较开放的社会形态,加速了作家文学观念的更新和嬗变,使作家的审美意识层次更为丰富。不论是美与丑,珞珈山与汉正街都同样在艺术审美的尺度上获取了同等的价值。四是文体意识的日益觉醒,使作家们能更自觉地去建构实现自我超越的艺术个性。总之,振兴和繁荣湖北文学,要靠全体作家的努力,要靠创作的实绩来体现。

原载《湖北作家论丛》第 4 辑,长江文艺出版社 1991 年版

均衡圈掣肘湖北文学发展的阻滞机制

对湖北当下文学现状的研究，可以有两种不同的分析阐释基点：一是以宏观的审视姿态，站在世纪之交的关口，回望湖北文坛，对湖北作家创作的整体性成就进行全面梳理；二是以透析与检视的方式，切入作家具体的创作过程中去，寻求对存在症结及对未来发展趋势进行理论探讨的各种可能性，从而为湖北文学今后的发展提供可行的理论洞见和激发思路。显然，两种审视方法存在着明显的阐释差异。在当下的社会语境中，我们更多地看到了来自宏观阐释的话语表述，这种表述不仅符合当下普遍的一种社会心理需要，而且也极恰巧地与审视文学的时空契机相吻合。百年回顾，半个世纪的返视观照，20 年的梳理，时间在不同的向度上提供了文学研究的切口和视域。若从整体来看，这种宏观审视更多地体现出世纪末总结性发言的意味，它更具整体性和系统性，全方位地呈现了湖北作家创作的总体态势与整体创作精神走向，特别是对所取得的创作成就给予了集中观照。在现阶段，这种宏观的阐述研究更多地占据着文学研究的主导地位，各种期刊及不同类型的文学研讨会的主题多集中于此。通过这种阐释话语，我们更多地看到的是湖北文坛的繁盛格局，作家获奖的规格档次及获奖的人数和次数，作品在当代文坛所激起的阅读和评论热点，以及各种相关理论话题的引发，等等。这种批评阐释几近成了创作成就的回顾性展示，往往综述成绩多，而涉及局限和不足则一带而过，很少对创作个体的缺陷做个性化的剖析。尽管 20 世纪 90 年代的文学正处在世纪末文学发展的波谷中，但在历史性的回望中，我们看到的是由八九十年代文学连接而成的一片辉煌景观。由此，我认为宏观性的文学阐释固然重要，它可以使我们对湖北文学的发展过程获得系统性的全面认识。不过，有一点需要提醒我们注意的是，这类总结性的话语表述，多少体现着其深层寓意着的研究的某种终结意义，从而失去了对文学深度探究中所可能产生的最有价值之所在。因为它面对的是过去时态中的文学建树，而不是着眼于对新世纪的文学进行催生新质的建构。因此，从这一点上来说，我倒更倾向于后一种批评阐释。

的确，湖北文学研究不仅仅要总结观照已有的成就，更需要思考湖北文学在完成跨世纪之旅中，所应承当的新的文学精神构建中的最本质的难题。这种体现新质的文学建构既要以湖北现有的文学资源为根基，又必须突破掣肘文学发展的阻滞机制。这就需要我们做具有建构价值意义的具体分析和批评，从具体的文学现象和创作状态入手，进行必要的理论探讨，寻求湖北文学今后发展的各种可能性。

在我看来，目前湖北文学发展中的一个比较突出的问题是作家创作格局所呈现出的均衡性的结构特征，这在湖北文坛最具创作声誉的几位主要作家那里表现得尤为突出。湖北文坛第一创作群体几乎多年来处在四边关系的均衡结构中，起先是方方、池莉、刘醒龙、陈应松，1995年后随着邓一光的崛起，这一排列组合又变成了方方、池莉、刘醒龙、邓一光，这一基本排列组合结构，因其内在的多重均衡因素，使其保持了相对稳定的形态而少有根本性的变化，代表着湖北文学创作的基本格局和象征秩序。

显而易见，这种均衡首先体现在作家的创作实力上。几位作家都进入了当代主流作家的行列，占据着当代文学的中心而非边缘的地位，他们在过去和现在都基本保持着文学话语中心承载者的身份，所创作的作品有着较为广泛的影响，经常性地占据着刊物的头条位置，并创下多次重复选载的纪录，他们的名字也成为刊物或出版机构制定各种营销策略的最有效的促销手段。此外，在接受群体中，他们已逐渐拥有了自己较为固定的读者群或不同层面的阅读圈子。他们的作品发表后始终受到批评家的关注，在各种批评话语中反复多次地出现，为当代文学的研究多次提供了新的有价值的可供研究的文本。

其次，作为湖北文学的主力军团，他们不论在单纯的年龄意义划分上，抑或是在文学观念、价值取向、创作主体风格上，都毫无二致地属于同一代人，再度构成了一个均衡圈。他们都出生于50年代中后期：方方（1955），池莉（1957），刘醒龙、邓一光（1956），几乎处在同一年龄段上。他们的成长过程是在一个共同的社会历史语境中完成的，经历了国家几次重大的政治变动及经济改革。尽管他们曾生长在不同的生存场景中，或城市，或乡村，或军营，但都拥有相似相近的历史记忆，并且延续了老一代作家宏大叙事的特点，以大手笔表述对国家、民族，对百姓现实生存的思考和忧患，注重于对人类生存，对人性深度意义的追询，因此不论从年龄还是创作的代性特征上，他们都因有着太多的共性而达到共置同一圈的均衡。

再次，这种均衡性所体现出的另一重意义，则是由各种文学机构及政府颁发的各类文学奖项而显示出来的。1995年，方方、池莉、刘醒龙同获庄重文文学奖，在地域文学圈中，这种现象非常少见。他们几个人的名字常并列地出现在各种奖项中，这种均衡获奖的情形已持续了数年，似乎已在一些评委及读者心中形成了某种心理定式，同时在作家的深层心理上，也达到了某种平衡。

最后，需要认真辨识的是，那些从表面上看来最不可能达成某种均衡的因素，诸如创作题材、创作手段和方法等。在这些方面，他们之间的确存在着较大的差异：方方比较注重对知识分子群体及都市生活圈的观照；池莉善于叙写不断变化着的都市人生存的本体形态；刘醒龙多选取较为敏感的社会问题题材；邓一光的创作主导倾向集中于对历史境遇中的军人及家庭人物形象的开发上。尽管题材取向不同，审美思考、创作风格、表现方法上也呈现出充分个性化、风格化的特征，但若从大文学背景和创作整体格局来审视，这种差异恰恰形成了一种多元互补的结构，基本上是各占一方，不可能相互间形成撞击的力量，这种稳定的互补性结构正体现着一种稳定的均衡圈。

在分析排列了现象之后，我们需要在此做聚焦思考。我认为，湖北文坛这种持续已久的均衡状态，在某些方面可能会有所收益，比如作为地域性文学在对外的展示中，这种均衡力量的显示就体现出成熟的创作群体的气势，也极符合市场经济中所流行的扎堆效应，可以从整体上提升读者对湖北文学的总体印象，也极易通过这种群体的力量将湖北作家的创作置于中国文坛一个醒目的位置。但是当我们将观照目光返归自身时，却不免有些遗憾地发现，这种均衡性，对湖北作家来说是一个不利于创作发展的怪圈结构，而从湖北文学的整体发展情势来考察，也几近成为一种掣肘文学取得突破性发展的阻滞机制。

症结之一：均衡性最大限度地抑制了创作上的竞争，一定程度上消解了由作家相互间的竞争而引发的紧张状态，缓解了创作主体高度紧张的心理矛盾与冲突，减弱了刻苦进取的自觉程度，由此也可能消融掉最具建构力的激发动机和创作精神。因为不论是对文学群体还是对创作个体而言，没有竞争机制所产生的创作压力，就不可能激发出新的创造力，缺少带有挑战性力量的冲击，就必然会产生创作上的松懈与惰性，导致最终而来的平庸和停滞。事实很明显，当作家处在圈外时，还富有创造和竞争锐力，而一旦进入主力军团，就明显地受制于这种均衡结构的制约。不可否认，一些作家从内心里也喜欢这种实力对等的均衡关系，满足于维系此种现状，尤其当他自身不具备挑战性力量时，也不希望别人去打破均衡。

症结之二：当均衡性产生在一个旗鼓相当、实力相近的创作群体中时，沉潜于其下的深层危机也将渐次浮现出来，它至少提示我们注意这样一个事实，在如此背景下出现的均衡现象，只能说明处在这一创作圈中的作家已经走过了创作的喷涌和生长最活跃的阶段，而进入了相对平静的创作延续期和相持阶段。创作发展过程中的生长性已经停止或减弱了，代之以创作上的成熟期或老化期，生长期中许多不确定因素已得到确认和固型，这种成长过程中的不确定性往往是作家身上最富有创造力和生命力之所在。因此处在均衡状态中极易使人落入惯性化的操作之中，也难以自觉承受巨大压力去变革或强化自身，去寻求文学上的创新和突破。当然，也有可能实际情形是，每个作家内心都希冀有新的突破，但在对等的创作实力下要想打破均衡并不容易，因为这种创新突破必须要拉开较大的间距，体现出全新的创作精神视点，才可能显示出其震撼力量，激发新一轮的竞争，而仅靠一些局部的变化，比如某篇作品的创新和风格变异，并不能解决问题。这就是为什么在一些作家的创作中，总有些局部的新变，但并不能以其思想的魄力或新鲜的文学构架而形成强烈的冲击力，它呈现出的是圆熟的叙事技巧和话语风格，而少有沛然的生气。

症结之三：在一个年龄相似，属于同一代人的创作群体中，当均衡已成为一种常态的景观，并将每个人做了基本的定位时，创作便会受到来自均衡圈的压抑和束缚，而没法摆脱它的潜在影响和制约。因为这种排座次式的排列定位，在被批评和传媒话语固型若干年后，可能显示不出其内部早已悄然发生着的变化和意义，并不能真实地反映出每位作家当下实际的创作状态和精神视点的高度，作家所付出的艰辛追求，在这种已然铁定的象征秩序面前，并不一定能得到本真的体现和新的确认，因而也不可能获取超越的强大动力，横亘在圈内的不是激发机制，而是阻滞机制。

症结之四：这种创作上的均衡状态在 50 年代出生的作家圈中数年的持续，也足以说明湖北文学的创作发展已出现了断层，这种"后不见来者"的局面足以令人担忧。均衡圈作为一种超稳定的结构系统，如果没有外来的振荡机制打破它，融进新人，汇入新质，它也将会是封闭的，没有持久的创造活力的。不争的事实是，在当代文坛，50 年代出生的作家正因各种原因逐渐淡出，六七十年代出生的、有着较为广阔的东西方文学或理论的背景，并且凭借技术性写作的作家正大行其道。但湖北文坛六七十年代出生的作家在整体上还未能形成强有力的续接力量，不具备打破均衡的实力，在近两年内不会改变现有的创作格局。那么对还将继续支撑湖北文坛创作局面的 50 年代出生的作家来说，迫近的危机和困境，不仅是生理年龄的老化，同时也面临着文化心理和知识结构转型的严峻考验。

症结之五：均衡也往往寓示着作家在创作方法上的相似相近性。方方、池莉、刘醒龙曾同被列入"新写实"代表作家行列，尽管在艺术风格上存在着明显的差异，但总体来看，都处在现实主义的同一基调中，包括邓一光、陈应松在内，他们创作的基本特点，就是在恪守传统现实主义的大前提下再加以个人风格化。尽管在叙述视角、语境效果中也局部地融进现代技巧，但并不从根本上颠覆传统手法和技巧，在小说观念上一直持社会认可的共向观念，某种程度上更偏重于"守旧"，而不愿多去尝试有可能失败的"新"，这也显示出湖北作家的某种思维定式和创作惯性，并且也隐现着作家基本的文化基础和文化心理构成。出于种种原因，湖北作家接受外来现代小说理论和技巧的影响较少，因而更趋向于传统意义上的写实性，而少有现代的文本实验性。

症结之六：均衡圈以其特殊的形式体现着对作家创作能力最充分的肯定和承认。这使得作家不仅在意而且知足于这一特殊位置，从而模糊了对自我创作成就及创新能力公正而客观的评估。在创作谈这一类文字中，我们几乎看不到作家对自己的创作所做的坦诚的检视和自我批判性的发言，他们很少对自身创作现状发出焦灼的叩问，以及对创作中的缺失认真地提出质疑和追究，比如对他们这一代人由于社会历史环境所造成的理论储备和文化素养上先天不足的补救，对当下社会及经济生活转型的适应和调整，以及面对新世纪的挑战而迫切需要的对自身创作再度进行深度勘探的途径等，倒是在他们的话语表述中，更多看到的是他们对当下自我生存所表现出来的极为满足的精神状态。他们沉醉于对日常生存状态和经验的处理和叙写，而难以提升思想或文化的视点，甚至以对批评不感兴趣和拒绝理论的姿态来掩饰自身理论的匮乏。这种状态持续下去，极有可能在不久的将来，使他们的创作陷入危机和困境之中。

症结之七：湖北文坛这种持续良久的均衡状态，已有形地建立了作家在批评圈中的话语秩序，确定了作家在文坛上的位置和身份象征。这种确认几近成了一种评价作家的元话语体系，经过数年批评文本的累积和话语的灌输与耳濡，已深深地透入人心，沉潜在整个社会意识中，不仅对文学的研究者、文化机构的领导者，而且也对读者产生着广泛而深刻的影响。这使得后续的批评话语和理论的价值取向，首先就受到一种先入为主的认同机制的框定，制约着批评家自主的评判依据和独立的证明，使研究不可避免地在一种已定的评价框架中进行。在对湖北文学创作的综合性论述中，批评近乎是自觉地遵循着这一话语体系，无意也不想去打破它。这种话语秩序也直接影响着读者的阅读接受和阅读期待。作家在均衡圈中所占据的位置，最简单而具象地成为判断作家创作成就和作品优劣的评判标准，影响着读者真正独立的阅读，使他们不能完全依赖于个体的体验和感悟去形成自己的阅读体会和见解，从长远的眼光看，这种批评话语秩序和阅读认知的定型，对文学的发展是极为不利的。

对湖北文学发展中的阻滞机制，我们已加以整体性的考察和审视。打破均衡圈的束缚与制约，使湖北文学再获新的发展动力，这正是我们当下迫切需要进行探讨研究的理论话题。那么指出症结和根源，这只是初始性的工作，更重要的是进行具有前瞻性的建构，寻求建构的各种可能性和可行性，从而规划出新的方向和前景。

肯定地，创作新生力量的介入，是破坏均衡这一超稳定系统的最有效的手段。需要说明的是，这种创作新生力量的定义，并不以生理年龄为限制，不是六七十年代出生的作家的特定指义，它同样包括处在圈外的50年代或40年代出生的作家，这是湖北文坛目前可以深入发掘的创作资源，在经历了对生活再认识、再开掘，以及在审美表现手法上的再修炼、再磨砺后，他们更有可能写出有深度的作品来。当然，由于存在着年龄上的差异，六七十年代出生的作家一旦有超越表现，对打破均衡的创作格局会产生更强烈的冲击效果。新人的不断涌现，并且能不断地提供富有建设性的、能体现出创作新质的作品，这本身就具有推进竞争机制的积极意义。

还有，作家本身要提升应对挑战和竞争的主动精神，要保持清醒的自省意识，在一个大的历史语境中去审视自己的成功与地位，就更容易发现自身的缺陷和不足，体会到一种危机感。实际上，当作家进入成熟期后，那么衰退期也定然会不期而至，所以必须摒弃在"功成名就"潜在心理支配下所产生的创作惰性，不断地进行知识的更新和积累，在思想上、艺术上再度修炼，开阔思想和文化视野，在自我加压、自我调适的过程中，寻求创作上新的出发点和更高的创作定位，建构新的创作自我。

此外，社会的方方面面也要为湖北文学的发展实行必要的责任担当。批评家要肩负起批评的重任，要抵制平庸和俗化倾向，体现是非分明的坚守和扬弃，不断地给创作提供新的启示和挑战。同时也寄希望于高水平的读者群，通过他们对作品的阅读期待和阅读反馈来刺激作家们进行富有意义指向的创作。总之，打破目前作家圈中的这种均衡状态，是促使湖北文学再获发展的一个有力的因素，这也直接关系着湖北文学在新的世纪中，是否能以充盈的创作活力，再创新的起点，再铸新的辉煌。

原载《湖北大学学报》2001年第1期

九十年代:湖北作家创作纵横论

湖北作家的小说创作之于20世纪90年代的文学世界,无疑居于显目的地位,这不仅归之于湖北作家近几年所取得的创作实绩,而且也归之于他们在文学的寂寞中始终如一的坚守。进入90年代后,社会和经济的转型使文学的内在机制和整体面貌发生了巨大的变化,商品经济日益挤压着文学的生存空间,实用主义和功利性的驱使,使文学逐渐趋向社会的边缘,并且影响着作家的价值观念和创作追求。正是在文学处于低谷的徘徊中,湖北的大多数作家不为外界的喧嚣所扰,不为眼前的微利所动,在充满诱惑的现实生存中,仍视文学创作为自己的生命形式,坚持着他们对文学一贯执着的追求。近几年来,他们笔下佳作不断,在90年代难以形成主潮的文学创作中,仍突出地显示着其自身所具有的创作实力,使湖北的小说创作在总体趋势上呈现出多元共存、个性凸显的兴盛景观。

一

湖北的小说创作在中国当代文坛的凸显,并不是以群体的创作特征来体现,也难以概括归纳群体的创作共性。90年代,整个文坛形成了多元走向、多种选择的创作格局。在这种大趋势下,湖北的文学创作要提升自己在当代文坛的整体地位,只能通过创作个体在文学创作上的不断创新和突破来实现,以其具有鲜明时代特色和独特艺术风格的作品,在当代文坛频频激起的阅读和评论热点来加深人们对湖北文学创作的总体印象。而事实上,湖北文学在90年代的发展和成就,也确切地证明了这一点。

"新写实"在80年代末至90年代初的中国文坛曾兴盛一时,方方、刘醒龙、池莉一度成为指认和佐证"新写实"理论的热门话题。尽管这三位作家在创作题材和艺术风格上都存在着明显的差异，但由于他们的作品共有的对现实社会和底层世俗生活的沉入与关注，使他们同被列入"新写实"代表作家的行列，和刘震云、刘恒等一起成为"新写实"的几位主要作家。可以说，"新写实"这一创作口号的提出，与这几位作家的创作，诸如方方的《风景》《黑洞》，刘震云的《单位》《一地鸡毛》，池莉的《烦恼人生》《太阳出世》，刘醒龙的《凤凰琴》等不无关系，而"新写实"理论的进一步明晰化、规律化，也正是以他们作品中所体现出来的一些具体的创作风格特征来梳理成型的。比如对"新写实"小说特征的归纳：在主题上集中于表达平民的日常生活世相，注重对社会普通人生存状况的审美观照，强调作家对社会生活的感性体验，客观或直观地描述生活流程的"原生态"，尽可能做到原汁原味地表达，绝不加以文饰，以充分展示生活的原色。而作家在叙写社会生活中的众生相时，要尽可能地做到不动声色地冷静叙述，淡化创作主体的介入，保持零度状态的叙述情感，等等。因此，方方、池莉的作品常被用来对"原生态""零度情感"理论作具体的演绎和佐证。"新写实"口号和理论在90年代文坛持续热了相当长的一段时间，各种评论和论证"新写实"的文章层出不穷，那么方方、刘醒龙、池莉也就成为各种评论关注的中心。虽然把他们同列入"新写实"圈子并不一定恰切，因为方方的作品在对人性深度的揭示上，是充分典型化了的，在描写手段上也不全贴切写实，诸如《风景》就融合有现代派的艺术表现手法。就是最具"新写实"特点的池莉的小说，她的人物诸如印家厚、庄建非也是原生态与典型化的一种整合，在近乎原色真实的描述中，仍体现出了其典型化的人物性格。尽管方方、池莉、刘醒龙情愿或不情愿地被划入"新写实"的文学圈子，成为"新写实"理论的佐证，但从另一角度来说，他们在评论话语中的反复多次地出现，不仅扩大了他们在公众心中的知名度，而且在有意无意之中也提升了湖北文学创作的整体印象。

"文化关怀"是90年代中期出现的文学话题，《上海文学》提出"文化关怀"，旨在90年代的市场经济的大背景中为文学创作提供一种新的介入生活的角度。"文化关怀"要求小说应该关怀社会的精神环境，关怀人的灵魂，关怀人的价值追求，使文学在当今这个重经济、物质的时代能拾遗补阙，去更多地关怀一些经济来不及顾及，或者不可能顾及，然而又是人的生命的延续和发展所不可缺少的东西，使人们在文学——人类的精神家园中感受到被理解、被抚慰、被宣泄、被呼喊的关怀。因此,"文化关怀"小说要求突出两种主题,一是对弱者的关怀,主要着眼于对他们生存境遇的关怀,二是对强者的关怀,要更多地着眼于他们的灵魂,使他们共同在文学家园中寻找到温暖。我们暂且不去过多地论证和探讨"文化关怀"这一说法是否能够成立,这种命题是否有其不严谨之处,但一个无可争议的事实是,"文化关怀"是与湖北的青年作家刘继明的名字连在一起的,一提及"文化关怀",人们就不能不提及刘继明,要想从理论上深入地探究"文化关怀"这一命题,也不得不仔细地研读刘继明的一系列"文化关怀"小说,以期从中有所了解、有所印证。尽管刘继明出道时间不长,作品也不是很多,他进入90年代才发表作品,属于60年代中后期出生的那一批新生代作家,主要作品多写于1993年至1994年间,多是中篇和短篇,约有二十余篇,而他却以"文化关怀"小说而受到当代文坛的广泛注意。

刘醒龙的关注现实生存,着笔于敏感的社会问题题材的小说在90年代文坛极引人注目。这是因为90年代的中国尤其是中国农村正处于一种历史性的社会大变革中,它一方面给神州大地带来了欣欣向荣的繁荣景象,但另一方面在社会的转型过程中,也会因历史或现实的原因而产生这样或那样的新问题,存在着改革推进中的种种艰难。刘醒龙对乡村现实中出现的一些社会问题,对那些令人产生忧虑和困惑的生存境遇,以及底层出现的不正之风和腐败现象,给予了揭示和表现,体现出强烈的社会使命感和责任感,他的作品因此受到普通群众的欢迎。刘醒龙是最早写这类题材的作家之一,在其之后,已有更多的叙写乡村现实生存困境的作家和作品出现,如写《村民组长》《穷乡》《穷县》的何申,写《天下荒年》《大厂》的谈歌,写《太极地》《闰年灯》的关仁山等,刘醒龙的作品多成为影视改编的对象,不仅被列入"五个一工程",同时也成为社会关注的热点。

"硬汉"文学的倡导与邓一光的"兵"系列小说分不开。邓一光的这一类小说充满男性的阳刚之气和浓烈的英雄情结。《上海文学》之所以将"硬汉"文学作为一种倡导,主要是因为当下文坛太缺少一种刚烈浩然之气和豪放的英雄气概。在许多作品中,出现的多是些精神或人格委顿的男性形象,即使他们有着健壮的外表,也大多性格软弱、气质萎缩,在是非面前不敢分辨曲直,因此邓一光的创作为这种倡导提供了一个契机。

"江汉作家群"在90年代的中国文坛居于显目的位置,这是有目共睹的事实。但有意思的是,这一提法并不是出自湖北文坛本身,而是由上海提出来的。这是因为,湖北的几位作家所发表的重要作品,大多出自《上海文学》。如池莉的代表作《烦恼人生》《不谈爱情》,还有《白云苍狗谣》。方方获得屈原文学奖的《祖父在父亲心中》,刘醒龙的《分享艰难》,邓一光的《父亲是个兵》,刘继明的《明天大雪》,陈应松的《黑艚楼》《草荒》《火鸟》《诅咒》等,这些作品都在全国范围引起轰动,并且被评论界广泛地关注。他们的创作也不断地为刊物寻找一种新的话题而提供了契机,诸如"新写实""文化关怀""硬汉文学"等。但实际上,"江汉作家群"的创作并没有群体创作的共性特征,其一,它并不集中显示湖北的地域文化色彩,这是由于湖北地域文化本身就呈现出多元化和意蕴互涉的特点,难以形成对文化的类聚选择,作家大多也并不刻意地去体现地域文化中的诸种特征,方方的《风景》《黑洞》《一波三折》等作品虽具有突出的武汉地方性特点,却并不能以地域风格来限定,她的作品在人性探寻上的普遍意义往往逾越了具体的都市空间。池莉的《冷也好热也好活着就好》《汉口永远的浪漫》基本是用武汉方言写就,有很鲜明的武汉地域文化表征和风情,虽然有评论将此归于汉味文学,但池莉并不认可并公开声明她不是汉味作家。其二,湖北作家虽然从整体上呈现出现实主义的创作风格,但在对题材的审视观照和艺术手段的运用上又具有各自不同的文化审美的差异性,这使得个人优势充分张扬,艺术个性独特而不可重复。比如方方对人性体验的深度,池莉对生活毛茸茸的感觉,刘醒龙对现实生存的关注,陈应松深层的忧郁和诗性,刘继明的文化寓言式的创作特点,邓一光的英雄情结,等等,多元多向度的题材走向,多维的审美思考,使作家们彼此之间个性差异明显,没有趋同趋近的创作类型,也没有潜在的地域文化上的连接和默契。因此,湖北作家以"江汉作家群"的群体形象在当代文坛凸显出来,完全取决于湖北作家在90年代文坛的创作实绩,取决于他们自身切实的努力。从作品的角度来看,湖北作家的小说发表后,常被《小说月报》《小说选刊》《中篇小说选刊》《中华文学选刊》《中国文学》《作品与争鸣》等杂志转载,其后又屡屡获《小说月报》百花奖,《小说选刊》和《中篇小说选刊》及所发刊物创作奖,被改编为影视后又获奖,成为读者和评论广泛关注的对象。从作家本身来看,有相当一批湖北作家在90年代进入了自己创作的全盛时期,在这个成熟的创作群体中，每个创作个体都具有鲜明的独特性和不可重复性，都形成了自己特有的创作风格和作品系列。方方、池莉、刘醒龙进入了当代主流作家行列。1995 年，方方、池莉、刘醒龙同时获得了庄重文文学奖，在当代文坛来自同一个城市的三位作家同时获奖格外引人注目。江苏文艺出版社出版了方方的五卷本文集、池莉的四卷本文集，群众出版社将推出刘醒龙的四卷本文集。从创作时间来看，进入主流作家行列的湖北作家的创作不是一时的兴盛，而是持续保持着自己旺盛的创作势头，从 80 年代中后期一直持续到今天，不断地有佳作问世，有作品获奖。正是由于这诸多因素的合成，使得没有群体共性特征的湖北作家形成了一种群体的创作气势，使人们注意到了江汉大地上这一作家群体。

二

在当今多元并存难以确认文学主流的创作格局中，方方、池莉、刘醒龙一直居于当今主流作家的行列，持续保持着自己稳定的创作主体位置。方方的创作显示出她所具有的创作实力和思情力度，并在创作个性的充分舒展中稳固地确立了自己的主体创作的根基，在已开拓的创作道路上不断地向前推进，并向纵深拓展。进入 90 年代后，方方在创作上完全超越了 80 年代早期创作中那种就事论事的艺术思维方式，那种肤浅单一的生活判断结论，那种直奔主题的建构形态，在小说创作中日渐显示出一种大视野、大境界，体现出审美理解的深度和厚度。她的创作目标不在于对一时一地生活形态的记录，也不在于直观地描述当代人现在时态的生存经历和情感意绪的波动，而是更多地诉诸对人类生存、对人类命运这一恒大而又包蕴无穷的命题的追踪与思考，并且通过小说这样的文学载体，通过她的故事、人物去表达她对人性、人的生存和命运的深刻理解和诠释。《祖父在父亲心中》实属大手笔之作，是方方 90 年代创作的最优秀的作品，肯定会成为方方的传世之作。《祖父在父亲心中》以基本写实的手法，写了两代知识分子的人生历程和心路历程。显然，这部中篇带有方方家族史的意味，它给人以震撼人心的力量，并让人深思：什么是人格、人格的力量、人格的悲剧。书卷气十足的祖父学富五车，在日寇面前一身硬骨，凛凛然扬手一指骂敌不屈，胸腹全穿，头颅尽碎，却以自己勇士般的死在后人心中铸成永存的铜像。《祖父在父亲心中》获得屈原文学奖是当之无愧的。将小说创作的视点聚焦于高级知识分子，是方方 90 年代创作的一个显著特点。《言午》《幸福之人》《金中》《禾呈》等是对 50 年代遭受厄运的知识分子人生晚年的叙写，不论是言午、林可也还是金中、禾呈都体现出独特的个性和生存方式。《行云流水》《无处遁逃》在人物及小说内涵上都体现出一种续接性，展示了当代高校知识分子在商品经济大潮冲击下所产生的观念上的困惑，他们无法理解和融入他们所面对的现实，不仅承受着生存的压力，并且陷入了无可奈何的现实困境。《行云流水》中高人云、梅洁文教授都有着 50 年代知识分子的特点，对教学尽心尽力，做学问踏踏实实，超负荷地工作，生活安贫乐道。但这种生活方式，在当今社会却有点吃不开，儿女、学生、青年同事都觉得高人云迂腐、守旧、落伍，他似乎成为一个过时的人物，从他身上既可看到当代教师生活的窘迫，也可看到他们自身的弱点。《无处遁逃》中的严航则属于青年一代学人，他充满锐气和胆略。和忍让恭谦的高人云不同，他事事都想争争，也对当今社会看得很透，因而他很自信，想凭借自己的才干和勇气开一条新路，但结局却和高人云一样，在生活中处处碰壁，在评职称、出国和家庭问题上都败得一塌糊涂，生活像张大网，使他无处遁逃。这两代人的生存写照很能概括当今高校知识分子的生存状态，首先是经济上的困境，其次是价值观念与社会的错位。《定数》可以说是对高人云、严航这类高校知识分子的命运和人生选择做了最后的归结。高校教师肖继东不甘贫穷，离开大学做了出租车司机，尽管收入颇丰，内心却感到另一种失落。物质境遇的改变，仍无法改变他内心的失衡状态，同系教师大钱之死使他回到了学校，他无偿地替大钱完成了未做完的科研课题，使大钱的生命在人世间留下了印痕，同时在这个过程中，他也认清了自身的人生意义和价值所在。方方通过肖继东似在说明，对这些知识分子来说，生存的意义和人生价值都已是定数，你没法不遵循这个定数，无论是金钱抑或是其他，都不可能改变。对那些才学博深、恪守自身人生价值的知识分子的现实生存，她持一种真诚而焦虑的创作态度。在表现当代高校知识分子题材的小说中，方方表现得最真实、最充分，这和她曾在高校生活过的经历是分不开的，她由此而获得了对高校生活的细致体察和对知识分子生态与心态的透彻了解和理解，对知识分子身上所体现出的人格精神的力量，她给予了充分的理性激情的张扬和尊重。

长篇小说《落日》和中篇小说《冬日苍茫》是依靠小说的技巧和小

说家的直觉洞察，去叙写当代社会事件的两部非虚构性作品，这和 60 年代在美国兴起的"新新闻小说"很相似。《落日》取材于现实生活中的真实案例，方方不只是简单地描述儿孙们如何把"妨碍"自己生存的八旬老母送入火葬场的都市传奇故事，而是以真切、细致的笔触，将读者引入到这个四世同堂的家族极日常化的生存现象层面上，在对他们生存的本真景况的展示中，体现出方方对市民阶层多层面生存困厄和文化心理的深刻体察和把握。《冬日苍茫》是极典型的新闻小说，采用小说的形式讲述了 90 年代初曾闻名全国的英雄"两兰"的故事。方方以记者式的观照视角介入了作品，将记者特有的细致观察和对新闻事件细节的详尽报道，与小说家的审美观照及道德眼光糅合到了一起。这种小说与新闻杂交形式所产生的艺术效果和读者的接受效应都超过了原有形式，它使新闻事实得到了充分的艺术展示，扩大了其艺术内涵和可读性，同时又兼顾了纪实性在读者中的威望。此外，它也使作家获得了对当代社会事件直接发表个人见解的权力。《桃花灿烂》《随意表白》《纸婚年》是写爱情婚姻的小说。获得了《小说月报》百花奖的《桃花灿烂》，是当代爱情小说中写得最好的作品之一，打动人心的不光是陆粞和星子之间欲罢不忍、欲爱不能的爱情故事，而且还有在小说的艺术传通中得以呈现的来自人或人性的缺陷的悲哀，在刻骨铭心的爱情中透达出方方对人性本质的深入剖析和理性思考。《随意表白》中雨吟与肖白石的情感纠葛改变了雨吟整个的人生，这个令人悲哀的故事另有一种打动人心的地方。《纸婚年》将维扬和如影的恋爱与磕磕碰碰的婚后生活浓缩在一个短篇中，篇幅虽小，却将青年夫妇的心理表现得十分传神，《纸婚年》获得《小说月报》短篇小说奖。《何处是我家园》在看似颇有些哲学意味的题目下写了一个通俗的传奇故事，这是方方对通俗笔法的一种尝试，故事性、情节冲突成为小说铺排的关键。大家之女秋叶和铁匠女儿凤儿偶然成为朋友，又因偶发事件沦落漂流，不得不卖身糊口，故事本身很通俗，并带有某种传奇性。但即使在这样一个通俗的故事载体中，方方仍未放弃对意义的探寻。人生经历中某些偶然的毫不在意的因素却对人一生的命运起着决定性的作用，它像一只只无形的手在不经意之中，很轻易地改变了人们的生存轨道，使他们走上了连自己想也不曾想过的道路，由此而失却了自己灵魂生存的家园。

《一波三折》《一唱三叹》在题旨上很相似，但写了两类人物。《一波三折》以装卸站为背景写了卢小波的命运沉浮，在构思上仍体现出方方在这一阶段创作中的思路。卢小波因生活中的几个偶发因素而打碎了原有的人生，他只要避开其中的一个就不会有后面的结局。在对卢小波"一果多因"的探寻中，展示了命运无常的变幻。《一唱三叹》塑造了令人可叹的珞玛的形象，珞玛过去是个令人尊重的人，她看重生命和事业，她带头把儿女都送去边疆，而最终她却被最实在、最具体的生存所打垮，她因房小而永无和远在边疆的儿女团聚的机会。在当今务实的社会中，珞玛成了过时的人物，独品着生活的孤独和艰辛。在作品中，流动着浓重的哀婉般的情思，在一唱三叹中仍体现出方方对人物深存的敬意。

在方方的近期创作中引人注意的是她对推理侦破类题材所表现出的兴趣。这类小说的发端可追溯到 80 年代后期创作的《白驹》，最突出的显示是《行为艺术》，其后她又推出了《推测几种》《凶案》《暗杀》《埋伏》，以及在《羊城晚报》上连载的《天野惊雷》。对方方来说，集笔于推理侦破类小说并不取决于她对这一题材视域的熟稔，更多的是体现了她在自身经验限度之外的一种寻找与确定。她始终认为小说是对作家想象力的一种考验，而侦破类小说那种曲折复杂、一波三折的情节构置和变幻莫测的人物身份辨析，给她的智性和想象提供了一个开阔的空间。《行为艺术》这个侦破加爱情的故事极符合都市人的阅读口味，但方方并不放弃意义，在侦破故事层面之外，还暗隐着她试图解析人性和人类生存的深度层面。生活中新潮艺术家操作行为艺术的过程给她提供了启迪，她机敏而不无智慧地通过这一艺术具体的世俗行为，而捕捉到一种思索人生的信息，每个人都可能对人或被人进行着行为艺术，既被人操纵又随意地操纵他人，彼此都生活在对方的艺术过程中，就如杨高之于马白驹→杨高之父→杨高之母→马白驹，每个人都在他人的制约之中。方方巧妙地运用行为艺术的逻辑对生活做了深入的演绎，生发了小说题旨的创意价值。她不仅使读者理会到了作为现代艺术一支的行为艺术在小说中所转换的某种深刻的人文意义，而且也从做人典范但又是间接凶手的马白驹那里，从既肤浅又不无深刻或说用肤浅所为制造生活深刻的飘云那里，感知着都市人性的丰富和复杂。《埋伏》也属这类题材中的优秀之作，钢厂保卫科干事叶民主和科长听命埋伏于鹤立山，因队员疏忽而未向他们转达撤离命令，他们苦守在山上，科长因肝癌去世了，一向散漫的叶民主在科长的感召下坚持了 36 天。这个偶然的疏忽使他俩一死一伤，却意外地使要抓的智者落了网，偶发因素改变了三个人的命运，对人的命运和机遇偶发性的探寻使小说显出了深度，它带给人的思考远远超出了作品本身。《埋伏》被改编成电影，成为近期的优秀影片之一。

在小说创作之外，方方近年来最勤于笔耕的是随笔，这种形式极为投合她自由随意的创作个性，也极适宜容纳她以都市人的机敏和智慧所捕捉的都市灵感，四川文艺出版社和群众出版社近期出版了她的两本随笔集，她的其他散见于报刊上的都市随感，也写得极其幽默、智慧。

方方在近些年的创作中，已摆弄过现实、荒诞、纪实、通俗等多副笔墨，在创作中她始终执着于对人的生存和人的命运进行深入的探究，也由此而给人留下这样的印象：不论她用怎样的表达方式，也不论她怎样变换注视世界的方式，她本身所具有的一种文化品格，都不会使她的创作远离自身的文化坐标，她永远不会放弃对人的生命意义的终极关怀。

三

追求独特的创作个性，寻求创作上突破性的进展，是许多作家创作的迫切需要和追求目标。对已成名的作家来说，更不愿沿袭自己轻车熟路的辙痕，他们希冀不断地超越自己以往的创作定式，不断地在自省自身的创作中调试和完善自己的审美个性，自觉汲取具有表现力的一切艺术手段，以期使自己的创作之树常绿。池莉在 90 年代的创作轨迹就使我们清晰地看到了她为寻求小说的新变所做的种种努力。《太阳出世》突出地体现了女性的观照视角和审美旨趣，以写实的方式原生态地表现着琐屑繁复的生存现状，体现出具有她自身个性特点的创作思路和表达模式。小说在写赵胜天夫妇结婚和生养孩子的过程中，提供了大量细琐的细节，给人以毛茸茸的生活毛刺感。女儿的出生使这一对无知浅薄的青年得以更新，但从总体来看，这一意蕴显得过于简单。《太阳出世》获得 1989—1990 年《小说月报》第四届百花奖，1990—1991 年《中篇小说选刊》奖。其后池莉写了《金手》《冷也好热也好活着就好》。《金手》获《时代文学》奖。《冷也好热也好活着就好》流动着汉口芸芸众生日常琐细生活存在的本体形态，透达着都市的气息和都市的氛围，从人物语言到表达都体现着写实的特点。《冷也好热也好活着就好》获 1991—1992 年《小说月报》第五届百花奖。1991 年问世的《你是一条河》以写实的笔触叙写了襄河边汊河镇上寡妇辣辣和她的八个子女的故事。《你是一条河》在池莉的创作中是一个重要的转折，它改变和更新了池莉女性唠叨式的琐碎的都市写实印象。辣辣这个家族的生存穿越了新中国成立后历次运动和种种社会变化，为读者提供了庞杂丰富的历史和现实生存图景，显示了深厚的生活底蕴。《你是一条河》获得了《小说月报》百花奖。《白云苍狗谣》以"流行病研究所"为背景，描述了一群各式各样人的争权夺利。无聊的倾轧、下作的纠缠，彼此间的钩心斗角、尔虞我诈，成为这部写得较为散漫的作品给人留下的印象。《白云苍狗谣》获得1992—1993年《上海文学》第六届优秀中篇奖。

池莉在1992年将创作视域转向久远的过去，这便有了笼罩在历史尘烟中的《预谋杀人》《凝眸》。《预谋杀人》完全脱离了女性视角，将襄河两岸历史上两个男人王腊狗和丁宗望之间的仇怨写得有声有色，尤其是王腊狗的形象，不仅独特而且有一定深度。《凝眸》则通过沔河镇上柳真清小姐的生存经历展示了历史上曾有过的一段真实背景。题材的改变给人以一种新鲜感，也多少改变着人们已形成的某些固形之见。《预谋杀人》获得1992—1993年《中篇小说选刊》奖，而且从内容本身来看，可算是池莉最好的作品之一，也是池莉对自己的创作心智和能力做出的新的证明。这一时期题材的扩展与变换成为她创作突破的一个契机，她先都市后沔水小镇，再将创作目光转向了尘封的历史，在题材转换中更迭着人们的阅读印象。从历史中回来她推出了一系列都市故事：《细腰》《一去永不回》《滴血晚霞》《绿水长流》《紫陌红尘》《城市包装》《你以为你是谁》《化蛹为蝶》《午夜起舞》《汉口永远的浪漫》《两个人》等。这些小说尽管都选取了都市作为小说背景，但在题材处理和主题审视上却有着各自不同的落脚点，也并未走同一的创作路数，是不可简单地做出归类的互存差异的作品群。这些都市题材小说体现了当代都市生活的复杂性和极大的包容性，所塑造的人物都是在多元文化的都市环境中和激烈的市场经济冲击下刺激和促生出的各具特性的人格类型。他们体现着迥异于世俗习惯的生存意识和非正统的习俗姿态，有着莫名的都市情绪和举动，以及在都市包装下失去了本真面目的人生。《一去永不回》塑造了温泉这样一个外表文静温顺随和，但内在却充满反叛精神的女性形象，她用全身心去追求爱情并勇敢地迈出了常人所不敢迈出的这一步，为了夺回已为人夫的李志祥，她以过人的心机和自我决断能力设下陷阱，以不惜糟践自己的方式达到了自己的最终目的。她真正地把握和主动地选择了自己的生活和命运，这个人物实在令人感慨万千。《紫陌红尘》《城市包装》为我们提供了当代激烈变动中的都市生活文本。《紫陌红尘》写了眉红的一次奇特的出差经历，反映出市场经济环境中的另一种生活图景。《城市包装》中那个数次包装已失去了自己本真面目的小女孩，她不断地变换着自己，不断地制造关于自己的神话，在都市这一变幻着的人生舞台上自编自演并且自得于自己的闹剧，成为一个都市环境中的戏剧人。《你以为你是谁》中的陆武桥由车间主任到个体餐馆的老板，一家人的生活重担都压于一身，他很出色又有着博士生的女友，但这并不能证明什么，你以为你是谁？有时候你什么都不是。小说的题旨有一定的意蕴，但从总体来看，作品存在着明显的缺陷，尤其是陆武桥这个人物类型定位不准，和博士女友的关系看上去也不真实。《化蛹为蝶》的起笔主要来自先入为主的观念，人物构造更是衍生于一种对人生的形而上的思考。这和池莉以往善于以感觉的方式去接近生活本质的创作模式有相对的区别。化蛹为蝶是个很不错的题旨，显示着生命完成一次蜕变的过程，池莉用翩然而舞的蝶来象征人生的一种大境界，而将化蛹为蝶的过程，视作人们对张扬个性、完善自我的一种寻找。循此她选择了孤儿小丁的生存来演绎这一创作思路，即人首先须获得良好的经济基础，方可获得更大的身心自由，并能由此去选择自我最佳的生存方式。小丁一番奋斗有了钱，有了花园别墅，有了漂亮高雅而又有社会知名度的妻子，却最终又丢弃这一切而去投资千万改造孤儿院，终于获得蝶般自在的生活。这几乎是一个当代神话，在对人物生存和命运的铺排上都过于理念化和主观情绪化。尽管小说中有不少篇幅来展示对人的生命价值的思考，但这种思考并未反映出社会转型期人的思想和精神上的冲突与困惑，而是太贴近小丁当下的物质生存，到最后小丁也仍未摆脱一般俗人的形象，也没能很好地完成化蛹为蝶这一题旨。《化蛹为蝶》获得《人民文学》年度小说奖。

《绿腰》《滴血晚霞》将主要的审视目光集中于老年人。《绿腰》写得空灵而优美，两个连名字都没有的老人，他和她之间的一段小场景却有着一种动人之处。《滴血晚霞》以儿女辈的眼光来审视父辈，刻画了曾庆璜这样一个独特的人物。《汉口永远的浪漫》虽写了都市的一个小场景，但池莉以其敏锐的城市知觉度抓住了汉口那无时不在、无以名之的城市氛围和感受，尤其抓住了城市人心态中非自觉的方面，那种普遍沉潜着的群体无意识，不过这部作品可能只有带着自身生存体验基础的武汉读者去阅读，才能更深地品味其中的韵味。《午夜起舞》中的主人公放弃了与妻子去旅游的机会留在家中着手自己想干的课题，并受朋友之托接待一外来的港客，但去买水龙头的经历以及被港客所骗，使他放弃了自己的追求，小说写出了社会经济转型中城市人的种种失意。

在 90 年代中期的写作中，池莉一次次地远离了自己的生存范畴，在撷取题材上更多地呈现出一种开放状态。《以沙漠为背景的人和狼》的背景是新疆塔克拉玛干大沙漠，《心比身先老》则将笔触伸展到了遥远的雪域西藏，这些题材都不是她身之所历的直接感知，而是来自间接的写作素材。题材的改变，确实在一定程度上对她的女性化的观照视角和自我主观的任意张扬给予了限制，她必须把自己放置在别一的陌生化的题材领域中，放置在非女性化、个人化的情景中去生发想象，去进行思考。同时陌生化的题材也有意无意地使她的女性化叙述风格发生了变化，而且题材距她的生存背景越远，这种变化也越明显。《以沙漠为背景的人和狼》展示的是一个由男人、兽与严酷的大自然构筑成的世界，在人与兽、智慧与力量的较量中，体现出另一种的粗犷和悲怆。《心比身先老》叙事主人公是来自内地都市的女性，在西藏这块土地，在与朴实的藏族骑手的交往中，她切实感到了自身的失落与渴望。这个以雪域高原为背景的故事中，闪耀着在今天物欲涌动的社会中早已失去了的圣洁的诗性光彩，贯流着令人心动的浪漫的古典情思。《心比身先老》获 1992 年《小说选刊》优秀作品奖。《绝代佳人》在诱人的篇名下重写了当年知青的故事。《两个人》则试图在命运的对比中写出人生的难测。池莉近期写了不少随笔，母亲、妻性、女性化的题材走向与平和温情的表达成为其主要特征。这些创作正印证了池莉对写作意义的阐述："我向往一切新的东西，永远寻找着新的诉说方式。"[①] 池莉近年来屡屡获奖，但就近年创作来看，她并未全然超越自己，一些获奖作品并不尽如人意，有的过于贴近世俗化而缺少理性的观照和精神力度的支撑。我觉得，在近期池莉需要对创作身心进行调整，以期有更好的作品问世。

---

① 池莉：《写作的意义》，《文学评论》1994 年第 5 期。

四

　　刘醒龙在90年代饮誉于中国文坛，他的小说《凤凰琴》以及由此改编的影视频频获奖，使他为世人所注目。这主要是由于他将创作观照的视点集中于当今人们最为关注的现实生存领域，在小说题材和主题的审视取向上与社会的敏感区和关注点相契合，体现出一种社会公众的情感倾向性。这种面向现实切入人生的比较直接的社会价值取向，使他的创作显示出一种特有的个性特征。从乡村基层走出来的刘醒龙，属于生活型的作家，在创作的主体倾向上主要以切入生活、贴近大众心灵的方式进行情感体验。与生活同步关注现实生存，是刘醒龙创作的一个大前提。在这一前提下，他着力表现着在社会转型期这样一个急速变化、人的价值观不断受到冲击和解体的大背景下，人与社会环境之间的冲突和妥协。他在90年代的主要作品有《黄昏放牛》《白雪满地》《菩提醉了》《清流醉了》《彼岸是家园》《白菜萝卜》《伤心苹果》《暮时课诵》《真正的中国军人》《孔雀绿》《去老地方》《分享艰难》《割麦插秧》等，还有两部长篇《威风凛凛》《生命是仁慈和劳动》。强烈的社会责任感成为刘醒龙创作的一种自觉，一种驱动他运笔的动力，他总是充满同情地将视点重心投向生活中的普通人身上，叙写着他们在现实生存中的困境。《孔雀绿》写了劳模吴丰的生存情景，和《凤凰琴》中的张英才一样，他们都是些生活中善良的好人，工作上勤勤恳恳、兢兢业业，但不断变化着的社会环境却给他们的生活和精神空间带来种种震荡。他们固有的生活方式和传统的道德行为准则与现实生存环境之间不断地发生冲突对立。就像吴丰，工厂不景气发不出工资，老婆又下岗在家，女儿上学要钱也需要营养，别的工人都偷卖厂里的东西，而作为劳模的吴丰不愿这么干，他困惑苦闷，一种生活在别处的心境更是出自日常，他几乎无法承受生活旋变之陌生，难以认可那些似是而非的行为观念。吴丰看不惯厂长和推销员整天吃喝打麻将，但为了女儿，他却悄悄将掉在麻将桌下的10元钱揣进怀里。在生存的压力下，最终他也无奈地由不适应到学会适应，由抗争到某种程度上的妥协退让，他不得不违背自己的意愿和良知，以公济私，同入污流。在这类小说中，人与社会环境的冲突过程占据主位，而妥协退让则是一种迫不得已的结局，在生存环境的压抑下，仍不时有良知和善性的闪现。因此，它带给读者的是几丝酸楚、几许叹息和几多惆怅。《分享艰难》对当今乡镇生活的图景做了最真实的描绘。经济体制的改革使社会环境发生了剧烈变化，由过去的计划经济向市场经济转型的过程中，充满着风险和艰难，有时这种转型中的艰难在局部表现得更为突出，影响着社会中每一个人的现实生存，使人人都必须分享艰难。就如西河镇即处在这种社会转型的艰难困窘中，乡镇面临财政危机，已拖欠了教师三个月的工资，有的教师已数月不知肉滋味，民办教师的生活更是窘迫。镇党委书记孔太平不得不想尽办法去筹集钱款，以解燃眉之急。孔太平在基层干部中有其典型意义，他灵活机动，善于在各种关系中周旋。他办事不全凭政策，而是用计谋，甚至用一些不太正当的手段，诸如用抓赌罚款的方式替教师发工资，为钱和派出所所长斗智，为了西河镇的财政税收，不得不重用个人品质恶劣的个体养殖场经理洪塔山。而为了整个镇上的利益，他只能压下洪塔山诱骗他表妹的仇怨，利用他给镇干部发了工资。孔太平的这一套方法虽然有其实效，但从这个人物的内心深处仍然让人感到几分无奈、几分失落。《白菜萝卜》有些类似轻喜剧，从题目到内容都很有趣，写了青年农民大河从乡下来到城里给弟弟二河帮忙的经历。以乡下农民的眼光写了市场上各种类型的人物，他们各自不同的生存世相以及不良的社会风习和现象。《白菜萝卜》获得《小说月报》百花奖。《暮时课诵》写了县财政局数人去乡下寺院的所见所闻，如今寺院也不全是净土，仍有尘世的纷争，在申请贷款的过程中，展示了寺院生活的另一面。《菩提醉了》《清流醉了》，延续着以前《秋风醉了》的"醉了"系列，和《去老地方》等作品形成了刘醒龙的另一类小说。在这些小说中，刘醒龙写了另一个圈子人物的生存世相。在生存的大前提下，刘醒龙更多地表现了形形色色的官场灵魂对流俗的社会环境的一种麻木的或可说是有意为之的妥协。在这里，人的生存欲求几乎都陷入了官场的欲求之中，如何生存之于他们已成为混进官场的一种行为策略，而作为人的构成素质中的许多因素，诸如个人的情感、性格、情趣、个性化的语言及行为方式等都已消隐于官气之中，这是一群无奈而又无趣的人物。就如《去老地方》中的县文化局局长杨一，生命中曾难以忘怀的老地方是河边的大柳树，和未婚妻见面不谈爱情，而谈如何当个先进工作者，充满青春激情和工作干劲。正是这么个珍藏心底的"老地方"，如今却让杨一给个体户方新开的酒楼起了店名，进行了一次权钱交易，得了只几百元的真空杯。杨向方提供县政府请客的信息，也从中得到好处。刘醒龙借"老地方"的转换，体现出杨一前后的变化，他心中的"老地方"已不存在，现在他生活中只剩下去吃喝的"老地方"，和县里众官员在那里约会，成天酒肉穿肠过，人却变得越来越没有了精神。杨一很能代表当今某些基层干部的生存状况，让人看到了在社会歪风冲击下出现的腐败与堕落。

《威风凛凛》是刘醒龙的第一部长篇小说，这部近20万字的小说可以说是包括了刘醒龙作品的许多特征。比如"爷爷和我"这种早期作品中经常出现的人物关系和叙事模式；围绕众生生存而展现的善良与卑劣、人性与兽性、文明与愚昧的生死搏斗，以及对现实中不正之风和阴暗面的揭示。这部以西河镇为背景的小说似在向我们展示，在西河镇上到底谁最威风凛凛。不同的人对威风有不同的理解，也有不同的显示。五驼子靠他的出身和他拥有的政治权力曾在西河镇上耍尽了威风，他挥舞着阶级斗争的大棒耀武扬威，而今时代不同大势已去，仍凭借旧日威风横行乡里，直至成为杀人罪犯。金福儿多年因家庭背景受制于五驼子，改革开放后他成了暴发户，凭借金钱的威力，他开始在镇上显富斗狠，恃强凌弱，在旧日的宿敌和弱者面前大抖威风、不可一世。而"我爷爷"则是以生命的强悍和他所具有的自信与能干而显露出做人的威风，生命的强悍和充满野性，使他吸引征服了众多的女性，他的自信和精干则使他获得与众不同的威信。但小说让我们感受到这些人都不是真有威风，在西河镇最有威风的是被人踩在脚底、连腰都不敢伸直的赵长子老师。这个曾给镇上带来财富、带来知识文明的人，在人性扭曲的年代成了全镇人肆意侮辱和施虐的对象。赵长子早已丧失了做人的基本权利，不仅精神和人格受尽凌辱，而且他本身的存在也被愚昧所不容，这个外表可怜委琐但骨头里却充满威风的好人还是被邪恶残忍地吞噬了，被人肢解了抛尸野地。尽管在善良与卑劣、人性与兽性、文明与愚昧的这场生死搏斗中，卑劣、兽性和愚昧暂且占了上风，但终究是善良、人性和文明最威风凛凛，是死去了的赵长子最有威风。刘醒龙1996年问世的另一部长篇《生命是仁慈和劳动》在叙事手法上和前篇有所不同，但在提供的生活密度上超过了前一部。

刘醒龙的小说，似乎已经形成了某种较为固定的模式，在题材的价值取向上具有趋同趋近性，多是针砭时弊。但他在对社会问题的关注中，过于贴近现实，多着眼于对现实性的发现，而对人性深度的探寻和文化纵深的显示不足，有时为民说话"说"的欲望过于强烈，而艺术传通不够，在小说行文上缺少一种流动的变化。

五

邓一光的创作在 90 年代的湖北文坛凸显出来，他正处在自己创作的上升势头。1994 年出版的小说集《红色贝雷帽》，收有他十余年来的创作成果，题材选择的多向性和创作方法的多元探索成为邓一光小说创作的一贯特点。《红色贝雷帽》表现了人际之间的生活温情，而且这本集子中的不少篇什都表现出一种细腻而沉郁的情调。《孽犬阿格龙》是写得相当精彩的一部小说，这个知青题材的故事，实际上把描写重点放在了那条丑陋但却忠诚的狗身上。"我"为了上大学而可耻地背叛了关鸿，而阿格龙对主人的感情却始终如一，为解救主人却被主人误杀。在人与狗的反衬中，使读者受到感染。其后他写了《城市的冬天没有雪》《酒》《鸟儿有巢》《老板》《节日》等。邓一光的小说单篇读来都给人留有很好的印象，但这种对生活散点透视式的创作却难以从整体上提升他作品的印象，这对心性敏感而又自尊的邓一光是一种磨炼，他在并不张扬的不懈努力中调试和构建着自己的审美特性，磨砺着自己思考的钻头和应手的笔力，一旦看准了方向，他就迅捷出击。《掌声继续》描写市团委团干们在所面临的价值危机中对自身位置的寻求，不同的人都在为自己的去向做出选择，在哀挽般的情思中又透出几分悲壮的昂扬。《掌声继续》被《小说月报》所转载，这是个好的开端。《战将》使人对邓一光刮目相看，这部相当精彩的作品不仅为我们刻画了性格独特、充满阳刚之气和军人智慧的战将形象，而且也将战争写得有声有色，令人难忘。《战将》被《小说月报》转载，这是邓一光"兵"系列的前奏，其后他又推出了《父亲是个兵》《我是一个兵》，背景从红军时期写至当代，作品充溢着男儿血性和强烈的英雄情结。《父亲是个兵》以浓烈的笔墨大笔叙写了战争时期父亲在战场上叱咤风云，指挥千军杀敌数万的英雄气概，血与火的战场铸就了父亲辉煌的英雄人生。在和平的日子里，昨日的英雄则有了沧桑的悲凉，但仍然从其指挥抢化肥、掀掉胸前红花的壮举中显出昔日英雄的本色。《我是一个兵》则写"我"在新兵连所受的种种磨炼，"我"心中所具有的英雄情结和对父辈英雄的崇拜，使"我"自觉地甚至有时是自虐式地来考验和磨炼自己，终于在艰苦的历练中走向成熟，成长为一个真正的军人。从这些作品中可以体会到在邓一光的心底沉潜着一种对父辈的崇敬及对英雄品格和英雄气概的向往，一种对自我的不满足感和不能完全融入处在经济浪潮冲击中的现实的痛苦和焦虑。他需要有一种超乎寻常意义的、对人对当下委顿精神的提升，因此在塑造他心中的英雄硬汉形象时，他聚集了全部的激情，投注了所有的渴望，这使他笔下的人物血气喷涌，硬气十足，人人都是豪放刚毅的好汉。《父亲是个兵》使邓一光获得了巨大的创作声誉，问世后分别被《小说月报》《小说选刊》《中篇小说选刊》《新华文摘》等六七家杂志转载，并获得《上海文学》优秀作品奖和《小说选刊》中篇小说奖。

《体验死亡》一反邓一光的创作构思和艺术表现的常规，体现了邓一光对死亡的形而上的思考，小说背景介于现实与非现实之间，并采用了夸张变形的表现形式，使人物与现实产生间离，这个看似有些荒诞变形的故事所具有的象征寓意，确实给人提示了一种更深远的思考。这种超现实的艺术表现在作者也是首次，所产生的陌生化效果，体现了他对创作的不断摸索和超越。1996年底问世的《大妈》似换了一副笔法，大妈的一生经历读来令人感叹不已。长篇小说《家在三峡》是最贴近现实的题材，这个在开发三峡工程进行移民搬迁大背景下展开的人生故事，体现着丰富的人文内涵和多彩的民俗风情，但有些过于纠缠于情仇。《家在三峡》改编拍成的七集电视剧已在中央电视台黄金时间播出，并获得了"五个一工程"奖。另一部获得好评的长篇《我是太阳》已由人民文学出版社出版。1996年10月出版的长篇小说《走出西草地》以独特的角度重写了红军的长征，整部作品凝重悲壮，以昂扬的精神指向撼动人心。寻找多向度的题材空间和多元化的表现方法在今后仍将是邓一光的创作追求。

陈应松在创作上是以稳健的实力和扎实的功底取胜的。1993年他出版了第一部小说集《黑艄楼》，1994年出版了小说集《苍颜》，同年年底中国文学出版社又出版了他的另一本小说集《大寒立碑》。《黑艄楼》集子中的作品大都离不开水，这和陈应松在船上当过水手的经历分不开，他在《黑艄楼》《一船四人》《哑水手》《黑藻》等诸多篇什中写渔民、写船、写水，也写水手。陈应松的作品是给人以绵长回味的那一种，提供一种深沉的思绪，诉诸感觉、情绪和内心体验，尽管他的作品基本上是写实的，有着水手的观察和生命体验。这位诗人出身的小说家的作品中永远流动着一种诗情，慢慢地沁入人心，让人悄然心动。他的小说很难以用故事情节来进行复述，一复述便韵味全失。《大寒立碑》便以一种悲怆的情怀溢满人心。陈应松近两年有《暗伤》《羰羊》《归去来兮》《承受》等中篇小说问世。《承受》被《小说月报》转载，《归去来兮》则获《长江文艺》小说大奖一等奖。1995 年底他推出了长篇小说《失语的村庄》，这部 17 万字的长篇情节并不复杂，人物也不多，主要写患了失语症的村民赵开隆寻找并挖掘父亲遗骨和进城求医并去世的生命过程，显然"失语"有它的深层寓意象征。这部小说多少融进了一些现代主义的艺术传通手法，诸如将开隆家的一头猪看麦娘作为和其他叙述者对等的叙述者，并且利用多重叙述视角的变换来完成小说的叙述。这部长篇仍体现着陈应松小说的鲜明个性特征，和他的其他小说《承受》《大寒立碑》等一样，人物都是些底层的悲剧人物，有着苦难而又苍凉的人生，有着令人沉郁感伤的氛围，沉潜着一种忧郁的诗情，他的作品在静心地阅读中往往呈现出抓取人心的魅力。

刘继明的主要作品都发表于 90 年代，如《异城之役》《菁草之卜》《浑然不觉》《尴尬之年》《六月的卡农》《明天大雪》《歌剧院的吟咏调》《前往黄村》《海底村庄》《失眠赞美诗》《预言》等。刘继明以"文化关怀"小说被文坛注目。他的小说体现了较多的文化含量。他喜欢探究文化，追寻历史，因此在表达上喜欢虚构或寻找历史的典故，他的故事常从引证的典籍开始，小说构思也常呈现出一种文化寓言的意味。他的小说是写给文化人看的，在许多虚构杜撰的历史逸闻或现实图景中，常潜存着一个深度层面、有着令人费解的理性意义的指向，但他的这种看似迷惘的探寻却是严肃的，体现着终极意义的。

何祚欢在 1994 年推出了长篇小说《失踪的儿子》后，1996 年又出版了一部长篇《舍命的儿子》，和他以前写的《养命的儿子》已构成一个"儿子"系列。他的审视视点主要集中于历史时态中的旧汉口市民群落，在人物构造上既有着同一性，又体现出各自的复杂性。儿子们都由农而商，是家族中第一代走进城市的人，他们克勤克俭，凭借自己的才干在城市里争得了自己的生存空间，但来自乡土那由情感、道德、习俗习惯、宗族家法所构成的文化心理和家族的组织形式，却成为一种公开的或潜在的掣肘力量，制约着他们在城市中的个人行为，并且对他们立足城市的努力形成一种破坏作用，读来令人心生许多慨叹。他在刻画儿子的形象时，注重营造带有武汉地域特点的民俗文化氛围以渲染汉味，在叙事上运用了说故事这种最符合人的最初接受欲望的方式，突出了小说中"说"的意蕴，那种类似评书的语言，使他的小说成为一种能"说"的小说。

专攻历史题材的杨书案在80年代曾有《九月菊》等八部长篇历史小说问世，在90年代仍体现出旺盛的创作力。1990年他出版了《孔子》，1993年推出《老子》《炎黄》，1995年又发表了《孙子》。和80年代不同的是，在取材上他已从写农民领袖、写男女皇帝转向写中国古代的思想家和古代哲人，相对来说这些有相当难度，尤其是老子，逸闻传说更是虚无缥缈。杨书案在历史小说的构架中，主要偏重于对人物的文化审美观照和对其思想体系的引申阐发，探寻儒家、道家及兵家的历史渊源及理论观点，在历史小说的创作上形成了自己特有的创作风格特征。

一生勤于笔耕的老作家徐迟在1993年出版了自己的长篇自传体小说《江南小镇》。这部近57万字的鸿篇巨制让人不能不惊叹于年近八旬的老作家所具有的旺盛创造力。小说从1914年写至1950年，在近半个世纪的历史线段中包括了宏阔的历史容量，写了所有历史大事件对家族对个人命运的影响。小说不仅以多彩的笔描绘了自己丰富的人生经历，而且也是对自己创作经历及作品意义的回顾和再认识。

六

在乡土题材的创作中，晓苏属于一个高产作家，已出版小说集《山里人山外人》《黑灯》等三部。他多以家乡油菜坡为小说背景，从油菜坡人的生存状态和人性中寻找创作题材，对落后、愚钝和保守的乡村心理和人情世故进行了深入开掘。但晓苏并不能归类乡土作家，他也写过校园题材和都市题材，在创作上他需要的是进一步开阔文化视野和审美意境。他的《吃的喜剧》《三个人的故事》被《小说月报》转载，其中《三个人的故事》获得《长江文艺》1992年金叶杯小说奖。何存中在乡土文学的创作中也收获颇丰，他的小说贴近生活，又体现一定的生活韵味，1996年出版了25万字的小说集《巨骨》。叶梅的小说大都带有浓郁的鄂西地域文化色彩，90年代她出版了小说集《花灯，像她那双眼睛》《撒忧的龙船河》。比较有影响的作品是在《人民文学》上发表的《撒忧的龙船河》《花树，花树》，调入武汉后也开始写城市题材作品，如《城市寂寞》等。

在儿童文学领域辛勤耕耘的两位作家取得了突出的成果。董宏猷的《一百个中国孩子的梦》获屈原文学奖和第四届中国图书奖，在台湾地区获优良儿童图书金龙奖。他的另一部长篇小说《十四岁的森林》也获了奖，并出版短篇小说集《长江的童话》。徐鲁1990年出版了诗集《我们这个年纪的梦》，获中国作协第二届优秀儿童文学奖和武汉市1993年优秀成果奖，1993年出版的散文集《飞翔的蝉声》获第五届冰心儿童图书奖、全国优秀教育图书一等奖以及另三项图书奖，1994年推出散文集《你的快乐在远方》，1995年出版散文集《青春的玫瑰》，所写的传记文学《戎马战将》获全国优秀青年读物二等奖。儿童文学是常被冷落的领域，而这两位作家却以一颗童心为孩子们写作，我读这些作品也受益匪浅。

以写动物题材小说成名的李传锋90年代推出小说集《动物小说选》和长篇小说《最后一只老虎》。胡大楚出版了长篇小说《儒商》，并且被拍成了电视剧。汪洋在《N维的情侣》之后出版了长篇《孤帆远影》和其他几部中篇。叶大春出版了新笔记小说集《醉翁谈录》和另一本小说集《胭脂河》，近期又推出长篇小说《大水》。唐镇有中篇小说集《不能远行》问世，王石出有《两个人的故事》等文集，并写了《老夫少妻》等数十篇作品。善写都市生活的胡发云推出了《胡发云文集》。罗维扬推出了中篇小说集《明日见分晓》。除了这些以往熟悉的名字外，90年代湖北文坛新人新作不断涌现，如赵金禾在《人民文学》等刊物发表了《学习》等中篇小说，钱鹏喜在操持中短篇的创作中还出版了长篇小说《不远的木屋国》。彭建新写了具有汉口浓郁的民俗风情和开阔的历史感的长篇《孕城》，叙写了汉口这座城市的成长。徐世立发表了长篇《儿科医生》，董宏亮写了长篇《遍地黄金》，吕红推出了小说集《红颜沧桑》，等等。

对湖北作家90年代的创作我只是做了一个大致的审视归纳，但肯定存在着不少疏漏。从湖北作家创作的总体态势来看，90年代应是湖北创作史上的一个全盛时代。尽管在这个时代，文学经历了向低谷的急剧滑落，在社会情势和市场经济的制约下，文学本身也在发生着极大变化，从文学的内在机制、价值观念、运作方式，以及文学的时代主题、审美时尚、艺术传通手法等都有所改变。面对这一切，湖北作家始终以自己对文学的热爱和虔诚，坚守着自我的价值取向和创作追求，不断适应着时代的创作要求，在当代文坛取得了令人瞩目的创作实绩。90年代快要结束了，处在世纪之交的文学，更需要作家们对时代的发展、对人类的命运和人类的生存给予大关心和大钟爱，并对文学做出更富有创意的开掘。

原载《湖北作家论丛》第 6 辑，华中科技大学出版社 1997 年版

武汉作家近期创作纵论

打开九六之门,春的气息扑面而来。展望未来,武汉作家将会怎样去完成自己的跨世纪之旅?而返身回望,我们又有哪些收获可为流走的岁月做出满意的终结?检视武汉作家的创作,确实可以引发我们许多兴致勃勃的话题。尽管进入 90 年代后,由社会和经济的转型而带来了文化和文学的转型,市场经济统摄影响着整个社会生活,也触动着文学敏感的神经,但在文学的困惑中,武汉作家始终未减自己的创作热力,在创作的低谷中,他们一次又一次地跃上潮头,取得了令人瞩目的创作实绩。

一 作家创作的全盛时期

无论是作家个人的创作实绩,还是群体所显示出的综合创作实力,武汉作家都卓然而立。几乎是在同时,他们都进入了自己创作的成熟期,所取得的丰硕成果凸显着武汉文学史上一个全盛时代的到来。而这一切,无不体现着他们对文学的那份承诺和虔诚,无不体现着他们对创作恒久如一的守望。大多成名于 80 年代的武汉作家,随着 90 年代的到来而跨进了市场经济时代。文学失去了 80 年代的炫目光彩和轰动效应,尤其是纯文学的创作,被社会和经济的情势所制约,在文学的波谷中颠簸浮沉。面对着喧嚣和躁动的种种社会诱惑,面对着文化失范、价值模糊的现实窘境,面对着文人下海创作不景气的文坛景观,武汉作家并未弃守自己的阵地,依然坚守着自我的价值取向和创作追求,并且以自己的创作个性和心智,对创作做出着一次次更为出色的证明。一分耕耘一分收获,一分付出一分回报,创作经验和时间的积累,如山的文字堆积,他们终于走进了创作的成熟果园,采撷着累累硕果。方方、刘醒龙、池莉一直踞于当代主流作家的行列，在当今多元并存难以确认主流文学的创作格局中，仍保持着自己稳定的创作主体位置。尽管就具体作品而言，他们可能并未全然超越自己，而就整体创作印象来看，这一时期可称之为他们个人创作的鼎盛时代。1995年，他们以自己的创作成就获得了庄重文文学奖，在省会城市有三位作家同时获奖确不多见。在当今时代，出版文集虽不像过去那样看重名家的权威地位，抑或是盖棺方可论定，但出版机构在选择对象上除考虑作家的知名度外，还要考虑其作品在当代的影响，以及读者接受面的宽广以保证文集的畅销。江苏文艺出版社在出版了苏童、叶兆言文集后，出版了池莉的四卷本文集，即将推出方方的五卷本文集，而群众出版社将推出刘醒龙的四卷本文集。他们三人在审美形态的选择和把握生活的角度上有着明显的差异，但他们以不同的审视方式紧紧地追随着现实生存的进程，不断地去发现新的生活、新的问题、新的人物和新的情感世界。他们的作品风格不一，但都十分好读，都有各自不同的非常广泛的阅读人群，并且被不同的文字介绍到海外。如法国的比凯尔出版机构出版了方方的集子《风景》。池莉的作品则有英、德、日、希伯来语种翻译出版，刘醒龙的作品也漂洋过海。在创作中他们已形成了良性的递进循环，不论是中篇还是短篇，发表后常被《小说月报》《小说选刊》《中篇小说选刊》《中国文学》《作品与争鸣》等杂志所转载，其后又屡屡获奖。方方的《风景》《桃花灿烂》《纸婚年》《祖父在父亲心中》，池莉的《太阳出世》《你是一条河》《冷也好热也好活着就好》《心比身先老》，刘醒龙的《凤凰琴》《白菜萝卜》等分获小说月报百花奖、小说选刊和中篇小说选刊以及改编后获影视大奖。方方、池莉成为中国女作家中的佼佼者，她们常常被情愿或不情愿地划入各种文学圈子，成为佐证某种新理论、新口号的热门话题，她们近期一同入选河北教育出版社出版的当代女作家文集《红罂粟丛书》。迄今为止，方方已出版各种文集15种；池莉有文集一套（六卷本），各种中、短篇小说散文集十几种；刘醒龙有三部中篇集和一部短篇小说集，并推出了两部长篇小说。除他们外武汉其他作家也取得了佳绩，董宏猷的《一百个中国孩子的梦》获得屈原文学奖和第四届中国图书奖，以及台湾地区优良儿童图书金龙奖。邓一光的《掌声继续》《战将》《父亲是个兵》接连被《小说月报》等选中，而且《父亲是个兵》获得《小说选刊》中篇小说奖。陈应松的中篇小说《归去来兮》刚获《长江文艺》小说大奖一等奖，他的另一部作品《承受》近日被《小说月报》转载。

虽然获奖和小说被转载并不是衡量作家创作的唯一标准，但显而易见的作用是，它能转化为一种鼓舞作家潜心创作的动力，而且也从整体上提升了武汉作家在当代文坛的影响和地位。

二 抵近创作个性自由的彼岸

在创作的总体趋向上，武汉作家大都把创作观照的视点投注于现实生存领域，但在艺术思维方式和创作价值取向上都表现出了各自的差异。进入了创作成熟期的武汉作家，已在创作个性的充分舒展中稳固地确立了自己的主体创作根基，他们不会像初涉文坛者那样左瞻右顾，以他人创作走向为参照，也不会被来自非主体自觉的外力所推动。他们充满自信地在自己已开拓的道路上不断地向前推进，并向纵深拓展，以坚实有力的现实之桨抵近创作自由的彼岸。在这个成熟的创作群体中，每个创作个体都具有非常鲜明的独特性和不可重复性，都形成了自己特有的创作风格和作品系列。刘醒龙近年来创作颇丰：《黄昏放牛》《白雪满地》《菩提醉了》《彼岸是家园》《白菜萝卜》《伤心苹果》《暮时课诵》《真正的中国军人》《清流醉了》《孔雀绿》《去老地方》《分享艰难》以及长篇《威风凛凛》《生命是仁慈和劳动》等。强烈的社会责任感成为刘醒龙创作的一种自觉，一种驱动他运笔的动力。在小说的取材上他常常选取较为敏感的社会问题题材，在题材和主题的审视取向上与社会的敏感区和关注点相契合。这种直面社会生存现实，切入普众人生的比较直接的社会价值取向，使刘醒龙的创作成为独特的这一个。给我们留下较深印象的有两个系列：一是脉承了《凤凰琴》的《孔雀绿》《分享艰难》这些关注底层人生现实生存的作品。这类作品并不以抒发激愤的不平之鸣取胜，而是以生活环境压抑下仍不时闪现的崇高的悲壮、良知和善性而打动人心。二是以《菩提醉了》《清流醉了》延续着以前《秋风醉了》的"醉了"系列以及《去老地方》等作品形成的另一类小说，表现了形形色色的官场灵魂对流俗的社会环境的一种麻木的或可说是有意为之的妥协，透出了无聊而又无奈的官场生存欲求。刚刚获奖的《白菜萝卜》有些类似轻喜剧，从题目到内容都很有趣，让人感到轻松明快，大河二河城乡日常生活的故事引发出诸多笑料。长篇《威风凛凛》可说是涵括了刘醒龙作品的许多特征。比如"爷爷和我"这种早期作品中常出现的人物关系和叙事模式，围绕着赵长子和周围人而展现出的善良与卑劣、人性与兽性、文明与愚昧的生死搏斗等。另一中长篇《生命是仁慈和劳动》在叙事手法上有所变化，在生活密度超过了前篇。方方在近些年的创作中，已摆弄过现实、荒诞、纪实、通俗等多副笔墨，但即便在通俗笔法写就的《何处是我家园》中，仍体现了她小说中惯有的对变幻无常的命运以及对人性深度的探寻。她近期创作主要集中在两个方面：其一是对知识分子的叙写。这类题材她写过《行云流水》《无处遁逃》，达到高峰的是《祖父在父亲心中》，但她总觉未能尽意，对那些才学博深、恪守自身人生价值的知识分子的现实生存，她操持着一种真诚而焦灼的创作态度，而对他们身上所体现出的人格精神的力量，她还需要有一次更全面、更透彻的表达，手中即将封笔的长篇小说便是一部集中描写知识分子命运的小说。其二是她近来对推理侦破题材所表现出的兴趣。这类小说的发端可追溯到《白驹》，最突出的显示是《行为艺术》，其后她又推出了《推测几种》《凶案》《暗杀》《埋伏》等。显然，集笔于推理侦破类小说并不取决于她对这一题材视域的熟稔，而是在自身经验限度之外的一种寻找与确立，是对她创作个性充分舒张的一种显示。方方不是写自己生活经历的那一类作家，她有着极好的智性和知性，这使她最乐意以都市人的心智和机敏去拆解搭置人与人、人与都市环境之间一种特殊的相持关系，去探寻命运和机遇的偶发性。她始终认为小说是对作家想象力的一种考验，而侦破类小说那种曲折复杂、一波三折的情节构置和变幻莫测的人物身份辨析，无疑给她的智性和想象提供了一个开阔的空间，但她并不放弃意义，在侦破故事层面之外，她总暗隐着一个深度层面，如《行为艺术》《凶案》《埋伏》故事之外的深意和韵味，很是耐人寻味和深思。小说之外，她最勤于笔耕的是随笔，这种形式极投合她自由随意的创作个性，也适宜容纳她常常俯拾皆是的都市灵感。最近四川文艺出版社和群众出版社分别出版了她的两本随笔集，可谓收获不小。

陈应松在出版了小说《黑艄楼》后，近期有《暗伤》《羰羊》《归去来兮》《承受》等中篇小说以及长篇《失语的村庄》问世，他的小说明显有他惯有的特点，沉郁的感伤和深层诗性的呈现常给人留下绵长的回味。何祚欢在前年推出长篇《失踪的儿子》后，近期又完成了长篇小说《舍命的儿子》，和他几年前写的《养命的儿子》已构成一个"儿子"系列。这些作品突出地体现了他特有的小说个性和个人特点。他在塑造富有寓意象征的儿子形象时，也注重营造带有武汉地域特点的民俗文化氛围以渲染

"汉味"。在小说叙事上他采用了讲故事这种最直接也最符合人的最初接受欲望的方式,在创作的整体上出现了"说"的意蕴,那种类似评书的语言,使他的小说成为一种能"说"的小说。杨书案近几年先后出版了《孔子》《老子》《炎黄》等长篇历史小说,即将推出和正在运笔中的还有《孙子》《秦皇大地》等,他在历史小说的构架中偏重于对人物的文化观照和对其思想体系的引申阐发,不仅在创作中形成了自己的系列作品,而且在历史小说风格上也形成了自己独有的个性特征。

三 自省中的调试与建构

当创作个性的追求已成为作家的普遍的一种自觉时,寻求创作上的突破性进展就成为许多作家的迫切需要。不论是已成名的作家还是那些有一定创作实绩的作家,都希冀不断超越一般小说家的创作定式,都不愿沿袭旧有的轻车熟路,他们思考和自省着自身的创作,不断地调试和建构着自己的审美个性,自觉汲取具有表现力的一切艺术手段,去充分肯定自己对现实人生的独特认识和理解,努力尝试着以小说的深度之网去打捞生活,以期使自己的创作之树常绿。池莉近期的创作轨迹就使我们清晰地感觉到了她为寻求小说新变所做的种种努力。显而易见,题材的扩展与变换成为她创作突破的一个契机。她先都市后乡镇,再转向久远的历史,不断更迭着人们的阅读印象。从历史中回来她推出了一系列都市故事:《绿水长流》《紫陌红尘》《城市包装》《你以为你是谁》《化蛹为蝶》《午夜起舞》《汉口永远的浪漫》等。这些小说虽然背景都在都市,但在题材处理和主题审视上却有各自不同的落点,也并未走同一的创作路数,是不可归类的互存差异的作品,这些作品体现了当代都市生活的复杂性和极大的包容性,所塑造的人物都是在激烈的市场经济冲击下刺激和促生出的各具特性的人格类型。他们有着迥异于习惯的生存意识和非正统的习俗姿态,有着莫名的都市情绪和举动,以及在包装下失去了本真面目的人生,《你以为你是谁》《化蛹为蝶》的起笔都来自先入为主的观念,尤其是《化蛹为蝶》更是衍生于一种形而上的思考,这和池莉以往善于以感觉的东西去接近生活本质的创作模式有相对的区别,而与此同时,她也一次又一次地远离自己的生存范畴,在撷取题材上更多地呈现出一种开放状态。《以沙漠为背景的人和狼》的背景是新疆的塔克拉玛干大沙漠;《心比身先老》

则将笔触伸展到了遥远的雪域西藏。这些题材都不是她身之所历的直接感知，而是来自间接的写作素材。题材的改变，不仅使她的审视观照有所改变，而且也限制了她个人感觉的任意舒展生发，题材距她的生活背景越远，这种限制也越明显，《以沙漠为背景的人和狼》构置的完全是一个非女性化、个人化的情景，因此池莉惯有的女性化的叙述风格有意无意之中被削弱了、改变了，客观化的叙述完全掩映了她以往作品的表征，我觉得这是池莉对自己最成功的一次创作突围。《心比身先老》使她再次走出了自己，虽然叙事主人公是来自内地都市的女性，但《心比身先老》却完全没有写实性的琐碎描摹和都市务实的精神特质，这个以雪域高原为背景的故事中，有着在今天物欲涌动的社会中早已失去了的圣洁的诗性光彩，贯流着令人心动的浪漫的古典情思。最新的短篇《绝代佳人》在诱人的篇名下又重写了知青故事，近期池莉也写了不少随笔，显出具有她自身个性特点的创作思路，母爱、妻性、女性化的题材走向与平和温情的表达成为其主要特征。近期最引人注意的是邓一光，他的创作正处在一个上升时期，新作不断推出，显示出了具有相当实力的创作势头。但是他今天的走红和引人注目并不是一夕两载的事，他虽说是个文坛新人，却不是个文学新人，在文学领地他已经有着十数年的辛勤耕耘。题材选择的多向性和创作方法上的多元探索不论在过去还是现在，都是邓一光创作一贯的特点。他写过《挑夫》这类红军故事，写过知青题材的《孽犬阿格龙》，写过表现生活温情的《红色贝雷帽》，也写过市民文学《老板》以及《鸟儿有巢》《下一个节目》这类作品。他的不少小说单篇读来都给人留下很好的印象，但这种对生活散点透视式的创作却难以从整体上提升他作品的印象，这对心性敏感而又自尊的邓一光来说是一种考验，也是一种磨炼。他在并不张扬的努力中磨砺着自己，一旦看准了方向就迅捷出击。近期他一连气写了《战将》《父亲是个兵》《我是一个兵》，由此形成了一组"兵"系列小说，其中贯流着满溢阳刚之气的男儿血性和浓重的英雄情结。可以体会到在邓一光的心底沉潜着一种对父辈的崇敬和对英雄气概的向往，一种对自我的不满足感和不能完全融入处在经济浪潮冲击中的现实的痛苦和焦虑，他需要有一种超乎寻常意义和对人对当下委顿精神的提升。因此，在塑造他心中的英雄硬汉形象时，他集聚了全部的激情，投注了所有的渴望，这使他的人物硬气十足，个个都是豪放刚毅的英雄好汉，也使一些读者以为这是邓一光本质气质的体现。但我觉得大笔挥洒血性的豪放，是邓一光对他自己激情力度的一种心理补偿，而并非全是他的本色。同期他写了其他一类作品，如《掌声继续》《体验死亡》。《掌声继续》题材较为特殊，写了团干们在价值危机中对自身位置的寻求，在哀挽般的情思中又透出几分悲壮的昂扬。而《体验死亡》在构思和写法上一反常规，这个看似荒诞的故事体现着形而上的思考，背景介于现实与非现实之间，并且采用了夸张变形的表现形式，使人物与现实产生间离。这种超现实的艺术表现在邓一光也是首次，所产生的陌生化效果，体现了他对创作的不断探索的超越。长篇小说是他近期创作的主要目标，他即将出版《我是太阳》《家在三峡》两部长篇。《家在三峡》是最贴切现实的题材，这个在开发三峡工程移民搬迁大背景下展开的人生的故事近期已被拍成七集电视剧，在中央电视台黄金时间播放。可以说，寻求多向度的题材空间和多元化的表现方法在今后仍将是邓一光的创作追求。

对武汉作家近期创作的审视和巡礼，虽说只是一种粗疏的梳理，但基本上呈现了武汉作家创作的总体态势和作家的主体精神指向，创作现状给予我们的既有兴奋也有遗憾，既有期待也存忧虑。处在创作全盛期的武汉作家也应注意遏制惯性，适时地略作停顿做一番理性的自我审视：我们的作品是否体现了对现实生活更深层的体验深度和深远的理性精神指向；我们在对社会问题的关注中，是否多着眼于对现实性的发现，而少了对人性深度和文化纵深的探寻；我们在对现实心态的逼真描摹中，是否过于贴近了世俗化而太少理性的观照和精神力度的支撑；我们有时是否太看重自身的个性禀赋而沉浸于智性或情绪化的操作之中，从而拘囿了创作视野；我们有时是否过于自我感觉良好，而不自觉地放弃了富有创意的开掘；我们是否会在市场经济杠杆的驱动下将手中之笔变为匠人之笔，从而少了对当代精神生活的关切和对人文精神的张扬。我们只有在这种不断的检视和质疑中逐渐完善自己的创作，才可能在未来的发展中不断更新自己，从而获得更大的飞跃。武汉作家的创作正处在一个非常好的时期，除却自身素质的成熟外，整个文学发展的外部环境也很有利，这应是一个继往开来的时期，也是一个可以出好作品和大作品的时期。因此，当1996之门打开的时候，我们完全有理由对他们今后的创作抱以深深的期待。

原载《江汉大学学报》1996年第2期

湖北文学:回望中的思考与期待

站在世纪的关口,回望湖北文坛,此刻正霞光如织,灿若桃花,湖北作家的创作正舒展着其创作全盛期的辉煌。触景静思,常会心生这样的疑惑,此时映入我们眼帘的,会不会只是一片诱人的落霞,随即而至的该不是一片凄迷的暮色吧。当我们极投入地把湖北文学研究当作一项事业来做,当我们以此开成一门课程,来给我们的学生讲授,以期有更多的湖北文学的爱好者和研究者,当我们很认真地置身于作家创作个案的研究过程中时,我不免会自问自心,这种有我们参与营造的创作繁华和喧腾到底能为时代沉淀下来什么有些分量的东西,进入我们研究视野的作家们,他们是否还能不断地为我们提供出新的可供研究的文本,而这种有价值的提供是否会有强有力的后续递接,我想,我的这种疑虑和担忧并不是空穴来风。经临世纪之交,时间在向度上为我们提供了一个个审视和反思文学的契机,百年回顾,半个世纪的反视观照,如果说百年、半个世纪的记忆过于绵长,那就以10年、20年为限,做一次纵向追踪。湖北文学需要认真地回望和思考,需要在对当下创作状态的审视和深入透析中,再度激发开创文学新世纪的创造活力,重铸文学的期待与辉煌。

穿行于湖北文学20年的发展历程,我们会很清晰地看出几代作家层递交错的创作景观,正是几代作家携手并进,共创了湖北文学的繁盛局面。70年代末80年代初,徐迟、曾卓、碧野、姚雪垠这些多成名于三四十年代的老作家,在其人生的暮年重创辉煌,为新时期湖北文学的发展开辟了道路。徐迟讴歌知识分子的系列报告文学作品在中国文坛占有举足轻重的地位,《哥德巴赫猜想》不仅在首届报告文学评奖中获奖,而且其影响力之广也史无前例,陈景润这一形象几乎是家喻户晓。曾卓重返诗坛后出版了两本诗集《悬崖边的树》《老水手的歌》。《老水手的歌》以其崇高悲壮的美感获得了首届茅盾文学奖。可以划入这一创作层次的还有当时还在湖北的白桦，他的诗《阳光谁也不能垄断》和充满反思历史与现实锋芒的剧本创作，都产生过全国性的影响。这些获得第二次文学青春的老作家们的创作，使得当时的湖北文学在全国的文学格局中占有极为醒目而重要的地位，也为其今后的发展打下了坚实的基础。1993年徐迟在79岁高龄完成了50多万字的自传体长篇小说《江南小镇》。1998年中青社将姚雪垠最后完成的第四卷和第五卷，以及已出版的一至三卷的《李自成》重新编排出版，但年近九旬的老作家已无力将这一巨制最后完成。随着徐迟、姚雪垠的相继离世，及其他作家年事已高或有的已离开湖北，这一代作家的文学使命可以说已告完成。以第二代湖北作家的身份进入同一创作层面的有鄢国培、杨书案、刘富道、汪洋、周翼南、绍六、苏群、王振武、叶明山等。他们以壮年的热情拓展了湖北文学的艺术空间，刘富道的《眼镜》《南湖月》问世后在文坛激起的热烈的阅读反响至今仍让人记忆犹新。以《漩流》为代表的《长江三部曲》写得恢宏大气，流畅自如，特别是《漩流》可算是长篇小说中的经典之作。进入90年代后，这一层面的作家创作逐渐从文学主潮中消隐，鄢国培的早逝，使他曾计划写的另一部长卷画上了句号。擅长于历史题材创作的杨书案，每一两年便推出一部长篇，并有作品在台湾地区获奖，但由于题材的特殊性及对当下生活的疏离，他的写作也在边缘化，只能起到助澜的作用。

　　作为湖北文坛第三创作梯队出现的作家，可说是阵营强大，创作实绩凸显。这一层面的作家状况较为复杂，年龄上有一定的跨度，在做总体观照时，我只能暂且避开以"代"的称谓来指认这一创作层面的作家，因为不论在创作特征和题材风格上，或是在创作年龄和成名时序上，他们都多向杂陈、多层并置。这一创作层面的作家多出生于40年代中后期至50年代末，就前者而言，他们中有的成名较早，但创作的鼎盛期也止于80年代，像楚良、李叔德、映泉、李传峰、叶明山等；有的成名后转向了其他艺术门类，像近年来在话剧界红红火火的沈虹光、搞影视创作的胡大楚等；也有的进入90年代后才开始在文坛显露出来，像何祚欢、岳衡寿、赵金禾、彭建新等。出生于50年代的作家是湖北文坛创作实力最为雄厚的一个年龄群体，他们的创作构成了湖北文坛的繁茂景观，不仅使新时期之初由前几代作家开创的良好的文学发展态势得以有力的续接，并且不断地创造新的创作成果，使湖北文学在当代文坛的整体地位得以提升，一批优秀作家在当代文坛上凸显出来。方方、池莉、刘醒龙、邓一光、陈应松进入当代主流作家行列。他们不但在各种奖项中频频获奖，而且作品不断激起阅读和评论热点，在某种意义上也在引领当今文学潮流，如新写实小说、现实主义冲击波、硬汉文学等。由于他们都出生于 50 年代中后期，又经常是被集合在一起研究，因此，被看作是湖北文坛的第三代作家。这一代作家创作有两大显著特点：一是生长性，他们的创作几乎穿越了整个 80 年代和 90 年代，和新时期文学的发展基本同步。阅读他们的作品，就能感受和经历他们整个的成长过程，从文学的初阶到日臻成熟，从一个个高峰到滑落，再至攀升，因为创作持续时间长，他们也是湖北文坛负重最多的一代作家。和生长性相连的第二个特点是兼容性，这一代人之所以成为湖北文坛创作的中坚力量，是因为他们起着承前启后的作用，他们或多或少地亲身经历了国家重大的社会政治变革，他们拥有一定的历史记忆，比如三年自然灾害和"文化大革命"，又经过了民间底层生活的淘洗，这种切身的生存体会和知青经验成为延展和生发心灵想象的丰富源泉。进入 90 年代后，他们又直接介入了经济高度发展中的社会现实，以比老作家更为积极的态度去拥抱当下的经济生活，这使得他们成为个人写作背景最为广阔、写作资源最为丰富的一代人。而且在写作技巧上，他们常常兼收并蓄，既保留了老一代作家宏大叙事的特点，从社会的政治、道德、文化层面对人类生存对人性进行思考和观照，以大手笔叙写对国家、民族，对百姓生存的忧患与感动，同时他们又比老一代作家更多地注意了小说的技术性操作。赶上 80 年代中后期中国对西方现代文论及作品的大量引进，使他们得以吸收现代艺术审美方式及小说技巧，不断地从艺术审美思维及小说形式上做新的尝试。方方写过荒诞变形的"白"字系列，姜天民有追求语境效果的"白门楼"系列，刘醒龙神秘而空灵的《灵猢》，邓一光表现现代荒诞的《体验死亡》，陈应松超现实叙事视角的《失语的村庄》，等等。即使在一以贯之的现实主义创作主导风格中，他们也会融进现代的创作新质，将传统与现代汇为一体，进行新的创新。由于注重内容上对意义及价值的追寻和形式上对技术的打磨和更新，使他们在读者接受上获得了全方位的回应，读者群远远超过了前后几代作家。值得注意的是，在 50 年代出生的作家中，方方等人是凸显于较高水平面上的创作冰峰，在他们周围或下面还聚集着一批富有生气的力量，如叶梅、胡发云、董宏猷、徐世立、何存中、王石、叶大春、唐镇、钱鹏喜、刘益善、吕幼安、董宏量、徐鲁、魏光焰等，他们都有长篇或者作品集问世，有的作品的影响已走出湖北和域外。我始终认为，这批人是湖北文坛有待深入开掘的创作资源，他们拥有的开阔的写作背景，以及在创作上多年磨砺的经历，都为他们沉积着撬动创作杠杆的力量，只要把握好机遇，获得一个适宜自身的支点，他们就有可能在中国文坛脱颖而出。

60 年代后出生的作家在创作上目前与前几代作家尚有明显的间隔，而且由于自身情况特殊，创作呈分化状态，他们不似前几代作家那样在表现程式、创作规范上总能找出一些共性特征，在创作风格上彼此之间分岔较远。他们中的高产作家晓苏在叙事风格和创作主体内涵的表现上，都完全可以归入 50 年代作家群。以“文化关怀”小说被当今文坛注意的刘继明，在创作背景和小说技术层面都被列入了“新生代”的行列，体现着 90 年代新一代作家的创作特点。阿毛的创作直接进入 90 年代的女性生活及生命体验中，反视自身，关照女性的心理空间，使她与六七十年代出生的女性作家创作有着相似接近性。其他作家如张执浩、马竹、李鲁平等在创作上体现着某种过渡性和复杂性，他们既有一定的历史记忆写作，又对 90 年代当下的社会生活进行拆解。对 60 年代出生的作家很难在创作特性上加以归纳，他们身上少有集中的代性特点，这也正体现出 90 年代后集团写作淡化，个人化写作抬头的大趋势。

以上，我们对数代湖北作家的创作进行了粗疏的梳理，从年龄上看，湖北几代作家之间的代际差距是明显的，但在具体创作上则是互补的、共时性的。审视几代作家创作，有两点极为突出：一是几乎每一代作家都为中国文学的发展提供了富有建设性的、能体现出创作新质的东西，在题材选择、审美特点、语体表达、手法探索上都时常能在当代文坛上激起新的关注热点和理论话题，这种自觉强化的创新意识使湖北作家成为获奖最为集中的一个群体。二是艺术个性的多样化发展，不少作家在创作上已形成了鲜明而突出的个性优势，其创作都逾越了具体的地域空间限制，体现出大文学和大文化的背景，产生了大量具有全国影响的作品。当然，我们做文坛回望，不仅仅是总结过去，更多地是为了放眼未来，为今后的文学发展寻找现实的依据和新的起点。

显然，后两代作家将成为湖北文学今后发展的主力军，但考察一下他们目前的创作现状，却不由得不让人感到忧虑。方方、池莉这一代作家的创作构成了 90 年代湖北文坛创作的绚丽景观，对湖北文学发展起着至关重要的作用。这一代作家最显著的特点是贯穿于八九十年代的生长性和凸显于 90 年代的成熟性。生长性当前在一些作家那里显然已经减弱或停止了，而伴随成熟性而来的则可能是惯性化的操作，这极易产生程式化或套路化的作品，没有创新突破就不可能发展，甚至会导致停滞倒退，我们对这一代作家的担忧正源于此。近期给人衰退感较明显的恐怕是池莉了，这是我反复仔细地阅读了她的一系列近作后得到的最突出的印象。但这种结论恐怕不能被一般的人认同和接受，因为与我这种感觉恰恰相反的是池莉在当下文坛正如日中天，红火一片。正如女作家叶文玲说的要论"火"，这几年，池莉真正是文坛的"火人儿"一个。她的作品几乎是一出来就被《小说月报》《小说选刊》转载，不久就有获奖的消息传来，获《小说月报》奖已是五连冠，在我看来，获奖的《你以为你是谁》《化蛹为蝶》，还包括获鲁迅文学奖的《心比身先老》都不是池莉最好的作品，比之《不谈爱情》《你是一条河》是一种倒退。尽管池莉在近期创作中也在不断地寻求小说的新变，在不断更新变换着自己的选材、叙事的视角，但从近期创作的整体水平来看，滑落的痕迹是明显的。对池莉来说，最突出的创作隐患是她的创作心态、创作情感已有了一种较大幅度的位移，这不能不说是沉潜着一种深层的创作危机。池莉以写寻常世俗人生的生存困厄及生存奋斗而受到公众的普泛欢迎，她的叙写真切地体现出对底层人生的切近了解和充满真诚的同情与关怀，但这种对人的生存的忧虑已被她的近作中出现的一种生存的优越感所替换，正是这种生存的优越感使她作品最初的意义逐渐丧失，从沉重到轻飘，从探寻意义到挥洒闲适感受。替换了印家厚、辣辣们的是一些充分物质化了的社会新贵，像《化蛹为蝶》中的小丁，《来来往往》中的康伟业，《致无尽岁月》中的大毛、冷志超，《小姐你早》中的王自力，还有《云破处》中的金祥，这些人或因命运的偶然事件，或因下海经商而发了财，他们买洋房别墅，开奔驰或其他名车，着梦特娇一类世界级的名牌衣饰，戴浪琴劳力士金表，出入豪华饭店娱乐城，并且踏出国门，周游世界，不仅尽享世上美景佳肴，还在国外购置房产，为自己后半生做安排。怀里揣了大把钞票后，这些男人又进而追求女色。小丁开字画店放长线钓到了电视台的台花；大毛在结了两次婚后又回头来找心中的"初恋对象"；康伟业在外金屋藏娇，连连更换情人；王自力觉得"大地满园春，处处有芳草"去偷搞小保姆；金祥认为街上"美女如云，美腿如林"……他们有什么必要守着不会穿衣打扮、没见过世面、神情麻木的中年妇女呢？这些小说极为琐细地描述了新贵们优雅而舒适的生活，而判断的价值尺度在池莉笔下也有点儿显得无所适从，像康伟业既是好丈夫、好父亲，又是好情人、好男人。大毛身上既有一种很高尚纯真的东西，而他在日常的作为，如走后门上大学，对物欲的疯狂追求似乎又和他的高尚纯真全不沾边，这些在物质生存上高高凌驾于普通百姓之上的人物形象，这种毫无节制地对生存的优越感，对现代物质享受炫耀式的唠叨，除了撩拨一下小市民物质享受的欲望，给他们"开开眼界"外，不可能给读者带来新的心灵震撼。相反，这种创作立场的位移，极有可能会使虽对池莉近作不满但仍对她抱有较高创作期待的知识圈读者群逐渐放弃解读，而且也会失去感同身受着印家厚式生存的市民读者群对池莉作品的认同和亲近感。其次，近期池莉创作暴露出来的另一突出症结是，想象力的匮乏与失真。虽然从表面上看近作比《烦恼人生》等作品更富有想象性，但由于这种想象缺少坚实的生活根基而飘浮在半空，反倒给人留下一种都市神话的虚幻。人们不禁要质疑了，小丁、大毛们的发迹发财史到底有多少可信性，身为普通医生的冷智超何以能够在郊区别墅区购置"农舍"及私家车，而从人物构置来看，一些人物明显违背了性格发展的逻辑性和可然律。比如《云破处》中柔弱的手无缚鸡之力的曾善美，毫无性格铺垫地一下子变成有如冰冷的蛇般的女巫，手刃了"和美"相处15年的丈夫。小丁抛弃别墅和美丽的妻子去回返自然，似乎也缺乏更令人信服的解释。尤其把握不准的是那些知识分子形象，如果说《霍乱之乱》中的老所长虽有些令人不舒服的个人怪癖，但在关键时刻能挺身而出还能让人感动和接受的话，那么《小姐你早》中的女副研究员戚润物和《一夜盛开如玫瑰》中的女教授苏素怀却明显失真。戚润物一本正经地固守传统，以及"没见过世面"地在大将军饭店的窘状，多少有点儿丑化这一人物，而苏素怀与素不相识的出租车司机之间的艳遇，以及被送往精神病院的结局更令人莫名其妙。通过以上分析我认为池莉在她最红火的时候，自己头脑要清醒，要有反思精神，适时地调整自己，以便对表达人类生存有更具个性化的创作升华。方方近期作品不算太多，因为除创作外她还担任着《今日名流》社长兼总编的职务，同时还经营着风雅颂书店，这可能要耗去她相当一部分精力和时间。近年她创作频率大致是每年一至二篇，主要有《埋伏》《暗示》《状态》《定数》《过程》《在我的开始是我的结束》，9万字的大中篇《空中飞鸟》，长篇《乌泥湖年谱》，还有将手中一直操持着的长篇前几章以《劫后三家人》先期发表。作品数量不算很多，但从整体来看写得还比较精到。《埋伏》发表后创转载次数之最，又演绎了一部很不错的电影。《定数》对高校知识分子的心态和生态的把握恰切到位，并通过肖继东这一形象对知识分子命运做了归结，价值观念的纷繁或莫衷一是的生存现实可能会使人惶惑，但对那些恪守人生信条的知识分子来说，生存的意义和人生的终极价值都早已成为定数。《过程》借刑警的故事对世俗的社会价值观做了生动的演绎，那就是只重结果不重过程，并由此造成人生的荒诞性和命运的错位。在过程中处处显出英雄本色的刑警李亦东最终不得不离开公安局去开酒店，而懦弱无能没有过程的江白帆却因意外得到了世人只看重的结果，成为全市闻名的英雄，而这种荒谬在我们日常生活中并不少见。审视方方近作，从中越来越显出一种形成定式的东西，比如说复制和编撰。这种复制不是一般的复制，而是对小说深层内涵的多角度展示，即命运像被无形的手操纵着，许多偶发的微不足道的因素很轻易地改变了人生的初衷，令人不可捉摸，并由此产生了人生的荒诞感和命运悲剧。这一深层内涵被方方用现实的、荒诞的、通俗的多种笔墨进行了复制，《一波三折》《何处是我家园》《埋伏》《暗示》《过程》等，每部作品，也包括其中每一个人物，不论是正面还是反面人物都进入这种复制程序。应当说这种复制是非常成功的，但也正因为这种复制，让我们感到了方方心中越来越难以摆脱的带有宿命意味的心结。此外，在小说创作中方方愈来愈明显地体现出智性化的设计和技术性的编撰，她的小说多设计有两层结构，故事层次趋于消闲，写得很热闹好看，适合大众阅读口味，深度层次则生发言外之意，挖掘深层的人文意义，为知识分子层次阅读者提供思考。人生的荒诞和错位常来自生活中的偶然性，方方的小说常常需要技术地编撰这些偶然因素，它不是单个的而是多个的潜伏在作品的各个角落，在人物生存过程中的每一行为、每一细节中，让人浑然不觉直至命运揭开谜底，你才警醒前面埋下的伏笔，不由得会产生一系列有关假如的感叹，许多的假如都可改变命运的结局。对这种高智性的编撰，除了给人回味思考之外，我也希望方方不要太沉浸其中，把它当成一种快乐的文学游戏，也期待她在新世纪能有更多的精力集中于创作，多出好作品。以《凤凰琴》开始转入对当下乡镇现实描述的刘醒龙，目前正处在个人生活和文学创作的最佳时期。1996年以后，他以大胆而率直地触及现实、不刻意讲求叙事技术的一批作品汇入了当代小说的"现实主义冲击波"中，在文坛上又火了一把。但显然，这种直面当下现实的写作在时间的推移中，一定会从表达到内容上都有所提升。从刘醒龙的近作《割麦插秧》《寂寞歌唱》《路上有雪》《心情不好》《浪漫挣扎》等来看，他已形成了固定的创作套路，人物、创作思路、写作背景都很相近重复，写知青的作品《大树还小》受到了较多的批评，两部长篇《威风凛凛》《生命是仁慈和劳动》都不能算是经典之作，因此刘醒龙需要在创作上寻求新的突破，再辟创作的新局面。邓一光在1995、1996两年的大喷发后，开始调整自己，选择了去华中师大读书，但作品仍然不少，计有长篇《我是太阳》《组织》，另有中篇《大路朝天》《遍地菽麦》《远离稼穑》《左牵黄右擎苍》《燕子飞时》《消失在路上》《战将》《大姨》《大妈》《她是他们的妻子》《扬起扬落》《西沙》等，还有短篇《向往陆地》《梦见森林》《婚姻的模式》《酒》《一生》《狼行成双》《士兵五羊》《一只狗离开了城市》《闪电》《生活在玩具与游戏之间》《请把客厅的门关上》《我们爱小鸟》《飞翔》《没有音响的日子》等，但在这么多的作品中我认为好的是《我是太阳》《远离稼穑》《她是他们的妻子》《狼行成双》。邓一光主要凭借激情写作，是文坛快手，但也因此在作品中留下诸多的硬伤和缺憾，因而他重写作品和部分情节重写的内容较多。通过这一段沉下心来学习，和近期单身进藏探访麦克马洪线以期寻找新的创作爆发点，期待他会写得更沉稳些。陈应松近年来创作势头有所滑落，他一直循着写忧而造艺的创作路数，作品令人深陷于感伤和忧郁之中，他目前确实需要对这种创作心态进行适当调整，对忧郁情怀要有进一步审美的提升，使作品有诗性的传达，而不仅仅是苦难与悲伤，沉重得令人无法振拔。他近期写的1998年大洪水中的乡村故事，仍是让人感到难忍的压抑，当大水卷走全村人集中于一楼的彩电时，真给人一种绝望之感。我觉得他要在创作上有新的发展，就一定要走出目前的这种忧郁。当然对这一代作家我们也不能过多地苛求他们，要他们始终如一地保持一种喷发状态。客观地说，每代作家都会有创作衰退的时候，因此对作家创作也应有一种平和的心态，60年代后出生的作家由于经历相对简单，接受现代技巧较多，重视技术性的操作，从目前的发展态势来看，短时期内还难以出大作品，他们还需要很好地磨砺，寻找创作喷发的切口。同时培养文坛新人在湖北文坛也是一件刻不容缓的事,这样才可能使湖北的文学事业获得强有力的后续递接,在更新中再铸辉煌。

原载《湖北作家论丛》第 7 辑,长江文艺出版社 1999 年版

视域四

历史小说叙事范式的探寻

重组感性的历史空间
——评二月河的长篇系列小说《雍正皇帝》

历史小说，在时空再现上是非现在性的，而在文化形态的展示上，又是非现实性的，这就使得历史小说的营构充满着挑战和诱惑。再现和表现历史生活，不仅需要以超越当代人经验的想象和体验去激活历史的意象，去填充历史的空白，而且也需要以当代人的现代思考和对历史及传统文化的把握去冷静地观照历史，表达出当代人对历史的审美理解和审美发现，而这些，还不足以应对和承接来自历史题材的挑战与诱惑。恨水东逝，在滔滔而去的岁月之流中，想掬起已逝之水，谈何容易，纵使你神思飞涌，所得到的也绝非同一的水。历史题材的创作，不单是对历史的追踪和复原，而且要给历史注入创作主体的魂魄，注入气韵生动的创作灵气，当作家以文学为舟，逆漂岁月之川，展现历史的宏图巨卷时，首先在心灵和气质上都应与历史有一种神投的契合，有一双洞穿历史的文眼，有从容穿行于历史的大魂魄和大气质，意识之流、情感之流与历史巨川相贯通，真正领悟了博大精深的中国传统文化的精义，并且承接这种文化的沛然底气去生发艺术想象，这样才可能文思纵横，挥洒自如地去驾驭历史的大题材，重组感性的历史空间。二月河在他的长篇系列小说《雍正皇帝》中就体现出了一种与历史相契合相沟通的创作气质，体现了在深入研习中国传统文化和古典文学后所蕴蓄的创作历史小说的文化底蕴。这部洋洋洒洒近130万字的宏构巨制，突出地显示了他在历史题材创作方面所取得的成就，以及他所具有的不同寻常的艺术审美的创造力。

重组感性的历史空间，我认为要注意把握两个方面：

一是要服从历史的规定性。有些看似写历史生活的小说，却脱离了历史的客观性和历史发展的必然性，有的仅仅是借助于历史的背景，以历史小说作为一种载体来表达他们对现实生存和人物命运的另一种理解和诠释，他们的观照点和创作的终极目标并不在表现历史生活形态本身，而是着重于在一种远距离的非体验性的过去时态中所获得的思考和想象的相对自由，他们着迷于自我对历史的演绎和解释，人们在读这类小说时，并不一定把它当作历史小说来看待。通常人们评价历史小说，其基本标准就是看它是否真实地再现了历史生活，所塑造的人物形象和人物性格是否符合历史人物的主要特征，其可信度能不能让人接受。这就要求写历史人物或历史事件的小说，一定要基于历史，尊重历史，在搭置小说的总体框架时，要体现出一种对历史的理性观照。

　　二是要提升历史的想象性。在将历史人物小说化的过程中，想象可以提供生动具体的情节和细节，以伸手可触、充耳可闻的生活质感和丰满充盈的血肉来充填历史所留下的空白，并且也成为小说获取艺术生命的基本保证。若是失却了对历史的想象，抑或是想象力过于贫乏而无力升腾，使小说仅是根据有限的传世史料的记载去进行铺陈演义，或只是在前人留下的历史框架中拾遗补阙，那么我们所看到的只会是平面的历史和干瘪而毫无生气的人物，小说本身也就失去了其文学的价值和意义。但若是过于偏重历史的想象力，而较少考虑历史的规定性，使想象如脱缰野马放胆奔腾，那么这种想象也会因根基不实而显得虚幻而缥缈，给人以不真实之感。因此，历史小说的创作，要协调好历史的规定性与历史的想象性之间的关系，《雍正皇帝》就做到了两者之间的适度把握，使其得到了有机的互补。

　　历史小说创作要遵循一定的历史规定性，这其中既包括对历史史实的规定性，也包括对历史文化以及对作家创作方法和手段的规定性。就历史史实而言，史料丰富自然会为复活历史人物提供更宽阔的周旋空间，但同时也可能会框住人们的创作思路，不自觉地走上偏于历史纪实的狭路上去。不过，多数时候历史的这种赐予并不慷慨大方，虽然雍正时代距今只有280余年，比之离现在已有数千年之距的春秋战国和先秦两汉时代可算是较近的一段历史了，各种历史痕迹也不是杳不可寻，至少还有皇城故宫及其他有形的文字或文物做参照。但毕竟雍正皇帝在位仅13年，王命短暂，那么留存于传世文献中的记载也就极其有限，遍寻史册，钩沉典籍，所得仅是稀疏的段落和寥寥数言，且书写历史的话语多带有政治权力中心的色彩，从中又能找出多少有血有肉的东西。再加上帝王行止、宫廷秘闻又封闭于红墙,秘而不宣,有关雍正皇帝的民间传闻倒有一些,诸如九王夺嫡中托孤重臣隆科多私改遗诏,将传位十四子改为传位于四子,使雍正在阿哥党争中险胜,还有成为千古谜案的雍正之死等,而这些传闻又云遮雾隐,难辨其历史真相。若是蹚着民间野史的路子走,看似增添了几分热闹、几成精彩,但又如何面对历史冷峻的审视目光?若是完全以今人之见去匡正和臆想历史的疑影,这样的帝王题材之作又怎么能够保持恒久的色彩而经受住岁月的洗刷?因此,描摹帝王生活的小说不仅要可读、好读,也还要耐读,如同历史一样能经得起时光的考验和历史的追问。二月河在创作《雍正皇帝》时不仅下功夫研磨了正史资料,而且对各种野史、历史传闻也未放过,在小说的整体框架和人物命运的走向安排上既不乏当代人视角观照下的"现代性",也恰切地体现了对历史规定性的分寸感的把握,人物及情节创造"夸而有节,饰而不诬"。一些民间传闻虽然也走进了小说,但定位适当,使其仍是处在历史的质疑与考问之中,这就使得《雍正皇帝》系列小说给人以一种比较客观的历史感,在总体印象上符合读者对帝王小说所抱有的一种接受期待。其次,遵循历史文化的规定性,这也是《雍正皇帝》获取成功的重要因素。文化是历史的一种"物化",不同的历史时期有其特定的文化景观,《雍正皇帝》之所以能让读者一下子走进小说的历史氛围和历史环境,就在于它所体现出的突出的历史文化和民俗文化的审美价值。小说不仅有着浓厚的古都皇城的历史文化情致,而且也勾画出康熙雍正年间的历史风情民俗长卷。二月河对传统文化中的具体类型有着精到的了解,他拥有博杂的历史文化知识,熟悉帝王文化的表征,又掌握了大量的民俗掌故,对民间文化和民俗形态的细枝末节了然于心。在小说中,他既细致地描摹了物化形态的历史文化,如体现出一定文化特质的皇宫和民居的建筑格局,官场与民间不同的语言形式,还有典章文物、服饰器物、佛道禅儒、文房墨宝、琴棋书画、诗词歌赋、节气时令、名菜佳点等,这些无一不是悠久的传统文化的物化凝聚,体现着中国文化的鲜明特色,而且也生动地叙写了非物化形态的文化,如伦理道德、时尚风俗、民风流俗、世俗心理等沉潜在人物精神气质中的活文化形态。在他的笔下不论是大人物还是小人物,都带有各自鲜明的文化印记,天子王公、朝官重臣、举子谋士、文人墨客、市井平民、三教九流等,其生活做派、习俗举止都突出地呈现出特定历史时期中各个不同阶层所特有的文化蕴含,也不论是皇宫王府、官府科场、勾栏酒肆、客栈庙堂等都无一不体现出浓郁的历史文化气息和民俗风情特征。比较而言，描写物化形态的历史文化相对要容易些，毕竟还有形可依，有迹可循，有据可查，只是需要投入大量的精力和时间。曾听说二月河为写小说数次去故宫做实地的观察体验，将身心融于历史的环境之中去感知历史，感觉人物，对故宫的建筑格式、宫内装饰布局及前清遗物做了细致而又周全的考察，并深入地研读了清宫史实，因此对宫闱生活写起来得心应手、挥洒自如。对非物化形态文化的表达则需要去逆向寻找和重新确立，二月河仍是以传统文化为生发依托，着力挖掘受到特定历史文化形态和文化特质制约的人物的文化行为，以及打上了社会阶级文化烙印的文化性格和文化心态，同时也充分考虑到这种活文化形态所具有的历史传承性，从其现实沉潜中去加以补充印证。可以说浓墨重彩地叙写小说背景中的历史文化色彩，描写具有历史文化意味的人和体现出历史文化特质的物，使《雍正皇帝》以充足的文化含量增添了一份极具分量的艺术砝码，而且这种由文化而产生的审美欣赏价值，也使历史得以最感性的传达。

　　历史小说，不仅应在小说内容上体现出题材和创作思维的历史化，而且也应在创作方法与手段上遵循历史特定的规定性。《雍正皇帝》就突出地体现了作家的史笔著文的创作风格特点。当然，这不仅仅是指《雍正皇帝》采用了章回体这种传统的小说形式及文白夹杂的叙事语言，虽然使小说的文体与叙述话语与历史相适应相和谐也是凸显历史感的一种有效的方式和手段，但这只是一种外在的表现形式，因为现代生活题材同样也可以采用章回体的小说形式，贾平凹就喜欢用文言与白话杂糅的语言写当代生活，以增加语言表达的张力。《雍正皇帝》不但在文体的表现形式上，并且也通过调动具体的创作方法和手段以求在创作的整体意义上凸显出"史"的意蕴。执着于对帝王系列小说创作的追求，二月河多年来对历史经典名著《红楼梦》有着精细的探究，对中国传统小说的艺术表现形式揣摩得至深至透，这使他找到了一种将自己的内在意识与历史时空相对应的特殊方式，将自己置身于历史观照的至高位置，来搭置能展现出历史厚度和长度的恢宏的小说构架，使《雍正皇帝》不是单向地、平面地向前延展，而是在小说的时空上呈现出一种开放性的结构布局。《雍正皇帝》的故事起始时间是康熙四十六年（1707）春天，距雍正登基15年，延伸这么长的历史线段，一是可以通过描写胤禛督办河工、赈济灾民、清理户部亏空等一系列事件来显示他的能力，二是能充分地表现康熙末年皇阿哥之间的争斗，以及胤禛所显示出的心机和谋略，三是显露了康熙末年已出现的各种社会危机，预示了雍正以后艰难的帝王之旅。而在小说的第三部《恨水东逝》中，二月河用了相当的篇幅来写皇子弘时和弘历的争斗，并且对雍正去世后的事做了预告，这为以后续写帝王系列埋下了伏笔，主线结构前后都是开放的。在情节设置上，《雍正皇帝》也体现出多层面、多向度的特点，以多样化的组合空间构成了一个多维立体的宏大结构来显示历史的大气势。也正因为二月河在传统文化中浸润日久，对传统的小说语言很自然地产生了一种亲和力和认同感，使他在历史小说的叙事和语言表达上获得了相当大的自由度，能心手同一地运用传统语言，使《雍正皇帝》在内容和表现形式上达到统一与和谐，体现出历史的涵盖力和艺术审美的涵盖力，真正成为表现帝王历史的大手笔之作。

以史笔著文，为小说打下了坚实的根基，而以文笔立史，则使小说气韵灵动，神采飞扬，使重组感性的历史空间得以实现，这对作家的想象力不能不说是一种挑战，但同时它也产生一种巨大的诱惑。历史烟云早已消散，只有凭借今人的想象去激活历史的意象，让已沉寂了数百年的历史重新涌动起来，再现当年沧海横流、风云变幻的历史画卷，让世纪之隔的历史人物从史籍中站立起来，重获血肉丰满的艺术生命。二月河对中国传统文化和古典文学有着深入而持久地研习和修养，对历史有着独特的思考、理解和感悟，借此深厚而广博的文化根基，借此强大的理性之光对历史的穿越，使他得以在文献典籍所留下的巨大的历史空白中纵横文思，驰骋想象。一部《雍正皇帝》洋洋洒洒130万字的巨幅，让人由衷地为作家杰出的想象力而叹服，也不由得不被这由想象生成的感性的历史世界所吸引，自然地跟随作家之笔走进两百多年前的历史空间，对康熙、雍正交替时代做一次全面的艺术巡礼。其实，将雍正皇帝作为帝王小说的主角，并不一定是最佳选择，因为他登上龙廷仅13年，不似在其前后的康熙和乾隆掌玺60或61年，又时逢盛世，政绩凸显，有更为宽广的人物生存的空间，可容纳想象的穿越，而雍正偏夹在这两大历史巨块之间，且王命短暂，命运多舛。刻画这样一个人物，倘若仅是根据有限的传世文献中的记载去进行演绎，所得又实在有限。因此，对《雍正皇帝》的创作，二月河融进了充沛的想象，他紧紧抓住最能抓取人心的两个历史线段来展开笔墨，一是作为皇子四阿哥的胤禛，由初萌登龙志到参与阿哥党争，这条线的重头线是九王夺嫡。兄弟逐鹿，水火不容，一次次回合，刀光隐现，一步步险棋，揪人心旌，而胤禛更是心机深藏，不争是非，暗藏兵权，险胜为王。二是登上皇位的雍正，为巩固皇权，雕弓天狼，严惩骨肉弟兄，诛杀近臣心腹，圈禁隆科多，赐杀年羹尧，一幕幕场景，杀机四伏，惊心动魄，一个个人物，大起大落，命运无常。整部小说情节跌宕，场面纷呈，人物多姿多面，喜怒哀乐，淋漓尽致，掩卷思之，令人感叹不已。雍正形象的塑造，显然透达着现代人的理性透视。站在历史审视的角度，二月河对这个人物进行了深入的探求，以求能体现出更为深刻的表达。他研究历史并从中寻找历史的潜在暗示，并根据自己对雍正这个人物的揣摩分析，从而确认了把握人物的总体基调，即雍正是一悲剧性人物。做皇帝，他不幸的是夹在了清朝两个掌玺时间最长的皇帝之间，在他之前的康熙时代曾辉煌过，到他手里已是金玉其外的烂摊子，国库空虚，吏治腐败，户部亏空，积重难返。他上台后推行新政，整肃吏治，修整河槽，整顿科场，他勤政为民累坏了身子，却并未得到好名声，养廉制度得罪了众多的地方官，修堤开荒又加重了百姓劳役，但这些利在后代的大力整顿却为后来的乾隆盛世开创了局面，疏通了障碍，而后世人们只记着康乾盛世圣主，却忽视了缝隙间的雍正。反倒因其不讲情面、矫枉过正而被人认为阴毒刻薄、铁面冷心，得一世阴鸷枭雄之主恶名。做皇子，他生不逢时，皇阿哥二十多个，始终笼罩在争夺帝位的刀光剑影之中，为生母兄弟所憎。他为常人一面的七情六欲也被压抑扭曲了，爱小禄，小禄葬身火海，使他变得心如铁石，与乔引娣恩怨情断于骨肉乱伦，最终死得不明不白。围绕这个人物的悲剧人生，作家细致地刻画了他多面而复杂的性格，权力场上不论是兄弟还是太子，他都冷酷无情、生杀予夺，连搭救过他性命的心腹坎儿、性音都杀了灭口。但他又面硬心慈，有情有义，充满人情味，与十三阿哥胤祥之间更是骨肉情深，显示出其人性的另一层内涵。这些富有想象的情节使雍正有血有肉，充满生活的实感，使其不再是一个远踞于历史之中的帝王。对雍正的刻画也离不开对他周围人物的叙写，作家深刻地领悟了中国古典文学的创作精髓，更多地通过对"人"的审美理解和审美观照来实现小说创作内涵的多样性与丰富性。各种不同类型的人物以及人物相互之间微妙而又错综复杂的关系，成为小说艺术本体中最重要的构成部分，也成为凸显作家人生经验的一种特殊传达。在对历史人物的塑造中，仍然体现着作家对现实人生的体验性理解和揣摩，以及对人性、人情的练达。邬思道无疑是想象虚构的人物，也最体现作家的创作功力。他满腹经纶,人品、学识、智谋都非常人所能及,却几遭罹难,成为一介残疾。他知遇图报,替雍正运筹帷幄,决策逐鹿场,没有他雍正不可能夺取帝位,而他又最清醒地认清了历代开国功臣的悲剧归宿,适时地退隐江湖,但并不消极遁世。他从篇首出场就紧摄人心,瘦西湖畔与雍正相遇的场面,真是笔墨酣畅,击盂高歌、提笔赋诗、锋芒毕露、英风四流,一下子把个心高气傲的落魄才子的形象树在了读者面前,实在是令人难以忘怀。邬思道最集中地体现着中国传统文化的人格和智慧,言行中渗透着传统文化中哲学的或社会伦理的观念,这是个凝聚着作家审美理想的人物。我觉得《雍正皇帝》第一卷《九王夺嫡》一问世就获得了成功,和这一人物的成功塑造绝对是分不开的。二月河极善调动自己丰富的历史想象力,通过能体现出历史实感的场景和情节来衬托人物,由此展现人物多姿多彩的性格特点,诸如田文镜清查山西亏空、孙嘉淦上奏铸钱案、李绂会审黄伦、杨名时自逐出考场、狗儿坎儿闹黑店、性音大慧寺救邬思道、年羹尧血洗江夏镇、刘墨林与苏舜卿唱诗应和、贾世芳呼风唤雨等,这些以想象为人物设计的情节场景,真切具体而又细致入微,让人可感、可知、可见,性灵、性状、言语都自然展现在情节过程中,也使得人物的性格创造具有了无限丰富性和不可重复性。《雍正皇帝》中登场人物层出不穷,形象特征各异,很难说清《雍正皇帝》到底写了多少人物,不仅那些贯穿小说始终的人物写得极具分量,而且许多小人物也写得光彩照人,甚至一些走过场的人物,一颦一笑,一举手一投足,声气神韵,跃然纸上,如上谏选秀女的明秀、王老五夫妇、酒保老鸨等。对比之下,在《雍正皇帝》中写得最漂亮的人物还不是那些真有其人的历史人物,或许是因为这些人还有一定的史料或民间传闻可资铺陈,或先有了创作思路上的框子,而拘囿了文思,倒显得那些放开想象而创造出来的人物更富有灵气,正是这许许多多以充沛的想象塑造的丰满生动的人物,给人以深刻的艺术感染力和震撼力。当然,也从中得到印证的是,当这些以作家的想象而得以感性表现的人物符合并遵循历史的规定性时,才可能产生真正的艺术征服力量,而完全不受历史时代、文化的制约去升腾想象,则可能会是另一种结果,如贾世芳这个人物,想象缺乏根基,过于奇特大胆,神不神鬼不鬼,显得虚幻空飘,失却了生活实感,也给小说局部造成虚假不可信的印象。

  《雍正皇帝》的创作给我们提供了某种创作启示,在历史及历史留下的空白中驰骋想象，须以深厚的传统文化为依托，须遵循历史的规定性，只有将这两方面有机地相合互补，才可能完美地重现历史的感性空间。

原载《通俗文学评论》1997年第2期

海峡两岸历史小说创作比较阐释

　　历史题材的长篇小说创作，构成了中国文学跨世纪之旅中最为显目的景观。近年来，不论在中国大陆，还是在中国台湾，历史小说创作都取得了令人瞩目的创作成就，凸显出中国文学史上一个历史小说创作的鼎盛时代的到来。海峡两岸历史题材小说的创作热、出版热，以及由此延伸开的影视改编热、制作热，共同营构了在当下具有巨大遮蔽力的中华历史文化语境，以及具有广泛吸纳性的读者接受空间。毫无疑问，历史小说在两岸繁盛的直接或间接的社会动因，以及其在精英文化和民间文化之间审视和阐释历史的文化立场，历史小说作家在创作中所体现出的巨大的艺术审美的创造力，以及历史文本的接受效应和后遗效应等，都为文学研究提供了可多种选择的话语批评空间和进行多向度审美研究的可能性。

　　的确，海峡两岸同根同源，贯流于同一历史巨川，共同拥有博大精深的中华传统文化，这成为两岸作家创作的最丰厚的文化底蕴。共同的历史记忆及与历史相契合相沟通的相似路径，不仅使两岸历史小说创作共享着同一的书写资源，而且在对历史的理解和接受上也能相互认同和包容。但我们也应该看到，两岸半个多世纪的阻隔，造成了两地不同的社会文化语境，以及社会心理上的时差和距离，这也使得同源历史文化背景中的两岸历史小说创作表现出明显的差异性，形成了情态迥异的文本审美特点。

　　因此，清晰地梳理和把握这种文化表征和表现形态的差异，在互为参照中去正视和思考历史小说创作中所困扰的问题，去探讨如何写出与我们深厚的历史文化底蕴相般配的历史文本，在对当下创作的检视中去发现更多更新的历史文学的生长点，这对历史小说的创作和研究都具有长远的价值意义。

一　历史观与观照尺度

1. 中国大陆历史小说秉持的是"历史发展动力说"的历史观，关注的是政治历史的伟大创造者和推动者和宏大的历史发展主题，着重表现的是对历史进程起过影响作用的重要人物和重大历史事件，重点凸显其对于中国历史和文化的发展所体现出的价值和意义。

20世纪50年代以降，对历史小说创作直接起着导向作用的，是毛泽东提出的只有农民的阶级斗争、农民的起义和农民的战争才是历史发展的真正动力的学说，这为今后相当长的一个时期的历史小说创作奠定了基调，也成为一部分历史题材小说图解历史时所秉持的政治观念。由于将农民起义视作历史的推动力量，所以这一时期描写农民起义和起义军英雄成为主导创作倾向，而对政治主题的寻找和表达又超过了人物。这种在"动力论""阶级论""本质论"掣肘下的选材的价值取向和历史发展主题的延续时间很长，从60年代开始一直统领着文坛，在70年代末形成一个创作高峰，其尾声近乎到了80年代中期。我们从创作的线性历史景观和文本积累中可以清晰地看到这一发展向度，如杨书案的《九月菊》、《长安恨》（黄巢）、蒋和森的《风萧萧》、《黄梅雨》（王仙芝、黄巢），郭灿东的《黄巢》，刘亚洲的《陈胜》，凌力的《星星草》（捻军）等。尤其是写太平天国的长篇小说层叠而出，像顾汶光等的《天国恨》《大渡魂》，张笑天的《太平天国》，李晴的《天京之变》，王有华的《喋血宜城》，鄂华的《翼王伞》等，姚雪垠的鸿篇巨制《李自成》在这类作品中久负盛名。此外，表现历史大事件，体现人民的力量和反抗精神，歌颂爱国主义热情的创作主题也成为作家刻意寻找和表达的重点，像冯骥才的《义和拳》《红灯照》，徐兴业的《金瓯缺》，王汝涛的《偏安恨》，鲍昌的《庚子风云》，任光椿的《戊戌喋血记》《辛亥风云录》，辛大明的《鸦片战争演义》等。

80年代中后期，历史小说在创作观念上发生了显著的变化，转而将帝王将相置于历史舞台的中心，注重观照社会权势人物在推进历史进程中所起到的核心作用，以及其所具有的历史地位和历史伟绩。尤其是90年代以来，描写帝王将相历史功过的小说，逐渐占据了历史小说创作的主体地位，皇帝系列依序排列几乎可以覆盖整个中国历史。尤其是明史清史更成为创作聚焦点，反复被多种小说文本所覆盖，如胡晓明、胡晓辉的《春秋五霸》，杨书案的《秦娥忆》（秦始皇），胡晓明等的《洛神》（曹操），杨书案的《半江瑟瑟半江红》（隋炀帝），吴因易的《宫闱惊变》（唐明皇），苏童、格非、赵玫、北村等人的六部《武则天》，胡晓明等的《贞观圣帝·唐太宗》，段少舫、徐雯珍的《洪武大帝》，胡月伟的《万历王朝》，凌力的《少年天子》（顺治皇帝）、《暮鼓晨钟——少年康熙》，二月河的《康熙大帝》《雍正皇帝》《乾隆皇帝》，黄继树、赵元龄、苏理立的《第一个总统》。

将相系列也蔚为大观，如熊召政的《张居正》，唐浩明的《曾国藩》《张之洞》，李全安的《左宗棠》，董宇锋的《刘伯温》，陈斌的《李鸿章》，还有写名将的有卓钟霖的《将军愤》（郑成功），冯善骥的《郑成功》，吴有恒的《罗浮山外传》（袁崇焕），胡晓明等的《岳飞》，蔡敦祺的《林则徐》，等等。

进入 90 年代后，中华历史上的文化精英人物因其在历史上的影响和地位，逐渐成为作家所关注的重点，如杨书案的《孔子》《老子》《炎黄》《孙子》，丁寅生的《孔子演义》，端木蕻良的《曹雪芹》，韩静霆的《孙武》，曹济平的《陆游》，宁发新的《屈原》，李世俊、李学文的《苏东坡传奇》，王顺镇的《竹林七贤》，唐浩明的《旷代逸才——杨度》，寒波的《龚自珍》，周柄章的《李白》，钱世明和邓超群的《李清照》，等等，文化名人往往同一人物有多种版本。刘斯奋的《白门柳》从 80 年代写至 90 年代，集中刻画了明末清初江南名士的群像，取材比较独特，但立意却十分宏大，旨在揭示 17 世纪中叶中国启蒙思想产生的社会历史根源。

受总体历史观的潜在制约，作家在观照历史人物时，总要刻意地去展示其叱咤历史风云的英姿，重笔渲染和生发他们在历史坐标上所创下的功业，并带动起广阔的社会生活场景。即使不是历史上的风云人物，也同样注重他们在"历史上的影响"，甚至涉及一些小人物，也要着力挖掘其历史作用，像《金瓯缺》中的李师师倾家为国，有胆有识，作家以其请愿救国、赈济难民，并且以死殉国等一系列英雄壮举来提升其历史价值。

由此可见，在中国大陆历史小说的观照尺度中，个人价值必须建立在社会价值的基础之上，这既是塑造人物的起点，也成为评判历史人物的终极目的，体现出很强的社会功利性，写人叙事，常常紧扣社会功用。在历史小说中，封建权谋文化等历史糟粕性内容，之所以长久得不到摒弃，也是因为从"社会价值"的视点来看，权谋文化对推动历史发展曾起过一种特殊的作用。

2. 中国台湾当代历史小说创作则主要取向于个人化的历史观，不论是描摹整体历史事件，还是以个体人物为小说主体，其审视的立足点主要偏重于个人而非社会。这是因为这种趋向于个人化的历史观，与当代的政治和意识形态是有一定的间离的，穿透着作家对历史时态的一种更个人化的知性态度和审美理解，更看重历史最基本、最真实的日常状态，看重具体而感性的个人的生存经历和生活情态，其中有情感的波折，有生命的毛刺，有命运的浮沉。即使看到了置身于社会"发展"中的个人，但个人在其中的作用也是极其有限的。历史可能发生的变化有很多，但这或许是不可知、不可靠的，唯一可靠的是生命的实体存在，这种个人经历虽然只是历史的一瞬，但只有它在历史小说创作中是切实有意义的。

台湾历史小说的代表人物前有高阳，后有林佩芬、朴月等人，以及后来以批评家身份而写历史小说的李敖等。他们所创作的小说如高阳的《胡雪岩全传》《慈禧全传》《乾隆韵事》《红楼梦断》《曹雪芹别传》《李娃》《董小宛》《小凤仙》《醉蓬莱》《状元娘子》《金色昙花》《映心石》《再生香》等，林佩芬的《天问——明末春秋》《两朝天子——南宫复辟》《努尔哈赤》等，朴月的《西风独自凉》《来如春梦去似云》《宇宙锋》《顺治皇帝》，《清宫艳》系列如《玉玲珑》《金轮劫》《埋香恨》《胭脂雪》，陈国柱的《西楚霸王》、南宫博的《杨贵妃》、成铁吾的《年羹尧新传》、李敖的《北京法源寺》等，都多多少少体现出一种个人化、日常化的历史观，这在不同的作品中有着不尽相同的具体表现。像李敖的《北京法源寺》写了戊戌变法这样重大的历史事件，事实上却是在生发作家对特殊历史环境下个人生命意义的另一种思索。

比较起来，中国台湾历史小说较为淡化社会的价值评判，通常不依附于社会价值的大小来臧否人物，不以其推动历史发展的程度来分高低，善于表现普通人的个人价值。

二 民间意识与文人立场下的
群体话语和个人话语

中国古代历史小说发展悠久，溯本寻源，可追寻到中国传统的"儒""道"两种文化的源头，反映到文学创作上，则有"文以载道"和"求之于心"两类范本并存。沿着这两条不同文化和不同创作路径的发展，也产生了介入历史的殊途，以及不同的文体和文本的运作方式。除了老百姓喜闻乐见的"演义"体之外，另一具有影响力的就是"笔记"体。"演义"重视普通百姓的喜好；"笔记"体则投合士大夫的趣味。当代中国大陆和中国台湾的历史小说，可以从这两条线索的延伸上去观照其基本的创作定位。而在价值判断上，也有着民间意识与文人意识的偏重，由此形成了话语构成和审美趣味上的差异景观。

1. 中国大陆历史小说偏重于官方民间意识共构下的群体话语，体现出民间化的审美倾向。

大陆历史小说，在创作的主体意识上常常处在一种充满矛盾张力的结构中，作家既要考虑官方的主流意识形态，又要兼顾普通民众的民间意识倾向，并且还想努力地融入知识分子阶层从历史的角度反观当下的启蒙话语。但这种兼顾却很难达到平衡，在外在的环境压力下历史小说往往更偏重于民间意识的传达，这不仅与大陆的文化消费环境相呼应，也与历史小说作家的学养背景和文化身份构成有着直接的关联。

在中国大陆，作为文化力量之砥柱的精英文化曾遭受过重创，改革开放以后，中国社会经历了巨变，政治文化心理开始减弱。80年代，虽然文学艺术成为促进社会发展的最重要的文化媒介，但精英文化力量并未获得完全恢复，知识分子文化心理也未能充分发育塑形，迎合主流意识形态便成为历史小说创作的共向选择。而进入90年代后，社会全面商品化，大众文化在传媒和广告的牵引下迅速传播和渗透到各个角落，形成一轮轮新的文化消费潮流。而在历史小说创作中，民间文化心理迅速抬头，并且在作品的文化内涵和审美趣味上得到直观的体现。这种文化心理的直接源头并不仅是以《三国演义》为代表的古代历史小说，而且也来自古代侠义传奇小说。演义是平头百姓最乐于接受的方式，传奇是平民百姓的精神幻想。圣君贤相、忠臣良将，奇情侠气、逸韵英风，不仅最能取悦于在演义传奇灌输下成长起来的大众,而且也符合彰善惩恶、树之风声的正统史学观念。

这种特殊的文化语境,以及大陆历史小说作家的学养背景和文化身份构成,使他们并不是完全秉持知识分子的文化立场去进行历史小说创作的,而是受到民间意识的潜在制约。当代历史小说之所以会以帝王为中心,这并不是偶然的,尽管作家创作的出发点,多是凸显"革新之君"在中华民族历史发展中所起到的重要作用,其中也不乏理性的社会批判,但在具体叙事上却采用的是大众文化的叙事策略,是以民间的眼光看帝王将相。圣明的君主可以带来太平盛世,忠勇的文臣武将则可安邦定国,于是,叙写盛世明主、忠臣良将,更能符合大众的精神向往。而且在检视标准、审美趣味和价值尺度上,也刻意投合大众对"明君""忠臣"的阅读期待。

倚重民间意识所表述的是一种群体话语,虽然表面看作家之间似存在叙事上的话语差异,也体现出一定的社会批判性和质疑性,但因其看待历史和人物的价值观念趋同趋近,秉持着大众的文化批判立场,最终仍然会溶没在众声之中。因此,大陆历史小说创作的潮流化倾向便不可避免。

与民间意识相伴而生的民间审美倾向,更趋向于习惯化、格式化模式,群体传承性往往大于个人独创性。为了满足于大众的阅读期待,写作上比较从俗从众,更偏重于演义风格,追求故事情节的繁密和大起大落的戏剧冲突效果,人物形象正反对比鲜明,语言泼墨如雨,给感官视觉以直接冲击力,着重突出"说"故事的韵味。

2. 中国台湾历史小说上承"笔记"体文学传统,带有较强的文人意识。

中国台湾历史小说,多是用文人的眼光看民间、看宫闱生活,取材不拘泥于正史,描写范围比较宽泛。虽是以史录意识去进行小说叙事,有"史"的精神的支撑,却记叙随意,偏重于寄所欲言,带有很强的知识分子文化心理色彩,拥有自己的文化立场和独立的话语权。体现在历史小说创作中,多是采用个人视角,从不同视点和不同侧面来观照历史,透过小人物的浮沉来看历史,并且以创作主体完全个人化的历史思路和历史见解去针砭历史人物和历史事件,以体现个人审视历史的文化角度。就以台湾历史小说代表作家高阳为例,他的作品在对古代文化全景式的展示中,透达出一种个人的文化气度和文化品位,寄至味于淡泊,含气韵于言外。林佩芬、朴月等人的历史小说,给人印象最深的也是在故事的日常化叙事中，所凸显出一种中国古典文学和传统美学审美的情趣和韵致。

既然不以社会价值的高低论英雄，那么普通人亦有自己的个人价值，台湾历史小说在创作中，善于表现小人物的价值。即使在以大人物为中心的小说中，小人物也仍然具有独立的眼光，人物塑造相应的具有多面性，而不仅仅是实现主题和情节的一种符号。像高阳的《胡雪岩》《董小宛》，写的都是历史上的小人物，不管是纷繁复杂、惊天动地的历史事件，还是以丰功伟绩而彪炳一时的大人物，在小人物看来，常常只是日常起居的一个背景。小人物自有小人物的生活，柴米油盐、七情六欲、身世浮沉。又如南宫博的《杨贵妃》，重点表现的是一个女人，于是有女人的种种想法、种种感触，有自己的生活。

这里也体现出群体话语和个人话语的分野，文人意识下表述的是一种个人话语，个人虽然在群体之中，却呈现一种脱离群体的姿态，文本之间也体现出一些内在精神和文化气质的不同。像《北京法源寺》，其中有不少篇幅是李敖在自说自话，是"强烈表达思想的小说"，"举凡重要的主题：生死、鬼神、僧俗、出入、仕隐、朝野、家国、君臣、忠奸、夷夏、中外、强弱、群己、人我、公私、情理、常变、去留、因果、经济（经世济民），等等，都在论述之列"[①]。其中有自己的文化批判立场，有体现出个人特点的文字，经常是从历史和历史人物中发掘出自己需要的社会批判资源，而不去考虑读者是否会接受，尽管有些偏颇、激愤，但却是个人的、个性化的，别人不会这样想，也不会去这样写。

中国台湾历史小说在审美意趣上主要偏向于文人审美倾向，与民间审美存在鲜明的对比。文人审美倾向在于留有想象的余地，平淡中见神韵，简约中见醇厚，在于部分突破习惯的快意，笔法上时有创新，有比较浓的书卷气，因其审美精神的民族化，而具有较强的可读性和可赏性。

三 宏大历史叙事和个人化叙事

1. 中国大陆历史小说多采用宏大历史叙事的方式，刻意追求史诗的规模。

中国大陆历史小说在小说创作观念上，总体趋向于"大时代、大悲

---

① 李敖：《北京法源寺·后记》，中国友谊出版公司2000年版，第292页。

剧、大背景、大制作"的基本思路，"史诗性"成为历史小说作家浓得化不开的创作情结。因此，占据较高的历史制高点，全方位地去俯瞰特定的大历史时代，全景式地展示恢宏壮阔的历史画卷，揭示这一时期复杂尖锐的民族矛盾和阶级矛盾，以及丰富的历史文化内涵，力求体现深刻的历史哲学思辨精神和当代的现实寓意，在对民族和个人命运的叙写中塑造多姿多彩的人物形象，就成为历史小说创作的终极追求目标。

鸿篇巨制成为历史小说的主要构架方式，少量单部作品字数都在 30 万字以上，大多数作品都以"系列化"和"多卷本"的形式陆续推出，这成为大陆历史小说创作的主体模式，如《李自成》5 卷 10 册；二月河的帝王系列共有《康熙大帝》4 卷、《雍正皇帝》3 卷、《乾隆皇帝》6 卷；《金瓯缺》4 卷；《张居正》4 卷；《少年天子》3 卷；《白门柳》3 卷；唐浩明的《曾国藩》3 卷、《张之洞》4 卷、《杨度》3 卷；《宫闱惊变》3 卷；《偏安恨》3 卷；《括苍山恩仇记》3 卷；赵玫的盛唐女性系列除了《武则天》外，还有《高阳公主》《上官婉儿》共 3 卷；杨书案的文化名人系列等，都在百万字以上，而且一些作品还被作家有意留下了可以继续扩展的空间。

中国大陆历史小说作家在创作中非常强调历史的时空感，常常将自己置身于历史观照的至高位置来搭置能展现出历史厚度和长度的恢宏的小说构架，在小说时空上力求呈现出一种开放性的结构布局。在情节设置上，也体现出多层面、多向度的特点，以多样化的组合空间构成一个多维立体的宏大结构来显示历史的大气势，这和中国台湾的历史小说有着明显的差异性。

但这种营构方式的弊病也是显而易见的，宏大历史叙事成为历史小说一种普泛的创作模式，并非所有的作家都能自如驾驭，刻意追求史诗的规模，却不一定具有史诗的风范和内在气度，并未真正理解与透彻把握了历史的本质规律和精髓，以及中华传统文化的精义。另外，由于卷帙浩繁，除了相关史料和想象的扩展外，大量的篇幅往往用以描摹自然景观、民俗风物和人情百态、世俗心相上，并且充填进涉及面极广的各种杂学知识，使得小说叙事过于铺陈，显得拖沓冗繁而毫无节制。而过于膨胀的文本也会成为阻隔读者解读的障碍，直接影响到历史小说的长足发展，最终将会使历史小说陷入自造的困境中。

和宏大叙事相呼应，中国大陆历史小说喜欢采用全知全能的叙事视角，讲述者站在历史文本中人物之外，以无所不知的视角来审视整部小说中的人物行动，叙事者的视野大于人物的视野，看到人物所见所感所思，还能知晓事件的各个细节和因果关系，可以超越普通人的感官和智力限制，从所有的角度观察评论被叙述的故事。全方位地展示广阔复杂的人情世态，充分体现了全知视角的广而博的叙事特点。此外，主体叙事者也在小说中努力地扮演整个时代的代言人的角色，力求以当代人的现代思考和对历史及传统文化的把握去冷静地观照历史，表达出当代人对历史的审美理解和审美发现，以期对读者的阅读接受形成绝对的权威性话语。

从两岸历史小说的整体效果来看，中国大陆的历史小说在人物塑造中体现出强烈的反思和思辨精神，体现出创作主体对历史人物的当代性的深度认知，常常在反思中重新审视对一些历史人物已有的"定见"和"成见"，试图在对人物的当代性的思辨中，给予重新定评和重新书写，比如二月河的《雍正皇帝》、唐浩明的《曾国藩》等。为了给一些历史人物做足"翻案文章"，往往会以浓墨重彩的方式去着重渲染人物，细致而深入地剖析和展示个性性格和心灵的复杂性与遮蔽性。为求人物形象血肉丰满，会根据人物所处时代的特定的历史背景，去刻意地设置一些历史困境与典型事件，使人物的思想、性格和命运在生死荣辱、大起大落和进退失据中得以多角度的展现，在对其复杂性和矛盾性的揭示中，强化对人物理解和认知的深度。

2. 中国台湾历史小说主要是以个人化的叙事方式完成。

个人化叙事是一种小叙事，这主要是相对于宏大历史叙事而言，并非以大小来区分高下。中国台湾历史小说一般不刻意地去追求宏阔复杂的构架，比较淡化小说故事情节的戏剧冲突，即使像多卷本的高阳的《胡雪岩》《慈禧全传》，林佩芬的《天问》《两朝天子》，朴月的《清宫艳》等作品，也没有繁复的情节架构，基本上是在平面上向前推进，不追求小说故事情节的紧锣密鼓，常常有比较松弛甚至跳跃之处。这在高阳的历史小说作品中表现比较突出，情节设置常常张弛有度，没有离奇曲折，没有触目惊心，没有大起大落，也不过于去制造悬念，叙事清风徐徐，从容不迫，却平中出奇，在舒展平缓中别有一番韵味。

阅读两地历史小说，可以清晰地感到，中国台湾历史小说在叙事策略和叙事品格上都与大陆历史小说有着明显差异。从创作文本和作家散见于后记中的论述话语中，能基本把握到这种差异的所在。台湾历史小说观照的基点,是在一个个作家所感兴趣的"人"上,是"以人性印证史实","以人性化的观点诠释人性"①,关注的是属于不同历史线段中的个人所独有的故事和抗争命运的生命冲动,挖掘的是个人化的民间记忆。尽管台湾历史小说也有不少是鸿篇巨制,但叙事却很平和,基本是按人物的生命线走。而大陆的历史小说每一大的章节的设立,都成为错综复杂的社会矛盾的聚焦点,把当时社会发生的所有事件都囊括其中,每一小节又纠结着具体的人物冲突。既要从历史经验中寻找鉴戒,又要引申作家对当下思考的言外之意,承担着过于沉重的创作使命,比较而言,台湾历史小说创作则要轻松得多。

以台湾历史小说代表作家高阳为证,除写乾隆和慈禧外,他的主要作品是写风流巨贾的《胡雪岩全传》,还有《荆轲》《曹雪芹别传》《李娃》《大将曹彬》《小凤仙》《清末四公子》《少年游》《状元娘子》《再生香》《八大胡同》等,着重展示的是生命的多样性和个人命运的悲剧,小说中的历史背景,只是对凸现在前台的个体生命的映衬。而不是借历史叙事探入历史和文化的纵深,以理性思辨精神去整体把握和发现历史意味,去隐喻当代社会政治和文化的某些事实。这使得他的小说虽然素材丰富,文化底蕴厚重,社会涵盖面广阔,具有吸引人的艺术魅力,却不会成为民族的历史的寓言。李敖的《北京法源寺》写戊戌变法,写康有为、梁启超和谭嗣同这些在历史上振聋发聩的人物,这是进行宏大叙事的最好素材,大陆任光椿的《戊戌喋血记》就将叙事的视点提升到对历史血的教训的总结上,并以此作为今天之鉴戒。但李敖却把叙事角度确立在一座古寺,将许多历史大事,贯穿在对法源寺历史记忆的发掘和修复的轴线上,将历史上的显赫人物置身于法源寺这样一个小平台上进行展示。这种小叙事的方式,轻而易举地消解了这一题材在宏大叙事下更易显现的史诗性品格。

中国台湾历史小说,一般主要使用第一或第三人称的限知视角,即使采用全知视角,也明显地同大陆历史小说不同,多喜欢将叙事视角融合限制在人物身上。叙事者往往立足于人物的位置,让人物讲述发生在自己身上和周围的故事。在个人视角的叙事方式之中,小说叙事从一个一个独立的人物视角中铺展开来,由众多的各自独立而不相融合、各能体现自己价值的不同的声音和意识组成。小说人物的所见所思,不超过普通人的感官

---

① 林佩芬:《两朝天子·后记》,中国友谊出版公司1998年版,第421、422页。

和智力限制，对于事件的各个细节和因果关系，叙事者并不比人物知晓得更多，只限于人物的视野，在感性和知性上具有内敛性。因此，小说中对历史上发生的纷繁复杂的事件，大都是透过人物的视角来注视，在个人的眼光中，把宏大的主题或事件日常化。将"历史的人"还原成普通的人，有时甚至特意压缩了小说叙事主体的感性和知性，不是缘史求义，而是以人为史。

相比较而言，中国台湾历史小说在人物的叙写上则自然冲淡得多，对历史人物的理解和认识并不刻意地去追求复杂，比较淡化理性，突出其纯感性的一面，喜欢描述小说人物的日常经历，人物多是些圆型人物，性格不是一望而知，而是带有多种不确定的因素，呈现出原生态的复杂层次。人物是"善"还是"恶"，叙事者并不直接表达褒贬观点，叙事的任务只在于完整地表现小说人物的所作所为，将这本身视为有意义，而不指向其他价值理性意义。

四　循史而进与文笔立史

中国是文明古国，各种历史典籍浩如烟海，而且各朝各代皆留存有史书，卷帙浩繁，汗牛充栋，这成为两岸历史小说作家取之不尽的创作宝库。在创作之前，花费大量的时间和精力去查阅史籍，深入地研读历史，成为两岸作家创作的前提和依据。但因地缘的关系，又在具体走进和亲近历史的方式上有所不同。

1. 中国大陆历史小说创作注重实地考察，重视对历史遗迹的田野作业，循史生发想象。

历史小说不同于一般的小说创作，因为不同的历史时期有其特定的自然环境和文化景观，这不光要调动作家丰富的历史想象力，而且要使这种想象符合历史特定的规定性。历史小说对历史环境的描摹，除了自然景物外，更主要的是它在描摹社会环境中所体现出来的历史文化的审美韵味。因此，这对历史小说作家也有着特殊的要求，不仅要拥有博杂的历史文化知识、地理知识，熟悉特定历史时期的各种文化表征，诸如了解具有特殊文化特质的皇宫王府、官衙科场、勾栏酒肆、客栈庙堂、村野民居等建筑格局，还要熟悉服饰器物、文房墨宝、节气时令、名菜佳点等具有悠久历史的传统文化。

历史环境的"拟真"性，对于读者的阅读接受有着重要的意义。由于历史小说人物的塑造融入了太多的当代人的思考，因此，环境的拟真就成为对全书历史"拟真"性的重要补偿。所以，中国大陆历史小说都会尽力地再现和复原特定历史时期的时代风貌，有时为了达到历史的拟真性，做到具体、精细地描绘环境特点，作家都要做大量的实地考察，亲临历史现场，考察历史遗迹，在具体的环境中去感知历史。

实地考察在中国历史文学创作中有着悠久的传统，司马迁为写《史记》，曾以广泛的游历获取第一手材料。当代大陆历史小说作家在创作中十分重视亲临事发现场，考察历史遗迹，将身心融于历史的环境中去感知历史，感觉人物。姚雪垠"为写英雄悲壮史，三年五拜闯王坟"，"深入实地考察李自成殉难通山的有关地方史料，认真严实地翻阅《九宫山志》，查览朱、程族谱，考究文物古迹，走访村翁野老"[1]。二月河曾多次到京城考察故宫，对皇宫的建筑格局、宫内装饰及典章文物、服饰器物都有着精到的了解，对帝王文化的表征了然于心，为他重组感性的皇朝历史空间打下雄厚的基础。唐浩明创作《曾国藩》的底气，来自曾国藩老家湘乡荷叶塘留存的大量备份文本和文物。李全安60年代即利用在左宗棠家乡湘阴工作之便，结合整理县志、普查文物，先从野史着手研究左宗棠，以后又多次去湘阴采访，获得许多既不见诸正史、又未闻于野史的材料。赵玫为写唐宫女性，在1993年夏天踏上漫漫长安道，去看至今矗立的殿宇和塔寺，去感受盛唐气象。这种实地考察对充实写作素材、增强历史实感、重组感性的历史空间，的确起着不可缺少的作用。

中国大陆历史小说注重刻画富有历史实感的场景，注重展示历史环境的文化情致，追求环境描写的"拟真"性，让读者很容易进入小说感性的历史空间，直接感受到一种历史的气息和叙事语境。尤其是拟真的历史环境描写，给全部叙事蒙上一层"历史"的底色，更增加了读者的历史实感。正因为通过大量的实地考察，对历史有了一种感性的触摸，使得大陆作家喜欢浓墨重彩地复原历史环境和历史氛围，喜欢精细地描摹物化形态的历史文化和民俗文化，以多彩的笔墨勾画出不同历史时期的风情民俗画卷来，并把这当成呈现历史感的一种有效方式和手段。但这种历史底色有时却显得很皮相，热闹却没有文化深度，有时也不免喧宾夺主，加大了

---

[1] 陈浩增主编：《雪垠世界》，中国青年出版社2001年版，第338页。

小说篇幅，却未能给小说带来质的提升。此外，一些大陆作家过于拘泥于史实，过分强调史料依据，重史轻文，使作品缺少艺术的升华。

2. 中国台湾历史小说创作多旁参史籍，以历史考证做底子，比较重文。

因受制于地缘的阻隔，中国台湾历史小说创作主要是借助于史籍，根据传世史料的记载去铺陈演义，在文化之流、意识之流和情感之流上与中华历史巨川相贯通，并且承接这种文化底气去生发艺术想象，在历史的框架中拾遗补阙。

由于多是第二手资料，明显地会使创作受到某些限制，有时准确度也是一个值得注意的问题，像李敖写《北京法源寺》，"整个有关法源寺的现状，是许以祺亲在北京为我照相画图的；有关袁崇焕坟墓资料，是潘君密托北京作家出版社李荣胜代我找的；有关康有为、谭嗣同故居现状，是陈兆基亲自代我查访的"[1]。这种转手材料毕竟隔了一层，因此很难产生亲历现场的效应。尽管李敖称"书中史事都尽量与历史符合"[2]，但小说中却让人指出多处纰漏，诸如出生于北京的谭嗣同却说"对北京并不熟"[3]，把谭嗣同夜访袁世凯这件发生在法华寺的事移栽在法源寺等。诚然，历史小说离不开艺术虚构，但史实却是最基本的框架，把众多史料有过记载的事件给移了位，自然会使读者感到不可接受。

从总体来看，中国台湾历史小说一般不着意去追求历史环境的"拟真"，不大细致地描摹具体名胜的山川景色、市井勾栏，也不去刻意地复制或再现历史氛围和民俗遗风。尤其在环境描写上，相对偏重于"主观化"的描写，这一方面是因为台湾地区作家考证文物资料不如大陆作家方便，另一方面更在于不同的艺术趣味，即认为创作中的历史同当下的生活，并没有本质的区别。所以有时台湾历史小说中的环境描写就如同现实生活中的环境一般，把历史环境现实生活化，使读者处于暧昧的不对称语境之中，思维游离于历史和现实之间，所以常常会在阅读中生成另一种审美效果。

台湾历史小说在行文上比较平缓自然，不似大陆历史小说文气激昂，

---

① 李敖：《北京法源寺·后记》，中国友谊出版公司2000年版，第292页。
② 同上。
③ 王为政：《〈北京法源寺〉的纰漏》，《文学自由谈》2000年第5期。

波澜壮阔，多少有些刻意。台湾历史小说给人最集中的印象是，为文有作家的自我在内，措语遣词也有深厚的中华古典文化的根基做支撑，或高阳叙事不紧不慢，有条不紊，其韵味却蕴含在疏淡之中，或李敖尚气任性，持论新异，文中有其气势流动，或林佩芬兼具阴柔阳刚之美，或朴月婉转平易中求雅洁，自有一种古典诗词的幽怀远韵，文风体现出各自本色的风格特点。

综上所述，海峡两岸历史小说因其不同的历史观、价值取向和审美趣味而形成了不同的文本构成方式，各自体现出独特的文本价值。经过两岸历史小说作家数十年的不懈努力，历史小说创作有了长足的发展，积累了大量的优秀历史小说文本。两岸历史小说的创作与批评，只有加强交流，彼此取长补短，才能共同协力应对新的挑战，从而使历史小说的创作获得更大的发展空间。

穿越历史空间的审美气度与理性精神
——论熊召政的长篇系列小说《张居正》

熊召政的长篇历史系列小说《张居正》获得第六届茅盾文学奖，为新世纪湖北文学的发展和积累提供了可喜的收藏。可以说，《张居正》的获奖有其必然性，顺应了外部和内在创作水准都水到渠成的缘由。远观近看，不可不看到20世纪80年代以来中国知识分子对明代历史所燃起的热情，以及当代中国社会的政治语境，都为这本书的获奖做了前期铺垫。黄仁宇的《万历十五年》，以史事梳理了中国传统社会管理层面存在的问题，探索中国社会转折时期所出现的新的因素与历史惰性的回流曲折，在中国学术界和文化界有着广泛的影响，由此引发了人们对明代历史、对张居正和他的政治改革的兴趣，这也是后来小说《张居正》吸纳大量知识界读者的原因之一。而熊召政以文学为载体对历史、对一代宰辅名臣成功的还原表达，则是受众广泛认同的根本。

《张居正》以4卷本138万字的宏构巨制，突出地显示了熊召政在历史题材创作方面所取得的成就，以及他所具有的不同寻常的艺术审美的创造力。还有两点值得一说，一是不论是过去做诗人，还是现在成功地转型为小说家，熊召政都始终关注着中国社会的政治进程，有一种强烈的责任担当精神和历史使命感，这是他选择励精图治、革新国政、兴利除弊的政治改革家张居正为叙写对象的用意，也是他创作《张居正》的动力之源。二是执着于文学追求而耽于边缘吃苦的沉入精神，在经临了命运和商海的浮沉之后，熊召政选择了沉入，埋首于明史资料，反思文化历史，憋着一股劲儿搞创作，在历史题材领域，"十年磨一剑"，去深掘细作。

张居正形象的塑造在总体上是成功的，熊召政在对历史上致力于改革重臣的叙写中，融入了对当下社会改革的理性思考。在营构思路上贯穿着他对历史的理性观照，借助历史人物的得失荣辱对当代生活提供喻示，并以"楚狂人"为思考契机，确立了人物的总体基调和大致走向。

一

历史人物叙事，在时空再现上是非现在性的，而在生存形态或文化情致的展示上，又是非现实性的。历史烟云早已消散，只有凭借今人的想象去激活历史的意象，让已沉寂了数百年的历史重新涌动起来，再现当年沧海横流、风云变幻的历史画卷，让世纪之隔的历史人物从史籍中站立起来，重获血肉丰满的艺术生命，这对创作主体不仅构成了一种创作诱惑，而且也意味着一种挑战。

首先，历史小说作家需有足够的文化底气和创作积淀来应对和承接来自历史题材的挑战，这样才可能使文思在历史的空间中纵横，才能挥洒自如地去驾驭历史的大题材，重组感性的历史空间，为读者提供仿佛置身其中的历史场景和文化景观，在还原的历史氛围中穿行，与历史人物神交。熊召政的长篇系列历史小说《张居正》，以百万字的巨制，充分展示了他逆漂岁月之川的创作勇气和魄力，以及他所蕴蓄的创作历史小说的文化底蕴。

其次，这种创作诱惑还体现在对叙事对象的选择上，一般被作家纳入创作视野的历史人物，多是些历史上真有其人其事的帝王将相、文人名士。而对具体叙写对象的确认，则可能取决于两个方面：一是情感的倾向性，二是与选择对象在内在气质上有相契合、相沟通之处。《张居正》的写作恰好做了这一印证。

中国历史上出名的权臣不少，选择张居正，这不仅和张居正是荆州府江陵县人有直接关联，而且也是因为张居正是中国历史上楚地狂人中的一员。熊召政作为湖北籍的作家，又将文学观照的目光聚焦于历史巨川，自然会对张居正这位历史上曾显赫一时的乡党给予格外的关注，尽管这是一个在史籍上毁誉参半的人物，写作中会受制于某种限度，但同时也因为这一人物性格和评价的多重性而拥有极大的创作开掘空间。熊召政将创作目标锁定张居正，虽然像唐浩明写《曾国藩》一样，明显体现出一种乡党情感的偏向性，但更主要的还是在心灵与气质上有一种神投的贯通和契合。因为熊召政认为楚文化的精髓，就是一个"狂"字，因此便很留意中国历史上的楚狂人,从楚国的屈原为开端,到当代的湘人毛泽东都曾被他逐一地纳入自己的观照视野,并且赋予深入的思考。他逐渐清晰地认识到,"楚狂人在中国的政治舞台上,是一个独特的群体,在这个群体中,明代万历年间的首辅张居正,无疑也是个性鲜明,光芒四射的一位"①。从文化思考再到一个个具体的人,熊召政将"狂"作为切入点,以独特的审美视点,看到了张居正"这位彪炳史册的首辅,其政治生涯,亦贯穿了那一个令世人赞之誉之,毁之斥之的'狂'字。但是,难得的是,他能够纳'狂'于'制','狂'于内而'谨'于外,洪水滔天而不决堤千里,这是他成功的理由之一"②,并由此找到了叙写人物的基本线脉。

肯定的,熊召政创作《张居正》的动机,还出于另一层原因。张居正理政 10 年政绩凸显,在历史上开创了"万历新政"的新格局,作为朱明王朝曾因厉行改革而彪炳史册的人物,对敏感于政治的熊召政无疑具有一种特殊的吸引力。这个中国古代政治家身上的经世之才,改革的勇气和魄力,令他十分钦佩。张居正在推行新政的过程中所表现出来的政治智慧和谋略,以及历史上改革者难以避开的悲剧结局,也深深地触动着他的思考和笔触。80 年代初,熊召政以政治抒情诗《请举起森林一般的手,制止!》,引起了文坛内外巨大的反响,那种针砭时弊的勇气和慷慨激昂的政治激情给我们留下了深刻的印象,这种印象通过阅读《张居正》再次复现,延续着几乎是同一的感受。政治上的敏感和尖锐的批判锋芒,体现出熊召政创作个性气质中最本质的东西,只不过那时用的载体是诗,透视的是当代的社会现实,现在则是换了一种载体,将创作目光置换到了历史和小说视域。

用小说来表现和再现历史人物,不仅需要以超越当代人经验的想象和体验去激活历史意象,去填充历史史料框架中的空白,而且也需要以当代人的现代思考,以及对历史传统文化的把握去洞穿历史,表达出当代人对历史的审美发现和理性阐释。创作的终极目的并不只是真切生动地表现历史生活形态或历史人物本身,而且也包括如何在一种远距离的非体验性的过去时态中,获得更大的理性思考空间,借助历史人物对当代生活提供喻

---

① 熊召政:《为什么要写〈张居正〉》,湖北省作家协会理论室编《当代文学研究》2002 年第 12 期。

② 同上。

示，起到一种镜鉴的作用。熊召政创作的《张居正》，适度有节地把握住了这几点，小说在营构思路上贯穿着对历史的理性观照，在当代改革的大时代背景下，选择明代这一对后世影响非常之大的特殊历史线段去观照"万历新政"改革的兴衰，对历史上致力于改革重臣的得失荣辱的再度评说叙写，本身就体现着当代人理性之光的穿越。

历史小说创作要遵循一定的历史规定性，这既包括对历史史实的规定性，也包括对历史文化以及对作家创作方法和手段的规定性。这就要求写历史人物和事件的小说，首先一定要基于史实，尊重历史，不仅要可读、好读，也还要耐读，如同历史一样经得起岁月的洗刷和后人的追问。熊召政在创作《张居正》时，下功夫研磨了各种明史资料，在小说的整体框架和人物命运走向安排上定位适当，恰切地体现了对历史规定性的分寸感的把握，使《张居正》系列小说给人以一种比较客观的历史感，在总体印象上符合人们对历史小说的要求。其次，《张居正》的写作也遵循了历史文化的规定性，这也是《张居正》获取成功的重要因素。文化是历史的一种"物化"，不同的历史时期有其特定的文化景观，《张居正》之所以能让读者一下子走进小说的历史氛围和历史环境，就在于它所体现出历史文化和民俗文化的审美价值。小说不仅有着浓重的京城文化情致，而且也勾画出一幅万历年间的历史风情民俗长卷。从小说中可以看到熊召政拥有博杂的历史文化知识，熟悉帝王文化的表征，又掌握了大量的民俗掌故，对民间文化和民俗形态的细枝末节了然于心。小说生动地再现了北京、南京、扬州、荆州的市井风貌，不论是皇宫官衙、勾栏酒肆，还是典章文物、服饰器物等都得到逼真的复原，具有鲜明的历史的文化特征和浓郁的文化气息。

在将历史人物小说化的过程中，熊召政借助于有限的传世史料记载，努力地提升着自己对历史生活和历史人物的想象力，以充沛的想象提供了大量生动具体的情节和细节，以伸手可触、充耳可闻的生活质感和充盈的血肉来充填历史留下的空白，审美地、形象地再现了历史生活，塑造的人物形象和性格符合历史人物的主要特征，使张居正这一载入史册的历史人物在小说中获得了艺术生命，其可信度满足了读者对历史叙事所抱有的一种阅读期待。

二

《张居正》系列长篇分为四卷，从明朝隆庆六年（1572）写到万历十一年（1583），时间跨度是十一二年，是写将相历史小说中上了百万字的鸿篇巨制。第一卷《木兰歌》从隆庆六年二月写起，到六月中旬新帝登基改年号万历止，仅是四个月时间，却以32万字的篇幅重彩渲染，叙事泼墨如雨，情节密度大，包容的内容也比较多。张居正出场，正赶上广西匪患猖獗，国库亏空，大臣怙权，吏治腐败。权臣宦官之间明争暗斗，争权夺利，宫内的争斗也延伸到宫外，门生朋党，故旧侠客无不卷入宫内权势间的恶斗。小说对万历登基前的社会政治情势及官场黑幕做了细致的交代，为刻画张居正这一形象打下了铺垫。

这一卷最突出的矛盾主要集中在次辅张居正与主辅高拱之间首辅之位的争夺上。显然辅佐年幼皇帝的宰相，名为神州第二人，却实掌着国家大权，因此这种首辅之争，实际上体现着皇权之争，由此带动着宫廷内外各派政治势力之间此消彼长的争斗，随着旧帝归天和新帝的登基，这种争斗更呈白热化。对张居正的刻画是以高拱为衬托的，两人都是不愿与人分权的铁腕人物。从当时的社会情势来看，高拱明显地占据着优势，他是隆庆皇帝的老师，因着这种特殊的关系而深得皇帝的宠幸和信任。再加上隆庆皇帝生活上荒淫无度，终日沉湎于女色，懒于疏理朝政，又染上一身恶疾，使得皇权实际上旁落于首辅高拱之手。而高拱入主内阁后，又借助于手中的权力大肆剪除异己，扶植自己的亲信党羽，朝野内外各州府衙门一半官员是他的同年、同门、门生和同乡，真可谓是权倾朝野，一呼百应。为和张居正争夺辅位，他大动心机，除掉自己门下的李延，而改任张居正提议的殷正茂为两广总督，却设下圈套诱其贪墨；为笼络人心，拨工程用银20万两给后妃打制首饰；为巩固自己的权位，在京官中印发《女戒》阻止太后干政，鼓动六科言官弹劾宦官司礼监掌印冯保等。在《木兰歌》中，张居正并未一出场就占据小说的中心，而是在主辅高拱与太监冯保利用隆庆皇帝朱载垕病危之机争夺内阁大权的斗争中一步步走到前台。在这场权力的角斗中，张居正与李太后、小皇帝的大伴宦官冯保为各自的权益而结成了政治联盟，李太后需要张居正辅佐小皇帝掌持朝政，坐稳社稷江山，张居正也需要李太后的支持才能掌控重权，决断国家大事，充分施展自己的政治才干，实现自己的政治理想和远大抱负，而把握内廷的太监冯保也需要借张居正来保住自己的权益和地位，这种政治联盟，建构了一种特殊的权力结构和权力运作关系，被人称为铁三角关系。在这个以利害关系连接起来的铁三角关系中，张居正是核心，对李太后母子，张居正是竭忠尽职，对太监冯保则是打拉结合，既有斗争又有所退让。

对高拱的塑造在这一卷中要胜于张居正，这是个能存入记忆的形象。高拱对张居正始终形成一种掣肘力量，即使去职回乡后，仍潜在地对张居正构成威胁，使张居正在政坛上不敢掉以轻心。正因为小说写足了高拱的强悍与心黑手辣，才突出了张居正深藏城府，喜怒不形于色，却绵里藏针的个性，才体现出张居正的谋略和后发制人的厉害。张居正远不及高拱宫里宫外势力强大，但他巧妙地利用几个看似弱势却很关键的人物，10岁小皇帝的母亲李贵妃、陈皇后，太监冯保，甚至是宫里一帮太监和侍女，用眼泪和哭诉来煽情，以情拢住了小皇帝，也使李贵妃动了恻隐之心，最终取得了这场政治斗争的胜利。打败高拱，升任首辅，张居正取得了他摄政的地位，这为他以后实施自己的政治抱负和政治理想提供了机会和舞台，也为他推行"万历新政"奠下了基石。张居正和高拱的一升一贬、一进一退、一荣一衰虽定锤于一日，其斗智斗勇却贯穿全卷，正是这渐趋紧张的争斗情节和精彩纷呈的场面吸引着读者，也对张居正这一人物有了清晰的轮廓。

随着高拱的出局，第二卷《水龙吟》在叙述节奏上明显地舒缓下来，也使前两卷给人留下了一张一弛的印象。登上了首辅之位的张居正开始了10年的柄国生涯，他踌躇满志，意欲重振朝纲，力挽颓政。上任后他做了几件事：一是为了稳定皇室，上两宫皇太后的尊号。二是治理整顿十八衙门，尽数更换不称职的部院大臣。这两件事只是一带而过，并未展开。三是建议皇上京察，获允并代为起草《戒谕群臣疏》，想通过京察，决定官员的去留。京察是整肃吏治的开端，对犯有贪赃枉法、结党营私、玩忽职守、怀私进邪四样者加重惩处，而对贪墨之人惩处尤严，这一举措使张居正几乎是得罪了所有的京官。

《水龙吟》这一卷在前台重墨渲染的大事，是写由实物支付京城文武官员月俸银所引发的权争。张居正接手的是一个烂摊子，国库空虚，财源枯竭，只好以胡椒苏木折官员两月薪俸。这本是一个救急的办法，但却成了导火索，点燃了被京察所自危的京官们的怨愤，继而引发一系列的冲突和一连环的命案。先是发放胡椒苏木激起了储济仓的械斗，储济仓大使王崧被锦衣卫北镇抚司粮秣官副千户章大郎失手打死，其子报父仇又杀死了章。胡椒苏木折俸对贪墨成风、私囊饱满的高官们并不是什么大事，但对家境清贫而又无门路兑现的清官来说，却影响到了生计，结果礼部仪制司主事童立本被逼自杀，这事又被高拱的门生们用来大做文章，礼部左侍郎王希烈出头聚集京官举行国朝史无前例的公祭，向张居正发动猛烈进攻。京官的这种"反制"的斗争策略，最终以冯保纵火烧死官员和平民30人、伤者数以百计，王希烈畏罪自杀而告失败，使原处在困境中的张居正控制了局势，并借机清除了高拱余党，扫清了政治改革的障碍，开始了万历新政。

《水龙吟》因围绕着胡椒苏木折俸事件着笔，又随处生发，因此铺展世相结实具体，细节描摹细腻生动，整个过程波澜起伏、环环相扣，事件迭出、场景纷繁，形形色色各等人物跃然纸上，写得丰厚饱满，文采斐然，我个人感觉是四卷小说中文学色彩最浓的一卷。但突出的印象是，这一卷在详写和略写的安排上却有失轻重。胡椒苏木折俸引发的风波写得过于铺排详尽，这只是张居正处置危难的背景，他本人并不是其中主角。而那些对刻画张居正人物性格及治国才能至关重要的事件，诸如治理整顿十八衙门，尽数更换不称职的部院大臣，二是进行京察，提拔或降黜三品以上官员，在京城树立起远胜于高拱的威权，三是通过拟票间接地控制朝纲政局等，却写得有些不足。尤其是这第三件举措对刻画张居正最为重要，因为明代的首辅与往朝的宰相不同，虽然地位相当，柄国的方式却不一样。首辅只是皇帝的顾问，而不似宰相有提调任免、生杀予夺之权，但首辅显赫的权力在于拟票，皇帝同意便照票批朱，往往号令天下的圣旨，就在拟票中产生。在童立本引发的危机中，张居正急忙向各地的门生朋党发出数十封密信，密授机宜，教他们如何向皇上写折进言，自己再拟票呈准。行使拟票权是明代首辅的特权，也是张居正巧妙施展权术达到改革目的的撒手锏，这本该重写和详写，在《水龙吟》中却或是虚写，或是几笔代过，使这一卷只见事少见人，张居正的形象未能得以大的提升。但另一方面，也正是通过这场胡椒苏木折俸风波的叙写，让我们看到了熊召政据史进行小说艺术虚构的能力，在编织情节、叙事写人上所具有的艺术功力，这是一个优秀的历史小说作家所必备的创作素质。

三

比较起来，第三卷《金缕曲》在书中所占的分量相当重，可以这么说，真正使张居正的形象树立起来，并给读者留下深刻印象的是这一卷。《金缕曲》着力描写了张居正因大力推行新政，整饬吏治，改革赋税、惩抑豪强所激起的各种社会冲突，通过朝野上下、宫廷内外错综复杂的政治斗争，充分展示了张居正老成深算、多谋善断的政治才能。而且也在叙写张居正一系列具体的施政措施的同时，涉及了他个人的情感生活，以细腻的笔墨写了这位铁面宰相与江南奇女子玉娘的关系，从刚柔两方面入手，全面立体地完成了对这一历史人物的重塑。

张居正认为，"国家兴亡，重在吏治；朝廷盛衰，功在财政"。为理顺财路，充实国库，他陆续施行了各种开源节流的措施和手段。改制税政，将十大税关脱离地方而单独建制，由户部直管；查堵织造局龙袍织造用银的漏洞，大幅削减额度。稽查赐赏过多过滥的子粒田，并进行征税；治理烂了一百多年每年耗银百万的驿递制度；在全国清丈田地追缴大量私田的逃税。为整肃吏治，推行"考成法"，为官员设置"考功簿"作为奖励和罢黜的依据。针对匪患猖獗实行严厉的"冬决"，用重典治乱。借将士冬服偷工减料事件，惩治和震慑皇亲国戚等，张居正这些利在后代的大力整顿，疏通了推行万历新政的障碍，开创了国家社稷的新局面。但苦心经营并未使张居正全得到好名声，因其不讲情面矫枉过正，而被人认为是铁面宰相，法峻义薄，甚至是阴鸷毒辣。父丧本该回乡丁忧守制三年，张居正为了国家社稷，为了不使他呕心沥血的万历新政的实施半途而废，而选择了夺情尽忠，却被误解为贪恋禄位，因而遭到他深为倚重的士林们的强烈反对。实际上，张居正所推行的新政，所涉及的方面不论大小，都遭遇到巨大的阻力。他的改革虽有益于朝廷，有利于百姓，使国家中兴，国库充盈，却得罪了勋臣贵族、豪势大户、皇亲国戚、官吏士林，甚至包括拥戴自己的政友，还有从小一手辅佐起来的皇帝。

《金缕曲》以叙事的波澜起伏和情节场景的色彩纷呈而抓取人心，从三个大的方面提升了张居正的形象。一是通过种种改革举措，正面地展示了张居正的治国才略，面临狂风暴雨威逼利诱决不动摇手软，写足了官场上铁面如霜的张居正。二是通过大大小小的事件，对张居正审时度势因势利导，忍到极致、辣到十分的政治手腕进行了充分的描写，既揭示出中国封建社会权谋文化的历史延续性，也写出了这一人物擅用权术的权谋人生。三是通过他对玉娘的怜香惜玉，柔情似水的细腻情感，衬写出与他冷面论政时完全不同的另一层人性，从"铁面宰相"到"温情丈夫"，作家对其多重复杂的人格进行了多面性的透视。

《火凤凰》以张居正命运的大起大落作为开篇和结尾，在整体构架上采用了升降式的结构。作为大明王朝开国以来最有权势的首辅张居正南归葬父，其享受的待遇规格已与帝王无异，禁兵千余名随行跸护，一百名鸟铳手作为前导以壮声威，旌旗飘飘，冠盖如云，车驾如簇，浩浩荡荡。沿途百官送往迎来，坐着自古未有的三十二人抬雕栏黄缎围帘大轿，真是风光占尽，其显赫之势，达到人臣之极。但数月后的结局却孤凄悲凉，剥夺爵号，收回诰赠，家被抄，坟被毁。家人或蒙冤而死或发配充军，他提拔信任的大臣被尽数替换，所有与他有关系的人都遭到彻底清算。在这种上天落地、荣辱升贬的极端对比中，更能映衬出张居正的人生悲剧，以及官场风云翻覆的险恶。

张居正的政绩大都集中在关乎社稷苍生的财政和吏治方面，几年新政大见成效，使吏治清明，国库丰盈，呈现出盛世之兆。但张居正也看到了潜在的危害，即各地府县两级官学中的生员已翻至八万多人，不仅免课税，还享受朝廷配给的廪膳，不肯钻研经邦济世的实际学问，却沉于玄谈狂思。而如雨后春笋般兴起的书院，已成为对抗朝廷新政的堡垒，讲坛几乎变成抨击政局的阵地，不仅聚集了大量的读书人，而且一些反对改革的地方官员也参与其中，借书院之讲坛，攻击万历新政。于是张居正开始着手整肃学政，裁汰生员。重点是治理讲学，查禁全国私立书院，从意识形态上加强控制。这事主谋的是张居正，而在前台处理武昌学案的，是他最为信任的循吏金学曾。但查禁书院，杀死一代鸿儒何心隐，使张居正失掉了士林的心，也为后世留下了话柄。熊召政从方方面面写足了张居正的治国措施，不论大事小事，他事必躬亲，为国家大业，鞠躬尽瘁。而且也写了张居正不因人废言有错必纠的勇气，比如听政敌高拱言揭开辽东大捷杀降冒功的真相，不惧得罪皇上和自己的政友，撤销所有奖赏，自堵漏洞不给反对改革者以任何可乘之机。

《火凤凰》作为收尾之作，留下了明显的缺憾，尽管在篇幅上有 40 万字，占据着四卷之首，但整个节奏明显松散下来，头绪繁多，各种人物不断地上场下场，难以将视线全部聚焦到张居正身上。笔墨用得分散，也就不能集中调动读者的情绪。令人遗憾的是，一些应该浓墨重写，向读者做详细交代的地方，却用笔不足，像张居正与皇帝之间的关系。是他将皇帝从小培养起来的，是老师也如同父亲，又忠心耿耿地辅佐皇帝开创了万历新政，但张居正和皇上之间多年相依相存的情感，以及被世人所称道的圣君贤相的鱼水情深，何以转目之间变成了不共戴天之仇，几乎到了要掘墓鞭尸的地步，甚至连有利于社稷江山的万历新政的改革也要全部推翻。书中提到的几点，比如张居正代拟"罪己诏"，使皇帝心生怨隙而报复，对母亲李太后、张居正和冯保铁三角钳制的痛恨，还有对母亲与张居正关系的嫉妒，但这些理由都未能充分展开，仍然会让人心存许多疑惑。作为一个当代作家，又是用文学之笔来摹写历史人物，熊召政完全可以用自己的思考去把握去洞穿历史，表达出自己对张居正命运的独特发现和理性阐释。

这一卷在写法上有些急促，上场的人物太多，牵涉的问题和事件也太多，许多事匆匆带过。又因忙于给众多的人物退场逐一地做交代，从李太后、冯保、玉娘、高拱、金学曾等主要人物，到张居正所重用的官员以及门生家人等，所以叙事显得过于直接和粗糙。有时候小说的结局并不重要，人们更关注的是人物在其命运路途中的精彩纷呈，正因为性格、情感和细节的吸引，才会去关心结局，才会在没有结局的文本的空白中去充填想象。

四

历时数年，熊召政完成了长篇系列小说《张居正》一至四卷本的写作，这不论对他自己，还是对整个湖北文学界都是一个巨大的创作工程。《张居正》的创作让已沉寂了很久的明代历史重新呈现出来，再现跌宕起伏、场面纷呈的历史画卷，让扁平的历史人物从史籍中站立起来，在文学殿堂里获得了血肉丰满的艺术生命，使张居正这一封建社会改革者的形象走进了当代中国百姓的生活，成为具有艺术征服力量的文学典型。

从整体来看，我个人认为，第一卷《木兰歌》和第三卷《金缕曲》或写人突出或写事着力，显得更耐看些。在历史小说的构架中，作家都十分注意安排两大对立的人物阵列，正面刻画的人物常常处于人物系列中

"善"的中心，而与之对应的，则常常有一个乃至多个与之交恶的人物，不同阵列人物之间的鲜明对比乃至对立以及激烈的矛盾冲突，更容易树立起主要人物的形象。在《木兰歌》中，张居正与高拱成为这两个人物阵列的中心，在个人的政治智慧上两人是时逢对手，旗鼓相当，在政治势力上张居正却略处弱势，但张居正巧妙地运用政治智慧并正确地把握住机会而登上了首辅之位。正因为两强相持，难敌对手，才使小说叙事始终处于一种人物性格的张力之中。也不时地给读者造成一种视觉和心理上的紧张感。但是到了后几部，与张居正对峙的人物已无法形成足够的相持力。虽然自始至终都不断有人跳出来，阻挠和反对张居正推行新政，不停地制造一些新的矛盾和冲突，但因为地位的差异，这些人物的能量毕竟有限，根本不可能撼动张居正的威权，仅只是给整个故事的进展提供了一些小的波澜。

《金缕曲》虽然耐看，但感觉写得太满了一些，张居正上任后所推行的一系列改革举措，诸如裁汰冗官、整饬吏治、整顿驿递、子粒田征税、清丈田亩、实施税收"一条鞭"等，几乎都压在了这一卷。尽管这样集中写，最能凸显张居正的政绩，容易给人留下比较深刻的印象，但从系列小说的整体构架来审视，却暴露出明显的缺陷，全书结构布局不大合理。将治国大事主要集中在一卷中展示，受篇幅限制，叙事必然会有轻有重。若分在两卷则可以放开笔墨去写，叙事会更从容一些。

我个人觉得，系列历史长篇小说创作按照常规，以两、三卷本的架构最为精当，四卷本为适宜。但以《张居正》开头两卷的构架模式来写，似乎以五卷本来结篇才舒展得开，而且在卷本篇幅上也显得更匀称些。

张居正形象的塑造，从总体评价上是成功的，值得肯定的是，这一人物形象的创作中，始终贯流着熊召政的理性透视。他站在历史审视的角度，研究历史并从中寻找历史的潜在暗示，以"楚狂人"为思考契机，从而确认了写这个人物的总体基调和大致走向。在我看来，张居正形象的塑造在"狂"上还着力不够，作为大明开国以来屈指可数的中兴名臣，其成于"狂"，也失于"狂"。"狂"，既是张居正成就功业之本，也是其政敌所大加指摘之处，既体现在内在的个人性格上，同时也是外在的社会情势所逼就，两方面都有可深入开掘的地方。

张居正的身份极为特殊，身为首辅他握有扭转乾坤的摄政大权，在任上达到了人臣之极，受封为太师、上柱国，其声望从朝廷到民间都达到了巅峰。另一方面他又是一个在中国历史上独一无二的悲剧人物，这并不仅是以他死后削爵抄家平坟为印证，而是生前他就有着清醒的自我意识，从一开始推行新政时就已经看到了自己身后的悲剧，"破家沉族"、"机阱满前，众镞攒体"、"溲溺垢秽"，从这些史籍中他本人留下的真实的文字中，已透出了他清醒的预见，这就不难理解为什么在任时他就坚决地拆掉了在家乡荆州已建好的大学士牌坊。当然，最令人感慨的是，张居正的结局以及他所推行的新政的失败，更多的不是败于政见，而是败于自己的身体，以他的死为转折。但作品未能充分挖掘这种悲剧性所具有的撼人心魄的冲击力，也没有从这些传世的文献记载中渲染出更多的有血有肉的内容。

书中集纳了二三十个命运各异的人物，总体感觉上显得比较平。读历史文学，读者总渴望看到几个让人过目不忘的人物，能留存于记忆成为伫立于文学画廊中的形象，像小说中高拱以谋略胜出，金学曾以锐气逼人，以及斗蟋蟀赢得万两银子解国家之困，买蜜蜂蜇翻一地闹事文人的所作所为，都让人印象深刻。还有癫狂孤傲放浪的大儒何心隐等，但这种好与坏都能撼动人心的人物并不多，对人物个性典型化的提升还不够。

作为个人意见，我觉得《张居正》在笔墨趣味上也有需要批评的地方，如写男女之事，在写人叙事中常夹杂一些荤诗荤话荤故事，若的确是营造特定的情境场合或是显示人物秉性所必需，写写倒也无妨，但不应过多渲染，或是以把玩的心态投入对这种非健康的人性的叙写中，像何心隐和李阎王在牢里的那一回，完全可以不要，或是略写。

必须一提的是，小说最大的败笔是整部文本中闲笔过多。本来以闲趣的笔调侃世说物，用以表现文人的智慧禀赋，以及展示作家丰富的杂学知识倒也没什么大碍，但一定要有节制，不要将太多的个人趣味沉入其中，以免横出的枝蔓太多，遮蔽了主干，甚至完全成了游离于人物形象塑造之外的赘物。这种闲笔过多，加大了小说的篇幅，但并不一定能够提高文本的质量，加深读者对张居正这一人物形象的印象，反而轻而易举地消解了系列长篇历史小说所具有的史诗性品格。

原载《江汉大学学报》2003 年第 5 期
收入《〈张居正〉评论集》，长江文艺出版社 2004 年版

视域五

非虚构文学的理论建构与言说

报告文学：创作与理论研究的思考

报告文学，是当代文学领域中最引人瞩目的文类之一。20世纪80—90年代，是中国报告文学创作的成熟期，报告文学以不凡的创作实绩，一次又一次地跃上文学潮头，开创了中国报告文学发展史上的一个全盛时代。大量的优秀报告文学作品所产生的社会轰动效应，促使一批专事报告文学写作的作家脱颖而出，形成了专业化的层递创作梯队，成就了一批著名的报告文学作家。正是专业作家队伍的不断壮大和大量具有广泛社会影响力的优秀文本的积累，才使得报告文学真正确立了其独立于其他文学体裁的独立的文体地位，并以自己的品牌效应、以其特有的风格和品位，凸显于当代中国文坛，其对当代中国社会的影响力，已远远超过发展历史悠久的诗歌和散文。20世纪90年代以降，全球化和市场化时代的到来，使中国社会经济、文化和文学进入了转型期，这种转型为新世纪报告文学的发展提供了新的社会历史语境。全球化和市场化改变着人们的思维模式、生活方式和文学风貌。报告文学作家成长的环境和作品产生机制发生了变化，创作策略和写作手段也随之在调整与适应，由此出现了迥异于以往的新的文体特征，一些不同于新时期报告文学的新质正渐次显现。但另一方面，社会语境和生存环境的变化，以及新媒体的兴盛，也对报告文学的创作构成一种强势的挤压。此外，载体和传播媒介的变化，文体的交融变体，使报告文学研究空间的复杂性已超出了我们以往对报告文学的认知。

因此，当下报告文学的发展，可以说是潜力和危机并存，既有着广阔的伸展前景，又在市场化的困境中踟蹰前行。就创作而言，新世纪以来，报告文学作品的总体数量并不少，但从整体态势来看，优秀的作品却不多，尤其是能同时获取读者的接受效应和专业奖项的作品更少。检视目前报告文学创作和理论的实践，认识和探寻创作和理论研究的困境与应对措施,就成为理论探讨的必要。

一 社会参与性的坚守与期待

敏锐、积极地参与中国社会现实的变革,以直接的干预方式推动中国的政治、经济、文化的文明进程,这是当代报告文学的一个本质属性。作为一种特殊的文学,报告文学一直被看作一种参与社会生活变革的特殊途径而为作家们所运用,甚至当时新闻媒体所不能说的话,一些"冰冻新闻",也可以通过报告文学来言说,以获得理由所说的冰冻新闻的反效应。在报告文学兴盛的新时期,报告文学的社会参与性得到充分体现,报告文学作家的参与和治理社会的意识与热情达到前所未有的高度,现实社会中的种种矛盾和冲突,牵系和困扰人们生活和命运的各种各样的问题,都有报告文学进行反映和揭示,报告文学作家行使着铁肩担道义的职责,承担着本应由社会、行政、理论所要完成的任务。

进入新世纪,在市场化的背景下,一方面报告文学直接为社会和政治服务的功利性大大削弱,另一方面其社会参与性也在弱化。报告文学与老百姓之间的距离在拉大,公众对报告文学关注的热度大大降低,即使关注,知道的也极为有限,像一些优秀作品,诸如陈桂棣、春桃的关系到亿万农民问题的《中国农民问题调查》,却没能像《哥德巴赫猜想》那样几乎是家喻户晓,何建明的反映贫困大学生的《落泪是金》,在大学生中引发反响但阅读面有限。当然报告文学影响力的减弱,与当下社会语境的变化有关。新媒体的发展,正在改变受众阅读的习惯,在各类媒体分化读者的分众时代中,报告文学已不可能重获80年代曾有过的轰动效应。但肯定的,报告文学直面现实的社会参与性和文本的真实性,比之虚构性的小说文本更易受到普泛受众的欢迎,也更容易激起大众读者的阅读兴趣。因而,有必要从报告文学自身来进行检视和反思。

首先,报告文学作家在新时期秉持的知识分子的启蒙、批判的立场发生了位移,由社会责任的担当和为大众做代言,而转向个人兴趣,报告文学写作成为展示作家个人才华的一个平台,或是刻意去迎合市场的需求,把作品推向市场,追求利润的最大化,作家的社会责任感和对弱势群体关注的热度在减弱。近年来的报告文学对底层大众的生存困厄关心不够;对普通百姓缺乏深层的人文关怀;对尖锐的社会矛盾冲突绕道而走;或是弱化报告的现实针对性和社会批判性，沉入历史史料的钩沉，远离当下现实，尤其是避开具有一定风险的重大题材，像政治文明、法制建设、社会公平等，还有关系百姓生存的医疗、住房、养老等敏感问题。20世纪80年代，关乎民生问题的"问题报告文学"很多，几乎涉及公众生活的方方面面，现在的报告文学作品虽也表现社会问题，但却失却了批判的锋芒。

其次，报告文学对当下的高科技和经济发展中出现的新趋势、新问题关心不够，反映时代和社会新变的触角不敏感，不能站在时代发展的前沿，提供最新的科技和经济信息，使报告文学应有的前沿性、前瞻性大大减弱，体现出报告文学作家在知识结构上的弱点，还有缺乏追踪和探寻的热情。当年，年过六旬的徐迟以极大的热情去了解数学的前沿难题哥德巴赫猜想，也花费大量时间和精力去钻研电磁学等自己所未知的具有难度的知识。进入新世纪，中国的高科技产业得到了迅猛的发展，但报告文学直接反映高科技的并不多，而且报告文学作家对当下中国新出现的社会现象的关注不够，如最具扩张力、参与人数最多的网络、动漫等，基本很少去关注，或是注意到了却缺乏进入的勇气。因此，新世纪的报告文学要得到发展，作家应有意识地去强化自己接受新事物的能力，增强作品中的科技信息含量，加大前瞻性社会思考的元素，使自己也能参与到高科技领域，获得发言权。

最后，当下报告文学作家从整体队伍来看，独立意识较弱，理性思辨的力度不强。独立意识主要体现在作家人格的独立上，不从俗从众，不随波逐流，保持自由的精神，有自己独立的深刻看法，具备独立的写作素质。的确，目前能够让读者分享思想和智慧的大作不多，创作中缺少质疑精神和社会批判锋芒，甚至有的还依附于权势和金钱，揣摩领导意图去写作，丧失了自己独立的思考和立场。应该明白，只有拥有独立的人格和思考，才可能谈及报告文学的社会参与性，才可能有效地参与中国社会的变革。

所以，坚守社会参与性这一报告文学的本质属性，是作家的责任，也是公众对新世纪报告文学的期待。

二 文体优势与划界困惑

在新媒体兴盛的时代，报告文学似乎成为一个正在衰微的文体，经临着自身发展的困境，甚至有人质疑这一文体以后会不会消失，被其他具有增长潜力的文体，诸如平面媒体和立体媒体的深度报道、讲述、人物专访、新闻访谈、新闻调查等所替代。而近些年来纪实文学、传记文学的兴盛，也在挤占着报告文学的地盘，使报告文学出现了变体划界的困惑。的确，报告文学从20世纪初诞生到现在，已有近百年的历史，虽然与小说比较，它还是一个相当年轻的文体，但毕竟经历了百年沧桑，出现老态、疲态也难免。不过，当下出现的一些倾向性问题值得我们去思考。

需要指出的是报告文学近年来的一些表现倾向，在制作方式上，报告文学越来越趋向于大题材、大框架、大容量的创作，这使得传统的文学期刊已难以承载，只能节选或是连载，因此，成书化成为当下报告文学发表出版的主流形式，呈现出著作化和巨制化的趋势。现在一些作品大都是几十万字的鸿篇巨制，徐迟报告文学奖获奖作品中有近一半采用了长篇的建构，像前面提到的何建明的《落泪是金》，就是由四部分15章构成，篇幅长达32万字。近期最新出版的王树增的《长征》，更是一部18章67万字的重型架构。和过去报告文学主要发表阵地是报纸期刊不同，报告文学因为著作化和巨制化，其主要发表侧重点开始转向了出版社，我们以2005年作为观照点，就基本能了解个大概，像人民出版社的《国家功勋——聚焦中国航天英雄》，人民文学出版社的《中国动脉》，新华出版社的《新华社笔下的抗战》，中国文史出版社的《不能忘却的历史——侵华日军东宁要塞揭秘》，人民出版社的《蓝镜头——聚焦印度洋：海啸！海啸！》，人民出版社的《一代伟人陈云》，北京出版社的《牛玉儒》，作家出版社的《中国秘密战》，中国党史出版社的《日军铁蹄下的中国战俘与劳工》，长江文艺出版社的《100个理由》，中央党校出版社的《中国抗日战争著名大会战纪实丛书》（4种），朝华出版社的《禁赌风暴——中国打击边境赌博战斗纪实》，广东教育出版社的《失落的天堂——留学生另类生活调查》，江苏人民出版社的《中国战区受降纪实》，作家出版社的《谁适合移民加拿大：加拿大移民生活纪实》，海天出版社的《走出高墙——一个大学生囚徒的故事》，中国画报出版社的《中国大学生非常兼职纪实》，长江文艺出版社的《母亲杨沫》，当代中国出版社的《暗伤——妇科门诊隐情记录》，台海出版社的《红粉青衫：郁达夫婚恋历程》《此恨绵绵：徐志摩的悲情婚恋》，民族出版社的《我与你——小卫的艾滋独白》等，这并不是完整的统计，但足以说明问题。

近年来，报告文学文体建构的这种发展趋势，值得我们深入反思。大题材、大容量的报告文学虽然能充分展示作家的才华和思考纵深，具有冲击力度，能壮大声势加深读者印象，但报告文学从刊物到出版社，使著作化、巨制化成为制作主导潮流，却多少违背了报告文学的文体特点，有悖于报告文学发展的本质规律，丧失了报告文学"短、平、快"的文体优势和传播特点，大大制约了报告文学在社会上的流通和接受，阻碍了读者的购买和阅读，很容易使读者面对巨著丧失阅读信心，或出于经济的考虑而放弃。尽管报告文学的型制和结构等特征应随时代需求而不断变化，但还是应该多方面考虑大众的接受，应该好好研究报告文学目前谁在读的问题。

显而易见，巨制化的报告日益与广大受众疏离，像上面提到的那些著作型的作品，可能许多文学品质好，专家评价不错，但相当大的部分我们这些专业阅读者都未能涉猎，更不用说大众读者了。而且巨制化的作品也很难作为范本在课堂上讲授，难以吸纳大学生群体中的阅读者、研究者。所以，应该倡导短、中、长篇并举，对巨制化趋势要保持警惕，要改变著作、巨制才能体现出思想的深度和力度，才能体现学术性和成就感的创作观念，鼓励创作短而精的报告文学经典之作。

处在媒体分众的时代，各种文类、各类媒体都在争夺报告文学的地盘，在平面媒质，人物传记、采访纪实、深度报道、情感讲述、专题特稿，还有纯粹记述性的含有一定虚构成分的写作等，都接近报告文学，这些形式更注重大众的接受效应，但也给报告文学的划界带来了困惑。而立体媒质也气势逼人，像充满思辨色彩的专题片，社会触角锐利，就是一种立体的报告。最近热播的《大国崛起》，以强大、严肃的理性思辨，汲取世界历史文明的发展资源，为当下中国提供启示和参考，引起了强烈的反响，令人想起新时期的报告文学，其起到的社会作用是一致的。

我认为，始终困陷在旧有概念定义和划界中，对提升报告文学地位是无多大意义的，若从很严格的意义上去划分报告文学，只会使其生存空间更加狭小，倒不如伸展和扩张报告文学空间。报告文学本身就是在新闻和文学之间发展起来的边缘文类，要发挥这种边缘性的优长，突破纸媒质的限制，与更为强大有力的立体媒体联手，插足第四、第五媒体，综合利用所有有效的手段，包括写作方式和传播手段，激发文体优势与创作活力。互动互进，取长补短，吸引和扩大自己的读者群。

三　理论研究的滞后与建构

目前存在的另一个突出的问题是，在我们的报告文学创作和报告文学理论研究之间，存在着一定的距离，创作与理论研究脱节的现象还是非常明显的。做理论研究的多是在返视观照中国报告文学发展轨迹中做一些梳理、归纳的工作，研究报告文学在不断地探索和完善过程中所形成的某些规律及文体特征，以说明阐释自己的观点。虽然研究报告文学的著作有一定的数量，但从现有一些成果显现，研究者多是在一种相对滞后于现实报告文学创作的、在一个比较封闭的状态下去做自己的研究，把报告文学作为一个学术平台，对新世纪报告文学创作的一些现象和问题，不去做深入的探究，很少去密切追踪和挖掘当下的报告文学的实践经验与创作规律，对出现的新人新作缺乏批评的热情，对他们的作品很少评析，甚至对一些知名报告文学作家关注的力度也远远不够，尤其是综合性、系统性的研究很少见。

因此，要倡导报告文学研究者去正视报告文学创作的现时状态，下功夫做些针对创作有先导意义的实质性研究，站在更高的层次上去审视观照创作的发展动向，通过交流，为作家提供前瞻性的创作指导，或是有针对性地帮助作家解决文本架构中的一些具体问题。目前，一贯突出的现象是报告文学理论和创作之间缺乏必要的沟通，在这一点上，小说界比报告文学界做得要好，作家和批评家之间的交流非常密切，不仅有个人之间的交流，也常常通过各种作品研讨会传达意见，研究成果也比较多。报告文学也应使创作和理论研究之间互动起来，在交流中共同寻求发展。

进入新世纪后，随着市场化秩序的逐步建立和文学领域自身的不断调整，网络的崛起，新人的出现，使新时期形成的报告文学的创作格局正在悄然发生变化，呈现出一种样式多样性和价值体系多元化的创作景观。但总体来看，批评界仍然延续着新时期的研究思路，还未能进入新世纪这一不仅仅是时间划分的概念中。辉煌的"80年代"一直被当作评价报告文学的参照系，诸如对报告文学真实性、文学性、思辨性的争论，对报告语言及文体问题，精品问题、问题意识等理论问题的研究探讨，始终绕不开"80年代"，依然是在新时期的框架中绕来绕去。

的确，20世纪80年代至90年代初，是中国报告文学发展的一个高峰期，出现了一大批优秀的作家和作品，成就了一批报告文学创作与理论研究的大家。今天，大家仍然期待报告文学能重现20世纪80年代所创就的辉煌。但是，重返"80年代"这只能是一厢情愿的臆想，80年代报告文学作品中的政治煽情，激情的话语方式，居高临下地指点江山的气势，带有明显的时代特征和历史的限定，在今天已不会被公众所接受。随着新世纪社会语境的变更，告别"80年代"，这是否是当下报告文学创作和理论寻求突破的一种新的思路？只有走出"80年代"，突破固有的报告文学理念、模式、视角，去进行新的建构工作，似乎对提升报告文学新质更有意义。新世纪的报告文学需要具有更大的包容性，需要突破单一的纸质媒体样式，改变以往创作途径和形式比较单一和接近的情势。在报告文学的研究方法上，也要更新观念，运用文学社会学、文化研究等多种方法，尤其是积极吸纳20世纪以降的批评新方法，深入研究当下报告文学创作的特点，探讨其在现代化、全球化、市场化背景下发展的复杂性及多种可能性并行的发展态势。通过这种研究，在将目光聚焦于当下作家创作的同时，也会与新世纪中国文学的整体发展相对应进行审视观照，扩展自身的文学研究视野，更新对新世纪报告文学的体认。要注重对报告文学具体文本和个体作家的研究，对新人的创作应给予足够的关注和重视，并进行有效的批评和直接介入指导，在对个体研究的基础上逐步形成规模研究，并以此来总结报告文学的创作规律和新的文体特征。在新世纪的背景下，要引入现代性的概念，加强对报告文学现代性问题的探讨，使报告文学的理论研究更具开放性和前沿性。

原载《广播电视大学学报》2007年第1期

报告文学:时代的纪实与思考
——评徐迟报告文学奖获奖作品及报告文学发展走势

报告文学,是当代文学领域中最引人瞩目的文类之一。近期刚刚揭晓的徐迟报告文学奖,再一次聚焦了公众对报告文学的关注。此次评奖,是对新时期以降的报告文学创作的一次全方位的检视,从数量众多的报告文学作品中,共遴选出22篇作品,尽管有遗珠之憾,但基本上涵括了中国报告文学发展历程中具有代表性的作品,也代表了中国报告文学作家及创作的总体水平。可以说,多数获奖作品,都在人们的意料之中,这不仅因为这些获奖作品在发表之初就曾在社会各界引起过较大反响,给广大读者留下过深刻的印象;而且也因为在岁月之川的淘洗中,这些作品业已经过多次严格的筛选,其中不少作品先前就已获过"中国潮"报告文学征文评奖、鲁迅报告文学奖等多种文学奖项,这次可谓是精中选粹,集中体现了报告文学佳作所具有的力度和分量,以及其特有的直面社会、直面人生的价值意义。

报告文学,作为文学家族中最年轻的一种文学样式,从其诞生到现在的整个历史尚不足百年,其被引进中国也只有七十余年光景,一直处在一种缓慢的发展过程中。只是在1976年后到现在的二十多年中报告文学才真正得到了长足的发展,开始走向自己创作的成熟期,进入了中国报告文学发展史上的一个全盛时代。它以不凡的创作实绩,一次又一次地跃上文学潮头,正是由于大量的优秀报告文学作品所产生的社会轰动效应,促使一批专事报告文学写作的作家脱颖而出,形成了专业化的层递创作梯队,而专业作家队伍的不断壮大和大量优秀文本的积累,才使得报告文学这一边缘性文体获得了自己的品牌效应，以其特有的风格和品位，凸显于当代中国文坛。肯定的，报告文学在当下社会语境中的影响力，已远远超过了发展历史悠久的诗歌和散文，其直面现实的社会参与性和文本的真实性，比之虚构性的小说文本更易受到普泛受众的欢迎，也更容易激起大众读者的阅读兴趣。作为文学专项奖的徐迟报告文学奖的设置，不仅从另一角度印证着当代报告文学创作的繁荣，而且也确立了其独立于其他文学体裁的独立的文体地位。

显然，这次评奖的意义已远远超出了得奖作品本身，因为此次评奖，是对中国报告文学二十多年发展历程的一次严格检阅，从而为我们提供了一次返视观照中国报告文学发展轨迹的契机。我们从中既可以把握到报告文学在不断地探索和完善过程中所形成的某些规律及文体特征，而且也清晰地看到了报告文学二十多年的总体发展趋势，以及所表现出来的种种问题，这些都具有理论探讨的价值和意义。

一

审视一下徐迟报告文学奖获奖作品，给人的总体印象是，此次评奖更多的是从全方位着眼，大都选择了具有较强支撑力、有一定覆盖面的作品，从报告文学发展全景的角度来考虑其分布，而不至于造成某一方位过于明显的缺失和空洞。借助于这些富有力度的"点"，构架起了一个与时代和社会现实的关注焦点相呼应的，与报告文学自身文体样式的成熟和完善相适应的全景式的发展框架。

理由的《扬眉剑出鞘》、黄宗英的《大雁情》、陈祖芬的《祖国高于一切》、孟晓云的《胡杨泪》集中体现了新时期之初的报告文学的主体特征，即以写人为主，尤其是知识分子题材成为首选叙写对象。这些作品，通过对秦官属、王运丰、钱宗仁等知识分子的命运摹写，赞颂了他们的优秀品格，以及在特殊年代所遭受的种种不公正的待遇。包括理由对击剑运动员栾菊杰的刻画，陶斯亮的《一封终于发出的信》对革命父辈的追忆，都毫无二致地表现了主人公矢志不移的人生追求和一种高尚的精神境界。写人的报告文学之所以能成为这一时期的创作主流，与徐迟的《哥德巴赫猜想》等一批塑造了不同个性类型的知识分子的作品有着密切的关系，徐迟有关人物题材创作的成功示范，直接引导了这一创作潮流的形成，他的大胆创新实践，为报告文学的发展清除了观念上的障碍，而且也极大地丰富了报告文学的表现形式，从而给后续者以启示和激励，有力地推动了这一文学样式的快速发展。这类写人的获奖报告文学，大都吸纳了小说的表现手法，通过性格刻画、心理描写、细节铺陈等来加强人物的立体感。以细腻优美的散文笔调来借景抒情、托物言志，显示出鲜明的创作个性和独特的艺术风格。几部作品以其人物的典型性，以及丰富的艺术表现力和感染力而被选入各种教科书中。

徐刚的《伐木者，醒来！》，胡平、张胜友的《世界大串连》，赵瑜的《强国梦》，麦天枢的《西部在移民》，李延国的《中国农民大趋势》，杨黎光的《没有家园的灵魂》，何建明的《落泪是金》，梅洁的《西部的倾诉》，集中体现了80年代中后期出现的"问题报告文学"的发展和延续。这类作品鲜明地体现了报告文学这一文体所特有的社会参与功能，直接切入到中国当下的社会现实中去，反映时代和社会的变革，审视人类命运和群体的生存状态，关注民族文化和民族忧患，以及中国未来发展的大趋势，近距离地对社会生活进行了多层面、多视点、全方位的表现。"问题报告文学"的出现，给报告文学这一文体融进了新质，而且也改变着作家及读者在人物事件报告中已形成的审美定式。人物降到了次要地位，情节主线消失了，作家的主观性和独立性得以凸显，将时见、政见和哲理化思辨融进了作品中，有意识地强化了作品的信息量和理性思考的元素，理念跨越时空连接着密集的信息，成为作品的主导构架。

卢跃刚的《长江三峡：中国的史诗》写的是为世界所瞩目的、造福于千秋万代的水利工程，黄传会的《希望工程纪实》表现的同样是造福于后代，关系到民族未来振兴的助学工程，王家达的《敦煌之恋》叙写了如何保护和发掘人类文化遗产的文化工程，王宏甲的《智慧风暴》则切入了最前沿的高科技领域，这是一项富国强民的现代化工程。这些作品在报告相关民族生存和未来发展的大事件时，也注重了报告人物，但又突破了早期报告文学一人一事的单线构架，而是在对社会全面、综合的宏观认识中去把握人和事件，以作家的思想脉络为纽带来贯穿所有材料，采用多人一事的散点透视方法，集纳个性各异的人物，将人事理共构成一个有机的整体，使读者既能了解事关民族大业的巨大工程，也难以忘怀林一山、常书鸿、段文杰、樊锦诗、席臻贯等为此而贡献了毕生精力的社会精英们。而《希望工程纪实》中五个少女的灰色故事，则深深打动了众多的海内外读者,作品发表后,小村收到了二十几万元的善款,由此可见写人所产生的效果。

报告文学不仅在切入当下的社会生活中体现了观照的深度和广度,而且也将视角延伸到历史时空中,运用今天的眼光和反思的视角去了解历史。董汉河的《西路军女战士蒙难记》,徐志耕的《南京大屠杀》,杨匡满、郭宝臣的《命运》,钱钢的《唐山大地震》,邓贤的《中国知青梦》,以大量的事实材料,重新审视和再现了历史上的一页,为帮助人们了解事实真相留下了可供参照的文本,从一个特殊的角度体现了其所具有的历史文献价值。像《南京大屠杀》其创作的价值和意义在当下的国际背景中更为凸显,我们需要用纪实的文字保留大量的事实物证,留下已为数不多的当事人的见证给后代,这是当代人义不容辞的历史职责。《唐山大地震》在为人类留下了一份有关人类和自然关系的备忘录的同时,也为我们民族留下了面对突发灾难的特殊时代的记录和反思。

二

中国报告文学在创作观念和创作形式上经历过两次大的转型,一次是在70年代后期出现的以人为中心的报告文学,当时从事创作的多是些作家、诗人,他们比较注重作品的审美价值,注重通过形象来涵盖生活。这一时期创作的开拓意义在于,它融合了小说、诗歌、散文、戏剧等多种文学表现手段于报告文学写作中,大大增强了文本的艺术感染力,调动起了读者对报告文学的关注热情和阅读兴趣,使报告文学与通讯有了明显区分,真正自立于新闻文体之外。也正是由于人物报告文学的成功,才使报告文学拥有了自己的读者群,真正确认了报告文学这一文体在中国文坛的品牌地位。

80年代中后期出现的"问题报告文学",标志着报告文学的又一次转型,在文体的审美意识上发生了巨大的变化。以记者为主体的创作队伍,主要以问题或思考点作为统领中心,以实证性的素材和立体化的思辨,构架了问题报告文学特有的理性思考空间,用理性的自觉和理性思辨的力度,在纵横交错的社会网络中去审视考察对象,增加了报告文学思想的锋芒和容量,从而完成了报告文学从一人一事的书写,向宏观综合空间的转换,使其获得了更为开阔的视野,具有了宏大的气势和理性批判精神。

当报告文学以其对现实生存的直面干预，抓取着公众关注的目光时，它也悄然地在文体层面发生着变化，由文体的一体化走向多体化的融合。像陶斯亮的《一封终于发出的信》就具有对报告文学文体的挑战意义，这篇作品最初在文体认定上显得相当含混，因为它采用了书信的形式，写得声情并茂，突出地体现了叙事和抒情散文的特点，跟当时一般的报告文学有明显区别，但它的确又体现了报告性，借助于文学表达方式向人们公开了被特殊的历史时期所冰冻了的新闻，讲述了陶铸生命中最后的岁月，满足了人们了解历史真相的渴望。何建明的《落泪是金》拼贴了多种文体，像消息报道、新闻特写、散文、诗歌、日记、书信、悼词祭文（文中引用的大学生文本）、演讲词、倡议书等，而且也融合了报告文学自身多种报告类型的特点，将见闻式、宏观综合式、立传式、自述式、口述实录式报告的写法汇聚在一起，既以作者自己为中心，以随访的形式来描写所见所闻所感，又从宏观把握上对高校收费体制改革后产生的贫困生现象，从各个不同的角度进行了扫描。他通过一年多的调查采访，尽可能地占有详尽的资料，对这一群体的生存现状，其产生的社会原因及解决途径等，进行了全方位的透视，同时也注意了写人的命运，写人物片段，增强了报告的生动性。而将采访时所获得的报告对象的谈话记录和录音，或是报告对象的自述文本加以剪辑处理，更能创造出一种真实的感觉，显得亲切自然，缩短了与读者之间的距离感。若宏观上去看作品，我们会看到这只是何建明相关大学教育问题系列报告中的一篇，其他还有《龙门圆梦——中国高考报告》《中国高考作弊报告》。采用系列报告这一形式，连续报告相关范畴的问题，更具有冲击力度，能壮大声势，加深读者印象。徐刚的《伐木者，醒来！》引用了新闻报道和相关资料以及大量的统计数据，但行文中澎湃的激情、意向的跳跃、点式的思维，使其在总体风格上体现出诗体叙事的特点。

明显地，报告文学的型制和结构等特征也在随时代需求而在不断地变化，在表现形式上更灵活机动，既有《一封终于发出的信》那样的轻型制作，也有像《落泪是金》这样由四部 15 章构成，篇幅长达 32 万字的重型架构，有了长、中、短的不同文本类型。此次获奖作品中有近一半采用了长篇的建构，写于 80 年代中后期的《唐山大地震》分 7 章 18 万字，在当时已属于大制作，为此钱钢酝酿了近十年，并作为军艺的毕业论文隆重推出。而现在一些作品大都是几十万字的鸿篇巨制，体现出近年来报告文学文体建构的发展趋势，报告文学愈来愈趋向于大题材、大制作、大容量的创作，这使传统的文学期刊已难以承载，或是只能节选或是连载，因此，成书化正成为近年来报告文学发表出版的主流形式。

在结构上报告文学不仅从平面的线式结构走向立体的全景式、集合式、辐射式结构，而且也有新的融合和更新，往往将几种结构的优势集聚在一起，以生发新的结构功能和表达的多种可能性。像《没有家园的灵魂》前半部采用了直线式结构，对王建业特大受贿案的始末进行了全程报道，后半部则采用了板块式的结构，频频变换视角，从不同方位对几个当事人的心理做了深入的探微，既凸显了事件，也体现出探寻人性的深度意义。《长江三峡：中国的史诗》以相对独立的43个小节，构建起一个庞大、复杂，具有极强的凝聚力的多面体，长可千言，短只数句，由电影镜头、人物片段、事件特写、议论组合而成，省去了过渡照应，扩大了空间容量。《中国农民大趋势》穿插了许多独立的小故事，以散点透视的方法连接起宏阔的社会画面。《中国知青梦》是由片段和特写组合而成，将不同时期的人物、场面、情节剪接起来，形成了电影"蒙太奇"的效果。《落泪是金》在整体构架上分为四部，采用的是全景式结构，从全方位着眼，涉及所有方面。但章节中用的是集合式结构，将许多不在同一地域的，本来相互间并无直接关联的事件和人物排列组合起来，去印证作品的主题。总之，多种结构的交替运用，多种文体优势的汇聚共用，已成为近年来报告文学创作中的一个突出特点。

通过对此次获奖作品的梳理和分析，我们可以清晰地看到中国报告文学在这二十多年中所走过的发展道路，它所发生的种种变化，诸如创作观念上的突破与更新，表现形式的日趋丰富和多样化，其所具有的文体的包容性和变动性等。

报告文学作家的梯队划分与小说作家明显不同，小说作家多以"50年代""60年代""70年代后"这样的时间概念来归整定位某一批作家的群体特征或个人身份，但报告文学因其文体的特殊性，很难以年龄段的划代来对作家做集体命名，基本上是以作品的特点和时代性来归类的。获奖作家中理由、黄宗英、陈祖芬、孟晓云、杨匡满、郭宝臣等是早中期人物写事件报告文学的重要作家，而徐刚、胡平、张胜友、赵瑜、麦天枢、李延国、钱钢是"问题报告文学"创作的中坚人物，卢跃刚、黄传会、邓贤、何建明、王宏甲、梅洁、王家达、杨黎光等是90年代以后活跃于文坛的报告文学作家,体现了报告文学作家创作队伍的层递更新。

此外,在这一过程中的另一重要收获是,伴随着创作规律的形成以及创作中出现的种种问题,诸如对"文学性""真实性""合理想象""思辨性"的积极探讨,报告文学理论也日趋成型,有了专门研究报告文学的专家学者,出版了一批理论研究专著,正是创作与理论的双丰收,才使报告文学真正成为一种成熟的文体,也成为一门独立的学科。报告文学这一年轻的文学样式,以其特有的文体优势和受众广泛的接受性,显示出其广阔的发展前景。

原载《报告文学》2002年第9期

中国本土化的乡村实践与理论研究实证

——评《中国乡村妇女生活调查——随州视角》

吴治平的《中国乡村妇女生活调查——随州视角》，是一部有力度和分量的大作。这本书最吸引人的地方，是它所有的材料都直接来源于当下的乡村现实，而且触及面广，内容延伸到中国乡村社会生活的方方面面。要获得如此规模和分量的写作题材，没有长时间的素材积累，不进行大量的调查和走访当事人的工作，几乎是不可能的，这给《随州视角》的创作打下了坚实的根基。读完这部26万余字的鸿篇巨制，我们会突出地感觉到作者身上所具有的一种使命感。尽管吴治平把她观照和调研中国乡村社会的视角限定在湖北随州这样一个看似很局限的地方，但仍然能从中感觉到作者身上所展现出来的一种大胸怀和大视野，即把考察中国农村现状、研究农村妇女问题作为自己的一种责任担当，一种孜孜不倦的追求，并把这设定为人生的一个新的目标，脚踏实地去一步步加以实现。

正因为秉承这样一个远大的目标，所以吴治平也赋予了自己的写作以特有的使命，在长达4年的时间里，她以踏实沉入的田野作业精神，深入到随州28个乡镇的47个行政村去做调研，以自己的切身感知，以跃动的激情，用自己的如椽大笔，记录下随州乡村一个个妇女生活的具体写照，来书写普通乡村妇女的看似微不足道的言说，不仅为中国本土化的乡村实践与理论研究留下了宝贵的实证资料，也为今天这个快速变革的时代，为明天留下了一份历史和文学的备忘录。

《随州视角》既体现了吴治平所坚持的研究方向，而且也从中体现出她对许多乡村妇女问题的个人识见与独特思考，使得这本书有了它特殊的意义和价值。

一 体认中国乡村变革的"中国经验"

吴治平的《随州视角》是值得推荐大家去读的一本书，这倒并不是说这本有关中国乡村、有关女性问题的书，在探寻深度上已达到了多么高的水平，或是它对中国农村全局建设的政策基础研究提供了何等有价值的经验对策。平心而论，吴治平不是专业作家，也不是资深的研究中国农村问题和妇女问题的专家，她以前做过官，是在退休后才自我转型去研究农村女性问题，这本《随州视角》便是她这几年去做乡村调查的直接成果。不过我倒觉得，正是因为这种"非专业"的身份，才使得我们对《随州视角》的阅读，成为一种特殊的体验，也获得了阅读其他作品所不能得到的别一的收获。

《随州视角》最具价值所在，不仅在于它对尚待开发的中国乡村妇女研究所体现出来的拓荒性的开掘意义；而且也让人从中看到了许多我们目前还无法通过其他途径去感知或是去发现的内容。从大的角度去看，我们可以通过此书去了解中国农村妇女经历了两次怎样的解放，了解后税费时代为农村妇女发挥作用提供了怎样的千载难逢的机遇，也通过她们的生存状态去理解中国农村当前的特殊处境，以及由经济、政治、文化等各方面原因所构成的农村现代化发展过程中的"瓶颈"问题。而从微观的角度，她在书中以一种原生态的展现形式，给读者提供了一个处在现在时态的、正在进行中的农村，一个具体的、可触摸的"现实的农村"和"体验的农村"，让读者一步步走近真正的乡村现实中，去感受最真实的乡村现实情境，去认识和了解众多的农村基层女干部和普通农妇，看到她们的所想所思、所作所为。说实话，久居城市，我们普遍缺乏对中国农村的现场经验，即使有所了解，也只是流于表面而非本质上的理解。身为城市女性，我们对占据中国女性最大多数人口的乡村女性知之甚少，甚至很少去了解她们在性别意识的觉醒过程中的艰难成长，所以吴治平的《随州视角》为读者打开了一扇观照乡村图景的大窗，有不少人和事是读者第一次看到。这补充了我们对中国乡村经验常识的欠缺，至少通过这本书的阅读，可以缩小我们体认当下农村现实的距离，或许这也可能会引发更多的人对乡村问题的关注和思考。

在当下，"中国经验"正成为理论界和创作界一个大热起来的话题，不论是学术研究还是文学创作，似乎都在强调和突出中国经验，在中国农村问题研究中也是如此。这种强调有助于我们回到经验常识，回归国情，回到中国当下真正的现实语境中，只有在对社会现实境遇透彻地了解和把握中，才有可能去进行新的建构。吴治平的《随州视角》的特殊意义就在于，这是一本脚踏实地、真正在中国乡村现场打造出来的大书。为写这本书，她历经四个冬夏春秋，吃住在农民家中，喝她们的锅巴粥，吃她们的农家菜，听她们讲家长里短，常常促膝长谈到深夜。而且她不光是一个旁观旁听者，而是站在中国农村的主位立场上，以中国农村作为自己的研究对象，以理解农村女性作为自己的未来归属，通过几年不懈的努力，以入户访问、问卷调查等多种形式，掌握了大量的农村研究和妇女研究的第一手的实证资料，这些来自乡村第一线的最真实的"中国经验"，是鲜活而有生命力的，非想象所能复制的，也是非常有价值的。这样的"中国经验"，不仅对普通读者的阅历是一种补充，而且也可以作为农村政策基础研究的实证支撑。

二 多向度地表现乡村女性的生存现状

《随州视角》一书的引子，是从"农村没有人？"这样的设问开始的，这也是吴治平调查和研究女性问题的起始。时下许多村子里的青壮年都出去打工了，在家里种田的70%以上都是留守女人。从传统的"男耕女织"到现在的"男工女耕"，女性群体正成为乡村农业生产的主力军，同时她们自身也比以往面临更多的生存压力和精神困惑。

所以，吴治平写《随州视角》的初衷很简单，就是想通过自己的调查来见证妇女们含辛茹苦的奋斗，来书写普通乡村妇女的言说，让社会能听到她们的声音。为做好调查，她长期蹲点在农村，多次深入鄂西北的小山村，对各类女性的生存现状进行了详尽的采访调查，近距离地对乡村女性生活的社会与家庭环境进行了多层面的了解。看得出，吴治平对此是下了大力气的，对报告对象的了解，完全是用脚一家家去跑出来的，也是一点点用心去体会的。身为女性，她本能地注意到了相关女性的许多细微之处，因而才能够多视点、全方位地对乡村女性的生存现状作出最真实的报道。

借助于吴治平的笔墨，我们认识了一群复杂而多样化的人物，几乎涉及中国当代乡村的各种类型的女性，这里既有作为乡村先进生产力代表的种粮能手萍娥和肖荣，她们已经率先实现了土地适度规模化的经营。还有那些带有传奇性的创业女性，像曾是贫穷孤儿的王东娥，现在成了做香菇出口贸易的女老板，每年贸易额超过 2000 万港元，出口创汇 200 多万美金。像被人称作"兰花女侠"的黄正兰，从做小生意起家，成为把兰草生意做到国外的商业成功人士。还有成为湖北省农村女致富能人的黄俊，不仅自己养猪致富，而且还成立了妇女养猪协会，把各地的农妇们组织起来发展规模化的养猪场。这些了不起的乡村女性的作为，的确让人由衷的感叹和佩服，她们在奋斗过程中所经历的各种苦难、挫折，以及"不相信眼泪"的苦干精神和毅力，对其他女性也是一种鉴照与鼓励，在她们身上，当代乡村妇女的历史能动性得到了最突出的呈现。

当然，除了这些事迹显赫的大时代的女能人外，吴治平也记录了那些日常小人物，像小辉母亲、克莲这些仍是用小农生产的方式一点点地勤扒苦做的类型，在乡村仍占据了女性人群的大多数。还有在花季累得脱了形的卖栀子花的农妇，为了三个孩子读书而累弯了腰、驼了背的张家女人，推行计划生育，做着乡村最难做的工作的山刺玫般的村妇联主任，等等。这些人物虽然普通，但却以小人物的淳朴和本色打动着我们，给予了我们最真实的感动，这种真实的穿透力，让所有读过的人都眼热情动。

在《随州视角》提供的繁复多姿的人物中，还有一些远离主流社会的更为边缘化的女性，甚至是一些平时很少会被人正视的女性，像乡村中的单亲母亲，还有生活在乡村最底层的被人称为"弯弯"的外来媳妇，因卖血而感染了艾滋病的秀梅、秀英与邵玲，与临时男人搭伙的桂花和梅，也有被人称作"破鞋"的杏。她们虽然卑微，却也有血有肉，面对所遭临的困境以及灾难，她们也有自己的反应与抗争。这样一些人，总让人感慨良多。的确，观照中国乡村，必须看头也看尾，要正反两面都看到，才能真正了解什么是中国的真正国情。对并不真正了解当下中国农村社会、不了解乡村女性的我们来说，读《随州视角》，我们看到了前所未见的图景，这可以说是一种难得的阅历补偿。

三　体现个性风格的探索与实践

尽管《随州视角》作为田野作业的调研成果，可以为中国农村政策基础研究提供实证支撑，也可以作为学术研究成果，为吴治平所做的乡村研究项目结题。但实际上，《随州视角》对中国乡村、对乡村女性问题的探究，却是以更贴近文学的方式来实现的，若立足于前者，可称它为调研报告，但从写作风格和创作方法来看，这本书倒更接近于一部报告文学的巨制。因为这部作品充分地运用了文学的表达手段，有一种特殊的文学意蕴和艺术魅力，而且也让读者从作品中感受到了吴治平富有个性的创作探索与实践，以及她在文本中并不刻意地流露出来的文学素养和写作底蕴。

《随州视角》在总体构架上，采用了一种较为简单的方法，首先是确立一些具有较强支撑力的、富有力度的"话题"，以基本可以独立成章的话题来构架作品，在话题下集纳不同的故事或人物。有的话题下内容相对集中一些，如"市场不相信眼泪"一章，就主要以写人为主，集聚了所有的女能人的故事，整章人物、事件都有一种内在的贯接。"漫漫参政路"和"母爱无疆"等章节也主题明确，内容趋同趋近。而像"乡俗"和"准白领情调"等章节，内容就比较杂。所以从全书来看，《随州视角》这种简单的结构方法，比较适宜于女性的思维方式，随意、比较感性，可以写哪儿算哪儿，有更大的自由度。有作家评价吴治平的书是以一种现场直播的方式来展示乡村女性的鲜活生态的，这种说法很形象地概括了《随州视角》的主要特点。而且吴治平始终"在场"，她带着读者走乡串户，扯闲聊天，不仅知道她们的收入，也走进了女性隐秘的内心。当然，以这种结构来分割，内容上会显得有些散，但这种散点透视的方法，也会获得另一种张力，可以多角度地，更偏重于原汁原味地向读者展示中国乡村妇女生活的实际图景，这种着眼于常态的写法往往会收到更好的接受效果。

在具体表达上，吴治平走的是新闻写作中用事实说话的路子，并在开篇或是结尾以新闻述评的方式来加以点评分析，而且寻找着具体去做的方法。作为纪实性作品，《随州视角》基本上是实况记录着真实的人物和事件，通过对一个个人物，对一件件具体事情的叙写，来达到人以事显、事因人出的目的。吴治平很注意写人的命运，写人物片段，注重叙述的感觉，但并不过于主体情绪化地去渲染情节、人物，以突出戏剧化的效果，只是用事实说话，以真实性打动人，这种平易写实的叙事不仅加强了作品的现实感和真实性，而且也更易获得读者的认同感。

前面说过，《随州视角》是一部非常文学化的书。在表现形式上，吴治平也吸纳了小说的一些表现手法，通过性格刻画、对话描写、细节铺陈、环境渲染等来加强人物的立体感。有时也以细腻优美的散文笔调来借景抒情、托物言志。特别值得一提的是，在书中有几章是用诗歌来说明题旨的，这让我们也看到了吴治平写诗的才华，如《乡俗》："乡俗是一坛酒，/饮了这坛酒，多少女人醉倒在家门口；/乡俗是一张网，/撒开这张网，多少女人困守在网中央；/乡俗是一首摇篮曲，/吟唱这支曲，轮回多少女人的生命和灵魂；/乡俗是一幅水墨画，/打开这幅画，承载多少女人的酸甜苦辣！"还有一首是这样写的："牛哞、鸡啼、鸟鸣，/夕阳、篱笆、喇叭花，/丝瓜架下，/一个男人和一个女人在对话。/男人说：/女人一枝花，围着灶台做锅粑；/南瓜不算菜，女人不算人；/自古都是公鸡打鸣，母鸡下蛋；/老祖宗传下来的规矩你为啥不要啦？/女人说：/女人只围着灶台做锅粑是小看了她，/南瓜在城里早已是上等菜啦，/母鸡不能光下蛋，也要学会把鸣打，/女人不比男人差，/我为啥不能走出家门到公众场合去说话？"这些诗歌看似很乡土化，却非常生动，也很上口。

此外，吴治平也注意从丰富的民间话语中去提炼吸纳有益的资源，大量使用乡村最生活化的俗语、俚语。她与采访对象的谈话记录，多采用口述实录的方式，保留了现场的原始状态，而叙事语言也多采用了当地口语，这使她的语言表达不但充满了乡村生活的气息，也提升了艺术表现上的新鲜感，这大大增强了作品的艺术感染力，也更容易调动起读者的关注热情和阅读兴趣。

原载《报告文学》2009 年第 11 期

新媒体时代报告文学的发展路向

在当下这个新技术不断更替的时代，新媒体的兴盛，正在分割和改变着传统文学的疆域，随着文学的表现方式和传播方式的变化，报告文学这一具有一百多年历史的文体会发生什么变化？报告文学未来的命运如何？这些都是值得我们去进行深入思考的问题。

从报告文学发展的外部环境来看，我们正进入一个图像时代，一个新媒体飞速发展的时期，图像、影视、互联网，不仅改变了传统的感知符号，也使我们对报告文学的认知纬度发生漂移而困惑丛生。而从内部着眼，报告文学的文本形态也在新媒体的影响下悄然发生着各种变化，出现了各种跨文体的写作。因此，检视目前报告文学创作和理论的现状，积极去探寻有效的应对措施，就成为一种必要。

一 要突破传统报告文学文体的有限性

处在媒体分众的时代，各种文类、各类媒体都在蚕食着报告文学的地盘，在平面媒质，人物传记、采访纪实、深度报道、情感讲述、专题特稿等，都接近报告文学，这些形式更注重大众的接受效应，但也给报告文学的划界带来了困惑。而立体媒质如图像、影视更是以可感的有质感的媒介手段，赢得了大众的青睐。

我认为，固守在旧有概念定义和划界中，对提升报告文学地位是无多大意义的，只会使其生存空间更加狭小，倒不如扩张报告文学空间，去进行新的命名。报告文学本身就是在新闻和文学之间发展起来的边缘文类，要发挥这种边缘性的优长，突破纸媒质的限制，与更为强大有力的立体媒质联手，插足第四、第五媒体，综合利用所有有效的手段，包括写作方式和传播手段，激发文体优势与创作活力。

二 要对当下报告文学巨制化的倾向有所警惕

需要指出的是报告文学近年来的一些表现倾向，在制作方式上，报告文学愈来愈趋向于大题材、大框架、大容量的创作，成书化成为当下报告文学发表出版的主流形式，呈现出著作化和巨制化的趋势。近年来，报告文学文体建构的这种发展趋势，值得我们深入反思。大题材、大容量的报告文学虽然能充分展示作家的才华和思考纵深，具有冲击力度，能壮大声势，加深读者印象，但报告文学从刊物到出版社，使著作化、巨制化成为制作主导潮流，却多少违背了报告文学的文体特点，有悖于报告文学发展的本质规律，丧失了报告文学最初的"短、平、快"的文体优势和传播特点，巨制化的报告日益与广大受众疏离，大大制约了报告文学在社会上的流通和接受。所以，应该倡导短、中、长篇并举，要改变著作、巨制才能体现出思想的深度和力度，才能体现学术性和成就感的创作观念，鼓励创作短而精的报告文学经典之作。

三 要能体现出前瞻性和引领性

报告文学对当下的高科技和经济发展中出现的新趋势、新问题关心不够，反映时代和社会新变的触角还不够敏感，不能站在时代发展的前沿，提供最新的科技和经济信息，使报告文学应有的前行性、前瞻性大大减弱，体现出报告文学作家在知识结构上的弱点，还有缺乏追踪和探寻的热情。而且报告文学作家对当下中国新出现的社会现象的关注不够，如最具扩张力、参与人数最多的网络、动漫等，基本很少去关注，因此，新世纪的报告文学要得到发展，作家应有意识地去强化自己接受新事物的能力，增强作品中的科技信息含量，加大前瞻性社会思考的元素，在新兴领域获得发言权。

四 要争取年轻一代的作者和读者

报告文学从 20 世纪初诞生到现在，毕竟经历了百年沧桑，出现老态、疲态也难免，与其他文体相比，作者普遍偏大，读者中年轻人的比例也比较低。所以，报告文学也需要采纳新的创作策略和写作手段，发掘报告文学的新质，尤其是要利用现代媒介的传播优势和信息资源，吸引和扩大自己的读者群。

原载《防城港日报》2011 年 1 月 31 日文学理论版

激情书写来自最底层的感动
——评寒青的报告文学《大巴山的呼唤》

寒青的《大巴山的呼唤》是一部有力度和分量的大作。这部 24 万字的长篇报告文学，不仅荣获了中宣部第十届精神文明建设"五个一工程奖"，而且也从上到下受到众多读者的欢迎和好评。的确，在今天能让所有读过的人都眼热情动，让所有人都能由衷地感叹来自小人物最淳朴、最本色的感动的作品并不多，《大巴山的呼唤》给予了我们最真实的感动，这种真实的穿透力，感人至深，成为滋养我们今天心灵的最宝贵的东西。

感谢作家用自己的如椽大笔，以自己的感动，以跃动的激情，为今天这个时代，也为明天留下一份文学和历史的备忘录，记录下一个看似微不足道，但堪称共和国大厦底层最中坚的基石般人物的事迹。周国知，这个湖北最边远地区恩施苗族自治州宣恩县椿木营乡的民政助理，一个最基层的小干部，他一生倾尽全力，把自己的青春、热血都献给了鄂西南的贫困山乡，对自己的工作恪尽职守，为脱贫解困尽心尽力。以他最朴素的善良、淳朴的美好品德、温暖人心的人性，为土家族贫困山民服务。他没有辜负国家的重托，没有辜负一个山民，而他却过早地将自己的生命交付给了鄂西南的大地。

这个小人物，总让我感慨良多，在当下中国社会高速发展的时代，经济已成为时代和社会关注的聚焦点，紧随时代的报告文学，大都是去关注经济、高科技产业、新鲜事物、震动中外的大事件，叙写那些作为先进生产力代表的传奇创业人物、商业成功人士、事迹显赫的大时代的英雄、历史留名的政治精英，以及各类文娱体育明星、财富新贵等。相比较，周国知显得太边缘化，不仅地缘偏远，而且也远离主流社会，很少会被人注意到。他强忍病痛、倾尽生命去进行的消茅、消岩的工作，如果不加以注解，现在的许多人都弄不清是什么意思。"消茅"（消灭茅草棚住户）、"消岩"（消灭岩洞住户）这些在当地很寻常的词语，对多数今天已经迈入小康生活的人来说，似乎有点不可思议，进入新世纪了居然在中国还会有人住在茅屋里，更有甚者连茅屋也住不上会住在岩洞中。2003 年初，恩施全州住岩洞户尚有 161 家，还有 5993 户茅棚也在该消之列。当中国日渐成为世界关注的经济中心，成为世界奢侈品的消费地时，中国的偏远地区却还要为消茅、消岩而努力，这两面都看到才是中国真正的国情。

由周国知的事迹，让我们知道了消灭贫困仍然是中国的主要任务，也让我们看到作为共和国最小、最坚固的基石所承受的重负。上面的政策文件，在基层要一件一件地付诸行动，需要做许多繁复具体的事。周国知除三年出去当兵外，一直在自己的家乡。二十多年里，他先后担任过乡武装部长、乡长、计生办主任、民政助理等多个基层职位，常年奔波，劳累一生。作为退伍军人、党员干部，他带领贫困乡亲寻找致富之路，开矿、搞地膜育种，挖药材办药材厂、试种烤烟等，总是吃亏在前，受苦受累，为山民谋取最大的利益。推行计划生育，是乡村最难做的工作，他以锲而不舍的精神和无微不至的关怀与付出，去打动人心。做"消岩、消茅"工作，他不畏劳苦，拖着病痛的身躯行程 1600 公里，127 户消茅、消岩户都是由他一手登记拍照签的合同。周国知完成了全县消茅工程的三分之一，却贫病交加，倒在了消茅、消岩的最后攻坚战中，付出大量辛劳和心血的他，却没能看到这一年底完成任务后的庆典。

寒青作为一个资深新闻人，多年来对报告文学的写作有着自己孜孜不倦的追求。他写报告文学，首先在采访上下了很大功夫。报告文学作家与小说家不同，小说可以凭借一部分生活和想象在书斋里完成，产品是个人的，对个人负责。报告文学是外向型的写作，作家要有社会责任感和铁肩担道义的勇气，要热心关注公共事业，对社会动态熟悉，对先进人物有一种新闻敏感性，写报告文学的采访成本要远远大于其他文类。寒青为了写《大巴山的呼唤》，多次深入鄂西北的穷困山区，对周国知的生平事迹进行详尽的采访调查，近距离地对周国知以及他生活的社会与自然环境进行了多层面的了解，对报告对象的了解，完全是一步步用脚去丈量，一点点用心去体会，因而才能够多视点、全方位地对周国知的一生进行深度报道。大量翔实的材料，感人的故事，不可重复的细节，使《大巴山的呼唤》比之虚构性的小说文本更容易激起读者的共鸣。周国知是个平凡的小人物，却闪烁着动人的人性光彩，像他月工资只几百块钱，却扶危救困，乐善好施，常常拿出自己微薄的工资去帮助乡民，买红糖、鸡蛋、面条做给那些做节育手术后的妇女们吃，去关心福利院的老人们。他发自内心的爱和出于本能的善行，处处温暖人心。书中许多小事写得声情并茂，催人泪下，叫人不由得心生敬意，也使一位普通基层干部的先进形象在读者心中提升起来。

寒青的叙事饱蘸感情，以充满理想主义色彩的激情之笔，具体而形象地表达着主人公矢志不渝的人生追求和一种高尚的精神境界，对人民对事业的热爱，对自己社会责任的坚守，完全是用事实说话，以真实性打动人。他注意写人的命运，写人物片段，注重叙述的感觉。《大巴山的呼唤》选择了周国知短暂的42年人生中一些具有较强支撑力、富有力度的"点"，来构架作品，从多个角度向我们展示了这位当代优秀共产党员的风采和成长经历。在报告文学的表现形式上，寒青也吸纳了小说的一些表现手法，通过性格刻画、心理描写、细节铺陈、环境渲染等来加强人物的立体感。同时以细腻优美的散文笔调，来借景抒情、托物言志，显示出鲜明的创作个性和独特的艺术风格，大大增强了文本的艺术感染力，调动起了读者对报告文学的关注热情和阅读兴趣，同时也增强了报告的生动性。

原载《文艺报》2008年8月14日第5版

来自大山深处的文学纪实

——评王伟举的长篇报告文学《汾清河的儿女们》

报告文学是大于文学的特殊文学，其文本的现实性和真实性，比之以想象与虚构来创造人物和故事的小说文本，更易受到普泛受众的欢迎。其直面现实的社会参与性，以及对当下中国社会发展问题进行及时追踪报道的深度性，也容易激起大众读者的阅读兴趣。

王伟举的长篇报告文学《汾清河的儿女们》，鲜明地体现了报告文学这一文体所特有的社会参与性。他多次深入鄂西北山区，经过自己细致地调研和采访，对湖北保康县马桥镇中坪村，近距离地进行了多层面、多视点、全方位的表现，直接切入中国当下的农村现实中去，注重表现农村社会的变革和忧患，审视农民的命运和群体的生存状态，关注乡村经济形态和文化形态的新变化，关注乡村政治文明、社会公平以及未来发展的大趋势，以大量实证性的素材和立体化的思辨，构架了一个最基层的中国乡村变革的全景空间。

《汾清河的儿女们》以特有的时代敏锐性抓住中坪村这一社会主义新农村建设的基层典型，以充沛的情感、真切的文字，塑造了一批向来被人忽视的底层农村干部的形象，从多个角度向我们展示了带头人黄立杰优秀共产党员的风采，歌颂他们在带领农民走向致富道路上多年默默耕耘的艰辛与伟大。

首先，值得肯定的是，这部作品在对中坪村这个远离中国社会政治文化中心的偏远山乡变化的书写中，所发掘出一种特殊的中国经验。"中国经验"正成为理论界一个热起来的话题，其背景是在中国经济，尤其是农村经济研究中，过去多是套用西方的经济理论和研究模式，这就造成了脱模于西方的研究经验与中国农村的现实经验的脱节。因而，近年来国内农村经济和农村社区的研究，突出地强调了中国经验的重要性。这种对中国经验的看重，有助于我们回归国情，回到中国当下真正的现实语境中，回到经验常识，在对中国社会现实境遇透彻的了解和把握中，才有可能进行新的建构。

正是对这样一个正热的话题所产生的思考，让我觉得王伟举作品中的中坪村，所提供的有关新农村建设的密集的信息，在某种程度上正凸显着中国农村的现场经验，给我们提供的是一个"当下的农村""经验的农村"，一个处在现在时态的、正在进行中的新农村，让读者一步步走进一个"生产发展、生活宽裕、乡风文明、村容整洁、管理民主"的现实的真正场景，让大家看到当今农村基层干部和农民的所想所思、所作所为，至少缩小了我们体认当下农村现实的距离。在村党委书记黄立杰的带领下，中坪村各项新农村建设的指标都在前面，今年工农业总产值7201万元，集体收入5000万元，人均纯收入过5000元，而且在数年前就已着手解决中国社会中牵系和困扰人们生活的各种需要解决的问题。比如减轻农民负担的农业税问题，中坪村3500多口人的农业税、三提五统，在取消前一直由村里的企业积累资金代交。看病问题，给村民办了医保，合作医疗基金集体代垫，人人享有初级卫生保健。给60岁以上老人发健康补贴金，解决了养老问题。教育问题更是受到重视，最令村民自豪的是完全按城市示范小学标准建设配置的学校，花300多万元添置了教学器材，有两栋四层高的教学楼、封闭式宿舍楼、电教室、图书馆，校园里还有可以打卡的有城市餐厅餐桌椅的食堂，有澡堂、开水房，所有学生实行了住宿制，解决了山里孩子上学难的问题，九年义务教育普及率100%，教育费由集体代交。除此之外，我们还看到一些了不起的数字，中坪村超过600万元完成了村级水泥公路硬化工程，户户通公路。投入280万元完成了全村电网改造，为全村农户安装了卡式节能电表。在自来水饮水工程中投入250万元，从20里外引来洁净的山泉水，让家家户户吃上自来水。在改厨、改猪圈、改厕所的同时建起沼气池，按每个沼气池1000元标准补贴，使330户农家做饭用上了沼气。村里有科技文化中心、图书室，还有休闲小广场，夜晚有110盏路灯实现了亮化。家家有电视，90%的农户有电话，2005年开通了宽带网络。在偏远的深山里面取得这些成就有多么不容易，因为这里距湖北的西北角襄樊还要走4个小时的崎岖山路，去过一次，感触就会更深。

中坪村经验的特殊性，是在个体经济为主的农村改革中，最大限度地保留了集体经济，以此为基础，走集体致富的道路。这种靠集体的力量苦干加实干而取得的成功的中国经验，对中国农村的农业经济和农业文明的发展，都具有一种促进作用，比之其他乡村经验，似乎更具有普泛的榜样意义。

其次，《汾清河的儿女们》的意义还在于，作品以翔实的材料，记录下中坪村人在社会主义新农村建设过程中的起步篇、发展篇、人文篇，塑造了一个时代的典型，也留下了一份时代的备忘录。对历史事件做真实记录的报告文学本身就具有特殊的历史文献价值，可以告知后人，在特定的历史阶段，我们的国家发生了什么事，关键的历史点在哪里，中国的农民是怎样参与了国家、民族的历史进程，他们在过去的历史阶段、在改革开放的年代，经临了怎样的变化，他们是怎样用自己的智慧和双手，改变了农民的命运和生存状态。2004 年，黄立杰当选为中国农村改革十大新闻人物，中坪村成为保康县社会主义新农村试点村，这篇报告文学完整地留下了他们行进中的历史影像，成为一个时代的见证。

需要说的是，作者多少有些忽略了黄立杰们在建设新农村过程中所遇到的困难和问题，黄立杰的"倔"很出名，和方方面面肯定有过交锋和冲突。从更深远的角度来看，把人物放在纵横交错的社会网络中去审视考察，可能更能强化作品的信息量和理性思考的元素，凸显作家的思辨性和独立性，提升作品的思想主题和震撼力。报告文学被看作一种参与社会生活变革的特殊途径而为作家们所运用，就是可以直接表达作家参与和治理社会的意识与热情。

《汾清河的儿女们》是一部未最后完成的作品，因为中坪村有其发展的未来性，以黄立杰为代表的乡村改革人物有继续发展的可能性，这些都可以在以后继续去深入报道。对中国乡村的新变化，除了纪实性的表现外，还可以有文化式、文学式的表现，可以寻求与电视合作与共享的可能性，对王伟举来说，还应该有工程意识、深度意识和问题意识，将对中坪村的关注继续下去。

原载《襄樊日报》2008 年 1 月 2 日

视域六

面对当代作家的批评阐释

陆星儿和她的当代女性

　　陆星儿的作品最初给我们的印象是生长在北大荒土地上的遥远的野菊花和悄悄开了的达紫香……在创作的主导倾向上，以北大荒为背景的题材确乎获得了某些偏重性，这使她很容易地被划入了"北大荒"作家圈。但是当我们的视野从她笔耕的北大荒掠过，并试图以此为起点来评判她的创作时，我们发现：所面临的并不是一个直接的、具有浓重粗犷色调的客观现实，尽管有着达紫香，有着三月荒原上刮起的大烟泡。在作品中，那些时时推拥着我们的，是生活在以北大荒为现实框架中的人物的感受和情绪，以及在这里进行了人生初试后的频频回顾。

一

　　引起我们注意的是这样一个事实：陆星儿的创作主题几乎都是通过女性形象来完成的。这种突出的女性主人公类聚走向的出现，是出于陆星儿选材上的偶然性结果呢，还是受驱于她自觉或是本能的一种创作意识？我更倾向于后者。

　　沿着她创作的轨迹，我们可以突出地感觉到：她是以写感受作为创作支点的，而这种感受在内容和形式上都凸显出女性化的特征。尽管在女性作家身上，善于感受是一种普遍存在，但这种表面看似同质的东西却因存在个性差异而有着迥然不同的反映。为了使分析更具体些，我们可以把陆星儿和王安忆做些简单比较。两个人接近的是都具有很好的感受素质，但切入生活的切点却不同。王安忆是用眼睛的敏锐去观察生活，她善于捕捉生活瞬间中不起眼的但却有其特点和美的因素的东西。视线可以在自己熟悉的圈子里，也可以逾越一段距离连起更宽面的外部世界，然后把这种观察为自己的艺术感受所提高，她可以把自己放进去写雯雯，也可以保持距离去推断和感受陈信和欧阳端丽，并且凭借自己的外部观察能力去弥补间隔。而陆星儿则是用心的敏感去细腻地体味人物种种最直接、最细微的感觉，以及种种微妙的感情变化。她面对着一个微观世界，是精神的、心理的、感情的、情绪的。心与心之间的碰撞要求着一种更近的距离感，心律相同才易产生共振。所以在感受对象上，陆星儿主要是集中于女性，而凝焦点则更多的是对准和自己同时代或同经历的女性身上，并且是对女性的切身问题，诸如生活与爱情，生活与事业以及家庭、婚姻、伦理等，给予了较多的重视。在感受形式上则是以同类的贴切感去体味自己，并且体味了别人，既是感受的主体，也常是感受的客体，使这种感受不仅是社会的，而且也是切身的。

　　同样地，这种把握生活的方式也影响着她的表达形式。在她的创作中，作品的整体叙述角度大都是通过女性类型的眼光来获得实现的，不管是女主人公的心态描述，还是统领全篇的全知全能的表现角度，都是如此。可见，在陆星儿身上形成的这种具有个人特点的创作素质，不仅确立了她喜欢的题材、人物的选择，而且也确立了她作品表现角度的选择。

　　这种素质的形成，既和陆星儿的个性心理品质有关，也和她的整个创作过程，即将素材转化为作品的心理运动规律有关。追溯到创作的初端，激起她从事文学冲动的实质是：写身边的人和周围的事，写对生活的感触，写生活对自己的感动，可以说这种素质在她身上正处在冬眠快要结束的状态中。一方面她只是非自觉地在其个性心理支配之下，以女性的眼光本能地感受着生活，写着在今天看来更多的是停留在表层形态上的感触和感觉，她还不能通过这些为我们提供人的性格构成因素中的更多的东西，因此由单纯和倔强勾勒的单色调人物，成为她早期人物的特征。而另一方面，这种素质又在她创作的心理运动过程中逐渐地苏醒，使感受的触角不断地伸向更深层的心理形态。这一阶段的摸索实践，促使她踏上了自己创作中的转折点。1982年至1983年所发表的作品，很清楚地显露出这种素质在她身上的完全觉醒，看得出她是比较自觉而有意识地在调动着主体因素去感受和传达着女性的心理，并从这种感觉中努力地发掘着生活的意味。她已经充分地意识到了自己的特质，并以整个身心体会着。

　　在感受的支撑点上，陆星儿不仅把握住了生活，而且也把握住了自己创作上的优势。感受的细致、丰富、微妙、复杂，使她能够恰切地勾画人物，达到一种心灵上的感应性，描写上的真实性，传达情感上的独特性和清晰性。还有不管她是否意识到的，在同类型女性中，或具有过同样感受的读者那里所引起的"通感"作用，有如磁力稍带磁性便可相吸。不过值得注意的是，这种更带有个人色彩的创作因素，在表现出它的优点的同时，也显现出相对的缺陷，即创作主体在同时承担感受主体的情况下，常常不能保持自己的从容而始终站在一个制高点上，去冷静地或略带理性地分析和理解人物，它很容易与感受客体发生融解，随着感受中的情绪波、感情波的起伏而顺流直下，从而失去了对感受的一种提取和创作的自觉意识，在一定程度上削弱了作品总体性的力度。另一方面，由于这种感受的贴切感，使创作与自己的生活贴得过近，她在把握与自己心律振幅相同的对象时显得容易些，而不大去推断和感觉与自己不相应或是对立的人物，这使得题材面趋向狭窄，且人物有着明显的类聚走向，等等。这在她，有的已清楚地意识到了，那就是，仅仅写感觉是不够的。

二

她的创作触须伸向占人口一半的女性圈里，所有的作品都趋向或统一于一个大主题之下，即反映当代女性值得思索的生活和命运，这体现了她的创作原则：写小说，就是写人的命运，写生活道路。虽然在当代文坛上，反映女性命运和生活的作品已占有相当的比例，而且普遍创作的偏重点在随着时代的变化向前移置，更多的是反映提高了社会地位的女性与现代社会的各种关系和矛盾。陆星儿可说是题材密集而大量地写了这种关系和矛盾的，这是她创作的一个显著特点。具体到作品中，她写得最多和感受最深的是那些和她一块儿在生活中翻滚过的、那些和共和国同步成长起来的一代青年女性，像《穿绿邮衣的姑娘》中的瑶瑶，《达紫香悄悄地开了》中的潇潇、小芳，《呵，青鸟》中的榕榕、肖点点，《写给未诞生的孩子》《孕》《送他远行之前》中的"我"，《在生活的银幕上》的胡眉、秦颖，《小清河流个不停》中的向帆、小梅，《为了并不爱的爱》中的冰冰，《纯洁、活泼、美丽的……》中的莫湘，《斑点》中的亭如，《一条台硌路》中的周笛、姚蓬、小眉，《林中的野刺莓》中的龚玫等，这许多的形象向我们展现了一代青年女性曾经走过的路和曾经有过的对生活不寻常的感受。她们是得天独厚的一代，共和国的建立奠定了她们平等的社会地位，她们有过美好的充满憧憬的时代，但也经历了和祖国共命运的沉浮。在严峻的生活底层，在差强人意的逆境里，她们才真正地走向人生，并且开始对生活有了属于自己的真实的体验和感受。尽管她们有过这样那样的生活创伤，有过生活道路上的失误，尽管她们也曾怀着一种深深的失落感而感叹青春、感叹生活，尽管她们的生活秩序被打乱了，使她们的生活日程表上，什么都只能挤作一堆，又互相对立着，生出不少麻烦，但陆星儿还是让她的人物一个个从这种历史的失落感中走了出来，在比较和扬弃中去正视这种不可能割断的过去。看得出，不论是人物，还是陆星儿自己，都没有忘怀过去。在写到这一切时，她是倾注了自己的感情的。这赋予她的作品一种新的意义，即不仅仅是写一种带有抱怨感的命运，而是通过人物的命运去重新理解往昔的生活，从时间和距离所带来的启示里，找到对今天生活的思索和追求。

在陆星儿笔下，各种人物形象虽然有着不同的经历和遭际，有着各自不同的追求，但不同之中的相同却是，在这些个人命运的背后，都是那么紧密地联系着祖国命运的沉浮。不过作家表达的着重点并不在于这种个人命运的具体现实再现，而是在于这种现实体现在人物心灵上所留下的各种痕迹。在她塑造的女性形象中，有邮递员、拖拉机手、饲养员、通讯员、工人、大学生、教师、编辑、导演、演员、记者、作家等，这为我们铺开了一个广阔的社会面，同时也自然地反映了变化的社会中变化的女性命运。从作品内容来看，使我们感觉突出的一点是，陆星儿并不擅长写她们作为社会的人与外部世界的关系，而是着笔于她们作为一个普通女性，作为母亲、妻子、女儿所具有的独特的生活经验，而广大的外部世界则是通过她们的心灵做了折光的反映。像瑶瑶，留给我们的只是一个穿绿邮衣的身影，作家要表现的是她经历了坎坷的命运的心，是怎样地怀着对青春、爱情留下的种种遗憾，去更加执着地追求自己的人生。作家潇潇，让我们看到的只是作为旧日的北大荒人对往昔生活的反思和重新理解的心理过程。成为编辑的亭如，展示出的却是她在生活道路上的失误，是那种为了现实的某些实惠而丢掉了自己事业的心灵忏悔。《在他运行之前》中的"我"，不管是作为演员，还是教师，她始终面对我们的是一位妻子的内心世界，是写她对自身生活的逐渐醒悟。而大学生榕榕，给人的主要印象是透过她心灵反映出的对命运的抗争、对理想的追求。可以说在陆星儿的整个创作中，那些往复回旋着的当代女性命运的主题，主要是通过绵延着时间和长度的人的心灵历程来完成的，作家在各种不同类型的女性身上所着力表现的是她们的心灵经受过或正在经受着怎样的负荷。所以当命运的主题在她们心扉上叩响的时候，传达给我们的是一种吃力感，能体味到其中的沉重，也能感到重压下潜沉的力量，即负荷下对理想和幸福的顽强追求。

这种追求成为陆星儿当代女性命运组曲中的共有乐段，尽管命运有时是沉重的，但追求却使人物显出她们独有的光彩，在《呵，青鸟》中，榕榕身上就具体表达了陆星儿所反复叙写的这种追求。和这一代青年一样，榕榕走过了上山—返城—求学的生活道路，也经历了激进、苦闷、思索、奋起的个人心灵历程。当她带着十年积劳，带着人生的种种困惑走出那片她曾经热血沸腾地闯入的大森林时，"脑子象一片被大火烧烬的林子，弥漫着白蒙蒙的青烟，生活也被大火燎了，什么也没留下"[1]。这种沮丧感以及和上大学的丈夫之间出现的爱情危机感交织在一起，更加剧了她内心的痛苦。但她并没有消沉，也没有用忍让来弥合爱的不平等，而是放弃了顶替回城的机会，凭着自己的努力考上了大学。尽管面前仍然横亘重重难关，失去了年龄上的优势，学业上备尝艰辛，忍受着爱情的痛苦，却要独自担负起做母亲的职责，可她再也没有让自己已经迈出的步子停下来。陆星儿在显示榕榕独具的心灵世界时所用的笔触都不是轻松的，而且也舍得用这种甚至还包含着痛苦的笔触去一点点精细地刻画人物追求过程中的心理重负，这使榕榕那种总体的隐忍、朴实、深沉的性格心理显出它并不单一的色调来，退却与奋进，自卑与自尊，软弱与坚强……各种对立的因素交织着，使她的生活总是渗透着一种不安的思绪。但也正是在这种艰难、困窘，甚至使人感到痛苦的追求中，榕榕才找到了自己，找回了幸福，也获得了人生的要素，她的思想、视野的泉水，也像冲进了广阔的平原，汇入了浩瀚的大江。

榕榕的形象包孕着陆星儿人物所共有的特点。在瑶瑶、小芳、潇潇、肖点点、龚玫、冰冰、胡眉等人物身上，都或多或少地存在着榕榕的内在气质，这种人物间际的向心联系，说明榕榕更集中地体现了作家赋予女性形象的审美特征，也积淀了陆星儿本人的许多素质。当然，榕榕这个形象的意义，并不只限于这些，作为作家一种追求精神的体现者，她的概括力

---

[1] 陆星儿、陈可雄：《呵，青鸟》，十月文艺出版社1984年版。

已远远超出了女性范畴。她不再是个人的，而是时代的，表现出的是这一代青年不仅仅是对个人理想，而且也是对社会理想的顽强追求。正是在这一点上，榕榕她那普通的个人命运才显示出了更深刻、更耐人寻味的意义，陆星儿的命运主题才有了其厚实的根基。

三

能够把陆星儿笔下那些不同时期、不同场景、不同人物的小说连接起来的，是贯穿其中的那些时而隐现、时而强烈的当代知识女性意识。我之所以这么说，是因为这种意识更多地体现了当代知识阶层女性对自身解放的进一步要求，她们不仅要求在事业上得到和男子一致的进取，同时还要求具有更高层次的爱情与精神生活的满足。循流而求，在她早期的一些作品中，不少女性形象如瑶瑶、凌淑霞、胡眉、小梅等都还属于那种单纯得像一掬清水似的人物，我们只是从她们身上展露出的倔强性格中，从她们对事业和幸福的顽强追求中，从她们经历了爱情与人生的坎坷之后仍然坚定地走着人生之路的行动中，感到萌发这种女性意识的潜流在缓缓地移动。但在近年的创作中，这种意识则得到了强有力的涌现，往往在女主人公的意识活动中得以大段的直抒性地表达。很明显，这种意识体现在人物身上，是以坚定的信念和执着的理想为内核，以自尊、自爱和追求自强的顽强精神为其外在表现形态的，它一方面体现了陆星儿所刻画人物的心理深度，另一方面也为我们传达出她对妇女命运的思考。在她的作品中，人物外在形态的描写降至次要，你往往不能很具体地知道她们长得什么样，留什么发式，怎样的装束，却能说出每个人都有着什么样的心态特征。归纳一下，她比较多地属意于这样一类形象：表征上是普通的、质朴的、沉稳的，甚至是柔弱的，带有一种生活的沉重感和自卑感的，但却是沉潜着力量和富有韧性的。所以由作品细细分析起来，在那些事业与爱情、事业与生活不能两全的女性身上，在那些时时处在心灵的矛盾中而苦苦搏斗着的、在那些经历了生活的磨难而仍然咬着牙迈出自己步伐的女性那里，这种"强者"的印象更多的是作为一种心质的东西而体现在主人公身上的。

在陆星儿笔下的女性身上，我们会得到一个突出的印象，对一个女性，事业和生活的轮齿，有时是那样难以吻合相衔。也正是在这种难以吻合的相衔中，才激起了"强"意识的迸发和喷突，人物的心灵才有了不同的层次和深度，也使作品纳入了更多的思想容量。当榕榕从东北老林子回来，只想钻进安逸的小窝，却发现这个窝并不存在，她感觉到了和丈夫舒榛之间的缝隙，清醒地意识到没有平等是不会有爱情的，于是毅然地离开丈夫，既承担着做母亲的职责，又在艰难地追求学业的过程中改变着自己，也改变着舒榛。《写给未诞生的孩子》中的"我"，怀了孕，仍然坚持去工地，做论文，"过去瞧不起女的，因为她仅仅做了女人的事，我们可不同，我们不仅承担了女人的一切义务，还像男人一样地工作"①。"我"在社会一些人对女性的偏见中，毅然带着未诞生的孩子走上了宣讲论文的讲坛，向人们印证了自己的思想、品格、能力及整个人。陆星儿笔下不同的女性都在这种不相衔中体现出追求自强的进取性，而同时每个人又在努力地吻合着这两个巨大的轮齿，"既做了一个普通的妇女必须要做的一切，又做了普通的妇女做不到或希望做的"②。尽管常常有着顾此失彼的痛楚，有着更多的忍耐、更多的辛苦和更多的探索。

比她们幸运的是更年青的一代，在未真正踏上人生道路之前，就已经开始了对自身命运的思索。《被打湿了翅膀的小鸽子》中的 17 岁的小绿豆已经学会用自己的眼光审视母亲和外祖母的命运，并从中悟出了自强的意义。而《名人和她的女儿》中的琳琳，不希望自己在别人的眼光里只有一个内容——名人的女儿。在母亲的光圈里，她找不到自己，不愿湮没在这些不属于自己的东西中，她认为这不是自己的幸运。她认定要靠自己的力量，在真正的意义上独立起来。

如果说在这些不同人物身上所表现出的这些女性意识，还只是断断续续不相连贯的细流，那么在读过陆星儿的大部分作品之后所得到的印象是：这些细流已逐渐形成了一个连续不断的整体，流动在她整个的创作中，从过去流到现在，也会延展到未来，而且根据对象的不同，她也在做着不同的调节。在那些青年女性身上，这种意识大量地涌动，往往意识的流动代替了人物主要行为的展现，而在那些并没有意识到自强的女性那里，则让它沉潜在生活的底蕴中。

在这些流动的女性意识中，我们清晰地看到了陆星儿对人物微观世界

---

① 陆星儿：《写给未诞生的孩子》，《小说月报》1983 年第 2 期。
② 同上。

的深入探索，同时也感到了溶润在其中的她对自身命运的思考——那就是在不断地感应到当代女性生活中所遇到的深刻的社会矛盾时，常常情不自禁地发表着自己的见解和评判。她似乎是作为当事人，总是感情冲动甚至还有些急切地将一个个矛盾着的，却又富有进取精神的心灵袒露给人们。在写到这许多和她相同或不尽相同的女性心态时，她不能把自己从这种静观中抽开，她在"设法用这样或那样的方法钻进角色的脑子里去，钻进它的心里去，理解它的欲望，在自己的情绪记忆中激起和它相类似的回忆，构成对所要描绘的形象的生活的概念和判断"[①]。因此，在那些具有概括意义的形象身上，她往往自觉或不自觉地在证实着自己对生活的理解和思索。

四

由于作品中这种思想理性成分的增加，使得对人物微观探索的描写得到加强，也使我们直接地进入了作家的心灵通道，去感受她所蕴蓄的本质力量。但在我们充分肯定这些的同时，也必须指出的一点是，某些意识的表露尽管找到了自然的通途，却能感到作家自身的理性在无形中减弱，使得人物的外在行为塑造和内在意识的容量在作品的整体或部分发生倾斜，这必然带来她对小说艺术本身所需做的进一步思考。

陆星儿在创作上并不颇具灵气，不是像有些作家那样一经生活燧石的打磨，便闪出灵感的火花。她的写作题材多是来自她心灵或情感方面的具体体验。作为作家，她显得本色而又朴实。在她身上，除了这种对心灵和情感的体验深度外，更难能可贵的是她所具有的毅力和韧性，可以说这是她在创作上能取得成就的重要的心理基础。假如没有这个心理基础，她就不可能始终遵循着这样的信条去写作，只要不停下来，只要走着，即使一点一点地挪，一步一步地移，一寸一寸地提高，甚至在产前和产后也没有停下来。手指被笔磨出了厚厚的老茧，写废的纸常常是写成作品的几倍。她大量地付出着，自认没有别人的聪明和才华，只有咬紧牙，多吃点苦，才能使手中的笔运用得更自如一些。在作品中她阐述过这样一个简单而又

[①] [俄] 斯坦尼斯拉夫斯基：《斯坦尼斯拉夫斯基全集》第2卷，林陵、史敏徒译，郑雪来校，中国电影出版社1959年版，第375页。

深刻的道理，寻找的过程，又应该是一个付出的过程，这确实是她创作的切身体会。她走的是一条艰难而又要不时地探索路径的文学之路。

她的创作收获是十多部中篇和二十多个短篇，在当代青年女作家中，算得上一个多产作家，而且由《呵，青鸟》和《达紫香悄悄地开了》这样一些比较引人注意的作品而被文坛所熟悉。如果我们要对陆星儿的创作发展作一个概观的话，那么可以看到这种发展是不平衡的。从整个创作来说，写得比较好的或比较有特色的作品都出自中篇和有着连接关系的序列篇目，这主要和她以心灵来反映人物命运的内容有关。心的展示，需要一定的长度，而命运也有相应的时间跨度，中篇可以把生活的断面拉得更长，能更清晰地透视出女主人公细腻的心理。而这种主题在短篇中，则是借助于生活的一个片段，或一个场面的描写在人物心灵上引起一连串回想，从而把人物的整个命运做部分或概括地展现，这往往使陆星儿善于写人物内心感觉的长处得不到充分的发挥。创作实践证明，陆星儿所具有的特质使她在中篇的领域里有更大的驰骋天地。此外，这种创作发展的不平衡还主要反映在作品内容上，就写得较好的中篇来看，也呈现出波状起伏。从《我的心也象大海》到《呵，青鸟》再到《达紫香悄悄地开了》……这可说是几个波峰，当《呵，青鸟》达到一定高度后，在目前，从作品的整体性来看，还没有超过它的作品。尽管在去年年底看到的《一条台硌路》在写人上已经像扇面一样展开了，第一次这么集中而又多面地写了各种不同的人物和他们不同的生活，显现出和以往作品不同的特色，但是在深度和艺术性上仍不如前者。《呵，青鸟》在人物性格的刻画上，在寓意深沉的象征意义上，都标志着陆星儿所能达到的高度。相信她会突破自己的，凭着她的执着、韧劲，凭着她对生活敏锐的感受素质。

在创作上，陆星儿已经跨越了很重要的一步。在当初，为了寻找感受生活的能力，她曾走过一段弯路。有个时期，创作像是走进了一条死胡同，走不出去了，但她终是迈开了有力的一步，撞开了那条死胡同，走到一个开阔而丰富的天地。而现在，她则需要去迈第二步了，那就是在经过一段创作实践后，当创作要求向更高一层发展时，却由于这种感受的色彩层次还不够丰富，它已经开始限制、阻遏陆星儿的创作了。这如同在已快要耗尽了养分的浅土层里继续耕耘，很可能备尝艰辛而收获甚微，深化和完善自己的感受，这样才有可能获得扩大自己笔耕版图的能力。这不仅需要陆星儿从不同的角度、不同的方向、不同的层次，细细深入生活的底蕴，向深层开掘，而且也要努力地把自己熟悉的经历与新的现实、新的感受艺术地融合起来，拓宽生活面，去寻得艺术上的更大天地。愿她能塑造出更多、更成功的当代女性形象，我们期待着。

原载《小说评论》1986 年第 1 期

方方创作论

一　执着地寻求理解

　　方方的早期创作，给我们留下的总体印象是：这些作品都是蘸着青年人的经验和感受写就的。从作品内涵中，还不能透达出对生活底蕴的深刻洞悉和练达，在技巧上还不时显露出青年人尚欠成熟的粗粝。然而，正是这些作品，使年轻的方方在文坛上拥有了自己的一方天地。她得到了大量的读者，尤其是青年读者的关注。

　　方方的成功，在于她作品中所具有的内在吸引力，那就是散溢其中的青春热情和充沛活力。新时期初叶文坛，文学既承担着几代人排释心头郁积的重负，控诉、感伤、反思……也承担着激扬精神，引导人们展望未来的任务、建设、改革……而方方却用自己的笔创造了一个独特的世界，那里流淌着青春气息，闪耀着对未来希冀和向往的玫瑰色泽，让人们看到了青春生命是怎样努力地振拔着枝节去生去长，也看到因地力不足而产生的缺憾，那些生长着的却并不坚实的生命。

　　《"大篷车"上》，方方的小说处女作。发表后所产生的轰动效应，是当时文坛及方方自己都始料不及的。这篇作品不仅获湖北省佳作奖，而且在全国小说评奖读者推荐票数中排置前列，及至今天在谈及方方印象时，人们依然会首先想到它。对方方来说，这是一个辉煌的起点，比起那些在文坛闯荡数年才逐渐洞开一片天地的青年作者，她无疑是幸运的。我以为处女作多带有某种试探性，通过作品也通过读者来审视判断自己是否具有闯荡文坛的膂力。初试成功，往往确定着作者今后的发展志向，而且还可能引爆作者尚不甚了了的潜在才能。就如女作家张洁曾谈到的，如果不是因为处女作获奖，她也许不会写下去，一篇单纯平直的《从森林里来的孩子》，使她继之有了力作《沉重的翅膀》，有了《方舟》，也使文坛有了位名作家。那么对于方方，假如《"大篷车"上》失败，或许作为大学二年级学生的方方会有别的选择。

《"大篷车"上》的主角是几个自称为"误增国人"的青年。这一类型青年在社会中所占的比重和他们在人们心中的分量呈现出重度倾斜。他们一出世便遇上了动乱，可因为年幼，苍白的岁月并未给他们身心留下更深的刻痕。但他们却像洪水洗劫后留下的黄泛地，沙化了的土壤里长不出坚实的生命。比之那些经历了动荡、波折、坎坷、起落，"构成了山一般厚重，海一般丰富的人生的青年"①，他们人生的砝码显得轻多了，但他们不愿被人轻待、冷落，因此便有了"大篷车"上青春热力的发泄，有了显出强烈自尊和自卑的自我调侃。方方正是透过他们被生活磨砺粗糙而又时常招人白眼的外表，看到了他们掩映在心灵深处尚未死灭的炭火。于是她送去真诚、温暖、理解的微风，让他们在一个特殊而又顺应生活自然的机会里，重新认识了自身的存在价值，激起了渴求充实自己匮乏的精神和知识世界的自尊，让心头之火燃烧起来。

《啊，朋友》承继了《"大篷车"上》的基调，只是在内容角度上有所变化。《"大篷车"上》呼吁人们抹去眼里世俗的灰尘，去理解这一类青年。而《啊，朋友》则强调了青年与青年之间的相互理解，给处在不同文化断层的青年之间的衔接开掘一条心灵通道。爱读书的丁洁一走进阿歪、一行这些言行粗鲁的青工行列，便感到心理上的极度不适应，于是用书本、用冷漠构筑了自我封闭的陷谷。在经历了一次痛苦的心灵历程之后，她从旧往的幻灭中去重新认识、理解了她身边的青年。

其后发表的《班头儿》，可看作是对前两篇内容的补充，在唤起青年们渴求充实自己的自尊后，他们在改变自己的道路上仍然步履艰难。班头为说服组员去参加文化补习而费尽心机，不惜使出一切手段。方方并未怪责他们，而是呼唤人们更多地负起社会责任，用理解和信任去帮助他们，点一把小火，将这些弄夹生了的青年慢慢熬熟。

《安树和他的诗友们》，方方第一篇描写大学生活的作品。但校园仅只是容纳内容的现实生活框架，而内涵链条却顺接着《啊，朋友》。方方通过安树和他的诗友们与待业青年吴文玉的交往，继续寻求着不同文化断

---

① 《方方文集·黑洞》，江苏文艺出版社1996年版，第154页。

层青年之间的理解。《墙》中，青年女性杨阳和林林不仅自为地在两人之间砌了一道无形的墙，而且又一起用隔膜的墙将新来的室友隔绝在门外，仍然是从不同的视点角度来阐发着一贯的主题。方方执着地希望所有的青年都携起手来，推倒阻隔于他们之间无形的或有形的墙，让心灵和心灵微笑着相会在一条通畅的路上。

在《寻找的故事》里有一段对话：

"你最大的痛苦是什么？"
"不被人理解。"
"你最大的幸福呢？"
"和能理解我的朋友在一起倾心交谈。"①

这给方方的早期创作做了最好的注脚。正是由于这种对理解的执着寻求，使她早期的创作基本上只是向一个方向推进，主要以青年人的情感、思想、情韵、笔力来表现工人、学生生活及其延伸内容。她并不囿于对青年的思想和生活轨迹做直观的表现，而是以自己对他们的厚爱和理解去引导读者和她叙写的这一代青年熟识，要求人们去理解他们，并看见他们身上种种瑕疵所掩映的美质。虽然这一时期方方作品不少，但实际上只是开辟了一条狭长的道路，在观念和形式方面还比较拘谨而无大的拓展，只是在生活的浅层地表进行了耕耘，还没能掘到潜沉在深层面的生活底蕴。在对人的描写上，很大程度上只是应和着时代的律动。十年动乱之后，人们一方面要求社会秩序的改善，另一方面也呼唤着美好灵魂的复归。这种对人的灵魂拨乱反正的过大期待，使得作家们往往以主观愿望去对人进行美好的设计，以为十年"文化大革命"对青年锈蚀的仅是表面，骨芯里善良的天性还未曾泯灭，只需人们用温暖、同情、理解，用爱就可以擦去表面的锈斑，让心的健康美质重现光亮。这种流行的文学观念、审美旨趣影响着整整一代作家。渴求理解、渴求灵魂的复归是那个时代作品的集中主题，当年一些全国获奖作品，一些引起社会注目的作品，基本上都走着与这种时代轨迹趋同或趋近的创作路数，如姜天民《第九个售货亭》中的阎王、傻金刚、瘦八仙和机灵鬼，从卖瓜子的女青年玉吉那里懂得了人生

---

① 《方方文集·凶案》，江苏文艺出版社1996年版，第70页。

的意义；张洁《有一个青年》中的"我"，在女大学生的影响下努力使自己变好；陈建功《飘逝的花头巾》中的秦江，从乡村来的女大学生身上获取了奋斗的动力……方方的人物描写也与这种时代趋向同步协调，其实这只是负载着作家审美理想的虚构。这使方方写人仅是停留在表层形态上，我们还无法透过它看到人物性格构成因素的丰富复杂。对人的表现的深浅程度取决于作者对人理解的层次，或许只有经过一段时间，有了一种距离感之后，人们才能更清楚地认识以往，有如只有在今天青年作家笔下的青年形象如李晓《继续操练》中的四眼、黄鱼，老鬼《血色黄昏》中的夏雷，以及方方《风景》中的七哥，《白雾》中的豆儿那里，我们才能更清醒而痛楚地看到以前所不曾看清的一切，那就是十年"文化大革命"对一代青年锈蚀的是灵魂的衍变，这种锈蚀只靠理解和厚爱是无法擦亮的。

　　创作作为一种审美活动，本身就带有鲜明的主体特征，尤其是女性作家一般更易受情感力驱动，她们的主体特征往往在文本中大量地毫无遮掩地释放出来。从方方作品的内在意蕴中，从那些明显地带着作者影子的形象中，常能感觉到作家创作心理流程中情感意绪的涌动，并能触到创作主体心理结构的潜在形态——作家生存的文化背景。提出这一点对分析方方作品是很有必要的。方方之所以成为一个独特的审美个体，她写的青年之所以与其他青年作家笔下的不同，区别就在于生存文化背景的差异上。这种差异不仅影响着创作主体对生活的认识、理解以及审美观照的方式和角度，而且也影响着审美表现的方法。方方在她"考取大学之前，经历过生活的磨炼，在搬运站工作的四年中，开过吊车，做过现场宣传，汗水跟工人群众流在一起，在那动乱的年代里，对基层生活中的酸甜苦辣都有所体会"①。这种对底层生活的直接体验，使方方在思想和感情上与下层保持了更多的联系。我认为，正是这种生存背景，熔铸了方方创作主体中的平民意识，自觉或是本能地驱动着方方的创作意向，从而形成了方方创作中两大显著特征，即创作的实在性和平民化的主体评价。这两大特征使方方的所有作品都具有一种联结性的精神特征，从《"大篷车"上》开始便以显态形式凸显出来。

　　这里不得不回顾一下在《"大篷车"上》问世前后，文坛上小说创作

---

① 苏群：《青年作者方方印象》，《文艺报》1983年第7期。

的整体审美态势。其时"小说正面人物的构成发生了质的变化,有知识、有文化、有思想,有良知的人们,负载着作家们的主要审美理想。知识分子的形象在作品中占压倒优势。新的理想主义在萌动,大都寄寓在动乱中成长起来、命运坎坷而又思想大胆、富于献身精神的青年身上。这种审美理想表达了人们对极左政治下思想文化专制的反拨"①。当时文坛上过于浓重的文化气氛,不免使创作发生两种倾斜:一是创作中对知识的堆砌,中外文学、名画名曲、玄学宗教、现代西方哲学等无所不入作品,包括获奖作品《这里有一片神奇的土地》也未能避免。二是作家对青年对象的审美眼光主要集结到那些步入高等学府的幸运儿或是身在工厂、社会底层,却由于勤学善思而使个体突出于群体的思想早熟者身上。方方的创作从一开始便显出与这种文坛时尚的不同。她的主人公多数是生活在社会底层的青年,如工种不好的屠夫、车前跑、化肥(《"大篷车"上》),装卸工阿歪、一行(《啊,朋友》),搬运工"她"(《江那一岸》),修理工大桥、卒子(《班头儿》),车工肖明明(《夏天过去了》),水手于仓(《位置》),以及待业青年华华、铁山、蛮蛮、豆豆等。虽然描写这类青年的作品在当时并不在少数,但那些作品中的主人公,不少人虽然沉入了社会底层,却都有着非同一般的血统,这使他们即使处在底层也仍然具有落拓王子的光彩,使读者对他们命运的巨大落差而捧出更多的同情和感叹。方方的人物则多半来自最底层的平民家庭,他们没有与生俱来的优越感,生存环境的困厄,使他们受文化熏陶不多,对生活也没有过高的期望。他们没有一般作品中那些与他们同龄的大学学子们的自命不凡,也不会有爱与不爱的矫揉缠绵和空发感慨的造作。他们所拥有的只是自己那一片实实在在的生活,待业、寻找自身位置和改变自身境遇,以及在社会的各种关系和矛盾碰撞中所产生的切身生存利益的真痛苦与真欢乐。这种对生活实实在在的把握和观照,本身就很自然地摒弃了矫饰和卖弄,从而确定了她外在叙写形式的实在性。与她的平民主人公的生存状态相联系,方方的小说语言充分显示出平民个性的外化,朴实、活泼、充满诙谐幽默,带有平民的豪爽和坦率尽性,这不仅对平民主体的存在做了充分的肯定,而且也显示出方方独特的创作风格。

引人注意的是她创作中的主体评价。受平民意识的制约,她明显地偏

---

① 季红真:《文明与愚昧的冲突》,浙江文艺出版社1986年版。

重于没有得到娇宠命运的平民青年。在整个社会的重心更多地倾向于青年佼佼者时，作家的视野很少掠过他们，即使写他们，也是作为青年群体中的陪体。而方方却比较早地将他们作为自己创作的主体，凝厚爱于笔端，为他们受人轻视而不平，在他们身上寄予了更多的信任和期待。这种主体评价，虽然沉潜着方方的社会意识，是从社会意义的角度表现出对平民青年命运的关注，但绝不是居高临下的同情和施舍，而是方方将自己置身其中，用平视视角获得的理解与心心相印，这是方方作品受到更广大层次青年欢迎的一个重要因素。当然在肯定这一点的同时，也必须指出，方方在她的早期创作中，还不能做到对生活从容地静观默察，她常常被一种急切地想通过人物"说话"的主观热力所笼罩，而无法从作品中抽身出来，当她的有些形象行动或说起话来，我们便看到了她本人并听到她的声音。这种主体评价的宣泄，导致了作品的直露性，不同程度地削弱了作品的总体力度和艺术生命力，显出方方创作上还未成熟的素质。

诚然，在今天，随着文学观念的不断更新，文学新潮的迭起，方方早期创作所构成的思想价值与艺术魅力，不免随岁月的流逝而有些褪色，但我们也无法否认她的作品在时代的坐标系上所具有的永恒性。那个时代我们需要那些，那个时代我们为有了《"大篷车"上》和《啊，朋友》而欣喜过、激动过，并由此而关注起方方，企盼过方方，这就是方方早期创作的意义。

二 两起大潮之间的间歇

无疑地，在走过一段较为平坦的创作道路之后，方方也面临着新的困惑和选择。1984、1985、1986三年，文学新潮迭起，文坛显得格外喧嚣和骚动，新作问世所产生的连续不断的轰动效应，不仅使读者眼光有了更宽阔的辐射面，而且使读者的视点变换更为频繁。相对于文坛的闹猛情势，方方显得有些沉寂，早期创作虽然为她在文坛上占据了一席之地，但沿袭性的创作思路和表达上的轻车熟路的辙痕使一些读者失去了新鲜感，形成了某种固定之见。这种外在迫力挤压着方方，使她不得不苦心思考如何去摆脱创作上的困窘格局，在《看不见的地平线》里，她借人物之口道出了自己的苦闷，"生活的圈子太小了"，只能看看属于自己的那一小片天空和一块土地，她渴望拓展自己的笔耕版图，走向"一望无际的开阔面"①。

方方进入了一个新的创作时期，一方面她结束了校园生活，开始了电视台编辑的生涯，文学视野比之从前要为开阔，另一方面，来自文坛的强大冲击波也促使她必须尽快地进行自我调整，在文坛崭新的格局中重新选择、确立和发展自我，强化和完善创作主体意识。这是一项相当艰巨的任务，方方为此进行了不懈的努力。

探寻性成为方方这一时期创作的主要特点。方方试图拓展自己的笔耕版图，就必须寻求自己最敏感、最顺手的创作区域，在自己生存背景的所有层面打下思考的钻头，去确认自我张扬的舒展空间。所以，这一时期的创作，她采用了多视角的对生活积累进行散点透视的方法，所撷取的生活像扇面一样呈开放状，几乎涉猎方方所能接触的所有生活范畴。如果以生命坐标为纵轴，这一时期的作品可以依序排列为：写少年、青年生活的《十八岁进行曲》《夏天过去了》，写待业、青工生活的《看不见的地平线》《寻找的故事》《江那一岸》《一棵树》等，写大学生活的《告别校园的时候》，写电视台生活的《制片主任》《位置》《湖上》《那乳白色的房子》，反映社会生活的《大水退却之后》《七户人家的小巷》《司机秦大宝》《冬天的事》《猎人》《桥的交响》等，带有地域文化色彩的《闲聊宦子塌》，这些不同生活层面的作品彼此层叠交叉，在创作总体趋势上呈螺旋形上升形态。

《告别校园的时候》（后改名为《走向远方》），方方最后一篇写大学生活的作品。虽说经历了四年大学生活，但这四年比之装卸工四年的生活所留下的刻痕要轻浅得多。她进入了校园，然而平民意识的心灵化和情绪化却似一道无形的屏障，使她无法与身外环境水乳交融。在《安树和他的诗友们》中，方方完全是站在待业青年吴文玉一边和大学生对话的。正如她自己所说："还是经常将自己当成一个搬运工，这样我就觉得自己依然是个微不足道的平庸的人。"② 所以表现这段生活仅只触及一些生活表象和停留在理念的直白说教上，以往贯流在作品中的生活热流在这里并不顺畅，显得笔力窘涩。之前那篇《在〇形跑道上》，由于先入为主的理念太强不免流入生硬的演绎模式中，主要人物苏云的形象并没能立体地站

---

① 《方方文集·凶案》，江苏文艺出版社1996年版，第40页。
② 王成功：《竹林和方方》，《青年作家》1984年第4期。

起来。及至《告别校园的时候》，这种局限仍未有大的突破，几个形象仍旧是单色调的平面人物：生活经历单纯，带有孩子天真气的沈天天；纯朴憨厚但并不乏是非观念的农村老大哥余根；浸溢在艺术波流中的阿舟；有政治抱负的正直豁达的文之光和生活阅历丰富、灵魂丑陋、不择手段达到个人目的的史阳平。两类人物界标分明，每人各执一色，按方方的导演意图，安置在分配角逐舞台的不同台位上，最终在二元对立的强烈冲突中，正义得到张扬，邪恶遭到摒弃。尽管史阳平心里生出的几丝惆怅已透露出这个复杂人格的一丝契机，但方方并未打进深入内核的楔子，而是在对前一类人的完全认同中，让这一形象依旧血色苍白地走了。

中篇《夏天过去了》由于带有方方少年生活的影子而笔触顺畅，青春的活力和灵性重又沛然溢于纸上。回视角度所产生的心理距离，使"我"对10岁至20岁夏天的回忆的支点，不是建构在对十年浩劫的诅咒和控诉上，而是充分显出在压抑和沉闷构成的时空里，青春生命所不可阻扼的生命律动。

《十八岁进行曲》中的"我"，是顺接了《夏天过去了》中的"我"的第二茬人，在他们青春的年轮上并未留下动乱年代的印痕。18岁，"渴望像成年人那样成熟庄严，却又仍然留着少年的敏感和脆弱的"[1] 年纪，而"我"和同龄人雨珍、大冒、铁山、华华却被待业的失落感所深深淹没。几颗年轻的心既茫然又躁动不安，在平淡乏味的生活轨道上碰撞着，寻求着人生的支点。"我"不愿在父母强加的规范下收敛自己，要求自由地选择生活志向，确认个性的张扬，考取了军事院校。华华、铁山在大千社会的云游中逐渐走向成熟，和雨珍、大冒一样找到了自己实实在在的生存价值归属。这种结局仍然寄寓着方方早期创作中一贯的向善向美的意念。她总是让笔下的人物和读者在垂落的生活布幔前，以为那是一堵墙壁，面前已无路可走，然而掀起布幔一角，却看到一朵美丽的花。她期望生活变得美好的热望，使她实在不忍展露生存布幔之后的丑陋。

出现创作转折的是中篇小说《制片主任》，这是方方期冀打破以往创作的青春模式，去开掘新的生活层面所做的深入尝试。电视剧制片主任这一形象，不仅在方方的青春系列形象中是陌生的，而且在当时的文学作品中也少有表现。方方第一次展现了电视剧制作幕后的种种艰辛，磨破鞋底

---

[1] 《方方文集·黑洞》，江苏文艺出版社1996年版，第188页。

和嘴皮的拉赞助、制作服装道具、借调演员化妆师、安排食宿车辆等，剧组事无巨细，都得由一个有头脑、有魄力，且打得开、收得拢的制片主任——敲定，承担了这一角色的杜江凡偏又爱子患了白血病，危在旦夕。在家庭和事业的巨大齿轮中，这个人到中年、精明强干的业务骨干被挤压得身心交瘁。如果拂去生活表象，剖开人物内核，对这个形象我们并不陌生，由陆文婷打头，从文学作品中可以排出一个系列来。杜江凡之所以能成为方方人物中一个比较丰厚的形象，一方面出于她对生活原型的熟知，另一方面则和陆文婷一样，是作为整个时代所崇尚的理想人格在方方笔下得以张扬的。不过这个人物仍然带有方方人物塑造的一贯缺陷，即展示生活多于个性剖析。当杜江凡忙碌在电视剧组的琐碎事务中时，他显得格外有生气，当然这还存在一个特殊的原因，由于文学很少涉猎电视剧制作这一领域，因而给读者一种新鲜感，人们更多地注意了陌生化的背景，而忽视了形象本身的塑造。一旦杜江凡离开裹挟在他外层的剧组生活，回到儿子和妻子跟前时，他的精神世界便让出了一片空白，显出这个人物并不丰满的一面。

《制片主任》所蕴蓄的厚实的生活底气，透露出方方创作主体中具有个性特点的素质，即出色的观察力及描绘观察对象的才能，这是驱动她应笔力的真正动力。这种观察素质使方方能很快地沉入自己身边的生活，从生活细密的滤网上打捞沉淀物，使作品升腾起浓郁的生活气息。比之《"大篷车"上》直接运用大段作为识别人物标签的对话来写人，比之早期创作中弥漫着极强主观热力的叙述方法和表达模式，方方在创作上已显出她的成熟，她正逐渐地从主观走向客观，用愈来愈复杂的生活馈赠来充实小说。在《制片主任》中，正是那些几乎是随手拈来的生活细节的真切，掩饰了人物性格的缺陷。

当然，这种凸显在方方身上的观察素质的另一面，是审美感受和再造想象的相对薄弱，当裹挟在外的生活流猛烈地推涌着方方时，她往往淹没在一个更实体、更直观的世界里，一定程度上失去了对它的提取和创作的自觉。正如评论家对《制片主任》所指出的，小说写得太实，还没有腾起想象的翅膀。这在方方其他小说中也同样存在。这种对观察的偏重，使人物外部变得丰满，但外观察并没能由想象发酵去填补内在心灵的空白。在中篇《位置》中，借调到电视台的水手于仓，在驳船上有一方自在平等的位置，却拼力要离开它。自认为能抬高身价的电视台的如意位置，却偏又在导演制片主任目中无人的随意驱使中，感到没有自己的位置。这种对人生位置的寻求、碰撞，本身就伴随着极其矛盾和复杂的内心活动，但这一点并没有得到更深入的透析，读者只能随外部生活流浮动，而没能投入更深层的内心活动流中去。同时观察对应物的丰富往往也制约着方方对人物和情节的创造。反映电视台生活的系列作品中，剧务阿松总充溢着生活的灵气。在《那乳白色的房子》里，两个主要人物——外表现代味十足，骨子里却长着封建霉菌的女主人小羊，电视剧女主角小宛都带着人工斧凿的粗糙刻痕，而次要人物阿松却处处夺戏，成了带动全局的一粒活棋。到《制片主任》中，出场不多的阿松仍旧比经过了再造想象、带有若干理想化痕迹的杜江凡更有生气，更具真实性，这个总是没正经地逗乐打趣，调皮机灵而又不乏能干和善良的阿松，常常轻而易举地牵走了读者的好感，给人留下很深的印象。我相信，在方方的观察视野里，是有一个她所熟悉的富有生气的原型的。同样，从车前跑、化肥到阿歪、一行、班头……之所以有一种联结性的突出特征，也出于同种原因。方方的小说，"大多事都是有出处的"[①]，虽说重新经过了"改造"，但并没有放开想象的缰绳，人物与情节的重复和相似便由此而生。

这一时期方方的另一篇重要作品是《闲聊宦子塌》。由于对象化的陌生，而打破了读者所持定的方方创作太切近自身生活的印象。我不把《闲聊宦子塌》看作是对当时呼声甚高的寻根文学的一种应和，方方并无意以历史的批判眼光去挖掘民族传统文化的心理积淀，从哲学层次梳理透析其中的惰性因素对历史前进的阻滞，也不以对传统文化的眷恋去进行返璞归真的审美追求。很简单，使宦子塌这个几近封闭的生存圈得以艺术烛照的原因是，方方试图做一次完全走出自我、寻找新的创作视界的尝试。确实，僻远的宦子塌以楚乡的风情民俗和浓重的方言乡音，造成了方方与审美对象、作品与读者之间的双重审美距离，一定程度上满足了读者对陌生的地域文化的审美需求。但创作主体意向的追求，又超过了对异域风情民俗外在特征的抒写。在风俗画面构成的生存背景上闪出最耀眼色彩的，是人的粗糙生存状态、人的命运、人的自然心态与古老文化和现代文化的冲击碰撞所迸发的火花。沧海桑田由岗而塌的宦子塌，经历了历史盛衰的起起落落。出过朝官、秀才，有过胡家幺爹爹和秦家妈妈如烈火干柴般的

---

① 方方：《我写〈制片主任〉》，《飞天》1984年第5期。

恋情，也有过出过远门的田七爹爹命运荣辱的疑团，但依然沉湎在宁静的亘古延绵的稳态结构中。然而现代文化的撞击，由宦子塌的年轻后生们传导，在这偏远的角落也荡起回响，宦子塌这一稳态的生存封闭圈终于解体了，旷古皆然的宁静中也融进了外部世界的喧嚣。老的带着人生的奥秘和缺憾去了，给活着的留下未解的沉重的命运谜团和孤独回味的悲凉余生。年轻一辈要么走出宦子塌去求学读书或闯荡经营，要么操持父业，各自选择了自己的道路。《闲聊宦子塌》从各个不同层面展现了方方的创作才能。在"闲聊"中，她显得老成而又超脱，我们几乎不受记忆中有关她生活和作品的任何影响。尽管我们心存戒心，也无法搜寻到通往她主观意念的最隐蔽通道，方方敏锐的观察力使她逾越了贴近主体的生活距离，而连起更宽广的外部小说视界。宦子塌是她从生活底蕴的矿床上开掘出的含量丰富的矿石，那传几千年不衰的楚时扬歌的气势、胡幺爹爹唱丧歌的神韵、庄重而又独特的丧礼遗风、延续两代人的野性如火的恋情等，这一切在方方的审美把握下，都体现出生糙而自然的生命活力。这不仅丰富和展了小说内涵，加深了人物厚度，同时也使小说更耐咀嚼。《闲聊宦子塌》在语言上也颇有神气，表现出方方驾驭方言的才能，这使她能更真实、更生动地表现容量丰富的楚地风情民俗，同时也是以一种令人信服的方式使虚拟的宦子塌在读者的审美接受中获得了现实的存在。

可以说，方方在这一时期的创作探求，有如两起大潮之间的间歇，当下一次潮头还没有腾起之前，实际上已做出了大的跳跃。在大面积向自己生活外围所做的散点掘进中，已使这一时期的一些短篇，如《大水退却之后》《七户人家的小巷》《司机秦大宝》《桥的交响》《猎人》等逐渐转移于陌生化。《大水退却之后》围绕着浸水床单的分配映现出生活的杂色相，但在写法上仍然是主观叙述性太强，承继着早期创作的路数。《七户人家的小巷》透过小巷人家相互封闭的深墙心壁，从历史和现实拧结的生活纠葛中，让我们看到了复杂的人生世相，理会到变化的社会关系及矛盾的微妙和曲折。这里显露出的底层生活的真实原色，正是她以后的《风景》《黑洞》能够向生活底层纵横开掘的矿苗。但人为的戏剧化结尾，让小巷人在洪水的侵袭中又相互携起手来，无不体现出方方主观热力的一厢情愿的释放。尽管她已经注意展示生活原生态的流动过程，却依旧打下一道并不具坚固现实根基的主观堰坝，希望出现一个令人满意的结局。到了短篇《猎人》，陌生化就更为明显，内容和形式都有了大的调整。她打断了以往小说中易解的充分写实的情节链条，更注重小说技巧和意味的相互延展性，通过对四个年轻人的心灵片段曝光和那首同题名为"猎人"诗中意象的隐喻意义，给读者留下空白，带来不尽的思索和感受。

的确，这一时期方方为小说的探求做出了最大的努力，逐渐冲破了以往创作的拘囿，但在这种探求过程中，也暴露出她创作上的随意性来。一方面她希望创作上有大的突破，在思维定式、题材领域、小说表现功能等方面积极开拓，几乎在每一篇作品中都能体现出她的刻意追求，哪怕只是局部的、传达方式的更新。但另一方面她又显出探寻中的惰性，这或许与她不是专业作家有关，她毕竟有着电视台编辑的日常工作，不可能全身心地沉入自己的小说创作。这种双重的身份使她处在一种可进可退的地位，无形中减缓了创作心理上的压力，在创作困惑中便很容易退回原来的轨道，做惯性滑行，结果以前存在着的、也已被她意识到的缺陷再度出现。同时身外文坛的喧嚣对她也有所影响，她不免有些急于求成。而且作为一个正处于上升阶段的青年女作家，常受邀参加各种笔会，也不得不快写以应稿约，因而有时把以往的生活积累，不加反复过滤沉淀便很轻易地涂抹出去，像《江那一岸》《湖上》虽不乏生活气息，但毕竟内容太单薄，随意性很重，这使她的小说质量参差不齐，忽高忽低，总体呈螺旋形态上升。

在探寻中，方方已经获得了一个高度，显现出渐趋明晰的多元多层次的创作趋势。在这一探寻高度上，她既能比较清楚地认识以往，而且也为下次潮头的腾起蓄足了力量。

三　勇敢地面对最广大、最真实的人生

如果说在前一阶段，方方为扩大小说视域进行了不同生活层面的探寻，那么，现在她的艺术追求，已上升到对小说艺术表现形式追求的一种自觉，在创作主体的整体构建中，形式意识正逐渐凸显。实际上，结构形式的变革早已发生，在方方一贯的情节结构中，已出现过双层结构的《翻过山岗》，多层次立体结构的《桥的交响》等。变化的结构形式延展了小说的具体内容，但由于审美观照方式并无大的改变，所以这种结构形式的变化，只不过是对充分写实的内容用心进行了错位编排，仍反映出现实生活所构成的相应情节的有序性，因此结构形式的创新还不具托举力

量,使创作主体实现对自身的超越,从而建构起新的小说世界。

小说语言的探索为方方提供了契机。她苦心追求语言表达的变易以达到陌生化效果,使语言不仅能充分地确立和延展小说内容,而且也成为她观照现实生活的一种审美方式,体现出对对象的新的审美把握,这便有了渗入大量陌生色调的白色世界——《白梦》与《白雾》。

"梦"与"雾",本身就具有一种不确定特征。方方正是通过嘲讽、调侃、夸张变形等特殊的语言表达形式,造成了小说现实表层的"梦"与"雾"的表达效应,于是化熟悉的真实的可叹的,为陌生的荒唐的可笑的。把现实中不合理的存在状态,转换成某种审美意义上的合理存在。同样,读者恰又通过表面"雾"与"梦"的语言媒介,在小说现实提供的是与非是、似真非真中得出相悖的审美判断,理会到写实手段所无法创达出的意味。

《白梦》最早表现出方方语体上的变化,人们无法按已熟悉的方方语言风格去做出常规反应。这种变化看似突兀,却有其发展的基础,并非是方方趋就一时走俏的"黑色幽默"语言而进行的外在语言模仿。从"大篷车"上诙谐揶揄的惊人妙语,到阿歪、一行、阿松们夸张、调侃的幽默语言,都体现出方方幽默的语言素质。这种素质一旦意识到本体的存在意义,它就会突破作为表现工具的限定,而直接参与到对世界的把握和观照中去。这时文本中表现出的幽默,就不是语义情态的外显,如"大篷车"上对话的俏皮,如阿歪、阿松们语言的逗人发笑,而是《白梦》中小说世界的独特存在形式。这个存在对现实与非现实、主观与客观进行了压缩和扩张,犹如人生舞台上的假面舞会。在《白梦》中,文人圈里的世俗气息和沽名钓誉在极从容的调侃中得到宽容的存在,不论是"家伙"还是"苇儿",都在同样客观尖刻的目光挑剔下,带有某种不确定品格,而沉潜的否定意味却留给了读者。

《白雾》则提供了比《白梦》宽广得多的生活层面。方方同样采取了调侃、谐谑的方式,从开放的城市生活景观中去观照市民群落的生态和心态。我们不得不惊叹于方方出色的观察力,凭借它所展示的繁杂、浮躁的社会世相,表现出方方入世近俗的洞悉和透悟,而对世俗人群穷形尽相的剖示,又体现出方方对市民心史的一种文化把握。因而《白雾》呈现出比以往作品更为广泛深刻的意义。

在《白雾》中,报社记者豆儿深悟处世之情,于是化虚假为真实,变荒唐为真切，悖逆正道，却活得轻松自如，处处走运。而真诚的苏小沪却一路红灯，最后不得不逃遁世俗。出租车司机田平本无求荣之欲，却在诱人发笑的机遇中阴差阳错，于是半带戏谑地认同适应命运的升迁。李亚更是游戏人生，以美色权势招摇，广施骗术，邪邪乎乎地做了导演。女政工干部以利欲熏心的目光及时捕捉到机会，投书报社表现廉洁作为争权夺利的资本。这一幕幕世俗的闹剧，虽经方方有意识地放大、变形，显得荒唐而又可笑，而读者在忍俊不禁中却不能不感到荒唐的真切、调侃的认真、滑稽的沉重。这是因为尽管活动在喧嚣繁复的社会表层的几个人物，经过了放大变形，在他们身上显出某种荒诞性，但深层的现实生活大背景却并不是超现实的，围绕人物发生的事件和社会情态都具有现实生活基础，和读者的生活经验有着比较多的一致性。因此，背景向生活逼近，而人物以夸张推向另一极端，两者相合产生的间离，更显出强化的否定效果，仍然展露出写实的犀利锋芒。让读者觉得以荒诞形式出现的小说现实，绝不是堆砌了一堆滑稽、荒唐的笑料，而是从这荒诞中触发思索，更深远地去思索产生这一出出闹剧、这一堆堆笑料的深层文化背景。

《白雾》开辟了方方创作的新格局，也呈现出她新的审美情态。更重要的是，《白雾》使人们对她艺术表现方法上的新探寻给予了确认。方方看重于自己新辟的这个白色世界，这不仅是因为《白雾》所具有的超越旧往的意义，而且也因为她发现了运用调侃、讽刺的观照方式，化熟悉为陌生，使形式具有意味，这本身就是一个诱人的探索领域。所以可以断定，《白梦》《白雾》还只是开始，方方还会在这一领域深入探寻。

给人震悚的是中篇《风景》。我对方方超越了旧往的感觉在这里体现得更强烈、更实在。对《风景》的普遍看重，是因为它比《白雾》更清晰地透达出了作者对人生的一种哲理认识和把握，更能显出方方充沛的创作底气和所能达到的高度。

《风景》是方方蕴蓄了许久力量的再次腾起。方方敏锐的观察力已达到其所能伸展的最大范围，她对四周生活迅速一瞥或短期接触，便滤出了生活丰富的细微，有如笔下河南棚子那号地方，她"路过或办事时不经意地看过几眼，便会知道那里的人怎么个活法"[①]，真正将观察力穿透到底层社会真相存在的最深层，直视了真实的人生境况。底层生存风景，以

[①] 方方：《仅谈七哥》，《中篇小说选刊》1988 年第 5 期。

我们前所未见的丑陋、残酷和畸形，也因令人无法接受的真实让人感到骇然，感到一种透不过气来的沉重。

不得不承认，这是迄今我们所看到的、对底层市民生存圈所做的最深入、最原色的描绘。方方已突破了以往创作的局限，冷静、清醒地掀开了浩漫的生存布幔，她不再让你看到一朵美丽的花，而让你在深渊最黑暗的所在，看见那些奇异的世界。当然，仅仅凭题材本身的选择，或者凭特殊的叙事方式和艺术表达才能的出色表现，并不能完全说明方方对旧往的超越。我认为，方方的超越，更重要地体现在作品底蕴的厚重上。那就是，方方并不是单纯地对这个棚户家族的生存常态做着全景式的出色观察和细腻描绘，而是通过对底层群体的生存本相考察，以及对人的观念的重新思考，来完成她所要探寻的意旨：生命存在的意义是什么，人性的善恶是如何产生的，到底该用什么标准来评判。

扛码头的父亲，剽悍体壮，浑身充溢发泄欲。他的乐趣便是喝酒、动拳脚，从打架斗殴、打女人孩子中寻找发泄的快感，他身上表现更多的是粗蛮愚昧。母亲漂亮风流，却粗俗无知，打情骂俏、说长论短成了天性，对父亲毒虐儿子视而不见，觉着不如看人整狗更有兴趣，一俟离了父亲的拳脚，便失了精气神韵，生命一天天衰颓。他们循依着本能的生殖和生存意识，求生存温饱，多子多女，随着基因遗传，把骨血中久远遗留的顽固的民族惰性又传给了儿女，使这种毁坏民族肌体的毒素继续衍生，这就有了降生在现代社会里，而在粗蛮、风流、愚昧上有别于他们的九个儿女。他们身上似乎什么都有，美丑善恶、自尊自卑、自豪与自我蔑视、爱悦情欲、仗义冷酷……是多元组合的混沌体，你无法简单地对他们下某种界定。方方找到了一个独特的视角看他们，死去了埋在窗前的小八子的眼睛，只有他才能比活着的人对人生悟得更透。小八子的眼睛，实际上是方方深入生存底层的切入点，她用近乎严酷的笔力剖析着我们这个民族在历史的生存延续中，心灵与肉体的存在所负载着的因袭的劣性，冷静地进行着民族灵魂的自省，同时也用现代意识去审视评价当今现实中五颜六色的人世本相。

七哥这个形象是特异的，他是在文明与愚昧的冲突中衍生出来的新变种。比之其他兄弟姐妹，领略到了更多的丑恶在他身上的任意宣泄，于是更强烈地意识到自身所处的生存空间的龌龊，憎恶这种近乎原始的动物生存方式，因而迫切希望以新的生存方式，摆脱在生活底层的艰难跋涉。但是这种由生存困厄和严酷所激发起的生存竞争意识，却是血缘中恶的因袭衍生物，是由于自己曾没有得到而充填起的仇恨，他的生命正是为了这仇恨的起爆而存在。这种恶的基因，再碰上苏北佬给他接种的丑的疫苗便迅速膨胀起来。为尽快改变自身命运，他不择手段和方式地攫取，去交换女人，去付出灵魂和肉体。他把人格踩在脚底，而把没有灵魂、道德的躯壳留在了文明社会，在他身上形成了一种丑恶和假文明的奇怪组合。七哥的这种丑恶比之父亲、五哥六哥这些一肚子愚昧浅俗人生哲学的人身上的丑恶更甚，如果说他们的丑和恶只是像溃坏的伤口，直接暴露在外面，那么七哥的丑和恶却像肿瘤，潜藏在健美的躯壳里，这种活跃的癌细胞对民族肌体的侵蚀，比之溃烂的创口更有害，更可怕。而七哥身上装饰的假文明，却使他活得沉重，他得时时注意掩饰本相而挂上副假面，哪怕回到他生长的河南棚子也不能摘掉，他的兄弟们虽然粗鄙却比他活得透明、活得轻松。方方把精细的笔触伸到人物多重心理结构层次中去，剖析出了人的极端复杂性，使人物显出了他的厚度。可以说，七哥是方方为当代文学人物长廊中新增补的"这一个"，在近年文学的青年形象中也是特殊的。方方已开始冷眼正视青年人性中的丑和恶，这正显出她对人的认识的深化。

　　从《风景》的叙写中，能明显看出方方创作审美情态的嬗变，即由单一到多元；由早期执着地表现对某一类人的偏爱，到勇敢地面对着最广大、最真实的人生；由表现生活的一部分到原色地表现生活的全部，直面逼视了丑和恶。促成这一变化的是方方创作主体中平民意识的深化，一方面她仍执着于早期创作中对平民命运的关注，观照视点更加沉入下层，她不再以情感的偏重站出来直接评价人物，给予社会意义上的肯定和否定。而另一方面，则把早期社会层次的平民意识提升到现在的审美层次中去，对底层人物的个体生命存在从审美的角度给予充分的肯定：只要他们作为社会一分子存在着，就允许以各自不同的活法去阐述人生，从他们繁衍的土壤、生存环境、文化背景、生态心态的整体构成中去把握每个个体生命成为审美意义上的人。正因如此，她对底层人群的市民习性和卑微心理，对他们浑噩的生存状态和"别具一格的奋斗方式和生存技巧"[①]，表现了极大的宽容和理解。

　　方方创作审美情态的嬗变，标志着她创作上的成熟，正如作家王蒙在

[①] 方方：《仅谈七哥》，《中篇小说选刊》1988年第5期。

谈到真正高标准的作家的善和美时所认为的，这种善良应该是通晓并战胜了一切不善，吸收并扬弃了一切肤浅的或初等的小善，又通晓并宽容了一切可以宽容的弱点和透视洞穿了邪恶的汪洋大海似的善，这种美是正视了生活和人的一切复杂性、艰巨性的美。可以说，方方正以她的创作大步地走向这种善与这种美。

《风景》在文坛整体上的创作落潮中呈现出它的高度，并获得了1987年小说选刊沈努西杯优秀作品奖。这是与《"大篷车"上》时隔五年腾起的第二次创作大潮，历史在这一点竟有那么多相似重合：作品分别在省内和北京获奖；读者票数名列前位；在文坛激起热烈反响，受到读者喜爱和评论界普遍关注。更有意味的是，两起获奖和引起的轰动，对方方自己来说，都出乎意料。这能说明很重要的一点，她在创作上还没有全力以赴，还蓄积有创作的潜力，《"大篷车"上》之后的大量作品便是出色的证明。那么《风景》之后呢，我们期待着。

《风景》被评论界的普遍重视，非自觉地提示了方方，厚积的生活原油就在她立脚的土层下面，只待将钻头深深地打进去。她开钻了，这就是被列为"都市传奇第一号"的《黑洞》。

初读这篇小说，往往会由其中反复出现的黑洞意象给人的象征暗示以为这是一部象征性作品，这是一种错觉。实际上，你根本不必去深入探究黑洞与具体事物之间的对应象征关系。和以往不少写实易解的作品，如写人与人之间隔膜的《墙》《栅栏》，展示男女恋情的《船的沉没》一样，方方只是把要表达的世相和心态与某种形象的物态加以隐喻，并不具复杂的、非确定性的深隐层次的象征意味。

《黑洞》围绕着拆迁户户主陆建桥待房搬迁的传奇性经历，展现了都市窘迫的生存环境和畸变世相。正是这一切，有形无形地掣肘着小市民陆建桥们的生存方式和行为方式，挤压着他们变形扭曲的心态。陆建桥为缓解借居姐姐家的窘迫，一连三个月去观望对面新住宅楼的一户空房的窗口。那扇黑窗竟在他的反复注视中幻化成他心境的意象——深不可测的黑洞。这种生活的"黑洞"效应，广泛地、有形无形地沉潜在生活中，使陆建桥们的市民生存圈更显出生态和心态上的困顿与倦怠。读《黑洞》，令人感叹于方方对都市人境的沉入。她对市民阶层多层面的生存困厄和文化心理现状的体察和把握，不仅为我们细致、真实地描摹了纷杂的世情百态和世俗心相，帮助我们认知了我们生活着却并不了解的都市生活的全部，而且也使我们有理由相信，方方已找到了创作主体流向的最理想对应——都市天地。至于她能否在都市文学中以汉味独树一帜，还有待于今后的创作发展去证实。

方方在创作上已风格渐显，作为一个年轻的女作家，她在创作上收获甚丰。她已有出版或正结集出版的《"大篷车"上》《十八岁进行曲》等四部小说集，另有《风景》《白雾》等力作问世。这些作品，显示出她渐趋深厚的思想与艺术功力，也留下了她不断超越自身的足迹。

对今后的创作发展走向，她做出了双向选择。一是因循写实的创作路数，《黑洞》以它的力度，在文坛"风景"热点上继续加温，并以标示的都市传奇第一号，预示今后的都市系列将陆续问世。而顺着另一条思路，继《白雾》之后，她又有了新作《穆牧以及其他》《白驹》。这种力度与广度的并行，形成了一种整体的突进，不仅印证了她创作上的拓进态势，而且也对她艺术创作的潜力做了出色的证明。

原载《回顾与选择》（论文集），长江文艺出版社 1989 年版

邓一光小说创作论

《战将》的发表，似乎就已经在预示着邓一光在当代文坛的崛起，那是 1995 年春天，一个生机勃发的季节。在此之前，邓一光还有一部中篇《掌声继续》被《小说月报》所转载，但现在看来，若没有后来的《战将》《父亲是个兵》这样的力作推波助澜，《掌声继续》这朵小浪花也许会很快地消失在当代小说的创作之河中，《掌声继续》可算是个引子，而《战将》尤其是紧随其后发表的《父亲是个兵》则形成一种合力，掀起一股有力的潮汐，带动起邓一光在十余年的创作探索中所积聚起的全部力量和全部激情，一切都顺势而出，畅快奔泄，如长篇《家在三峡》《我是太阳》《走出西草地》《红雾》，于是便有了中篇《我是一个兵》《体验死亡》《下一个节目》《独自上路》《遍地菽麦》《许继慎之死》《大妈》，短篇《梦见森林》《向往陆地》等。这如山般堆积的文字向我们咄咄逼来，显示着在两年多时间里邓一光所营造出的创作辉煌，这像是一个奇迹，足令人感叹，但这肯定还不是最灿烂的辉煌，而只是由一部部作品勾连起来的正在向波峰耸起并延伸着的弧线。这些作品使邓一光在小说创作上脱颖而出，也正是这些作品，使我们能如此近地审视他，走进他自在自为的创作状态，追寻他的创作灵魂，还有那属于他个人的独特的色彩和声音。

一　生命的激情和力度

在邓一光的作品中总有一种不可遏制的激情，一种无以言说的情绪，一种触动心灵的念头。他不可能做到不动声色地冷静叙述，或是掩藏起主观情感去臧否人物，这注定了邓一光不会是一个写实型的作家。倘若真能在创作方法上以现实主义和浪漫主义来划分作家的话,那么邓一光从骨子里更偏向后者。尽管他的作品里有战争、有鲜血、有生命的惨痛和悲哀,但在人物塑造上却是绝对理想化和艺术化的,对人的生命素质、人格精神,以及人性人情,他都追求着完美。男人们多是魁梧高大英气勃勃,或个头不高却孔武有力,劲大如牛,个个勇敢自信,显示着人格的魅力。女人们则漂亮多情,散发着人性的光辉。对于他所喜欢的人物,他会全身心地倾注热情和渴望,力求体现出生命的激情和力度。作为一个主观情绪极为强烈的作家,情感不仅成为故事情节的凝聚力和推动力,而且也成为生发人物的酵素,主体情感的深度和强度,往往会直接体现在人物形象的厚重感上。邓一光的许多人物都可以贯穿在这样一条链上:男人—硬汉—军人—英雄。在邓一光的审美意识中,真正的男人首先是条硬汉,英雄又是男性人群中最具优秀素质和品格的一类人,而军人则是素质最好的人类群体之一。他要求自己笔下的男人们都必须扮演强者的角色,生命力充沛,坚忍刚毅,铁骨铮铮,臂力过人。他们坚守理想信念,绝不放弃责任和目标,他们足智多谋,勇敢而沉着,冷静而有主见。活要活成个顶天立地的硬汉,要有铁血之性、阳刚之气,死也要死成个壮烈凛然的英雄,这就是邓一光塑造男性形象的基本思路。邓一光写了许多硬汉式的军人和英雄,《战将》中的赵得夫,《走出西草地》中的桂全夫、朱成元、柳樑、方红娃,《父亲是个兵》中的父亲,《我是一个兵》中的"我",《我是太阳》中的关山林和他的儿子关京阳、关陆阳等,《大妈》中的大伯简定豪和二伯、三伯,《遍地菽麦》中的启子,《许继慎之死》中的许继慎,甚至也包括《红孩子》中的两个少年"汉子"。这许多的人物之所以显得不同寻常,是因为他们能够在一切恶劣的环境中对自身的生命素质和人格精神做出最为出色的证明。雪山草地、战火硝烟、绝路恶仗、屈辱失败、饥饿寒冷,这一切成为邓一光对他的硬汉和英雄进行考验与锻打的铁砧,在艰苦的锤炼中体现出生命的质感和意志力的壮美,体现出人的价值和智慧的火花。《父亲是个兵》中的父亲,是邓一光饱蘸感情写得最为酣畅淋漓的形象。父亲作为男人,是个血性汉子,人格的屈辱使他参加了红军,而为了人格的尊严,他举枪向连长复仇。成为军人,他是战场上的英雄,有着以生命相搏的荣誉感和大智大勇。东北剿匪,将数千匪徒炸得尸骨横飞。山海关保卫战,以八千将士抵抗三万敌众。父亲和《我是太阳》中的关山林一样,都是战争中人,命中注定他们只能在战争的宏阔背景中潇洒纵横，自由穿越，而一旦结束了战场之旅，他们生命中最辉煌的一章也就结束了，这几乎是军人共同的悲剧命运，就像是四星将军巴顿。父亲只能独品孤独，在种菜中排解生命的无奈，而英雄气魄只能在砍杀鸭头和指挥乡民抢化肥中得以重现。父亲这一形象之所以独特，就在于他身上闪耀着夺目的个性光彩，他不屈从、不依附，坚持自己的主见，可以为老王之死放弃统帅接见，揪掉胸前的红花骂娘，也有胆量带领乡亲抢回应得的化肥。他还有些行为无从判断对错，却可以从他对自我个性的固执坚守中找到注脚，诸如几十年不图回报不问结果地往家乡寄钱，将花园改为菜地，近乎义务地种菜，在子女的前途上独断专行等。但正因这些，才使得父亲这一形象有血有肉，很生活化，给人以伸手可以触摸的质感。尽管在艺术塑造上，父亲要逊于《战将》中的赵得夫，但在读者的阅读接受中，父亲却更令人难忘，并且使这篇在整体叙述上还较为粗糙的作品成为邓一光的代表作，其主要原因在于父亲更多地体现出非艺术化的真实，其次也在于邓一光对这一人物的情感深度在读者那里得到了感应。《战将》中的红军师长赵得夫是艺术化最成功的一个典型人物。邓一光有意将他与毕业于世界著名军校的参谋左军对衬着来写，更显得他异彩独放。赵得夫的战略战术和左军正规的军事教程格格不入，却是在实战中自创的，大闹枣林、攻打倪家围子等战绩不凡。在这个农民武夫身上杂糅着各种成分，既有着农民式的心机和狡猾，武夫的豪气和粗鄙，又有着红军战将的胆略和气度。他体恤士兵关心下属，释放逃兵又自做主张地包办婚姻。虽一介武夫，却懂得战前宣传鼓动的重要，对人才爱护备至。而对敌人他心狠手辣，千刀万剐，以血还血。尤其是四面重兵身陷绝境时，他更是显出了大将的气魄和谋略，决策超乎常人之思，敢用常人不敢用之兵，身先士卒，浴血奋战，冲出了死域。正是这种人物性格的多面性和复杂性，以及难以用是与非确定的行为举动，使人物内涵意蕴丰富，回味绵长，这将是军人艺术形象中最具特色、也最能显示生命力度的典型。

《走出西草地》以特殊的视角写了桂全夫、朱成元、柳棣、方红娃这样一些身陷囹圄逆境的好汉。桂全夫、柳棣等都在《挑夫》中出现过，重写使这些人物得到了更充分、更完美的展现。这些资历颇深的军长、师长、团长、政治部主任，曾指挥过千军万马，身经百战流过血，立过累累战功，却一下子成了红军中的异类，进了改正队做挑夫，这等冤屈耻辱他们竟忍受了，并且信念坚定，不后悔不放弃，生是革命人，死做革命鬼，并且承受着肩上超负荷的重担，还有常人不堪忍受的精神压力。桂全夫为拯救他人性命而掉进了沼泽，柳棣在生死关头把生的机会让给了别人，朱成元在刑场上要求用刀砍，好省下一颗子弹去打白匪。他们的生命素质和人格精神在不给人希望的草地上放射着灼人的光亮，也照亮了他人的灵魂。在桂全夫身上，邓一光集聚了全部的激情，他在各种艰难困苦的考验中让人物充分地证实自己，把理想化的悲壮人生渲染到了极致，几乎是写神了这一人物，让人产生一种无以诉说的大感动。这类硬汉还有《遍地菽麦》中的启子和《大妈》中的几位男性。启子一身武艺出神入化，他对父母讲孝道，也重兄弟间亲情，但绝不放弃革命原则，大义凛然地亲手处决了手上沾了同志鲜血的亲哥，这是条真正的汉子。《大妈》中的简定豪，虽然笔墨不多，却血气喷涌，豪气十足，杀敌势不可当，死得壮烈无比，一个铁血英雄的形象跃然纸上。

《我是一个兵》中的"我"和《我是太阳》中的关京阳都是当代军人，在没有战争的时代表现军人，常常受到许多限制，最能体现军人优秀素质的所在，诸如英雄主义、勇敢刚毅等都无法显示。作为军人，关京阳还有幸赶上了最后一场战争，先不论将来如何看待这场战争，但对当代军人来说，这是一次难得的机会，尤其对关京阳，意义更不一般，它给了关京阳一次证实自己的契机。一场没有结局甚至连开头也没有的爱情断送了两个纯洁如雪的青年人的前途，关京阳令人泪洒衣襟的英雄壮举，并不似简定豪兄弟有着为阶级的理想而冲上去的英雄主义的献身精神，这个外表清秀而内心极端脆弱的大男孩只是想借此洗清自己的耻辱，以生命的代价换回自己的荣誉。因此，他的生命力在地雷的数次爆炸中，在密集的枪林弹雨中几乎超越了极限，达到了最彻底的辉煌。《我是一个兵》中的"我"则没碰到一个表现英雄主义的时机，在对英雄父辈的仰视中，他愈加失望并深隐于对自我的不满足感中，但他在超越了一般生命耐力的痛苦磨炼中重塑了对自我素质和力量的信心，让生命在重锤击打中迸发出力量。

邓一光手下女性形象不多，有《大妈》中的大妈范桑儿，《我是太阳》中的余兴无，《家在三峡》中的应丘梅、水妹子，《孽犬阿格龙》中的关鸿，《鸟儿有巢》中的陈洁眉等，大都是配角，只有大妈是主要叙述对象。邓一光极看重这个人物，在她身上满溢着自然的人性，以及由善良和美丽所构成的丰满的女性内涵。三天的夫妻生活，大妈却以一生做了交换，她失去了丈夫、孩子，又将自己做了换取红属们安宁的筹码，但她仍久久地守望着，眼瞎身残，死也要死在简家老宅的废墟上。她以女性柔弱的双肩承受着历史留给她的如山般的沉重，她竭尽了全力，带着身心的伤痛完成了女人的宿命。在人性和女性之美上，这一形象都达到了至善至美的高度。

二　多向度的艺术探求

在《战将》和《父亲是个兵》问世之前，邓一光已经历了相当长的一段创作跋涉期。他80年代初开始文学创作，其间他写过诗歌、散文、电视剧，进行过多种文体的尝试。直至1994年，他已结集出版有小说集《红色贝雷帽》《孽犬阿格龙》，另有本诗集《命运风》。这种练笔式的磨炼，对心性敏感而又自尊的邓一光是一种耐性和毅力的考验，也奠定了他扎实的创作基础，使他从无人喝彩的寂寞中一步步走向创作的辉煌。当今天人们普遍认为邓一光是一个具有创作实力的作家时，我们不能不看到在达14年之久的岁月中他所集聚起的创作底气，这也注定了他在文坛上不会是昙花一现的作家，他有充足的耐力和后劲。从整体上观照邓一光的小说创作，我们可以概括出两个最突出的特征，一是在小说题材上的多向度选择和尝试，二是在小说文体上进行了多元化的艺术探求。这两大主要特点始终体现在邓一光的创作中。邓一光写过多种题材的小说，最初的创作题材多来自他切身的体验和感悟，来自他生命生存的现实环境。《鸟儿有巢》《空盒》《月子》《我在哪里错过了你》《深圳不是我的家》等，这类作品大都有着同一主人公陆亚鸽，还有他的儿子朵朵，取材最贴近邓一光的生活。他在这一时期的创作还未升腾起艺术想象的翅膀，人物有许多和他相似的经历，诸如伺候妻子坐月子喂养婴儿的感受，在报社的采访及生活境遇，对儿子的照顾和关爱等，甚至连陆亚鸽的名字也不知是有意还是无意之中的巧合，居然也与邓一光同声韵同偏旁。作品中流动着沉郁的情感之流，已经开始显露了邓一光主观情绪极强的创作心理特点。只是在丧失了激情的时代，在琐细的都市生活中，积郁的情感只能成为心中温情的源泉，悄悄地浸润心田，将人的眼帘打湿。直到写过去时代的英雄故事，这种沉郁的情感终于破堤而出飞流直下。《院子》《休息》等作品写了干休所离职休息的老军人们的晚年生活，邓一光从少年时代就随父生活在干休所,对那里的一切亦是非常熟悉,这也为他的创作打开了另一扇窗口,间接体验到军人的另一种生活。《孽犬阿格龙》是对知青题材的重写,这其中有着邓一光当知青的体验和感受。另一批作品的题材则超出了邓一光的经验限度,在撷取生活面上像扇面一样呈开放状,做了多种经验的尝试。《毒尿》是从抗战的角度写的传奇故事。《红色贝雷帽》表现了生活温情。《我们走在一座桥上》是较早写城市生活的作品,来波在城市中的奋斗以及与中学同学车小丰之间的情感纠葛,既体现出城市奋斗的艰辛,也表现出生活中浪漫温情的一面。其后的《独自上路》中的王斯是邓一光以敏锐的触角捕捉到的现代都市中出现的新人类,是在市场经济冲击中促生成长的人物,他们迥异于传统和习惯的生存意识,以及所向无敌的冲劲,在使人惊异的同时又不能不认可他们的存在。《掌声继续》《下一个节目》《节日》题材比较特殊,将视点集中于共青团干部生活,写了团干们在价值危机中对自身追求和位置的重新确认。《家在三峡》则选取了开发三峡移民搬迁这一全社会关注的热点题材。选材走向上最集中的是《战将》《父亲是个兵》《我是一个兵》《走出西草地》《我是太阳》《许继慎之死》《遍地莜麦》这样一组兵系列小说,当然《父亲是个兵》《大妈》又可构成一个家族故事系列。《老板》写了市民世相,《城市的冬天没有雪》的故事情节脱胎于现实生活中一桩真实的命案,《酒》则围绕着酒对各种人做了穷形尽相的揭示。这许多不同题材的作品彼此层叠交叉,在创作的总体趋势上呈现出螺旋形上升形态。

  题材选材上的多向度开放,也带来了创作方法上的多元探求。《孽犬阿格龙》对狗完全是一种人格化了的写法,奇丑无比的阿格龙不但深通人性,而且在品性上甚至超过了人,它对同类对人充满关爱、忠诚大度、疾恶如仇,两次救人却被人误杀,在传神的描述中阿格龙成为一个艺术的典型形象。《蓝猫》采用了双线交错的复式结构,写了同是来自乡下的蓝猫和几个打工妹的生活,邓一光用人、猫双重的描述视点来完成这个城市故事显然是别有用心,在适应和征服城市的过程中,猫远甚过于人。但蓝猫只是审视城市的独特视角,它传达着一种理性之光对城市内核的穿越,提升着对城市本质的透析,从而将对城市的理性观照和形而下的现实生存互为对衬与补充。《体验死亡》在总体构思和表述方法上都让人产生陌生化的感觉,起笔来自先入为主的理念,全篇以理念网络来统领故事,以夸张变形的手法,传达出邓一光对死亡的种种形而上的思考。小说背景介于现实与非现实之间，在是与非中使人物与现实产生间离，近乎荒诞的情节中寓意着认真的探寻。《毒尿》是在想象的天地中演绎着邓一光式的抗战故事，在写法上颇有些魔幻的意味。长篇小说《红雾》重写了切尔诺贝利事件，是对通俗故事的创作手法的尝试。在多年的创作实践中，邓一光在叙述视角、叙述语言和叙述节奏上都已操作娴熟，变换自如，并且可以灵活地运用多副笔墨。《父亲是个兵》《我是一个兵》《大妈》都采用了内聚焦的视角，以"我"的眼光反观回视历史，同时可以站在今天的立场上去审视历史功过，评说人物，在叙事空间上获得了更大的自由度，而直抒胸臆的写法带动着激情，使小说在语言风格上体现出深层的诗化气息。《战将》《我是太阳》《家在三峡》都采用了零度聚焦叙事观点，以全知全能的叙述来展开小说内容，叙事语言细密翔实，不仅加快了叙述节奏，而且也使小说获得了丰富的高密度容量。《走出西草地》则在写法上更为自由，采用了口语化的讲述式语言，叙述自然朴实，极少雕饰，体现出邓一光个人特点的说话风格。在小说创作上，邓一光已经积累了足够的经验，在多向度的艺术探索实践中，他已经可以驾轻就熟地按照自己最喜欢的方式去结构和叙述作品，但并没有形成某种固定的创作风格，这给他张扬自己的创作个性留下了舒展空间，也使我们对他未来的发展抱以希望。

原载《南方文坛》1997 年第 2 期
人大复印报刊资料《中国现代、当代文学研究》1997 年第 6 期全文转载
收入《湖北新时期文学大系·评论卷》

老城的小说

　　老城的小说于岁月沧桑中绵延着历史，他便在这绵延中写人，写民族的生存和发展，写战争与人的关系。他喜欢思考，并且试图用小说这样的文学体裁来表达他对人的生存、人的命运的一种理解和诠释。显然，老城的创作目标不在于对一时一地的生活形态的记录，也不在于描述现代人现在时态的生存经历和情感意绪的波动。理性思维的强大，使他在创作上，主要是在小说的整体架构上，体现出一种更知性的审美态度和审美理解，这注定使他要在一种宏阔的时空背景中，在一个较大容量的作品空间中容纳其理性之光的穿越。老城找到了使自己的内在意识与外在时空相对应的一种特殊方式，将自己置身于历史观照的至高位置，在一种远距离的非体验性的过去时态中获得思考的相对自由。于是，他喜欢截获具有一定长度的历史线段来营构自己的小说，并且由此形成了他小说创作的两种主要的构建形态：一是历史与人系列，也可说是家族系列，主要作品有组装式长篇小说《悠悠五十载》和他新近推出的长篇《人祖》；二是战争与人系列，作品包括两部中篇《死亡谷》《盘山道》和一部长篇《魔界》。一般来看，他的这两大系列小说似有着某些牵叠互涉的因素。历史系列的小说也写到了战争，因为战争本身就是泛起于历史发展长河中的一个个涟漪，作为历史的某种实体存在，它往往贯穿于整个家族的繁衍生存过程中，有时甚至决定着家族的兴盛衰亡。同样，在战争与人系列中，他也通过写家族的毁灭来传达他对战争认识的某种具体演绎。尽管有着这些互涉的内容，但两类小说之间的差异却很明显，体现出两种不同的创作动机。

　　在前一系列中，老城主要将创作的视点高度集中于对人类生存和人类命运的观照上。一种历史的民族的意识，支配着他创作的主体审美思考。由此，老城将他所有的作品都纳入了这一思考的总体规划中，采用了编年史这种最直接的表现历史的形式，使作品之间保持了相关的连贯性，力图在创作的整体意义上凸显出"史"的意蕴。赵氏家族六代人的生存发展史，由《人祖》为一个开端，从19世纪60年代写至20世纪30年代，《悠悠五十载》又顺接写至80年代中期，其间横亘了一个多世纪的风雨历程，构建这么一个大架构，老城在心里"闷"了二十多年。正因为有着这种深存于脑际的整体构筑规划，并在思考的空间中不断地拆拆搭搭，使得家族系列小说的创作形成了一个庞大而有序的体系。在已经形成的主干的两端和主要分叉上，今后都可以根据创作的需要衍发出新枝，这种整体规划性正体现了老城理性思维的长处。而在战争与人系列中，老城的观照视角却从人类的生存转向了个体生命的人性变异中，探究一个个具体的人性衍变过程成为这一系列小说的创作的本位，他着力于从具体的现象演绎中提升对战争本质的透析。这两大系列的小说创作基本上是交错着进行的，而且也遵循着大多数作家的创作规律，先是从中短篇写起，其后是能显示创作实力与耐力的长篇，在创作的收获上也是平分秋色。《红鬃马》以其独特的故事内涵使老城的家族小说开始凸显出来，而写战争的《死亡谷》则以特殊的小说叙述方法加深了读者对老城的印象，《魔界》获得了河北省长篇小说创作奖，而近期推出的家族长篇《人祖》已在较大范围内获得了声誉，成为第六届全国书展上畅销的长篇小说之一。

回顾老城的创作道路，我们看到了近些年他在创作上的不懈努力和艺术上日趋成熟的过程。故乡京东是老城心中恒久不褪的色彩，是渗透于他人性人情之中久经岁月冲刷而不会剥蚀的东西。故乡给他蕴蓄了创作底气，使他承接故乡的地气去生长想象，收入《悠悠五十载》的五部中篇便融进了他对故乡的种种印象和体验，以及从乡村老者口传下来的村史和家族史。《白沙滩》从1937年日寇入侵写起，将中华民族抵御外敌的民族精神和英勇顽强的民族性格给予了充分的体现。《藏山庄》《长城的子民们》《滞洪闸》《棒子地》各自截取了"大跃进""三年自然灾害""文化大革命""生产责任制"几个特殊的历史时期为小说背景，将赵望秋等主要人物贯穿其中，实际上已形成一部长篇的规模，整体反映了京东50年的变迁和发展。老城力图通过探求历史进程对人的命运与个性，对民族生存与发展的影响，来完成自己对人、对民族以及对历史自身的审视。他笔下的长城的子民们，体现了一种更广泛的象征意义，成为50年来我们中华民族整体生存的缩影。在对近半个世纪中华民族悲欢历史的思考中，在对民族整体生活方式的反思中，使我们看到了民族生存延续中所承袭的生命的韧性和负重力，同时也将民族生存与发展中的负面的东西展示给我们。

在写过《悠悠五十载》和《红鬃马》后，老城主要将自己的创作视域固定于战争与人系列的写作中。没有任何战争体验的老城却执迷地写着战争，自然这战争是以超验的现代思考和通过想象去激活历史与战争意象的结果，他并不正面去写流血的残酷的战争，而是在着力刻画战争使人成为非人的过程。在《死亡谷》中，老城采用人、狼双重的描述视点来完成这个战争故事显然是别有用心。他有意将人与狼置于同一战争背景中，是为了在人与狼的对比和冲突中来充分显示人性和兽性的较量与转化，战争使人变成了兽，如狼孩云婴；战争也使人性蜕变为兽性，如民间抗日首领杨大佛。在死亡谷，充满青春活力的女八路使他身上的人性意识开始觉醒，但日军俘虏的枪声结束了一切，生命的终结使杨大佛刚刚复苏的人性也彻底地消亡了。中篇《盘山道》仍继续着前一主题，战争给人精神所造成的戕害通过熊大年这一形象得以深刻地表现。熊大年被卷入战争后所杀的第一个人竟是他的妹妹，他也就此被战争推出了人的世界，最终异化成一个吃狼肉喝狼血的兽。获得小说奖的《魔界》在观照视点上着眼于两个层面，主要层面用于展示屠氏家族的兴衰历史，而战争层面只是穿插于其中。老城正是利用这个家族命运沉浮的故事所产生的一种故事的凝聚力和推动力，将人们的视线集中到战争的本质深处，战争之于人类，不仅仅是对个人命运和家族生存的践踏与扭曲，而且也是对人类精神的践踏和扭曲。战争造成的生存灾难使屠氏家族消亡了，而它强加于人类的精神危机使屠龙从富家少爷沦为匪、沦为兽。战争与人系列的作品，几乎全部都是悲剧，生存的灾难最终都以惨烈的死亡做了终结。显然，老城对战争内蕴的解释，即人之所以成为非人这一目的是实现了：战争这种特殊的生存环境不仅制约着人性，也改变着人性中本原的东西。书生屠龙也好，药铺管账先生杨大佛也好，都是些战争的被动参与者，是仇恨迫使他们拿起了杀人的武器，由最初精神上的不堪忍受到最终人性的泯灭，使他们的人性在一般环境中无法显示出来的复杂内涵在这里得以全面展现。作品所透析出的深切的悲剧意识，在印证着老城这样的思考：战争之于人类本身就是个魔界，不论是战争中的哪一方在这个魔界中，都不可避免地会产生人性的变异。

长篇新作《人祖》使老城的创作又走进家族系列。用"人祖"来统领篇名显然带有某种寓意性的象征，也是老城写作此书的诱因，赵氏大家族繁衍生息、兴衰盛亡的故事也就此展开。但这部看似应以男性为主角的长篇大制却彩墨重绘的是一个女人——12岁进了赵家做了三姨太的梓童。人祖英武，显示了男权的威严强大和男性的强悍，与臣服于此的其他四位女性不同的是，梓童从来就蔑视这种强大和强悍，将不可遏止的征服欲隐在心底。她殚精竭虑，以一个女人的全部心计和手腕，击败了赵家的男性盟主，征服了整个家族，确认了自己发号施威、不可撼动的最高地位，赵家在历史的风雨中几经浮沉起伏，在一次次生存灾难中显出了她治家的辉煌和家道衰败的无奈。伴随着梓童八十多年的生命生存，老城将中华民族所经历的各种历史大事件尽包容其中，借助于这种真实的历史背景，借助于群体的生存景观，老城充分地展示了社会的历史、政治、文化、世风民俗中所蕴藏着的丰富的内容，并且由此伸展了小说的容量。《人祖》的创作，显示出老城在艺术的思维方式上，在小说架构的能力上都有了长足的进步，这是他创作上的一个新的高度，同时也是一个新的起点。

原载《文论报》1995年4月2日

叶梅的小说世界

　　叶梅的小说创作整体性地体现出一种必然的选择。她生活其中的鄂西，不仅是她切入生活、观照人生的具体对象，而且作为一种特殊的地域文化的存在，早已深深地潜入叶梅创作的主体深层，影响和造就着她独特的感受和表现生活的方式。

　　我是在叶梅的处女作发表十余年后的今天读到叶梅的主要作品的。也许，这种返视阅读，一方面使我们踏入她的小说世界时会显得更从容、冷静，完全可以摆脱当时的评论参照而做一次独立的证明，但另一方面，也可能是，时过境迁，在经历了近些年文坛的喧哗，并且领略了花样翻新的小说形式技巧的嬗变之后，我们会以今天拥有的审美标准去苛求从前，眼光会变得更加挑剔。

　　一个突出的感觉是叶梅小说中浓厚的地域文化气息。这不仅牵动了山里长大的孩子的情思，也勾起我们对鄂西的印象：雾天潮湿得能拧出水来的空气，斜爬在高山上的地膜玉米，碎石和石片砌成的小屋，出门总背着背篓的山地人和他们粗糙的生存状态，以及种种被物化了的地域文化现象。掩卷沉思，我会生出这样的想法，不仅仅是叶梅选择了鄂西，同时也是鄂西这块包藏独特文化意蕴的乡土对叶梅的选择，应该说是一种双向的选择。因为并不是久居鄂西便会对这块土地有一种特殊的悟性，不然为什么是山东人的叶梅会在创作气质上和她所表现的地域氛围那么吻合，并在她的小说中酿造出极地道的"鄂西味"来。

　　叶梅最早的作品，是发表于1979年的《香池》。"她的处女作刚发表，便引起读者和文艺界的注目。"[1] 即使是在10年后的今天，我依然觉

---

[1] 鄢国培：《花灯，像她那双眼睛·序言》，长江文艺出版社1989年版。

着这篇作品出手并不低。这是由于70年代末，刚刚从文学废墟中复苏的文坛，创作观念、审美旨趣还深深带着旧往的印迹。思想上的拨乱反正，使作家们更多的是从理性分析的角度对"文化大革命"的非理性狂热进行着否定，从伤痕文学到反思文学，"突出主题""演绎概念"在当时创作中仍相当流行。写得相当理念化的刘心武的《醒来吧，弟弟》《爱情的位置》，其中的每一个人物都分别代表着某种意念，理性思索远远大于人物形象，这两篇作品在文坛的轰动，足以可见当时所通用的一种创作观念和创作模式的影响。叶梅的《香池》同样也选择了控诉"文化大革命"这一时代大主题，写了这场历史大灾难对僻远山乡的摧残。老实忠厚、得过许多奖状的香池爹被打死在田里，成了"被剿灭的反革命"，15岁的香池为了养活生病的妈妈和两个年幼的弟弟，失学后成了家里的主要劳力。为还清欠的超支款，为了不被拆屋揭瓦，失去一家人的立身之地，香池被逼得以300元的代价将自己卖给了人贩子……但在小说中，却没有人为设计的斧凿痕迹。叶梅小说中的人、事、景都沉浸在一种特有的地域氛围中，她特别注重人物外貌心态的地方特色描写，以及通过极富乡土风味和人物个性特征的对话来刻画人物，因而小说给人印象最深的，是用清新自然的笔调描画的浓郁的鄂西山寨的乡土气息和民俗风情，最打动人的，是山地人淳朴的情感和善良的心地。正是这种真善美的映照凸显了荒诞年代的假丑恶，从而完成了对"文化大革命"的否定。《香池》是叶梅起步进入小说世界的一个好的起点，因为1979年以后，小说文体已开始发生变化，当不少作家苦于摆脱主题先行、说教式的创作观念和创作模式的影响时，叶梅却相对地少了些这方面的烦恼。她的小说偏重于"情"的流泻，而不是"理"。是生活打动了她，牵动了她的创作情怀，正如她说的并非是为了写小说，而是心里常为一个所熟悉的农村姑娘的遭际所困扰。写作，是为了宣泄，就那么顺笔写了一两万字。

　　《香池》之后，叶梅又陆陆续续写了不少作品，这些作品多数收入了《花灯，像她那双眼睛》这本小说集里。《他和他的妻子》《正月头一天》是叶梅小说集中仅有的写干部题材的作品。我觉着，紧接着《香池》之后的这两篇作品反倒有些陷入了当时流行的创作套路，这大概是由于《香池》是无意为之，而这两篇则是有意为之。写这两篇作品对叶梅来说并不轻松，不论是不徇私情为民谋利的梁秋生，还是依法惩办有恩于己的地委书记之子的李石，都带有着意刻画的痕迹。小说过于用巧，每一铺垫,每一情节设置都直奔主题,少了自然流露,多了些人工设计。

叶梅自选入集的十多篇作品,取材范围都未离开鄂西山区这片沃土。主要以亲切、细腻的笔触描写这块聚居着土家、苗、汉土地上的男人们和女人们。她着意体现的是这些人身上的坦诚、宽厚、善良的品行,以及他们生存土地上的古朴的乡土风情、民俗风物。尽管对真善美的追求,对风情民俗画面的描写在这一阶段文学创作中并不少见,且佳作时出,但从叶梅笔下美的人性、美的人情中,我们却能把握到沉潜在其下的独特的地域文化的特质。鄂西土家人的悍而直的气质,重义气,不反悔,任侠尚义的文化性格特征,在叶梅小说人物身上得以充分的体现。为了帮香池还超支款,刚直、乐于助人的长星爹准备卖掉鸡、猪和寿木,而置办寿木是山里老人最大的心愿,一辈子省吃俭用才能攒积起来。大坪坎的土家人在贫困年代对老歪流血流汗十多年,而要落得人财两空的关心甚至超过了对自家缺油少盐的忧虑;摆渡的华娃爱上了天天渡河进城卖米粑粑的草儿,可草儿带回了理发的浙江后生,宽厚的华娃却因浙江后生的真诚,又有好手艺,会比自己待草儿更好而消了气,唱起了"好朋好友莫结仇,一条大路走到头"的山歌。(《小都市眼前的草儿》)还有宋珍儿为了救一家人性命,不得不离开心上人华子而将自己换了老歪多年积存的200斤苞谷籽,虽然她因老歪而背了黑锅,受到村民的误解和责骂,但却不记恨老歪,反倒处处为他着想,替他开脱。离开老歪后又和他结为兄妹,在老歪再婚时,喜滋滋地背着橘子去送贺礼,而老歪则带着新娘子赶到车站接她。(《过了河,还有山》)这种宽厚的情感在其他地方恐不多见。像快活能干的姜木匠想和单身的亲家把锅灶搬到一处,遭到儿子和村民的反对,这种情形司空见惯,但土家人却显出不同一般的豪爽坦荡,姜木匠敢在寨子口上当着全寨人的面,拍起胸脯讲出自己的心里话。(《老树逢春》)这种情感和行为特征体现出地域文化性格的独特性。但叶梅并不是刻意地去表现这种存在明显地域和民族差异的文化属性与文化性格,而只是凭着对人物的熟稔而自然地流露出来。

叶梅的小说创作也带有新时期女作家创作的共有特征,那就是对女性命运给予了特别的关注,就和写《香池》一样,大多是对生活中幸或不幸的女性心有所感、情有所动,通过作品写出自己的感受和体验。但有所不同的是,在小说表达上叶梅很少采用女作家常用的近距离的、心灵倾诉式的叙述形式。她的作品集中,仅有《谢了的花》等两篇采用了"我"

的叙述视角，这也是和叶梅生活挨得最近的篇什，但这个"我"并不是心灵载体，而是客观事件的目击者。除此之外，多数作品都采用了客观叙述的视角，比较注重于刻画人物的形貌和鄂西的地貌特征，还有民情习俗、方言俗语。因而在我们今天的阅读印象中，这种鲜明的地域感反倒凸现于对女性命运的关切之上。

不可否认的是，这种创作中地域性的选择既成就了叶梅，也限制了她的进一步发展。因为体现在小说中的这种地域感提供给我们的风俗民情、地域环境格局、方言韵味、山地气息等，这些只是覆盖在鄂西山地表层的文化表征物，在初涉鄂西的外域人眼中很是显眼，但仅有地域感是不够的，在地貌风情都极似湘西的鄂西，继续走沈从文清新明丽的地域风情小说的路，已不适宜。需要的是进一步开阔文化视野和审美意境，将鲜明的地域感和厚重的历史感以及变动的现实感合在一起，从人性与命运的深层去开掘山地人生的丰富，去开发地域文化传统中的人文精神，去传达新生活的撞击。对叶梅来说，作为她创作依托的鄂西，却体现出双重的矛盾性。由于封闭而较多地保存了地域文化的原始淤积和独特的山地文化氛围，但也因封闭，阻滞了现代新生活的激情。而地域文化作为一种静滞的背景，只有在现代生活的流向中才能显出活力。这种矛盾，也体现在创作主体的把握上，面对厚重的文化传统需要有深入梳理的理性思考，而对当代生活新变的感知，则需要敏锐清新的触角，怎样消解这些矛盾，并在创作上有所突破，无疑地，叶梅面临着十分艰巨的任务。

在创作上经过一段休整后，今年，叶梅又推出了新作《断根草》。和以往作品一样，仍显现出浓郁的鄂西地域文化所特有的鲜明色彩，诚然，就小说的内在意蕴而言并不具复杂性，仅是写了两个山区女性秀和春平淡的生活片段。秀，被爹在屋里演练了七年，终因会煮一手好茶饭而嫁到了平坝，平坝人对高山的鄙薄是秀对幸福的理解。但起初的满足很快被旷古皆然的平淡日子所淹没，秀于是明白，嫁到平坝并未改变她的生活。同妯娌春一样，每日依旧是做活吃饭睡觉，女人伺候男人，日复一日，年复一年，从生到老，从老到死。给这两个女人笼罩着蒙蒙雾色的平淡日子带来光亮的是两个游乡卖东西的外乡客，山外的世界诱惑着秀和春，两个女人决定离家出走。可以说，小说的内容相当单纯，而且相对于正在发生深刻变革的社会趋势，在数以万计的农民走出乡村，如潮水般涌入城市、沿海的今天，秀的乘汽车到四面八方的小小向往似乎显得太微不足道，小说的这种主题也多少显得有些缺少新意,但我们仍是能从秀和春这两个山地女人的平淡人生中,体味到其所拥有的深切的真实性。这是由于这两个人物立脚的土地是在鄂西僻远山区,在这里还有相当一部分人群依旧生存在一个几近封闭的生存圈中,一定程度上还未摆脱一种自然生存的状态,牛耕锄种,日出而作,日落而息,从土地中获取自己的生存所需。正是这种贫困和封闭的环境进一步突出了生存位置与土地对人的控制。所以秀和春除了具有和当地男人同有的对生存地点以及生存土地所不可摆脱的依附性外,还有着山里女人对男人、对家庭所不可摆脱的依附性。小说在开头曾提到过处女作中的主角香池,她经过一番抗争,一番坎坷,终于很荣光地沿着弯弯曲曲的小路走到了山外,一去十年再也没有回来。香池虽然摆脱了对其生存之地的依附,但她的出走恰又是在对丈夫的依附中完成的。而秀和春面临着的却是失去双重的依附,既远离生根之地又离了丈夫和家庭。尽管好日子的诱惑是那么强烈,尽管她们是那么义无反顾地手拉着手扑向黑沉沉的雨夜,但真走到要踏出山去的垭口上,那种如草断根般的痛苦却阻滞了她们迈出去的腿。比土地的牵连更难隔断的,是从她们生根之地滋生起来的传统心理、民俗习性,这些早已化入了她们的骨血,像无形的根紧紧绊住了她们。春认命了,比春更坚决地向前走去的秀也没能走出去,她们又回到了亘古恒定的旧生存圈,继续着周而复始的生存方式和困顿乏味生活中的可怜向往。能责怪生来只是在方圆五六十里地方上坡下坎的女人的回归吗,能说她们太愚昧不开化吗?我觉得,倒是她们的回归,更透出社会生活的某种真实,让我们深切地感到山地人生的沉重和悲哀,尤其是生存在僻远山区的女性,她们想往前走一步,都非常非常的艰难。

《断根草》比之叶梅从前的作品有着很大改变,比较突出的变化主要体现在小说的语言表达上。叶梅曾说过,她是用"心"来写作。在她以前的小说中,她喜欢通过人物来倾诉心中难以抑制的强烈感情,表达对她所钟爱的香池、翠翠这一类山区女孩不幸命运的关注和同情,她用"心"为她们鸣不平,有时忍不住地要出现在作品的字里行间。而在《断根草》中,叶梅却是用心地在小说中借助于一种贴切的语言形式,使之与她所目睹所熟悉的鄂西地域文化特征相吻合,使之能准确适度地处理人物情态心态的变化。比之以往,她显得冷静而客观,将自己所瞩意、所感悟的对象,化作了能被他人所感知、所唤起联想的具体情境和氛围,在小说中努力创造了一个更实体、直观的鄂西世界。这个实体的世界，不像她以前主要依靠展示鄂西的自然风貌和民情风俗来体现，而是通过描述山区人粗俗的生存方式，尤其是山区女性的生存状态来显现其地域性特征。因此，我们从秀在雨天专心地数屋檐水打成的水坑里的石子的慵懒中，从她和丈夫商量吃夜饭的重复不变，说如不说的乏味对话中，从福和旺若无其事地抽着烟，观看自己妻子在黄泥稀稀的场坝中如斗牛般打架的场景中，从山里人懒洋洋顺乎自然的人生态度中，感到其中所透视出的无聊而单调的生命生存原色，感到岁月的凝滞，感到大山的封闭和沉重。而叶梅毫不带主观热力的认可式的冷静描述，更加深了我们对人物麻木生存状态的悲哀，以及对人物生存环境的无可奈何的感叹。

我想，或许以后当我们回过头来重新审视叶梅的创作轨迹时，我们会发现，《断根草》可能正是叶梅创作中的一个转折点。做出这种推想既有对她已出的小说集中作品的总体印象，也有对《断根草》中更生活化、具象化的描述语言的感觉，叶梅在她的小说世界中选择确立了自己特殊的对象地域，并且逐渐地与这个世界相和谐，但我希望叶梅在文学视野上不要拘囿于此。在结束了两年县里挂职的生涯后，叶梅觉着收获颇丰。最近，她已着手于几部中长篇小说的写作。相信她在今后一个时期内，将会全心投入创作，去努力寻求自己创作上的大突破。

原载《湖北作家论丛》第 5 辑，武汉出版社 1992 年版

论华姿的创作

华姿的写作无疑属于远离文学主潮的边缘写作,"边缘""边缘化"是近年来使用最热的话语,既被用来指认于精英文化和知识分子由中心滑落后所面临的困境,同时也在刻意强调中具有了反叛主流和颠覆中心的意味。而对华姿来说,边缘是她真正的本位,体现出一种真实的创作姿态和话语空间位置。对自己的这种边缘身份,她"是自知的,无比清醒的"[①],更多地表现出了一种自觉认同,这使她的创作心态变得宁静而平和,并不因身处边缘而放弃终极价值关怀,反而以边缘写作者的清明和理性,在寂寞坚守中建构了真正属于她自己的文学空间。

一 代群的边缘

以"50年代""60年代"这样的时间概念来归整定位某一批作家的群体特征或个体身份的命名,已成为当代批评界熟用的一种方式,尽管这种方式不断地受到批评家和作家的质疑,却仍作为一种新的批评资源而被一次次地发掘,于是"新生代""晚生代""新新人类"的命名也接踵而来。

这种以年龄段来划代的集体命名,除了为我们做文学的宏观描述提供了某些便捷外,对作家的个人化写作或批评家的个案研究却少有什么实质性的意义。事实上,在一个出生于50年代末和一个60年代开头出世的作家之间,我们很难确认代际差异性的存在。因此,"50年代""60年代"的命名对他们来说只能是一种理念上的认定,而在他们的生存体验和心理

---

① 华姿:《自洁的洗濯》,台湾上游出版社2000年版,第171页。

感受上却难以找到"代"的断隙,就如作家晓苏,出生于 60 年代却难以将其归置到 60 年代作家群中,其创作观念与方法更多地与 50 年代出生的作家趋同趋近。由此可见,以出生年代来划分作家群并不一定可靠,在集体的命名下,却忽略了在同一年龄段中不同创作个体的差异性,而这正是最具研究价值之所在。

尽管我不大认同将"50 年代""60 年代"作为时间概念介入对作家的批评,但我却注意到了在"50 年代""60 年代"指称下的代群文化的存在,因为"出生并成长于某一历史阶段的人,是被相当接近的、没有多少选择余地的文化养料'喂养'而成的"①。这使他们拥有了类似的生存经历及趋同的意识形态,这尤其在 50 年代以前出生的作家身上更具普遍性。1962 年年尾出生的华姿,极自然地被划入了 60 年代作家群中,我注意到,有关评论华姿的批评话语,也多来自与她同时代出生的人的笔下,这种相知相近也从另一方面印证着对华姿代群身份的类型认同。但在我看来,不论将"60 年代"作为一个时间概念或是代群文化的指称来审视华姿,都显得相当尴尬,她似乎夹在了两种代群文化之间,既游离于年龄上与她更具亲和力的 60 年代作家群,同时也在文化心理和叙事方式的建构上与 50 年代出生的作家存在着明显的距离感,既在一定程度上逾越了代与代之间的界限,又始终受到特定的代群文化的限定。

华姿对创作有着终极关怀的追求,并且在文本实践中不断地确认着自己的精神归属,注重于对精神价值的询问和探求,不论是诗歌还是散文,都体现着对人的大悲悯和大钟爱,对个体生命的脆弱和无奈的感悟与表达,在创作的精神指向以及社会价值观念上,她更趋近于一些 50 年代出生的作家,但她又明显地区别于他们,她很少以宏大历史叙事的方式去拥抱历史和社会政治,以大手笔叙写对国家和民族,对百姓生存的忧患和感动,去洞悉人性的黑暗。也不似他们那样,具有强烈的"文以载道"的情结和一种与生俱来的使命感,与政治和意识形态有着难以分离的联系,他们往往自觉或非自觉地把自己置于历史和时代的言说者的地位上,甚至扮演着启蒙者和道义担当人的角色,这种特殊的社会历史时代的给予,划开了代群的界限。而华姿的创作则始终漂移于主流意识形态之外,她构造

---

① 戴锦华:《都市文学、文学批评与知识分子角色》,载何锐主编《前沿学人:批评的趋势》,北京图书馆出版社 2000 年版,第 96 页。

的是一个个人的空间,以"独语"的方式言说,在保持自我的个人化立场上,华姿和她的同代人基本相似。她将创作的终极所指归属于"爱",而"爱"的内涵却具有强烈的个人色彩,那就是从个人立场表现出的女性爱、自然爱,还有最能体现她个人特征的宗教爱。不过,华姿的这种自语和独白式的书写形态,与特定用来指称60年代出生的作家创作的"个人化写作"又有所不同,尤其是与女性作家的"个人化写作"有着明显的分野。90年代中国文坛上形成的"个人化写作"的趋势,主要体现在60年代以降出生的作家身上,他们极少受主流意识形态和社会历史话语的限制,主体意识和想象都享受着最大的自由,在历史记忆和生存阅历的限定下,他们更沉迷于对个人叙事话语的精心设计中。而女性作家则主要表现在对个人私密空间的展示上,她们是相当自恋的,这成为她们创作中浓得化不开的情结。华姿的写作虽然也可以用"个人化"冠名,却具有相当大的公共空间,表现出话语的内在化,但并不私人化。她的创作也有自恋的倾向,可令她深恋的不是躯体,而是自我的心灵和精神,她并不依凭于"女"字去创作,也并不去搅动男性的视线,而更愿意自足地守着内心,成为一个思考着的智者。

　　置身于不同的代群文化的边缘,使华姿写作的文化身份也游移不定,相对于她的同时代作家,华姿的创作理念非常传统,显得过于古典主义,而对另一代群而言,她从历史记忆的清单上可能吸纳的经验毕竟有限,不可能去承担上一代人过于沉重的历史使命和文化担当,这使得华姿在批评的视域中,既难以归入"新生代"的命名下,成为这一代群的典型解读,同时也被阻隔在意识形态凸显的传统经典的观照之外,在热衷于命名、热衷于圈地划块的背景下,华姿自然会被忽略。

　　我反对将作家分置在不同的命名中去进行文学评说,却赞同透过代群文化这一视角去审视个体作家的差异性。实际上,代群文化作为历史境遇中的特殊产物,它也不是恒定的,而是变动的、交移的,它对作家的影响也因人而异。像华姿出生成长于乡村,在这里,传统文化似乎有着比较坚深的根底,常以其人格行为化、日常生活化的表现形态而显出其超稳定存在,民俗风情中也较多地保留着传统文化的原始形态,这种文化沉积和生存的封闭性,使华姿更多地相沿于传统,具有一定的民本意识,关注底层民生,而不似被现代都市所塑造的同代作家,不仅在生存意识、文学观念上迥异于传统,并且以一种解构的姿态来反叛传统打破规范。

肯定的是，代群文化是一种客观存在，常有形无形地制约着写作，但真正想有所作为的作家，大都并不希望自己被此所限，而在努力地跨越代与代的界限，从而使自己的创作生命得以长久。因此，处在代群文化边缘的华姿，只要认清自己的文化定位并且兼收并蓄，倒是更容易找到某种新的发展的可能性，开辟新的价值存在空间。而从另一个角度来看，华姿的现在和未来都将独立于"群"之外，以个体的姿态展示于文坛，在没有群的混声的衬托下，我们听到的是她自己真正的声音。

二 心性的边缘性

放逐心灵到边缘，是生存在文化机构和体制外的自由写作者的被动选择，王小波的离去，使民间写作浮上水面，成为90年代文坛一道热闹的景观，在此之前他写的大量作品却很少被人知道。而依存于体制生存的华姿却自愿地在边缘放逐自我，她始终疏离着中心话语，以边缘姿态构筑着自为自足的舒展空间，她不靠写作生存，却用此颐养心性。这种建构方式以及由此显现的创作主体特征，虽然与性别有着直接的关系，体现了女性边缘的特性，但更主要的还是华姿创作心性的边缘状态使然。

80年代走上诗坛的华姿，曾拥有过创作上辉煌的一页，在杂语喧嚣的诗坛鼎盛时期，她虽然未占据中心，但毕竟留下了自己的声音。她的诗作被选入各种版本的诗集，在青年和女性读者中，她的诗名具有相当的覆盖面。但这种上升的创作趋势，却很快被市场经济冲击下的诗坛的颓败消解掉了，诗歌的沉寂，诗人速即被边缘化了的命运，阻断了华姿的诗艺和诗名达到顶峰的可能。我曾经这样设想，倘若中国诗歌仍以80年代的态势发展，在诗人的自然更替下，或许不需多久，华姿便有可能进入诗坛主流，结果马上被我否决了。我知道，尽管诗歌是最具个人化的激情性灵的产物，但在当时的社会接受和期待视野中，仍饱含着沉甸甸的意识形态情结，一些体现了社会批判锋芒的诗歌会一夜风行天下，人人争阅。真正使舒婷成名的并不是那些早已被广泛传抄的爱情诗，而是《祖国啊，我亲爱的祖国》《一代人的呼声》和《致橡树》，她不仅是作为时代的歌者，也是站在一代人的立场上发言，代表着"理想""胚芽"和"起跑线"，要以血肉之躯取得祖国的富饶、荣光和自由。《致橡树》则成为女性群体的共同宣言。而华姿一开始就对自己做了限定，"我写诗，是为了寄托我心中的爱","而且,我希望我的作品只是表现爱而已"。① 这是在"你的小屋"里生长起来的少女对爱情"亲切"或"孤独的怀念",由执着和忧伤,由因与你共处而丰满而悸动所演绎出的长诗的选章,这种爱的诗歌主题的价值取向和最具个人化的情感叙述话语,本身就体现了边缘创作的特性,这也注定了华姿对主导话语的游离,从那时起就已成为一种必然,"只是表现爱",这既是一种人生的态度,而且也是在创作中日渐明晰的创作理念和追求,同时也意味着她为这种选择所必须承受的代价。

由诗向散文的转向,是华姿也是中国诗人被动而无奈的行为,这次近乎是集体性的话语转型,是以海子们的生命不可承受和一个诗歌时代的终结做了铺垫。其后散文的兴盛,整合重构了新的文学中心,也抚慰了失意的诗魂。余秋雨、史铁生的文化散文成为90年代文坛最炫目的风景,舒婷、周涛、马丽华等前诗人们又成为散文界的新宠。借助于世界妇女大会在中国的召开,女性散文覆盖了广阔的图书市场,体现世俗关怀的"小女人散文"成为流行读物。这些似乎都未能对华姿的心性形成大的冲击和影响,她并不去关注对当下现实及文化语境的切入,而是回到了自身独白的世界,在自我的孤寂中,小心守护着心性,在"时代缝隙中","通过自我存在参与性思考来寻求某种超越"②。

如果说对诗的逃离是一种被迫的接受,那么转向散文写作的华姿对自我的边缘性放逐,则可看作是一次主动的逃离。供职于电视传媒机构的华姿,本身处在大众传媒话语中心,我不知道她是因什么而成功地抵挡了大众文化和消费话语的浸染与漫灌,拒绝了消费主义潮流的诱惑,始终坚持着而不肯放弃知识分子的文化立场和精英话语。她近乎是将自己封闭在心灵自修式的沉思空间中,给诗性诗情重新寻找到一片宁静的栖息之地。这种心性的边缘性,使她的创作真正成了纯净而纯粹的对心迹的随意表白。

只有心静的人,才可能像华姿这样,开放心灵和五官,在话语纷呈的潮流之中,"突然屏息,倾听来自内心的风声","一切的声音都应发自灵魂的最深层"。在静察中"看自己缓缓落幕的心景"。去感悟和触摸"时

---

① 华姿:《孤独的怀念·后记》,载郭良原编《中国当代女青年诗人爱情诗选》,长江文艺出版社1989年版,第46页。

② 张惠敏:《二十世纪中国女性主义文学精粹·序》,北岳文艺出版社1996年版。

间达不到的深处"①，也正是这样，才有了华姿式的写作和华姿式的文本特征。"它不是自我的，即不是一个自我意识着的人摒弃自然或傲视自然的自我关注。它那样随意地在风景或景色中停留，也许并没有深深地沉入，却处处透着没有被观念污染的清新。""它的每一个姿态都是一个没有到达所指的词语，一个在飘移中尚未定位的句子。"② 时间是破碎的，感觉被词语的缝隙所间隔，情绪不断地在氛围中中断又被再度续接。意象跳跃不定又随意粘贴，哲思是间断的，在理性冥想和感性体悟之间相互切割又相互衔接。语境是不完整的杂呈的，在哲理语境、宗教语境、女性语境、现实语境和虚幻语境中穿行往复，心理身份的认定和感知流动于诗人、思者、母亲和女儿之间，甚至文体也是散漫片段的零碎组接。正如批评家指出的："由于女性是被中心话语拒斥、抛于荒原的居住者，具有非历史活动的主体特点，因此无主体性、自由、内在化的情感叙述等话语特征契合了女性自然的表述。因此女性主义文本更多体现出一种自我沉迷的不确定的丰富性。"③ 华姿的这种碎片写作，对当下已习惯于快速文化消遣的人群来说毫无意义，也几乎未给大众批评提供可阐释的空间，它只对同样心静的人留下了侧身进入的通道。

华姿始终保持着心性的边缘性，只是边缘涵括的意思在不断地被时间所改写。当描写城市生活和城市人已成为中国文学最流行的主题时，华姿却在都市的喧嚣中远离了这一创作主导潮流，把文学观照转向田野，这也正体现了她的心性与当下都市生活的间离感，她需要在对乡村记忆的想象和怀念的追述中，去寻找一种心灵的补偿与还原。因此，她面对田野的叙事，完全是边缘心性的映照，提供的并不全是当下的生活图景，而是在纪实与虚构中重新组合起来的乡村镜像。回归田野，对华姿来说是再自然不过的事，在感情上、精神上她与乡村都保持着天然的联系，从她的作品中，能让我们把握到她对乡村生活的深切体验和心理认同，她身上融有乡村文化母体的血脉，具有浓重的自然情结，这使她敬畏自然，热爱种植，在都市背景下成了一个喜悦的看田者。

华姿对自我心性的放逐，不论她以怎样的方式显影于文本，都体现着

---

① 华姿：《一只手的低语》，海南出版社1993年版，第184、31、34、194页。
② 萌萌：《断裂的声音》，上海人民出版社1996年版，第111页。
③ 张惠敏：《二十世纪中国女性主义文学精粹·序》，北岳文艺出版社1996年版。

一种沉静中的平和，比处在中心的人拥有一份更健康的心性，文学本来就是越来越寂寞的事业，即便是大家，也同样得耐守寂寞。心在边缘反倒使人增加几分清明和理性，更易认清文学和自己在当下的地位，也就使创作具有了更纯粹的文学意义。

三　边缘叙事的重构

在新千年里，华姿以不同于 90 年代的创作姿态，将其在上个千年之末开始的话语转型的努力，变成了一份真切的存在。华姿的创作过程中曾几次出现转型，由诗到散文诗，再到哲理性的随笔散文，由感受意象到理性知性，每一阶段都有所变化，但这些变化都是延伸性的，有一定的续接性，而不像这次给人留下在断裂中重构的印象。尽管这种话语转型完成得毫不张扬，也未能引起批评的足够正视和评价，但其对华姿创作的建构性意义，将会在以后的岁月中愈渐显现出来。

长篇系列《黄金平原》《田野上的事情》展示了与以往完全不同的创作差异景观，也为我们提供了指认其话语转型的突出表征。虽然现在我还不能确定，这是否意味着她的碎片写作时代的终结，意味着她的审美认知方式的质的变革，但至少是已进入了这种断裂与重构的过程。

一种新的书写形态出现了，这是我阅读华姿近期作品后所得到的感觉。华姿曾强调"请记住这些美好透明的词语：赞美、歌唱、感激、爱、祈祷"[1]，"爱"是华姿写作的永恒主题，也是她笔下出现最多的词语，它"无限所有——巨大的满"，在华姿的感官中无处不在，随手可撷，它似乎又"一无所有——巨大的空"[2]，被华姿的心智不断地抽象着、理性提纯着，几近成为一种纯理论的沉思。"祈祷"则凸显着华姿创作中越来越清晰的宗教性品格，也体现了她一贯持有的对人的慈悲关怀。"祈祷"总是与"神"和"神性"相连，我并不把华姿反复咏唱的"神""神性"与她是否信奉基督相联系，在我的理解中，它强烈表现出来的是对一种灵性精神的向往，一种无所不在的统摄力量，似乎能君临一切，成为她整个

---

[1] 华姿：《自洁的洗濯》，台湾上游出版社 2000 年版，第 192 页。
[2] 同上书，第 130 页。

身心的支撑，助她向善向美，完成自洁的洗濯。她的赞美和歌唱，大都离不了思域的疆界，在抽象思辨和感性触摸间徘徊，我们看到的是些熟而又熟不断被她重组的词语，然后知悟的是由词显示出的形而上的含义，以及被思者所重新阐释的意义。这使她的创作完全向内转向，进入了一种自闭的状态中，近乎凌空于当下的生存境遇和现实语境，是"在无雪的南方奢望雪声"①。而现在华姿的创作变化至少有几点可以认定。

首先，是她的向外转的创作倾向，由主观之诗人转向阅世的客观之诗人，从主体倾诉转向客观叙事，走出了往日的精神楼阁，走向了"平原"和"田野"，开辟了一片新的文学视野，面对的是广大而无限的生长，是那种遍布大地的美。这对华姿至关重要，也可能是她创作的一个重要转折。我欣赏华姿那种自为自足的创作心态，但也认为作品的意义，不能只是停留在自我道德的内修和自问自答式的价值重建上，也不应成为自我欣赏把玩的珍藏，而需要被更多的人群所接纳，但这并不意味着一定要融入主流意识形态，或是汇入从俗从众的文化消费热潮，而是在更大的圈子里寻求人心与人心的沟通和理解，就像《田野上的事情》这类叙事，在读者的接受中要远胜于《一只手的低语》集中的作品，却并未放弃精英文化立场。

其次，在话语的构造上，华姿明显地中断了惯用的话语系统，选用了新的话语方式，这不仅给她带来新的生机，而且也开掘了她的另一种写作的潜力。"碎片写作"是华姿的自我认定，也是留给我的最主要的阅读印象。华姿总是将从心而过的所有零散的感知都赋予意义，即使是写散文，她的主体思考方式仍是诗人的，是跳跃式的点式思维，而不是线式的，往往喜欢借助于形而上的话语设定形式来固形思绪片段。作为前诗人，她对语言文字有一种特殊的敏感，甚至有时候语言直接成为她创作的切入点，拼接语言既是她创作的形式也成为内容。

华姿的近期创作正在打破碎片写作的定位，由阳春白雪式的独语，回归到自然质朴的民间话语之中，找到了一种有效把握和表达现实的新的语言方式，在文本中加入了情节、故事等叙事元素，有了对人物和细节的刻画，在不断尝试中完成着自己的新的文学表述。我觉得，《虫虫飞，虫虫走》这类篇什完全可看作是散文化的小说，把诗的灵性、散文的个人化

---

① 华姿：《一只手的低语》，海南出版社 1993 年版，第 75 页。

视角和倾诉的随意性与小说的叙事融合为一体,华姿自己标示的是"长篇散文",但在我的接受印象中,以此命名的文本,主要以"我"的视点,涉及众多的人和事,写所经所历所闻所感,一般多见于游记或纪实类的回忆文本。而《田野上的事情》则视角多元叙事多样化,田野成了贯流这些作品的隐性视角,因此我用了一个模糊的指称"长篇系列"。在经意不经意中,华姿的创作已汇入世纪末中国的跨文体文学创作的潮流中,尽管还处在探索的初阶,但至少她的这种跨文体写作已经体现出其很强的吸纳性和扩展性。

华姿的边缘叙事重构的另一特征是,她的文本中体现了一种新的文化向度,她开始以乡村民间社会作为叙事的主体对象,以民间文化的编码形式来参悟自然;采用民间视角、民间话语来塑造乡村人格类型;并且将人类初民时期所沉积下来的一些文化因子或文化模式,诸如民间禁忌、巫术、自然崇拜、民间习俗、婚丧仪式、民间逸事等集纳于作品中,并引入了民间歌谣、民间俚语。这些都属于人类文化学所研究的对象,像民间禁忌、巫术、民俗、神话仪式是世界各民族特有的文化遗存,沉潜在不同民族的集体无意识中。英国人类文化学家弗雷泽的鸿篇巨制《金枝》,就对世界各国民族不同的禁忌、习俗、仪式进行了长期的比较研究,并一直追溯到史前的源头。但在当下的文化空间中,这些却属于亚文化群中非主流文化代码,再加上其所具有的偶然性、非真非幻的荒谬性和不可思议的神秘色彩,使其一直被挤压在中心话语之外,很少能进入现有的文学阐释,也容易被误读。而华姿让这些被既定秩序所盲视的文化符号得到彰显,她的本意非要进行一种文化建构,而是使自己的叙事更接近底层民间社会最本真、最原始生存的状态,就如《破土》等篇什所描述的,这些充满原始气息的文化遗存,在田野上具有极强的生命力,世代流传并将延续下去,在这里,我们仍能听到她对生命价值的终极叩问,只是在民间视角下被新的书写形态所再度表达。

对自己的这种边缘写作,华姿一直持很平和的认同态度,但可能在心里依然有几分难以言说的隐忍和无奈。我认为,身处边缘位置也有一定的益处,尤其对还有一定写作生长空间的华姿更是如此。没有过被大红大紫所成就的中心情结,就不会有太多的失意和落寞,不被批评传媒和权力机制所聚焦所宠幸,也就少了限制和依附性;没有进入阅读消费市场,就用不着刻意去满足从俗从众的期待视野。在边缘的最大益处,就是真正获得了个人自由沉思的空间,能够偏居一隅,定心读书和写作,寻找自我的精神归属,完成以文学进行自我救赎的努力。

原载《芳草》2001年第11期

牛维佳的小说创作

牛维佳的文学创作，给读者传达出多样化的创作讯息。他整个文学叙事的场面铺得很开，文笔游移于小说、电影小说、电影剧本等多种文类的尝试。就其主打的小说文本而言，不仅体裁多样，题材取向丰富，时间跨度大，各色人物杂陈，而且创作手法多变，写实的、象征的、后现代的等多种叙事技巧都有所尝试。收在新近出版的上、下集本的小说集《流光送影》中的作品，集中地展示了他多年来小说创作的成果。

对牛维佳小说的理解，可以从支撑它的几个支点：历史、想象和叙事着手。他的小说，尤其是中长篇小说，多是和中国历史，特别是和近代史关联在一起的，不论是写重大的社会事件，还是小的生活场景，都基本附着于某一具体的历史史实和历史线段，可以说，他对历史的认知活动与他的创作之间，虽然只是一种间接体验的关系，却已成为他创作的主导因由与动力之源。凭借对历史的穿透和把握能力，牛维佳最厚重的作品都选择了历史题材和主题，以一种个人化的历史思路和见解，对历史进行着一种艺术的转化和还原，像《建中八卦天》《十八星旗，高高的》《武汉首义家》《把你当成窝》《衣山衣水》《红小鬼连》等，都是对不同历史时空中的个人故事的追踪和复原，挖掘的是个人化的历史记忆。

以历史作为创作的重要支点，这与牛维佳曾从事《中国大百科全书·历史卷》和中共党史重点历史丛书的撰写有着直接的关系，这种治史的磨砺，日积月累中完成了他对中国历史的认知，蕴蓄了他创作的历史文化底蕴，并且也决定了他在文学选择中对首属的历史题材的偏重，激发了他对历史进行叙事重构的兴趣。不过，牛维佳的历史小说创作不同于他人的特殊个性在于，他并不因循和效法当代历史小说创作中最常见的宏大叙事的史诗范式，也不刻意地根据有限的传世史料的记载去进行铺陈演义，或是在前人留下的历史框架中去拾遗补阙，使书中史事都尽量与历史符合，而更多的是承接着历史的沛然底气去生发艺术的想象，在一种远距离的非体验性的历史时态中，他更能发挥自由的想象，以超越当代人的体验去激活历史的意象，在历史的框架中构筑着自己的故事，自由地塑造着自己所中意的人物。

《十八星旗，高高的》的故事背景是发生在武昌的辛亥首义革命，对这一惊天动地的历史事件，牛维佳却是以个人化的视角，洞察其变，以时代之激变，民众生活方式亦随之激变的独特观照，把时代的更替对普通百姓带来的剧烈冲击，具体表现在衣饰这样一种外在表征物的变化上，将宏大的历史变革主题置于一种市井化、日常化的叙写之中，由此聚合起市井社会的人情百态和世俗心相，将平民百姓在辛亥革命中的多姿多面显示了出来。他塑造的市井社会中的各类市民形象，如谦泰衣帽庄二掌柜洪山恩、满族平民金小安和女儿金穗，剃头匠张二，教书的宋先生等，平时都是些名不出闾巷，难以进入史册的小商人或市井人物，却在大革命的舞台上张扬了一把，接受着历史的文学记载。《武汉首义家》和前一篇作品在人物上有着连续性，仍然是从个人际遇着手，透过洪山恩等一些小人物的命运浮沉，描摹着大革命历史的民间画卷。在牛维佳那里，以辛亥革命为背景的小说已形成了一个系列，而且他也清晰地意识到了武昌辛亥革命这类小说题材所拥有的巨大的城市历史和文化的承载量，尽管他不会循史去铺陈，但仍会以史录意识去继续这一类的小说叙事，就如他从服饰民俗的沿革与流变中，书写历史的风云变幻一样，在他的作品中始终有"史"的精神支撑。

在《把你当成窝》《衣山衣水》《红小鬼连》《罗厚福进城》等篇什中，牛维佳以文学的想象追溯和复原着对中国革命的历史记忆。这类以既定的革命历史为创作题材的小说，通过讲述革命战争传奇，讴歌革命英雄，再现历史场景，叙写了革命的艰难曲折和最终取得的胜利，充分肯定了中国共产党领导的革命的正确性。牛维佳自身积淀的13年军旅生活的原生体验，以及对中共党史和军队史知识的熟稔，都成功地融入了他的这类小说的写作中。

在读史和编史的过程中所积储的历史文本经验，对牛维佳的创作起着很大的作用，但不论是描摹整体历史事件，还是以个体人物为小说主体，他更看重历史最基本、最真实的日常状态，看重置身于历史"变动"中的个人，他们具体而感性的个人的生存经历和生活情态，其中有命运的浮沉、有情感的波折、有生命的毛刺，穿透着作家对历史时态的一种更知性的个人化的审美态度和审美理解。

　　成就牛维佳小说的最重要的一个支点是他进行小说叙事的能力。多年的文学编辑生涯对他的历练，使他在文学观念和文学技巧上获得了一种多向互补的开阔视角，使他能不断地接受和尝试用新的创作技巧对文学进行深入地开掘，不拘一格，善于变通，从而全面有效地提升自己作品的艺术表达。他娴熟地掌握有几套不同的话语形式，这使他的小说呈现出不同特色的叙事魅力，比如那些来源于现实世界中形成直接体验关系的一些短篇小说，用的是当下的话语表达，而在历史小说的写作中，则采用了与历史场景相适应、相契合的叙述话语，这也成为凸显小说历史感的一种有效手段。他的历史小说注重刻画富有历史实感的场景，追求环境描写的"拟真"性，给叙事蒙上一层不同的历史底色，让读者直接感受到一种历史的气息和叙事语境。

　　牛维佳描写的人物类型多种多样，但他并不刻意地去追求人物刻画的复杂和深刻，而是以影像化的手法，突出其感性的一面，以生动具体的情节和细节，完整地表现人物的所作所为，在日常经历的描述中，使人物有了清晰的轮廓，个人性格特点渐次凸显，即使是一些次要人物，像《把你当成窝》中的刘永兰，《衣山衣水》中的刘本根，《红小鬼连》中的扁得才，《罗厚福进城》中的黄瞎子都是因他们的行为方式而令人过目难忘。

　　牛维佳在创作上是个有追求的人，这注定他不会只对世界去做简单的摹写，如他自己所认为的，他追求的是作品的"启迪""珍藏"，还有"长时间的震撼"，这就意味着作品必须要有深度和厚度，能透达出一种开阔的文化气度和不俗的艺术品位。对自己的创作，做过多年文学编辑的牛维佳有着一种更知性的认识和理解，现在的一切，未来的目标他都看得清清楚楚，如他所说，从今而后他会自己追着自己，追就是超越。

原载《湖北日报》2010 年 11 月 12 日文艺评论版

体认中国经验的文学阐释

——张炜介入中国经验的两种书写形态

在"百年中国历史经验与文学原创"的话题下来探讨张炜的创作，可以有两种不同的视点：一是从张炜的创作中，我们可以看到作家是如何以拥抱现实的姿态介入对中国经验的阐释，在社会的历史发展进程中留下行进中的中国印象和一个时代的集体与个人的记忆；二是从作家审视世界以及与世界对话的行为过程中，从个体的理念世界和经验世界之间不间断的连续性的交集对抗中，发现作家以一种特殊的个人表达传递出的有关中国经验的信息。但不论是哪一种文学的书写，都同样能够显示和丰富文学创作中的"中国经验"，以不同的话语形式完成对中国经验常识的把握和体现，通过作品去充分实现对中国经验的个人化的差异表达。

"中国经验"成为近年来理论界和创作界的一个热门话题，显然有关"中国经验"的话语，是以寰球世界这一宏阔的背景为参照视点提出的。"中国经验"之所以愈来愈被看重，原因有二：一是中国近30年来的高速发展创造了世界的经济奇迹，凸显了"中国经验"的成就感和可行性，这种经验和模式不仅令世界为之关注，而且也大大提升了我们自己的自信心，一点点增加着我们的心理优势；二是在对西方经验多年的借鉴和实践的得失中，使我们对中国经验的特殊性有了更清晰的认知和肯定，也让我们重新审视自己的发展道路，开始认识到，强调和突出"中国经验"，有助于我们回归国情，回到中国真正的历史和现实语境中，在对中国自身特殊的社会语境透彻地了解和把握中，才有可能去进行新的建构，获得更大的发展。所以，在这样一个热门的话题下去观照张炜的创作，探讨他在小说叙事中对中国经验的特殊表述，这是一个有意思的观照角度，也会对中国当代的文学创作有一定的启悟性。

一

用"中国经验"为视点来谈论文学创作，可能只是一种可被选择的话语。如若不把凝视的目光集聚到具体而又具备实证色彩的领域，那就只是些空泛的话语。张炜的创作，尤其是早期的作品充分地体现了他以主动拥抱现实的姿态对中国经验的阐释。

通过张炜大量的小说文本，可以看到他对中国乡土经验的多重阐释。这其中既有来自乡村的农民经验和农耕经验，有反映农村世相百态的共通经验，也有隐匿在乡村意象之后的隐秘经验，以及他自身积淀的生存处世的原生经验。这些乡土经验不单纯是一种个人的经历和记忆，而是对中国农村，或可说是对整个中国社会的集体的时代记忆。

在张炜的一系列作品中，他以不无忧愤的眼光关注着当代人的生存困境，关心着人的价值和尊严，以对现实的批判态度，严肃地拷问着人生，在历史与现实、自然与社会、群体与个体之间，思考着人的自我拯救之路，把人的主题上升到民族的主题，体现了深沉的历史感和忧患感，这使他的小说充满了言说的痛苦和沉重。

中篇《秋天的思索》《秋天的愤怒》，与长篇小说《古船》，形成了张炜文学创作中的第一个高峰期。《秋天的思索》和《秋天的愤怒》可看作是姊妹篇，两部作品中的主人公老得和李芒，出身、经历，以及所受教育的程度不同，但共同之处是他们都爱诗歌，喜欢思考。经济体制的改革，带来了农民精神上的觉醒，而思索的成果是看清了阻碍农村生产力发展的绊脚石，对其本质的危害有了深刻的认识。老得的精神觉醒起源于对葡萄园经济利益的思索，在思索中看清了农村中仍然存在着的不合理的现实经济关系，但他苦于思索却缺少行动和力量，最后只能退却和出走。《秋天的愤怒》中的李芒在深入思考中觉醒，并且在思索中行动，他顶住经济压力和威吓，勇敢地进行抗争，不仅是维护局部的农民利益，而是作为整体农民利益的代表在抗争，并对新经济关系中的剥削者发出严厉的道德谴责。张炜对中国乡村经济改革过程中所出现的迫切的问题，以及所做出的及时的反应和思考，体现出一种创作的当下性，表达着来自乡村的最现实的现场经验，这不仅是一个时代的文学记录，也是汇集整体的中国经验的组成部分。

《古船》叙写了胶东半岛洼狸镇上隋、赵、李三大家族厮斗浮沉的历史，历叙了新中国成立前后40年的历史风云，是一部具有史诗品格的作品，它当年未得茅盾文学奖，实在是有遗珠之憾。洼狸镇人所经历的历史场面，包括土改时期复查运动中的"乱打乱杀"，自然灾害中制造谎话的荒唐景象和随后的大饥荒和死亡，"文化大革命"中兽性对人性的空前规模的践踏，以及经济改革初期，昔日的专制者以新的身份继续给人们带来的痛苦和灾难等，浓缩了整个国家所走过的曲折而艰难的发展道路，以及我们民族所经历的心路历程。张炜将过去、现在与未来聚合在一起，融入了其对历史与人生的深刻反思，也对中国几千年封建社会传统的宗法势力产生的根源，以及农民文化心理意识，进行了深入的剖析。小说中隋氏家族的第一代掌门人隋迎之是镇上最大的资本家，在各地都开有工厂和粉庄，他是一个深受古圣先贤教诲的乡绅，也是一个在新旧社会转折时期体现出开明意识的忏悔者，觉得自己"欠了穷人的账"，先于土改便把所有资产还给了社会，自己也在"还账"路上吐血而死，这个曾在镇上占据首要地位的富裕家族走向了败落和衰微。赵氏家族崛起于土改，四爷爷赵炳的起家完全是出于阴谋和恫吓，并从此君临洼狸镇40年，不仅掌握了政治权力，而且也控制了支撑着镇上经济命脉的粉丝厂。形式上是政府基层组织的掌权人，实际上却是家族宗法统治的另一种形式的延续，是赵氏家族势力取代了隋姓家族势力，严肃的阶级革命衍化为宗族间的争斗。而宗法势力一旦依附于极"左"政治，便产生了狭隘的报复主义，隋氏遗孀茴子所遭受的非人道的凌辱，隋家兄妹政治权利和婚恋自由权的被剥夺，赵炳对美女隋含章长达十六七年的变相霸占等，盖源于此。作为知识分子象征的李家，因给隋家开过机器同样受到歧视，也因与隋家人情感上的亲近而在内心更倾向亲隋，但表面上却迫于形势不得不依赵。三个家族之间的矛盾冲突延续在漫长的岁月中，也交锋在谋划粉丝大厂的支配权和经营方略的一场场公开或隐蔽的斗争中，所有人事的悲欢离合，都能找到受制于家族观念的动因。

张炜以充满道德义愤和激情的笔触，塑造了隋见素、隋抱朴、赵炳、赵多多、隋不召、隋含章、赵小葵、长脖吴、茴子、李其生、李知常、史遇新等一批各有其不同意义的文学形象，并且通过人物深入剖析了中国几千年封建宗法观念对人的渗透和影响，以及没入其中的沉迷与退避、觉醒与反抗。隋抱朴是洼狸镇和自己家族苦难的受害者与见证人，又是一个不断对历史对人生进行痛苦思索的人,他在研读《共产党宣言》的过程中,开始理性地思考着人与社会发展的关系,这使他在焦虑、痛苦和忏悔中最终逾越了个人和家族的苦难,而具有了对整个人类的忧患意识,终于由沉思而行动,由怯懦而勇敢,在粉丝厂濒临经济崩溃的时刻挺身而出,挑起了为整个洼狸镇人谋利益的重担。精明能干的隋见素,体现了一种充满激情、敢于反抗的人格力量,他对苦难与屈辱格外敏感,总是满怀激愤地进行抗争。张炜对这一人物身上的勇气和行动的魄力给予了充分的展示,而且也对他进行了严峻的审视。

《古船》虽以40年为限,却从中显露着百年中国的历史经验,尤其是张炜在发掘"中国经验"的过程中所获得的创造性的发现和领悟,以及个人审美创造方式的流露与传达,不仅体现了一种文学创作的原创性,而且这种非虚拟的中国经验,符合中国革命和乡村经验本身的内在逻辑,也以其丰富性和复杂性完成了对中国文学的历史与审美的建构,充分地满足当代读者对中国经验的历史叙事的阅读期待。

二

张炜近年来的创作,近乎是一种完全的观察自我内心的自省过程,是在个人的理念世界与经验世界之间的交集碰撞中,以一种特殊的个人表达传递着他所体认的中国经验的信息。故乡本土仍然是他创作视域中的理想乡土,不过有所不同的是,早期作品中的故乡,如他作品中常常出现的胶东半岛的芦青河与葡萄园,不仅是贯穿于他的作品中的审美意象,而且也是表现现实乡村生活的最真实的场景所在。而现在则有了一些变化,"大地""田园""野地"的概念不断地在他笔下被深化,但它们不一定是伸手可触的经验常识的世界,而多是表现为一种理念的世界。"田园""野地"并不像字面的意义那样单纯,而且不同人的理解也不大相同,因为它们寓意深藏,时常变化,就像"大地"在不同文本中的表达,它或是令万物生生不息的良田沃土,或是将人与野物融为一体的乐园,或是与现代大工业对立的概念,或是迫切需要被拯救的对象,当然它也被视为人的心灵的最后归宿,是张炜坚守诗意浪漫的梦幻之地。在"大地""田园""野地"这些概念中,连接着那些可用的、需要发掘和发现的历史的经验和现实的经验,包括内容和形式的,那些有形的,载入史册的文本资料,或是口传于民间的经临者的讲述，或是存活于读者头脑中的各种影像，也是张炜审视世界的窗口和与世界对话的通道。

围绕着"大地""田园""野地"概念的，是张炜感性的激情和理性的思考。感性的激情升华着一种浪漫主义的精神品格，而理性思考则成为他创作的心理动力，张炜往往借作品中的人物、场景，表达着自己的所思所想所感，体味着思想着的快感。在感性和理性之间叙写心灵史诗，追求着精神上的超升，这已经成为张炜个人特有的创作审美品性。

浓厚的传奇性和民间文化色彩，以及诗性话语的叙事，是《九月寓言》的主要审美特征。小说以不同的回忆视角牵连起小村寓言化的历史。小村的形成起源于鲅鲅族，一群为生存而四处迁徙流浪的人，他们光着脚，拖儿带女走到了大海边，小村历史从长途迁徙中的"停吧"开始，小村人的故事，也几乎都与流浪有关，小村的物质生活虽然极度贫困，在夫妻、婆媳、男人之间也有着虐杀与搏斗的血腥和残暴，但小村人却在一种自在自为的生存状态下，享有着另一种生存的快乐和生命的张扬。最终小村因被邻近的煤矿掏空了地下而被废弃，一切都消失了，鲅鲅族的历史成为一个奔跑与"停吧"的寓言。

《柏慧》，在情节和写法上与前后发表的《我的田园》《家族》各有互涉的内容，特别是与《家族》更为贴近。小说中"我"的身份是90年代坚守精神领地的知识分子，通过"我"的叙述，反映了纷繁复杂的历史与现实的社会环境，也表现出人们的心灵家园在日益地被邪恶、懦弱、虚伪所侵蚀。人与人之间的冷漠，功利和私欲膨胀下对他人成果的偷窃，等等，都令"我"感到痛心。因而张炜借助于"我"的倾诉，对世风日下的现实和堕落的知识分子人格，进行了犀利的批判，也在"我"充满激情的大段的议论说教中，呼唤和寻找着精神的家园。

《家族》在曲宁两大家族艰难的生存史和精神追求史中，横亘着我们民族近百年历史的社会兴衰，是一部传奇式的家族史，也是一部虽九死而未悔的精神追求史。张炜叙写了生活在不同时期的几代人，为了理想的追求，忍辱负重前赴后继，付出了爱情，甚至是鲜血和生命。在他们身上再现了历史的艰难曲折的延伸。在家族血缘的名义下，仍然体现出张炜惯有的道德化立场，以善与恶作为评判标准，去整体把握和发现人性的意蕴。从小说中我们看到，道德上的善与恶是回旋在历史与现实之间的两股巨大的力量，支撑着人的躯体和灵魂，尽管在书中善者的人生多是悲剧性的结局，但对道德理想主义的追求则在人类精神史上永恒不变。

《外省书》在个人与家族的背景上映现着中国半个多世纪社会文化的投影，从 50 年代写至今天，空间上跨越了东西方两块陆地。史珂是一个凝结着传统知识分子道德和历史理念的形象，过去他是被改造的对象，备受歧视与打击，是一个缺乏个性的、陷于苦难而难能自拔的人。史珂一辈子都在思考和张望，总是清醒地意识到自己是一个"外省人"，这里的"外省"除了地缘的意义外，还暗示着史珂与当下现实中的文化语境之间的隔膜，也是他精神上最后的屏障，他永远都是一个时代和社会的边缘人，是一个冷静的旁观者，从中也能观照到作家自身的写作心态。

《能不忆蜀葵》中的"蜀葵"也是一种寓意象征，隐喻着主人公淳于阳立最初的生命和精神家园，淳于是富有才情的油画家，作为一个唯美的理想主义者，他的愿望是买下狸岛建立起艺术的世外桃源，但他却在商品经济的法则下败北，并且不得不以他所不齿的方式去作画，以偿还巨额债务。因而他最终带着画有蜀葵的画不知所往，去追寻他梦境中的理想家园。

《丑行或浪漫》写了村姑刘蜜蜡历经磨难的寻找和追随精神向度的一生。她被小油矬强占，一次次地逃脱又被捉回，她刺死了土皇帝伍定根，背负上杀人的罪名，从此踏上逃亡之旅，在经受了各种苦难后，最后终于与自己所爱的小学老师雷丁走到了一起。这个充满苦难的叙事，张炜却是用最诗意的语言来完成的。小说延续了张炜一贯的寻找精神家园的主题，只是这次的主人公是位女性，刘蜜蜡在知识者雷丁的帮助下开始了人生和精神的启蒙，也由此而对雷丁生爱，这也成为她一生承受困难和不断去寻找的动力。

《刺猬歌》花费了张炜近 30 年的构思和思考，突出地体现了张炜的"大地"情结。小说叙写了从棘窝镇走出去的知识分子廖麦与刺猬精美蒂四十年的聚散离合，在充满浪漫的想象中，仍然表达的是人的现实生存困境和心灵困境。小说看似写了个光怪陆离、耐人寻味的传奇故事，像廖麦与刺猬精的野合，以及他们之间的爱恨，很像是神话，但从中却反映了中国社会存在的各种问题，体现了张炜对现实毫不留情的批判精神。

在张炜的这些作品中，所有的人物都生活在巨大的社会变革所带来的生存与精神的矛盾之中，纠结于善与恶、沦落与尊严、坚守与撤退的选择之中。张炜以诗性的激情讲述着生与死，绝望与希望，救赎与疗伤，人类精神的残缺和萎缩，大地的沉沦和道德的崩溃。他始终关注着人性、生命和灵魂，同时也关心着人的欲望和精神境界。

最具个人化的特点是，在张炜的小说中毫无例外地都有一个知识分子身份的思考者的存在，他们是些充满诗性的理想主义者，也是"大地""田园"最后的坚守者和孤独的守望者，像在多部作品中出现的知识分子"我"，曲予和宁珂，陶明、朱亚，史珂、淳于、廖麦等。他们的坚持、守望和不懈的寻找，正反映了20世纪90年代在市场经济冲击下，中国知识分子所经临的现实与心灵的困境，以及他们对那些人类所无法回避的现实问题的焦虑与关注。在这些思考者的背后支撑着的是张炜，他喜欢在作品中注入自己的思考，小说中常采用思想随笔式的叙事方式，在整体和局部都能感受到思想的冲击，但有时过重的理性色彩也影响了作品的审美意蕴的传达。

张炜的创作基本是长篇，而且几十年在无比的芜杂和喧嚣中身心笃定，让声音之镞坚定地朝向一个方位射出，这种专注于文学的精神在当代社会少有。他获得茅盾文学奖，应该看作是对他多年坚守文学的精神品质和文学意义的肯定。450万字的文学巨制《你在高原》中汇聚了张炜大部分主要作品，这些作品所聚合的文学资源，不仅提供了丰富而特殊的中国经验，而且也体现了张炜富有个性的美学理想的创作探索与实践。相信张炜也会在今后的创作探寻中不断找到适合自己表达中国经验的特殊的领地，并且会尽力地追寻和保持自己崇高的艺术品格，更好地发掘自己的创作特质，传达个人思想和想象的独特性。

原载中国当代文学经典化研究丛书《经验与原创——2012春讲·张炜张新颖卷》，长江出版传媒长江文艺出版社2013年版

视域七

现在时的文本叩问与解读

深套在甲胄中的奋进

——浅评王英琦的《姑娘过了三十一》

或许因为作者是女性,又生活在校园里,所以才能这么细致地描绘了一个女性的世界,而且是高等学府中高层次的女性世界。就作品的整体性印象而言,无疑地属于严肃的女性文学。几个女博士生,各有着事业的追求和对爱情的思慕,当我们在作者笔触的引导下走入这一层次女性的心灵通道时,每走一步都能清晰地感受到这些虽有痛苦,但却是强者女性的心灵震颤,这唤起了我们的心灵响应,作品也因此取得了它的接受效应。

然而作品主人公所深切表现出的一种无所适从的困惑,却使我突地感到自己也被这种困惑包围了。这种困惑来自意念化的结尾,当我踅回去重捋一遍作品的枝干时,我发现其实从一开始作者就在向我们表现着一种意念上的东西,只不过这种意念却被裹上了作者心绪和感受的外层,随着情感的宣泄而淡化了意念的直接显现,使人不易一下子察觉到。但是当我们冷静下来时,这种意念却赫然立在眼前,真是再清楚不过啦。

这种意念的思维模式,是呈四射式的,它通过几个主要人物的生活和心路历程的不同向延伸来组合成作者意念的表达模式:主人公的好朋友罗军,一个卓然不凡、超群绝伦的女性,研究生毕业后,分配到北京某化工研究所,发明的两项化工新产品,得到化工部和国家科委的奖励,数十家工厂争买专利权。这样的佼佼者,却是个情场上失意的老姑娘,在生活上屡遭非议,终于引发了病根躺倒了。在临终前,她字字泣血地对自己的人生做了如下的脚注:假如生命能够重新开始,假如人生能有第二次,绝不会再走过去的路了,要当一个平凡的女工、普通的女职员,尽心尽职地做一个妻子、一个母亲。而钱丽这个在知识和做学问上都具有很好的功底和基础,并决心穷毕生之力,在敦煌学的研究上做一番贡献的女博士生却做出了这样的抉择，假如生命能够重新开始，也还是要选择事业女性的路，尽管这是一条不完美的充满着苦难、孤独、艰辛的路。女主人公小娅则陷入了困惑，假如生命能重新开始，将走哪条呢？

在这些女性人生抉择的反差参照中，我们不难找到作者意念思维四射的圆点，那就是：在女性实现自身价值的得失比较中，在内在和外在的冲突中寻求女性自身全面发展的途径。只是这种意念在作者笔下的表达却显示出暗淡的前景。罗军在呈螺旋式上升后，最终却否定了自身奋斗的价值，从失落爱情的痛感中，一下子滑到了底端，重回到凝滞的传统女性的世界中去。而钱丽的选择则是由惨痛的爱情遭际的代价换来的，她试图以事业上的进取来作为一种永久的心理补偿，这种选择一开始就隐隐惚惚地显露出一种悲剧的意味。因为在作品以往的描述中，钱丽是一个感情型的女学者，在辛酸不舍的爱情中，"有肩负整个苦难世界的力量，却没有抛开的力量"[1]。因此不难推想，作者为意念的表达而给钱丽安排的这个生硬的结尾，对钱丽来说，不啻是一场马拉松式的感情磨难，因为当她已感到"生活是那样地发飘，那样地枯燥那样地没人情味，那样地缺乏实际内容"[2]时，即便再拼命加大学习量，也抹不去她眼光中常常流露的一种淡淡的忧悒。这正预示着她今后的路仍然是泥泞的，而且一旦再陷入感情的泥沼，将很难自拔，因为以往的心灵负荷实在是太沉重了。

小娅立在两种选择的中点。作为叙事主人公，在她身上更多地透达出她对知识女性的价值观和道德评价标准的思索，并且看到了即使是高层次的知识女性，要争取自身的全面发展和彻底解放，不仅要逾越社会现实和历史传统的种种阻碍，而且也要奋力跨越自身心理机制的高栏。她的思维触角是十分敏锐的，表现出强烈的知识女性意识和思想力度，也使得作品在总体上获得更多的思想容量。不过这种强烈的女性意识并不能全部外化到她的行动中，当她试图在钱丽和罗军两种选择的得失比较中达到一种新的平衡时，她的理论就马上失去了原有的思辨色彩，而生出一种无所适从的困惑来，并且不得不把她的困惑留给读者。这种困惑一定程度上反映了作者自身的思想局限，那就是这种强烈的女性意识更多的是一种封闭式的，而不是开放式的，是一种理念的，而不是现实的。不过作为一种对高

---

[1] 王英琦：《姑娘过了三十一》，《当代作家》1986年第5期。
[2] 同上。

层次知识女性生活及事业奋进方向的探讨，无疑是有它的益处的，尽管这种探讨是作者意念的一种外化，但因在表达细节上获得了某些真实性，而使这种意念的表达得到读者的部分认可，这是作品的成功之处。

不得不提出的问题是，这种探讨是存在着明显的缺陷的。我认为作者的探讨仅仅是在这样一个基点上进行的，即把女性作为屈从于男性的群体来考察，从一种更高的要求来说，她们并不是精神生活的主体，而是陪体，她们自身的价值不是通过自己独个的奋斗全部实现的，而是通过男性的介入而得以实现。我们这样说，并不苛刻。

细细揣摩一下，这篇作品透出的一种浓重的情绪，弥漫着对异性的一种失望，而这种失望感恰恰源自女性的局限，即使是这些上层的知识女性也不能幸免。当小娅呼唤"中国的妇女——尤其是知识妇女，呼唤着中国真正男子汉的出现"[①] 时，局限在这里显现出了它的高峰。

从表面上看，这种呼唤似乎具有强者女性的特质，然而在这种呼唤的潜沉意味中，却让我们触到了厚层传统的积淀。因此，我们可以做出这样的结论，整篇作品的主体意识形态仍然是从依附性的土壤中蒸腾起来而升向高层次的。它的外化形式不同于《人到中年》中的马列主义老太太秦波依仗丈夫权势所表现出来的优越感，也不同于《乡音》中女主人公那种对丈夫绝对的无条件的依赖，这是一种在深层的意识形态中所表现出来的对男性的依附心理，而这种深层表现往往会被表面溢出的强者意识所掩盖。这使人不由得想起张承志《北方的河》中的那个有所追求的姑娘，在爱情面前，不也忍痛告别了像大河一样总在奔腾的"他"，而最终选择了可以靠在上面歇息的岩石般的徐华北吗？希望有男性有力的臂膀撑起自己的世界，是许多女性所共有的心态，而失望感也由此而生，越是过多地把命运、把幸福、把希望、把事业寄托在异性身上，而又没能得到相应的回报，那么这种失望感就越显得强烈，所以作品中的几个人物形象正是因为没有这种"真正的男子汉"去依赖，则彷徨，则悲哀，则陷入一种自艾自怜的意绪中，不论是钱丽、小娅，或是罗军、陈大姐、黎星星，给人的印象都是负荷着心理重压。小娅的成功是由失恋而产生的变异力促成的，但她的精神生活却像跛了一条腿，使人感到一种不平衡。钱丽则为一个有妇之夫付出了巨大的代价，耗去了她三年的时间和精力，一次次地等

[①] 王英琦：《姑娘过了三十一》，《当代作家》1986 年第 5 期。

信、盼信，一回回的生离死别，还丧失了一次出国的机会，但她心目中的男性偶像终是坍塌了，接下来对于爱情的寄望也随之倾覆。对她来说，在爱的废墟上重搭新生活的脚手架，并不是件容易的事，首先清除旧往的瓦砾，就几乎耗尽了她的体力。而罗军却由于心的脆弱，在没得到爱的呼唤后连人生奋斗的信念也丢失了。陈大姐、黎星星则因为没有爱而给人一种无可奈何的超然感，这正应了我在前面所做的结论，她们仅仅是呼唤着、被动地等待着"真正男子汉"的出现，而不是凭借自己所具备的知识女性的精神去创造奇迹，去寻找并完善另一个精神世界，去消除这之间的鸿沟。在这一点上，她们始终没能越出传统观念大儒藩篱，尽管她们比同时代的其他阶层的女性走得要远一些。

一般就作品的内在意蕴而言，常和作者的心理状态有着密切的关联，尤其是极易受情感力驱动的女作家更是如此。读王英琦的这部作品，虽然我们不愿意认定这是她个人生活或意识形态的某种折射，也不愿据此做种种推测，但是在作品的字里行间，在作品主人公情感、意绪的流动中，却可以体验到深蕴其中的创作主体的感觉，这种感觉显得沉甸甸的。这使我不由得想起，当人穿上一件过于沉重的外套时那种从肩膀传到脚底的负重感，脚步变得犹豫而沉重，行动失却了轻灵，心脏因这自为的重力压迫而紧搐着，使心绪的承压力变得分外敏感，一遇外力，便感到受不了，我认为作品中弥散着的来自创作主体的感觉正是这种沉重感。

应该承认，作者叙写的婚姻问题上出现的男女高学位的二律背反趋势是客观存在，而且作品中所表现出来的许多有好的教养、有较高文化水平的女性佼佼者，却正因为自身的这些优点而造成择偶屏障的怪现象也确有一定的事实依据，把这些现象放在千百年形成的传统心理的厚重沉淀中去考察就不足为怪了。也许正是这种社会的以及其他个人的原因，才造成了几个女博士生失却了爱的不完满的人生。这种缺憾就像看不见的大气层一样，会经常影响人的情绪，而且在很大程度上决定了人们对现实生活的态度。因此，当作者描绘几位女博士生的感情世界时，我觉得她的笔触是精细的，在某种程度上是比较恰切地写出了几位女性在这种看不见的大气层中所显露出的心态层次，也使我们看到了这种缺憾阻遏了这些女性肌体的生命力和进取的积极性的充分发挥。

不过值得注意的是，作者对产生这种社会或个人悲剧的原因作追根寻源的理性判断时，却融入了主观上的偏激情绪，这或多或少地影响了她判断中的客观性。同样地，这种偏颇也存在于整部作品的描写中，那就是前面曾提到的，许多感受恰恰是穿上厚重的外套后的感觉，所以这种描写难免对生活产生一种放大效应，使生活变形。比如对大龄女性的恐惧症，对当前中国所谓"男人荒"所做的强化性渲染就是如此。在作者笔下，母亲匆匆把未成年的女儿推向情场；姑娘步入社会后的第一件事，就是迫不及待地找对象；女大学生一进校门就开始投入双抢季节；某些报刊和婚姻介绍所以大龄女性做摇钱树而不惜损害她们的自尊心；周围人对大龄女性身心的伤害等。总而言之，我们所看到的这些都是以一种狭小的气质镜头所摄取的社会生活，用这种方法来描绘生活，必然会失之偏颇。

如果仔细地分析一下出现的这种偏颇，这和我们前面谈到的创作主体的沉重感有关，不管作者是否意识到，这种偏颇正来自作者情感郁结的一种潜在形态。可以说，整部作品的情绪、基调，甚至写作意图都无不受到这种潜在形态的影响。不可否认，这种情感郁结在潜在释放中出现了偏差，这不仅削弱了作品内涵的现实力度，同时也把作者的主观热力包笼在过于沉重的外套里不易发挥，这正是作者所不应忽视的。因此对王英琦来说，今后要在创作上获得更大发展，就必须把束缚人的"厚重的外套"甩掉，使身心得以放松，这样才可能使自己走得更快些。

原载《当代作家》1986 年第 5 期

山的壮歌

——黄风显《赶山》略谈

对我们来说,他的名字是陌生的。这位二十几岁的壮族青年,两年前告别了他生长的广西山村,来到北京。《赶山》(载《当代作家》1987年第4期)是他对文学创作所做的初次尝试。初读他的小说,似乎很难一下子就根据作品留给我们的最后印象来做出评价。可以说,这个最后印象所包笼的意蕴是丰富的、复杂的。它在我们身上不断地施展着搅动内心活动的效能,让我们久久地沉浸在一种浓郁的诗化气息中,在一幅幅恢宏的令我们陌生而又眼花缭乱的壮民族生活的风情画面前驻足思考和咀味,使我们从壮族悠远的历史文化形态和变化的现实生活中获得对这个民族的更深理解。

审视构成小说故事主体的人和事,却是这样单纯。作品仅仅是写了壮家汉子藤佬、隆三三和特康去贩牛的经过。而主要故事又都是通过藤佬的人生遭际和感触,以及旧往的回忆性的生活片段来完成的。如此简单的故事载体却能获得丰富的、高密度的容量,这正是由于作者那支带有艺术灵性的笔,并不只是停留在那些直观的、写实性的壮家生活场景的描写上,尽管其中不少场景如藤佬与大公牛斗力、抢铜环、吃挞猪血,在江中救牛等都写得分外精彩、撼人心旌。作者似乎更愿意自己的笔像锋利的犁铧,从一个更深的层次去开掘壮民族的精神本质,并且从中透达出深层性的民族的文化心理形态。

小说中,引人注意的是那条不断和主线扭结在一起的象征线,即关于公摩的神话。力大无比的公摩是壮家的祖先,是英雄的化身。他想让壮家人过好日子,立志要把穷山恶岭全部搬走,让地上长出粮食、长出花果。他把山变成了牛,想赶到大海边去,但终未如愿,他和他赶的牛化作了壮家人栖身的山山岭岭。在这里，公摩的神话作为一种民族的历史文化形态，或许可以看作对民族心理素质的一种历史观照。公摩的故事是摇篮曲，是美丽又神奇、威风烈烈又悲壮凛凛的神话加童话，哺育着藤佬长大。也就是从那个时候起，藤佬看见山就想起了牛，看见牛就联想到山，山牛皆不分，浑然成一体。由此，我们就比较容易理解：为什么老了的藤佬，已经儿孙满堂，不愁吃穿，家里买了拖拉机，藤佬却非要去赶牛贩牛，他是不服气大山哪！山奠立了壮家山民的古老根基，养育了他，给了他大山的魂魄，又压着他，使他这个年轻时有着山一样性格和牛一般气力的壮家最出色的后生，却因贫困带不走自己所爱的女人达僚，在心灵和肉体上都留下了永久的创痛。他对山既爱又恨，带着这种爱恨和山周旋了一辈子。他要像公摩那样去赶山，战胜牛，战胜大山，但也终未成功。只是在农村经济体制改革后，藤佬才逐渐摆脱了大山的重压。

我们从小说里不时地能感到那个永远"活得那么年轻"的公摩的巨大力量。作为生活实体，从未有过，但在壮家生活中，又始终存在。公摩的精髓渗入了一代代壮家人的血液，构造着一代代壮家人的民族心理和奇特风骨。因此，在作品中，不断扭结着的公摩与藤佬的故事表象后面，实际上给我们显露出了具有熠熠神采的壮家民族的形象，这个形象在不同的时代光环中显现出不同的风采。藤佬是从昨天走到今天的这一辈，而特康和达嘉是携带着现代色彩从今天走向明天的新一代。他们更有眼光、有魄力，他们不会像藤佬那样世辈周旋在山里去赶牛贩牛，而是要买机器办工厂、读大学。他们要走出山外，去自由自在地伸展，到公摩没去成的大海里快乐地游来游去。他们是完成公摩未竟事业的希望，是壮家民族向一个历史的新阶段高速迈进的代表。所以，作为象征线贯穿始终的公摩的神话，虽说是种历史的文化形态，但对整个小说来说，仍具有着意义还未过去的意蕴，它扩展拓深了单纯的表层内容，与小说的写实部分交融在一起，使小说实现了深化和诗情化，从而获得了厚重的艺术感染力。

原载《文艺报》1987 年 12 月 5 日

生命之船从江南小镇启程

——评徐迟的长篇小说《江南小镇》

从《江南小镇》第一章的开头，我们读到了那些对江南水乡的细腻而优美的描写，弥漫的波光水气之中映出好大一片水晶晶的世界。我们似乎并没能很快意识到，沿着蜿蜒的苕雪溪水，我们实际上已抵达了徐迟九曲百态的生命历程的起点。

明显地，《江南小镇》属于自传体小说，这也是徐迟的第一部长篇作品。流逝了的岁月正一点一滴地从作家笔下复归，使已被大半个世纪的风风雨雨栉剥销蚀的生活图景回复原态。如同主人公故乡的雪溪是由出自天目山之阳的东苕溪和出自天目山之阴的西苕溪汇合而成一样，主人公立体的人生也是由生命成长史和文学发展轨迹这两条主线扭结相绕而完成的。溯流而上，20世纪初叶的虎年之秋，生命之船从江南小镇启程，作为中国最早的教育实业家的父亲因长子的出世而辞去官职，定下决心拍卖家产，兴办贫儿院，原先殷实富足的书香门庭就此变得一无所有。继之父亲早丧，家庭坠落到生活的最低点，母亲顽强地支撑着贫儿院，并用办丧事筹来的钱维持着四个未成年孩子的学业。主人公徐商寿和弟弟因家境的困窘，不得不连连跳级以尽早完成学业，但他最终未读完大学，这一方面有经济的原因，同时也出自对文学的爱好。当他还是一个13岁的少年时，就萌发了做文学家的意念，这意念主宰了他一生，使他走上了创作的道路，开始了自己的文学生涯。《江南小镇》为我们细致地铺陈描述了主人公每一步的人生足迹，展现了他一生所经受过的种种真切的生命体验的全貌。

我们能掂出作品纪实的分量。这部作品明显地区别于我们以往所熟悉的一些自传体小说，诸如高尔基的《童年》《在人间》系列，出自作家原型的主人公阿辽沙，已明显带着艺术再造的痕迹，成为文学画廊中的一个艺术形象。李六如的《六十年的变迁》和王莹的《宝姑》则通过人物刻画和曲折的情节，构成了气势宏阔的历史画卷和一代新女性与命运抗争的历程，我们从中更多地获得的是读作品的感受，而不会时时感到作者与作品之间的弥合。《江南小镇》给我们的印象是双重的，它既是一个实体的现实，同时也是一个精心构筑的艺术世界。它具有的突出的纪实特征，令人联想到那些叙写作家生活道路和文学生涯的回忆录，像女作家陈学昭的《天涯归客》一类作品，在写法上极为相似的是，都是从主人公出生起笔，写每一人生转折关头的大波细浪，写个人经历的方方面面。但这类文学回忆录多采用了平实的叙述笔调，来叙写人生大树的主体枝干，而不去精雕细刻枝蔓上的绿叶，以及穿过这枝叶的风、立脚的土地，比较偏重于翔实的史料价值。《江南小镇》作为长篇小说则更多地运用了文学技巧，不仅浓墨重彩地描绘了实体的生命历史和情感体验，同时也力图将生命历程的展现与历史进程相吻合，用生动的文学语言去大笔叙写20世纪初整个社会的历史风云和生存现状，以及江南小镇的地理特征、山川景物、风情民俗，从展开的一幅幅生活画面中，渐次浸溢出浓重的江南文化意味。在小说的开头，徐迟采用了变换叙述视角的手法，如通过一个英国丝商的眼睛所见来描述南浔镇这个当时已蜚声国外的东方丝市的直观印象，这种写作手法显示出鲜明的小说特征。

　　作品所出现纪实的回忆录和小说的双重特征，是由它独特的叙述方式造成的。在小说中实际存在着两个叙述视角，一个是展现小说内容的叙述者"我"，他以主人公的角色充当着生活事件的参与者。另一个则是徐迟的"我"，他居高临下，无处不在，作为前一个"我"的整个生命历史和文学发展的见证人存在。因此，当小说叙述者"我"从主人公的生命线的起点启程，顺应着生命成长的自然时序，循序渐进地展开小说的情节，讲述着家庭的变迁，人物的命运、情感、心态以及描绘他的生存背景和周围的文化氛围时，另一个"我"正同时从这条生命线的另一端逆行而上，这便是大量出现在括号里以及零落在故事叙述中的一些段落和句子。那是一种以晚年平和的心灵，一种穿透生活阴霾的历史眼光，一种成熟的艺术审美观照，反顾审视中所体现出的对旧往的充分梳理和温馨的追怀。他评点着小说主人公在生命轨迹上的每一重要驻足点，对围绕着主人公的人物和事件的终局做着总结和交代，并且重新审视评判着主人公青年时代的文学追求和作品的价值。

这种由小说情节中社会事件参与者的"我",与小说情节外历史见证人的"我"所构成的双重叙述视角,将不同时空组合为一体,形成了小说既可以顾后,又能自由瞻前的叙事时态,同时也产生了读者阅读中的离合效应。当我们跟随前一个"我"沉浸在精心构筑的小说世界中时,后一个"我"不知会在什么地方站出来,把我们的注意力从情节人物那里引开拉回到作家身上。

这种不断地融进去,又时而自如地走出来的小说解读,实际上已昭示读者,作为小说叙述者和充当事件参与者的"我",和小说世界外历史见证人的"我"循环往复叙述的,是穿越不同时态的同一个生存圈,是从不同的叙述视角搭起的共同的世界。读者可以据此认定,在小说的艺术世界中,仍然保证了描绘的基本事实的纪实性。主人公充满生命激情的生存历史并非是文学的虚构,而是现实的还原,在作家与主人公之间实际上并不存在大的间离,我们理解了小说中的主人公,也就更深地理解了现实中的徐迟。由此我们获得了对这部作品的总体印象,即《江南小镇》不仅仅是一部全景式的传记作品,而且也是全方位研究作家徐迟的不可多得的补充参照材料。这是由于,迄今我们所见到的研究资料只是粗疏地梳理了作家的主要经历和创作轨迹,排列了作家的重要作品以及问世时间,但这并不能涵盖作家的全部。这些研究资料仅只是让我们看到了打在相绕的生命历史和文学发展线尾的一个漂亮的结,而缺少线段中间所蕴蓄的生命的饱满和情感的丰富。小说则详尽地提供了这个成功的线结的形成过程,如书香门庭的熏染,藏书丰富的江南小镇厚重的传统文化的影响,改革派创办的精勤学塾中受到的新文化、新思想的洗礼,被青春的激情所激起的诗的才智、诗的情愫中,沉潜着的是祖辈四代人对诗的共同崇敬。还有从燕园开始的向西方文学的转向,既有着冰心讲授的英国诗学的影响,也直接来自现代派文学的浸染。燕大外文系主任利比亚小姐赠送的四册美国文学季刊《猎犬与号角》,成了青年诗人接受现代派文学的入门书,并且影响了他一生的创作倾向,于是有了后来对意象诗歌和新感觉派散文的尝试。

今天的青年读者,对徐迟作品的熟知多来自他新时期初期的报告文学创作,却不了解他最早的报告文学是写于1937年的《在前方——不朽的一夜》,更未读过他早期曾写下的具有现代派意味的诗歌和论述现代派诗人的评介文章。新时期初叶文坛,我们曾为读到《哥德巴赫猜想》《生命之树常绿》等报告文学作品而欣喜、激动过，似乎很难忘记这些作品给人留下的极其深刻的印象，带有浓重抒情色彩的奇丽的语言，蕴含着丰富想象的形象比喻和象征描写，把抽象的论证化作了形象生动的画面，把生活化作了诗。尤其那些多由四字句和长句参差组合成的具有散文和古典诗赋特点的叙写，将对历史、对社会、对人物的种种思考浓缩其中，有如激流飞泻，淋漓酣畅。从这种跌宕有韵的语言形式中浮现出诗的激情、诗的想象、诗的感受。徐迟的才情曾让人惊叹，而现在则可以从主人公在小镇受到的古典传统文化的浸润，从他极早表现出的易于动情、富于想象的诗人气质，从他敏于将客观对象具象化的长期诗歌实践中找到注脚。同样，我们也从作品主人公早年对现代派诗人庞德、对艾略特的《荒原》和《论文选集》的喜爱，从他30年代和穆时英、刘呐鸥的交往以至对新感觉派的着迷，从他在具体的创作实践中对现代派的追随中，找到了80年代徐迟较早发表《现代派与现代化》一文的合理解释。

当然，帮助我们加深对徐迟认知的小说解读，并非只限在艺术生命的单一平面上。《江南小镇》构筑的是一个立体生命的全貌。它还提供了在现有的研究资料中所无法获得的丰富复杂的别一真实，那就是人物深层次的心灵和情感世界，以及生命历史中的每一重要的生活细节。早逝的父亲对主人公自由的天赋秉性的潜在影响，不仅在文学上，而且在性格上。以至抗战爆发，抱着一腔爱国热血加入援马团去赴国难的壮行中，深潜着的却是因为那抗日将领极像父亲的神气，他要去和死去的父辈会合的执拗。这种真实的心态，我们仅凭人物的行动是无法推测的。爱情在这段生命历程中占有重要的分量，小说细致地展示了主人公前前后后与数位女性的感情纠葛，既激扬起写作的灵感，也有因真率而带来的失落，还有被社会的门第观念所抑制了的恋情，以及由此产生的痛苦、消沉等。后来与陈松的婚姻，让"一个骚动不安的青年，终于心地宁静，平伏安定了"[①]。从此专心于自己的文学事业，这一切作为生命史的有机组成部分，显得同样具有意义。

相对于人物的生命历史，《江南小镇》仅只是描述了生命历程的一小段，从1914年秋写至1938年初夏。对主人公来说，尽管幼年丧父，家境不强，又一直处在社会的大动荡中，但主人公的心灵并没有承载过重的负

---

① 徐迟：《江南小镇》，作家出版社1993年版，第194页。

荷，他的整个青少年时代，基本上处在一种相对平稳的生活中。他鲜活的生命体澎湃着生命的激情、诗的激情，在文学发展上正走着上坡路，译作、诗作不断问世，25岁已有七本集子出版，而且爱情美满、生活安定，他的生命史中一个充满希望的美好的时期正在开始。但战争却扰乱了这安定，抗战的炮火虽点燃了他创作抗日文学的热情，并且作品也产生了一定的影响，但他预感到一种将临的厄运，使刚在兵荒马乱中做了父亲的他不得不携妇将雏，出走香港。小说在这里画了句号。但我们能从这结尾的沉重中想见到主人公后半生的命运，他将在生活的湍流中经历人生更多的冲击、浮沉，而生命历史也会在时代的几次大变动中变得更加丰满、坚实，文学创作也将随着时代的变迁而不断地得到更新和发展，这些我们已从作品中作为历史见证人的"我"的叙述中，得到了初步的证实。

相信在不久的将来，会读到《江南小镇》的续篇。

原载《当代文学研究》1990年第4期

方方近作印象

——读《祖父在父亲心中》《一波三折》

若是不读作品，似乎无从想象这样一个角度能写些什么。只是觉着这样一个篇名，挺吸引人：

《祖父在父亲心中》。

读了便很吃惊，便很折服，为方方的笔力，也为这个不凡的角度。

啧！这个方方……她总给我们许多新的了悟、新的感觉、新的快活、新的难以忘怀，甚至也包括新的沉重、新的悲哀。

以其地道的写实风格，令人自然而然地将小说里的祖父和父亲，与现实中做着小说的剪着童花式发型的乐乐呵呵的大大咧咧的方方连成一族，后来听说，确如家谱。谁能想到在文坛上已大红大紫了的方方，也因此被我们熟悉得不能再熟悉的做过装卸工的和正做着作家的方方，竟有着如此的家世。不由得不肃然起敬，这当然是对祖父；不由得不扼腕叹息，这当然是对父亲；在其后不由得不顺其自然地把方方的才情做了传统式的归结：家学渊源，一个新的注脚。

小说极讲究个厚重，因此，文学圈里便极崇尚深沉。也因此，就有苏格拉底式光亮的前额和一张张凝眉冷面愤世嫉俗的面孔张扬。文坛流行一时的时髦，"玩深沉"。但"玩儿"主们，在文学之海中，既不可能有深，也不会有沉。真正的深沉，当投注以心，投注以血，以心血书就的文学，方能体现厚重，体现深沉，《祖父在父亲心中》当属此。

真正的沉重，一种来自精神上的苦痛。以至于满溢于作品中的沉重和往日印象中洒脱地玩着幽默的方方错了行，那些俯拾即是的令人快活无比的俏皮话呢？那些既写实又夸张的令人回味绵长或会心一笑的对都市风景的感应呢？只有如铅的难以诉说的沉重，沉沉地从字里行间漫过心间。我知道方方在这一路沉重中定备受煎熬,因为她写的是和她血脉相通的父亲和祖父,是两代人以血以生命蘸写的历史。当她用笔画复原这两代人生命体验的每一点滴,去重叙生命的辉煌和委顿时,她的心该怎样地颤抖,她的情感该用怎样的勇气去承受。

于是,我们读到了祖父:嗜书如命、满腹经纶、才华横溢的祖父;刚直的、执拗的、古板的、严肃的祖父;小个子的壮怀激烈的不愿做亡国奴的祖父;左眼尽裂、头颅尽碎、胸腹全穿却凛凛然扬手一指骂贼不屈的形象如铜像般铸在后人心中的祖父。

于是,我们读到了父亲:同样嗜书如命、满腹经纶、才华横溢的父亲;潇洒的、勇敢的,好穿一身白色西装一往无前的父亲;随岁月而愈加谨小慎微、愈加紧张、疑虑战战兢兢如面临在弦之箭的父亲;学富五车,精通五国语言却没在这世上留下任何痕迹的父亲。他生存的意义是他行进时痛苦而扭曲的姿势,而他的死则成了逃避人生的最轻松的终结。

两代知识分子的人生历程、心路历程。

这对我们似乎意味深长。

祖父正气凛然地俯视着我们,祖父的精神凌驾于生命的存在形式之上。精神不存,生命何足惜,于是祖父以他悲壮的死印证着历代文人最优秀的文化品质和人格精神,将前人流传千年的啼血之句"宁为玉碎,不为瓦全"化为自己的人生写照,也以这个死将不死的精神融入人类精神长河的永恒。

祖父强大的人格之光洞穿一切,我们敢于正视祖父吗?倘若需要我们有这样的死,我们还能有祖父一般的勇气吗?

甚至我们有时连怯弱的父亲也不如。尽管父亲活得窝窝囊囊,但他内心仍恪守着做人要有骨气、有气节、有人格的人生信条,他还能时时感到祖父精神的震慑。因此他才能深存精神上的苦痛,才会在精神和现实压力的双重对抗中悲凉地死去。而我们会不会不再视父亲的这种痛苦为痛苦,我们言不由衷却心平气和,或更看重有形的伸手可触的物质而轻易地丢弃精神,或很容易地为自己寻找求得心理平衡的精神退路。我看到,父亲的眼中正满怀忧伤。

也许,这种联想只会来自我们这类有心的读者。

也许,这里讲述的只是一个有些不同寻常的家族的传说。

但我分明觉着这个家族的传说在说着什么。

人格。

人格的力量。

人格的悲剧。

人格悲剧的形成。

随便掂量哪一个都沉甸甸的，随便从哪一点去深入探究一下都需付出整个人生的长度。

正因为如此，《祖父在父亲心中》就不再是一个一般的家族传说，无论是祖父还是父亲，这两个个体生命的生存意义都已被引申到一个无限大的时空中，让那些饱经风雨沧桑或没有经历风霜却有心灵、有情感、有人格的个体生命去深切体味，伴随着人生跨越世纪。

《祖父在父亲心中》获得屈原文学奖，是当之无愧的。

《一波三折》。

在紧接着《祖父在父亲心中》之后来谈这部作品，情绪上似有些不协调，但实际上从某种意义来说，这两部作品却有着很相近的地方，那就是它们都显目地提示着生活中真实的方方的存在，不论是现实距离还是时空距离都距方方最近。

发生在装卸站的故事。

"装卸"已成为方方小说中我们所熟悉的一个大情结。我似乎记得有篇文章说过，情结是一种瘾，它是自主的有自己的驱力，而且能控制人的思维和行为，这话我信。四年在人生长河中只是一瞬，但对方方来说却标示着记忆的永恒，四年装卸生活已构成她人生中的一个小人生，人格中的一个小人格。

《一波三折》掺和着对我们身边这座都市的太多太真切的感受和印象，以至于我有时觉得自己不是小说的阅读者而是都市生活的阅读者，而且也兼具了都市人生中的某个角色，似乎一走上大街或登上轮渡便能从人群中指认出作品中的人物来。瘦削黑黄沉默不语的卢小波实在太普通了，在这个几百万人口的大都市里，我相信会有许多同他一样命运的人，会实录到许多类似的人生故事，而偏是这一个卢小波走进了方方小说的取景框，便有了这个由一摞旧日发黄的黑白照片和几帧彩照叠合成的都市故事。

其实这个故事很简单。

在装卸站平平淡淡干了三年，没有一个女孩子感兴趣的卢小波，因一时哥们义气替领导解难代人受过进了公安局,挨打游斗关押自尊丧尽,成为令人厌恶的社会渣滓。最后由回来投资的父亲的部下的帮助而成为公司经理和富豪。

其实这个故事又不能这么去复述,就像方方其他小说一样,一这么着便觉意蕴、韵味全失,许多潜沉的感受是无法表述的。最好的方法是,亲自走进阅读,顺着一行行文字,从开端到最后一个字,这样才可能获得最真实强烈的阅读感受,才能充分体会方方小说的独特魅力。

我最看重的是她小说中的那些细节。几乎每一个细节都能体现出方方叙述的机敏和她操作小说的智慧。看起来似乎是信手拈来显得有些漫不经心,而最终当你看到"后果"时才忽然意识到那些细节原本是一个个"前因",或可能成为"前因"。每一个"前因",不管它是偶然的还是必然的,都有可能影响和改变"后果"。于是,你一定会沿着原路回来,重新探究那些这会儿才显得有意味了的细节。就像卢小波,假如他在车站的混战中没有说那句多余的话,假如他将事情告诉了老于世故的父亲,假如他不信那些许诺不去顶替,假如那指认凶手的司机爱的不是卢小波的女友,假如游斗的人数恰好对称而不需他去替补……似乎是任何一个假如成真,都可以使卢小波避开人生的误区,而偏偏这些偶然的或必然的因素环环相扣,构成了生活的圈套,卢小波尽管令人无限同情,却是在劫难逃。人生中一个偶然的闪失,便使命运错上十万八千里。

方方是极善于打制故事链的,她总是让你极轻松地从链的这头滑到链尾,只是在这一刻,你才会觉出实际上你已被那链绞住了,你无法抽身而去,这似乎是方方近作的特点,她总能把一个好读的故事隐蔽地终结到对人生的偶然、对命运的不测,或是对人自身的不完满性和社会的不完满性的探寻中。于是,我又听到了她对人生命运的诘问,使人陷入人生误区的是生活本身还是人自己?或是人和社会相互联手?而这些推力中哪个又起着终结的作用?上一次是对聪明透顶的牺,而这一次是对平平淡淡的卢小波。

在印象中总觉着方方不是那种把心埋得很深的人,她总用幽默化解生活,形容模仿惟妙惟肖,令人开心无比,可读透了才觉出那作品中其实埋着极深极深的忧伤,一种人类相通的忧伤。

原载《长江》丛刊 1993 年第 2 期

小说内涵的多向度空间
——评铁凝的小说《对面》

  铁凝的《对面》突出地给人一种陌生化的印象。显然，这里的"陌生化"含义与以前阅读铁凝作品所获得的陌生化印象又有着很大的不同。从《哦，香雪》到《麦秸垛》《玫瑰门》等作品，这之间大大地拉开了读者阅读中的陌生化距离。对铁凝近年来一系列逐渐趋向于陌生化的小说，我们更多地感受到的是铁凝创作主体的新变和小说技巧上的日益成熟，而在小说内涵的理解与把握上并不会产生较大的差异，仅可能会在理解的深浅层次上有所差别。在对铁凝小说的"陌生化"所产生的新奇之中，我们仍能感觉到沉潜在小说情节与人物之中的铁凝所贯流的风格与气韵。但阅读《对面》，情形则有些不同，萦绕于读者脑际中的最突出的感觉可能就是：铁凝为什么会写这样一篇小说？读者对作品的接受与理解也将会是多种多样的，甚至可能会存在较大的距离。当我们把审视的目光集中于小说文本时，就会发现，《对面》确实给我们提供了一个多向度解读与思考的空间。

  《对面》写的是什么？

  《对面》想告诉人们些什么？在它的故事构架中作家想要体现怎样的深层意蕴？种种问题推至我们面前，看起来似乎都很简单，但真要想明白、说清楚却并非易事。其实，《对面》的情节本身是易解的，只是由于小说内涵上的包容性和复杂性，而使得读者难以轻易地对小说主题以及人物的生存形式作出自己的价值判断。

  《对面》这一题旨所呈现出的多义性，使它既规范了小说内容，又超出了小说内容的规范。它将一般公众的阅读视线吸引固定在可读性极强的故事上，但对另一层次的读者来说，情节的阅读却并不是终结，而只是思考的诱因，它似乎在提示着作品的言外之意，使读者不由得不顺着这一题旨去对人类生存做深入的洞视。明显地，这个充满想象力的有着偷窥情节的故事，给我们指认了人类所共有的一种探秘心理。它幽暗却又普遍地沉潜在心灵的角落，驱使着人们有意或无意之中，或是心存善意或恶意地去窥测他人的隐私，试图去探测人在社会规范之外所显示出的一种生命生存的真相。这种真相以它的某种不公开性而足以轻而易举地颠覆人们公开的社会形象，使人出其不意地遭遇灭顶之灾。小说中的"我"，与一墙之隔、住在对面医学院宿舍三楼上的女人"对面"之间本来毫无干系，"我"与几个女性之间，而"对面"与几个男人之间各有各的稳定循环的生活圈。"我"对"对面"的偷窥，这种多少有些卑下的犯罪行为打碎了两个互不相识的人的生存圈，也终将"对面"置于死地。读者阅读中，最要谴责的便是"我"的这种随意侵犯和毁坏"对面"个人生活的行为，但显然"我"对"对面"不含恶意，"我"将"对面"的隐私暴露于巨大的光亮之中，以发泄对胖男人的忌恨的深层动机，却是出于对"对面"的美的欣赏及潜藏的爱。实际上从"我"不止一次地反省中，从"我"时常感到自己的低下、卑鄙、丑陋和不可见人中，从"我"对"对面"丈夫的无言的歉疚中，我们已感到了"我"心中深深的悔意，这种自我谴责将会伴随他的终生。"我"是个极为复杂的形象，从他身上总让人感到有一种20世纪的经典之作《麦田守望者》中霍尔顿的气息。在他与几个女性的性与爱的繁复体验中，似乎是那样清楚地凸显着他的种种劣行：易受诱惑、朝三暮四、尖酸刻薄、不负责任，无爱的情欲和恶作剧的报复，等等，但在这种表面的玩世不恭之后，却掩饰着"我"并没有被完全锈蚀的灵魂。"我"对"对面"的窥测，从无意发现到有意为之，这一切完完全全地改变了"我"今后的生活，"对面"使"我"体味到了爱的能力需要郑重地寻找，也使"我"的心胸里涌起让自己变得好一些的愿望。那么"对面"呢，也许在公众的舆论中，以她对丈夫的不忠而成为一个被谴责的对象。可不论怎么说，她是个无辜的受害者。隔墙这座废弃已久的仓库以它久无人声灯亮的假象欺骗了她，使她以为自己已逃离了公众的注视，她坦然地毫不设防地展露着宁静的个人生活的角落，将自己一览无余地交了出去，她没有想到在肮脏的玻璃后面，会有人匿影藏形地注视着她，并最终招致了她的厄运。无疑地，铁凝是将"对面"作为一种美好的形象传达给读者的，并且细致地展示了她作为自然之人所显示出的本真的生命之美和优雅而随意的生活品位。这种美并不需要她所拥有的辉煌的事业和显赫的头衔来增色，也不会因她个人生活中的隐私而失色，所以才那样地吸引着"我"，在"我"的心中辟出了一块净土，使"我"走向大自然宁静的清明。在这里，我们又一次听到了涌流在铁凝小说中的永恒的旋律：生活是美好的，它过滤、净化着人们的灵魂，激扬着人们向美向善的愿望。

或许可以说，铁凝的本意并不完全在于要讲述这样一个有着偷窥情节的故事，这在小说创作中并不是个新鲜题材，她可能只是想寻求一种特殊的观照人和表现人的视角，以便更深入地探测生活的本质和达到穿透人性深度的目的，而寻常单一的视角则不能完全达意，正如小说中揭示的，假象迷惑既定的秩序并且操纵着人类的大部分生活。所以，"对面"成为作家变换视角来进行观照的对象。"对面"的公众形象，是著名的游泳教练、市政协委员，但在小说中这只是对人物身份的最后注脚。在报上有关她"不受金钱、名利之诱惑，安心国内甘当无名英雄，几次放弃出国与读博士的丈夫团聚……"的赞词之后，却有着她与另外两个男人的隐情。与她在法律和生活纽带上都扣得最紧的丈夫，却不知道妻子生活的全部以及她真正的死因。不论是报纸上介绍的"对面"，还是作为妻子的"对面"，都不是她最真实、最完整的形象，只有"我"对"对面"背后的感知，才真正地了解了"对面"的全部。作家正是利用窥测这样一种有效的形式，在视角和方位的变换中为我们呈现了人的多种不同的生活世相，以及生命最真实而自然的舒展与美丽。

《对面》提供的情节是有限的，但它的题旨却提供了一个超出情节之外的多向度思考的空间。小说的故事层面或许只是作家对人类自身以及对不同的人生形式进行探究和思考的载体，它似乎在引申、生发着作家的言外之意，人类之间是无法真正地面对面的。人本身就是个复杂多面的立体结构，即使是面对面地生活着，也不可能洞悉和把握对面的全部。而且因着生活本身的复杂性，也使人永远不会毫无遮掩地将自己的全部展示出来，甚至包括与自己生活距离最近的人。生活教会了人们戴着厚薄不一、形式不同的人格面具去生活，并由此缓解着生活本身所带给人的无尽的压力。就此，人的许多最自然的特性，人由他的这种自然的真实性所显露出的无可比拟的魅力，都在公众的注视中消失了。但铁凝却使我们相信，无论怎样，我们都面对着生活，只有美好的生活能与我们永远地平等相待。

原载《作品与争鸣》1994年第6期

北方海的文化意蕴

——关仁山"雪莲湾风情"系列小说谈

  关仁山的小说视域主要集中于大海的世界,劈头盖脸扑来的海味,腥咸透骨。近几年来,他的创作之所以能在河北文学以及在海域文学中凸显出来,并受到文学圈内的关注,不仅是因为他集中地写了海,而且也因为他笔下的海正逐渐构成具有鲜明地域特征的自我形象。读他的海,我们会感受到不同寻常的海的气息,这是一个北方汉子笔下的海,因此这海中蕴聚着北方豁达、刚健的气质,北方醇厚、朴拙的风情,北方饱满、野性的生命冲力。明显地,关仁山的创作气质和他生活其中并且成为创作对象的渤海湾是融为一体的,北方大海的魂魄渗透在他对文学的悟性中,也给他的作品注入了精气神韵,所以他才能如此自觉而又自信地构建着自我创作个性与地域文化个性相谐和的雪莲湾风情小说系列。

  发表在《人民文学》上的《苦雪》成为这一系列的开篇之作。《苦雪》以其纯净的文学品味而引人注目,并在《人民文学》作品评选中获奖,在关仁山的创作上这是一个突进。在此之前,他已出版过长篇小说《魔幻处女海》、《胭脂稻传奇》(与人合作),报告文学集《小镇太阳神》以及中短篇小说多种,其中不少属于较为通俗的大众文本。虽然在创作上高产,但他却不愿继续于这种惯性操作,于是决心沉下去读书静修另换一套创作路数,如他所说,弄点"纯"的。《苦雪》便是他潜心读书、清心静滤生活的成果。从小说内涵到叙述语言都体现了他对提升作品的文学审美品位所做的努力,也向人们展示出他在特定的文化方位上对小说创作所持的一种新的观照视角。《苦雪》之后,他又一连气地写了中篇小说《红旱船》《蓝脉》《风潮如诉》《太阳滩》等作品,其中《红旱船》等四篇被《小说月报》所选用,小说《船祭》则使他获得了《亚洲周刊》第二届小说创作比赛冠军。这些作品逐渐使关仁山构建雪莲湾风情小说系列的总体构想——得以具体实现。

雪莲湾风情是关仁山对渤海湾生活的文学观照，他的作品使我们相信，他的故乡本土的人和事是值得好好描写的，也是写不尽的。他笔下的雪莲湾有着鲜明的地域文化特征和浓郁的风情民俗，在这个大文化背景下，关仁山紧紧把握着两种对立关系，一是人与海的对立，二是人与传统和现实的对立。这在他的创作中似有着某种原型意义，几乎所有的作品都是由此去发挥人物去构架生活场景。

大海是他在作品中刻画得极生动的形象。北方的海使他尽情地显露着自己的创作个性，没有谁像他这样将大海拥入怀中，细致地挖掘着大海自身所深蕴的魅力。他写海的四季风系，写白腾腾的大雪封死了的静海，写春天令大海颤抖的风暴潮，写深秋的冷海。也写到了常人难以见到的海上景观，轰轰隆隆龇牙咧嘴的破冰潮，黄雾后漫漫泛泛卷来的黄龙潮，显示着大海的原始和神秘的灰蓝灰蓝的海脉，泼天野啸银链条似的海流子，惊心动魄的蟹乱。海被他写得有声有色，气势不凡，这和我们以前在作品中常见到的南国温柔之海，那种岸边椰影摇曳的海的秀姿显然不同。他的海雄浑壮观，狂暴长啸，而能与这海相对应的人也必然是有着强悍的体魄，有血性刚性，敢于抗争自然和死亡的汉子。因此，他的海也就不仅仅是小说的自然景观或人物情节的陪衬，而是涌流在人物身上的血液、人物的精气神韵之源。没有大海的魂魄，他的人物便不复存在。

关仁山极注重从传统与现实的对应中去刻画人物的命运和性格，去叙写人的困惑和抗争。而且从整体创作来看，他在人物塑造上也比较偏重于体现传统的地域文化、传统价值和道德观。他的人物大都带有世代传承的渤海文化色彩，如世代都在大冰海上自由滚动与海狗较量的滚冰王老扁头，赫赫有名的大船师家族的传人黄大船师，生自舞旱船世家的旱船女喜梅子，以及常在祖先立下的"龙帆节"上捧回彩龙的老牤子，等等。关仁山既在他们所处的特定的传统文化方位上写足了每一个人的个性光彩，同时也以清醒的现实主义眼光看到了他们在变动的现实生活中身上所蕴含着的悲剧性因素。对这些人物似不能简单地从某种观念的角度去衡量他们的现实价值和意义。实际上，从这些人物身上让我们感受最深的是他们与自然、与社会的冲突中所显示出来的强悍、血性旺盛的生命力和那种尖上冒尖不甘人后的性格，以及从他们的生存状态和性格行为中，所体现出的独特的渤海地域文化氛围和文化个性。正是这些，形成了关仁山"雪莲湾风情"系列中最丰实、最吸引人的内蕴，也因此，他的小说留在了读者的印象之中。

原载《文艺报》1994 年 4 月 9 日第 2 版

直面生活的沉疴

——读刘醒龙的新作《去老地方》

读刘醒龙的新作《去老地方》（载《长江文艺》1995年第1期），第一个突出的感觉就是，他在小说的取材上又去了"老地方"，仍是选取了较为敏感的社会问题题材。刘醒龙近两年来走红于文坛，他的小说以及由此改编的影视频频获奖，并引起世人注目，主要是由于他将创作观照的视点集中于今天人们最为关切的现实生存视域，在小说题材和主题的审视取向上与社会的敏感区和关注点相契合，体现出一种社会公众的情感倾向性，这种面向现实切入人生的比较直接的社会价值取向，使他的创作显示出一种特有的个性特征。

关注现实生存，是刘醒龙创作的一个大前提。在这一前提下，他着力表现着在社会转型期这样一个急速变化、人们的价值观不断受到冲击和解体的大背景下人与社会环境之间的冲突和妥协。综观他近期的创作，大致可分为这样两类：一是《凤凰琴》《孔雀绿》这类作品，刘醒龙总是充满同情地将视点重心投向生活中的普通人身上，叙写着他们在现实生存中的困境。张英才（《凤凰琴》）、吴丰（《孔雀绿》）都是些生活中善良的好人，他们在工作上勤勤恳恳、兢兢业业，但剧烈变化着的社会环境却给他们的生活和精神空间带来种种震荡。他们固有的生活方式和传统的道德行为准则与现实生存环境之间不断地产生着冲突对立，他们困惑苦闷，一种生活在别处的心境更是出自日常。他们几乎无法承受生活旋变之陌生，难以认可那些似是而非的行为观念，但最终他们在这种冲突中也无奈地由不适应到学会适应，由抗争到某种程度上的妥协和退让，为了争得基本的生存条件，或是像张英才们，不得不撕破人与人之间最后一层温情，或是如吴丰们，不得不违背自己的意愿和良知，以公济私，同入污流。在这类小说中，人与社会环境的冲突过程占据主位，而妥协退让则是一种迫不得已的结局，在生存环境的压抑下，仍不时有良知和善性的闪现。因此，它带给读者的是几丝酸楚、几许叹息和几多惆怅。而刘醒龙的另一类小说，如《秋风醉了》《菩提醉了》以及我们现在读到的这篇《去老地方》，则写了另一圈子人物的生存世相。在生存的大前提下，刘醒龙更多地表现了形形色色的官场灵魂对流俗的社会环境的一种麻木的或可说是有意为之的妥协。在这里，人的生存欲求几乎都陷入了官场的欲求之中，如何生存之于他们已成为混进官场的一种行为策略，而作为人的构成素质中的许多，诸如个人的情感、性格、情趣，个性化的行为及言语方式等都已消隐于官气之中，这是一群无奈而又无聊的人物。

《去老地方》选取了一个人们熟悉而又容易淡忘的角度，这可说是人人心中所有，个个笔下所无，一般人很少会从这一角度去探寻深意。刘醒龙在人们的不经意中，便从这个再普通寻常不过的视角中挖掘出一篇小说，并且赋予其一定意义。"老地方"是人们日常交往中的一种约定，一种指代，当事者心中自明所指而用不着点破，"老地方"是人人皆有，各是自己和约定者心底的一个特殊地点，一个不为他人所知的秘密。就如小说中，文化局长杨一心中的"老地方"是河堤边的那棵大柳树，年轻时他在树下等未婚妻等得心碎；秘书小洪和小凤不见不散的"老地方"是河滩上的青草地；杨一女儿文文的"老地方"是她和同学不想让大人知道了跑去干涉的野炊地点；个体户方继武家里人皆知的"老地方"则专门存放着给官人们的进贡。当然这其中最难以让人忘怀的"老地方"是情人约会的那块爱情圣地。"老地方"让杨一想起了自己无邪无虑的青春年华，见面不谈爱情，而谈工作，如何当个先进工作者，正是这么个珍藏心底的"老地方"，如今却让杨一给个体户新开的酒楼起了店名，按杨一的解释："老地方酒楼"给人一种亲切感，头一回光顾，也像是来过许多回一样，还有一种爱情气氛，订好酒席通知客人在"老地方"，那感觉跟去情人约会一样。杨一由此得到了方继武的回赠，一只几百元的不锈钢真空杯。虽说是劳动报酬，实则却带种权钱交易的意味，因为用这种杯子的人都不会自己掏钱。连女儿文文都说同学说了用这不锈钢真空杯的人，都是搞腐败的。方继武找杨一起店名，说是看重他是文化人老邻居，更重要的却是图他在县里的地位，酒楼开在政府门前，主要赚公家的钱，要吃喝，只需一句"老地方"便可意会。杨为方提供了县政府请客的信息，方又打着杨起的店名的招牌拉到了这一大笔生意,自然杨也会从中得到一份谢礼,所以当杨一就工作之便去下面乡镇也不忘替老地方酒楼宣传,以后去县里不可不去"老地方"开眼界。

　　刘醒龙借"老地方"的转换,不动声色地表现出杨一这个人的变化,也反映出当今社会的某些变化。年轻时去"老地方"约会在大柳树下,带着神圣的爱情和青春激情,那时候一唱歌浑身就来了劲。而现在去"老地方"酒楼,和县里众官员约会在柳树厅里则是去吃喝唱卡拉OK,成天酒肉穿肠过,人却变得越来越没了精神。小说的结尾具有一种寓意,杨一来到河边发现他心中的"老地方"已不复存在,那棵大柳树被人砍了,现在他生活中只剩下去吃喝的"老地方"了。

　　在小说中,刘醒龙以一种平静如水的叙述语调,叙写着杨一的生活图景。杨一很能代表当今某些基层干部的生存现状。他是从最基层一步步提升起来的,当大队团支书时总盼着冬播后的那几天假,能好好歇一歇,说明当年确也曾苦干过。而如今成了县里文化局局长,虽说是一清水衙门,但毕竟在县政府里占有一席。长期在仕途的打磨,早已磨去了他作为个体的人的鲜明特征,岁月如流水已将他冲刷为沉陷于官场中的又圆又滑的卵石。他的全部神思、全部机能以及个人生活的内涵,都已经异化了。在他身上官气已掩过了人气。他开会成瘾,若两天没有人来通知开会,便会觉得情况有些反常。他爱端官架子,办公桌上的电话,总要等铃响过七八声抑或是十几声才起身去接。若上班去早了他会一直站着等秘书来打锁开门。连送客内心私下里也分成几个等级,平常标准是起身离座走几步,再重视一点送至大门口,而为得到一只真空杯,他不能自持地将方继武送到了单位大门口。多年宦海浮沉,使他精于娴熟而有余地地运用官场技巧,个体户方有事求他,他假托不在不接电话,却判定是犯了黄案,于是先拐弯抹角地从汪股长口中套出扫黄中涉及了哪些人,然后才见方。送礼也要事先四处打探摸底,而且也学会了以官气压人,尤其是故意压下小凤的电话,更是显露出这个人内心并不光亮的地方。但显然,刘醒龙并不想刻意地去指责什么,他只是通过这个人物有些近乎无聊的生存现状来展示他周围流俗的社会环境,从县长到下面官员,从县城到乡镇,假借各种名义和方式的吃喝,以及向下属单位的摊派,酒足饭饱之后谈女人唱卡拉OK,在这样一个官场圈子里,杨一的生存及行为策略多少又透出一种无奈,他不想也不可能去对抗什么,县政府违背中央命令自办企业明着向下面要钱，杨一最先交了200定了送礼的调子，由此惹怒了县办主任，杨一先还犟着，但最终还是被主任发青的脸色吓住了，不得不咬牙把留下做过年福利的1000元交上去以换主任一笑。结尾杨一去河边去寻找"老地方"，以及他对小洪说的那番要爱护"老地方"的话，可说是意在言外，这种怀旧的心境中，透露出他内心对流俗的社会环境的一丝冲突。

刘醒龙的小说，似乎已经形成了某种较为固定的模式：一是题材的价值取向上具有趋同趋近性，多是针砭时弊。二是突现在表现手法上，一般在小说的前半部，他总是大胆地切入生活，展示现实生存困境，剖开社会组织细胞的癌变，但他从不会直切到底，达到矛盾的某种极致。在小说结局的处理上，他总是持一种谨慎防护的创作心态，退避开冲突的焦点，就如《凤凰琴》《孔雀绿》以最后的同情谦让和无可奈何的妥协而对付生存的困境，或如《去老地方》在从俗的生存中，又让人物为精神的委顿发生一两声怀旧的叹息，这使他的小说在一种哀婉的情思中销蚀了撼人心旌的力度。《去老地方》在小说的营构上仍是采用一种清水煮面式的叙述风格，主要以对话的形式成篇，在操作手法上和《孔雀绿》具有相似性。在《孔雀绿》中，全篇对话达到百分之九十以上，而《去老地方》也基本如此。在印象中，这种对话形式多少显得有些单调，总是"杨一说……小洪说……"，在小说行文上缺少一种流动的变化，这是刘醒龙下一部作品应注意的地方。

原载《作品与争鸣》1995年第8期

理性观照下的小说阐释
——评池莉的中篇近作《云破处》

池莉的中篇近作《云破处》给我们提供了一个震悚人心的都市故事，读后不由不让人感到惊讶和陌生。这种突出的感受，主要反映在这篇小说题材的选择上。池莉的都市小说有其流贯的风格和气韵，她比较擅长在无太大戏剧性的身边琐事中去发现和挖掘生活的蕴含，以良好的感性在芸芸众生的日常生存中去寻找小说题材。她的都市故事本身就汇流在都市生活的潮流中，她的人物经过汉口这座城市天长日久地渗融和熏陶，总是自觉或不自觉地体现着带有自身城市文化特征的都市人心态和群体无意识，常让我们在司空见惯或见惯不惊中去仔细地品味其中的韵味。《云破处》所选取的题材之所以让人触目惊心，是因为它提供的是一种超出一般常规的隐秘的人间体验。她不再像以前那样直观地展现生活流程的原生态，而是深入到生活的表象之下，展示脱离了公众视线关注的人和人性，试图以此去探究人在社会规范之外所显露出的另一种生命生存的真相。

"云破处"这一意象本身就提示着某种寓意，吸引着读者顺着题旨去探寻深意，在生活的洞穿之隙中得以观照人性中最真实的阴暗。池莉借助于金祥和曾善美这一对夫妻的生活给我们提供了一个特殊的洞察人性和表现人性复杂面的视角，以便能更深入地达到穿透人性深渊的目的，而寻常正面的审视角度则不可能获得如此的纵深。她似乎通过小说在向我们说明，许多扑入我们眼睛的生活并不一定展示着其真实所在，假象常常迷惑着人们的视线并且操纵着人类相当一部分生活，包括夫妻生活在内。在常规意义上，夫妻不仅有着法律纽带上的牢固连接，而且在生活上也体现着一种最为密切的人际关系，尽管有时因着人的复杂多面性而不可能洞悉和把握对方的全部，但要做到毫无疏漏地将自己整个地遮掩起来也不太可能。空间距离的逼近，时间长度的推移，谁也不可能终日戴着沉重的人格面具去面对面地在一起生活，在这种天长日久的相处中时时设防，不露一丝真相，但池莉笔下的金祥、曾善美则超出了我们对夫妻生活的这种普遍看法和理解。在小说开头，池莉不惜花费大量笔墨来强调这样一个事实，在钢铁设计院众多群众雪亮眼睛的注视下，金祥和曾善美的生活和为人，就像阳光下的绿叶一样通体透明纤毫毕现，两人在性格上惊人地相似，随和、开朗，喜欢助人为乐，酷爱做清洁和种植常绿植物，他们相依为命延续了15年之久的夫妻生活一直和和美美令人称道。尽管这种和美是在夫妻二人成功地欺骗对方后获得的，但从生活局部来看，就是两个当事人自己也可能认为他们的婚姻生活是和谐、舒缓而宁静的，倘若不是一次偶然的聚会，他们或许会像安全行驶了多年的老火车一样共抵人生终点。偶发的聚会事件撕开了假象掩盖着的生活，于是日子被他们掰成了截然不同的两半。白天和黑夜，生命和生活的分割与断裂是如此惊心动魄，他们的白天生活融汇在人们日常普通而又平凡的世俗生活之中，两人依如旧往地浇花做清洁，与同事议论近期新闻传媒关注的热点，一切都在社会公众的视线中显得天衣无缝，再正常自然不过。但这只是两个极要面子的人联手制造的公开的白天生活，而在暗夜里我们看到的却是受害者与施害者之间充满血腥和强力的肉体绞杀与灵魂搏斗，是杀人犯和复仇者之间的对峙。尖利恶毒的刻薄，直中要害的刺激，兽性和暴力的显露与爆发，道德和良心的审判与逼视，不论是金祥还是曾善美，他们在夜晚展现出的本真面目或个人隐私，都足以轻而易举地颠覆他们白天所刻意塑造和维持的公众形象，让他们身败名裂，遭遇灭顶之灾。谁也无法想象工作勤奋、"做人无私方正"、"可资信赖"的副研究员金祥，在11岁的小小年纪就敢投毒杀人，手上握有包括曾善美父母在内的九条人命，并且间接地促成了曾善美弟弟的死亡，扭曲了曾善美的整个人生，使她可悲地陷入两代男人的情欲之中。就是这个金祥，在知道了受害者的身份后，却居然能若无其事地与受害者同床共枕，一点不受到良心谴责。在他看来，"死几个人又算什么，地球照样转动"，如此阴暗而尚未脱离兽性的人性实在令人骇然。究其杀人动机，仅只是出于狭隘愚昧的农民心理，对物质和精神生活高于自己的另一群类所本能产生的仇恨，这真可以说是人类某种悲哀的精神残缺。同样谁也不可能想到"拥有优秀女性气质""非常讨人喜欢"的曾善美，会一次次施展计谋，以一只鸡心骗得婚姻的顺利，明知自己已丧失生育能力，偏做出勤勤恳恳吃药求子的样子，看似柔弱得手无缚鸡之力却手刃了金祥，并且以伤心绝伦的假象赢得了公众的同情和舆论的支持。正是通过这两个人物夜间的隐秘生活，池莉犀利地揭示了在那些既定而有序的现实生存背后所隐匿着的某种人类生活的真相，并且纵深地展示了那些潜藏在平和庸常人生中的令人惊醒的人性之恶。

《云破处》在创作手法上也明显地体现出池莉近期创作中的一种变化，具体实践着池莉对小说新的诉说方式的一种寻找。给人的感觉是，从《化蛹为蝶》开始，她就在尝试着以理性判断去演绎小说故事和人物的可能性，以期赋予小说创作更多的形而上的思考，有意识地在弥补以往创作中偏重感性而理性不足的缺陷。显然，金祥、曾善美这两个人物是为了传达某种理念而按照模式造出来的。像曾善美，这一名字本身就具有一种象征符号的意味，这个形象打破了池莉在人物塑造上某些带有恒稳性的惯例，以往她对笔下女性人物形象的刻画，多体现出细腻入微的感性，富有世俗生活的质感，而曾善美身上却穿透着理性的强光，体现出超越寻常女性的理智和胆略。池莉成功地运用了精神分析的方法来帮助弱小的曾善美与金祥进行心理战，这种方法我们常见于西方的电影和文学作品中，对池莉来说却是首次借用。不过，从前做医生的经历无疑地使池莉拥有了某种优势，使她能摸准揣透人物心理。于是曾善美的每一句话抑或是装醉中的漫不经心的酒话，都深藏谋算和诱引，她甚至有效地利用了衣饰的色调、封闭的空间、常绿的植物对人视觉感受所产生的压抑和逼迫，让金祥欲遁无门，使强壮有力的金祥在精神的起伏与搏斗中始终处在劣势，一步步落入曾善美的算计之中，从而使扑朔迷离的九龙沟悬案得以廓清。但池莉有些太急于牵着人物跟着自己的思维模式走，使这个人物显得过度理念化，曾善美最后所表现出的冷静和理智，她的算计和谋杀，真让人感到目瞪口呆，这和小说开头所描绘的曾善美判若两人，似乎在聚会后一夜之间，曾就由一个数十年一贯呈现温柔、素雅、自然之美的女性，变成了冰冷恶毒的蛇，前后人物内在性格、心理感觉反差太大，实在经不起深入的推敲。对另一个人物金祥的叙写则显得过于漫画化，介入了过浓的主观意向色彩，金祥完全成了一个可恶而又自作聪明的丑角，不论他以性为对策，还是以疯狂的强暴与辱骂来重创对方，都令人感到可笑和可憎。而作品关于金祥性格历史的交代，说明他是个城府极深、心道幽邃的人，他不大可能会在曾善美的逼视下，显得有些压不住阵脚地将自己彻底暴露出来，若将他写得再平静一些，反倒更能衬出其骨子里的恶劣。

值得注意的是池莉的女性叙事策略的首次凸显。尽管小说采用了全知的叙述方式，男女主人公处在对等的地位，但小说的叙事重心却明显地偏向了曾善美。在这里池莉将强大的理性、智慧和攻无不摧的力量都赋予了女性，而在女性中心话语的体现中，金祥则是卑劣的、肮脏的、恶性张扬的。他精于算计却又总是陷入女性的谋略之中，他强壮、凶狠，但在双性对峙中却输于柔弱的女性。整个小说的故事叙事给人一种女性报复式的快感，当曾善美最终向金祥复仇，并且成功地逃脱了制裁时，我们几乎都产生了一种庆幸，自觉自愿地接受了这种女性叙事策略的影响和控制。《云破处》展示了一道特殊的人性风景，也使我们产生了去重新认识池莉的念头。

原载《作品与争鸣》1997 年第 12 期

历史理性的审美观照与阐释
——论方方的长篇小说《乌泥湖年谱》

方方的长篇新作《乌泥湖年谱》，于岁月沧桑中绵延着历史，她便在这种历史绵延中写着父辈知识分子和自己的故事。小说采用了编年史这种最直接的表现历史的形式，将创作视点集中于对知识分子生存和命运的关注上，以乌泥湖作为观照视域，对最早的一批三峡大坝的勘探设计者的个人经历，及他们的家庭生活做了细致的描摹。选择"乌泥湖""三峡"作为人物活动的背景或是某种身份的标识，仅仅是因为方方对这些非常熟识，前者是她从小生活的地方，后者则是她的父辈为之奋斗的目标。很明显，方方的创作目的并不在于对一时一地的知识分子生存形态的记录上，描述的也不仅仅是某一类知识分子人群在政治运动中的思想及情感的波动和变化，小说中所体现出的深刻内涵，已远远超出了"乌泥湖""三峡设计者"这些具体的环境和人物的框定，实际上这部42万字的鸿篇巨制，是对中国五六十年代知识分子群体所做的历史的与现实的审视，从中体现出一种宏阔的历史视野和理性的思辨意义。

80年代以来，有关知识分子的讨论话题源源不断，从对"反右""文化大革命"中知识分子命运的反思，到知识分子启蒙身份的逐渐丧失的忧虑，再到90年代有关"人文精神"的论争，知识分子一直是整个社会话语的关注中心。尽管90年代汹涌而至的经济大潮的冲击，已使知识分子从时代社会的政治和文化中心位置退至边缘，在日渐边缘化的过程中饱尝失落之痛和难以言表的焦虑，但他们仍会通过不同的言说方式建构自己的话语中心的位置，来体现知识分子话语的力量，方方便是以小说这样的文学载体表达着她对知识分子生存和命运的一种思考与阐释。她的短篇《言午》《幸福之人》《金中》《禾呈》，是对"反右""文化大革命"中遭受厄运的 50 年代知识分子人生晚年的叙写；中篇《行云流水》《无处遁逃》《定数》揭示了高校知识分子在 90 年代商品大潮冲击下所产生的观念上的困惑，以及所处的现实困境；《祖父在父亲心中》写了两代知识分子的人生和心路历程；长篇《劫后三家人》（部分）、《乌泥湖年谱》则将知识分子父辈和子辈互涉影响的人生作为观照对象，力图通过探求历史进程对知识分子个体命运、对其整体的生存与发展的影响，来完成对知识分子自身以及对历史的检视。由 30 年代壮烈殉国的祖父为开端，到 90 年代高校青年学者严航，其间横亘了近一个世纪的风雨历程，展现了三代知识分子的人格命运的变化，这不仅使她的有关知识分子的小说创作，形成了一个庞大而有序的体系，而且也为她提供了一个独特的思考空间，明确地体现出她坚守知识分子写作的身份立场。《乌泥湖年谱》成为这一系列中构架最大的一部作品，并且以其所具有的宏大历史叙事的潜质，而显示出深存于作家脑际的整体构筑规划。

一 多视角的交互穿越

一种历史的理性的意识和思考，支配着方方小说创作的主体审美倾向，这使得她在创作上，主要在小说的整体构架和深度内涵上，表现出一种更知性的审视态度和审美理解。《乌泥湖年谱》在视角上体现出多向度探入的特点，历史的理性阐释、当事人自我的检视，以及后一代人对上一辈的返视观照，这几种视角的交互穿越，使小说由此而获得了厚重的底蕴。

小说不是简单地对历史的复原，尽管小说作为叙事艺术常常以历史叙事的形式呈现，像《乌泥湖年谱》这种年谱的表达形式更易让人把它视作历史的顺年度记录。但小说绝不是纯粹地书写历史，在小说中虽然能看到历史的倒影，却都是当代人对历史的再度言说，体现着当代人的历史观和审美传达。这种当代性的理性思考不仅使作家将自己置于历史观照的至高位置，让这种观照获得了某种超越性的品格，逾越了特定的历史时期和既定的社会内容，也使小说更多地容纳了理性之光的穿越，作家所做的这种超越历史的努力，几乎在几种不同的叙事视角中都有所体现。

年谱从 1957 年排至 1966 年，小说所截获的这一时段包括了中国知识分子命运遭受重创的两个不同的历史时期。1957 年，相当一部分知识分子被打成右派，许多知名学者文化名流一夜之间便被忝列另类行列，成为被放逐的异类。而十年后的"文化大革命"则让所有的人在劫难逃，不论是挨整者，还是整人者都先后付出了代价。更让人忧从中来的是，这十多年的遭际，使中国知识分子对群体自我的社会身份和个体身份都开始产生了质疑，正像小说开头引用的曹操的《短歌行》中的诗句"绕树三匝，何枝可依？"所表述的意思一样，"它确实代表了知识分子这么多年的情感归宿，找不到心灵的家园，他们永远不知道自己在一个怎样的位置上。说实话，知识分子是非常非常爱这个国家的，但他们确实是无可奈何，从他们来说是一种没有着落的感觉"[①]。

《乌泥湖年谱》中所描写的人物都属于技术型知识分子，他们以实用型科学技术谋生。相对于经常站在批评者立场上进行人文批判的人文知识分子，他们是疏远社会批判的，也对政治缺乏足够的敏感和兴趣。作为高级水利工程师，他们一生关注并想要做成的事就是建三峡大坝，"他们要求很简单，'我什么都不管，只想为你做事情'，只想把事情做成，如果他们看到大坝修成了，觉得一辈子就足够了"[②]，但他们却未能获得一个很好的能施展技术的空间。由于中国特殊的国情，"知识分子整个被垄断成了国家干部。这一干部编制既保障了知识分子的生活待遇，它高于国家工人，更高于农民；但也把知识分子紧紧地绑在了体制之内，使他们成为被养起来的一群"[③]，这使他们对体制有很强的依附性，而不具有独立性。苏非聪为捍卫自尊愤而辞职，看似脱离了掣肘着他命运的单位体制，不再吃体制的皇粮，但这种选择并未获得个人自由的空间，仍未能摆脱体制与社会重合的现实结构的制约，这不仅使他只有在体制内才能发挥效力的专业技术一无所用，让自己陷入了一种更无奈的境地，而且还搭上了妻儿的命运。苏非聪的遭遇对未坠入罗网的丁子恒们成了一种现身警示，即使成了体制内的另类，忍受另类的不公正待遇，他们不能也不敢脱离体制，因为他们所拥有的专业化知识和技能，本身就已限定了他们个人选择的自由向度，他们所供职的"长江流域规划设计总院"，本身属于体制内的一个重要而庞大的机构，而他们穷毕生精力所要完成的事业——构筑三峡大

---

① 方方、腾威：《小说的也是历史的》，《中国图书商报》2000年12月5日第2版。
② 同上。
③ 邵建：《知识分子的存在形态或分流》，《小说评论》2000年第4期。

坝，是整个国家重要的计划经济的规划项目，这些都注定了他们必须在体制中生存和发展，在这一点上，他们甚至不如以小手艺吃饭的匠人享有更大的生存选择自由。正是这种特定的社会环境，决定了丁子恒们必须努力地将自己融入体制之内，主动或被动地去接受改造，去承受一次次政治运动的冲击，为此他们诚惶诚恐，甚至也不乏虔诚，并且最终默默地认同了这种对他们的改造。像丁子恒极认真地一遍遍写着学习体会，苦苦翻寻自己的错误，金显成长达数小时的检查做了六次，仍然是通不过。作品中使用了一部分当时的批判会记录、检讨书、学习的心得体会，这些由方方父亲留下来的文本资料①，最真实不过地向我们展示着岁月的荒诞和一代知识分子的悲哀。本是些技术骨干却无法搞业务，撇下工程不做，却必须把参加运动放在首位，整天违背意愿地写检查交代，贴大字报揭发批判他人，"生命中最富创造性的年华都被一次又一次的政治运动销蚀了"②，1957 年到 1966 年只十年光阴，一个个曾雄心勃勃、才智超人的水利专家留给人们的身影，便成了"行进时痛苦而扭曲的姿势"，整天如面临一支在弦之箭，"愈加谨小慎微愈加紧张疑虑愈加战战兢兢"③，气质萎缩人格退化。《乌泥湖年谱》通过对知识分子整体命运的理性反思，向我们真实地展示了这一群体所承载过的历史重负，以及历史所难以推卸的责任。

在小说中，许多对历史的审视是以人物的自省或是在对他人的检视中完成的。这种审视既是当事人的，也体现着当代叙事者对历史的反思。作为叙事主体的丁子恒，在小说中更多地承担着自省者和审视者的角色，方方常常有意无意地放弃了故事之外的叙述者的声音，而是通过他的眼光来进行叙事，不仅真实地传达出了历史境遇中的当事人的心理和行为状态，而且也让我们看到了一个清醒者面对历史的无奈和痛苦。

在后一代人对上一辈的历史观照中，也交互穿越着几种不同的叙事眼光和叙述声音，这其中既有作品中人物以童年时正在经历事件时的目光来进行叙事，也有现实中长大成人后的历史的经历者对往事的返视，即"作为一个旁观者，以现在这种成人的感觉来描述"④，体现出隐含着的小

---

① 方方、腾威：《小说的也是历史的》，《中国图书商报》2000 年 12 月 5 日第 2 版。
② 方方：《祖父在父亲心中》，《方方文集》，江苏文艺出版社 1995 年 12 月第 1 版。
③ 同上。
④ 方方、腾威：《小说的也是历史的》，《中国图书商报》2000 年 12 月 5 日第 2 版。

说叙事者的眼光，于是感性与理性，幼稚与成熟，混沌与清醒构成了一种叙事上的对比，从而更立体全面地完成了对一代知识分子命运的透析和思考。

二 群体与个体形象的解构

《乌泥湖年谱》以宏大历史叙事的方式，对知识分子的群体形象做了集中的展示。小说成功地塑造了丁子恒、苏非聪、皇甫白沙、吴思湘等一大批高级工程师的形象，他们的人生经历、心路历程，甚至家庭遭际，都具有相当普泛的概括性和象征意义，成为中国一代知识分子整体命运和生存的一种缩影。

作品的独特意义在于，在以往类似的有关知识分子的文本叙事中，尽管知识分子一直被视为一个数度受到重挫的群体，但他们从整体上仍保持着科学、民主、人道主义等理念的启蒙者和实践者的身份，仍在艰难的挺进中努力地实现着知识分子的道义承担，其批判锋芒大都是指向社会和历史的，对知识分子群体则表现出激赏或哀婉的情思。《乌泥湖年谱》并未完全认同这些惯有的叙事立场，而是以不同的审视角度，对这一群体的身份进行了理性的解构。我们看到，在特定政治语境下的深度透析中，知识分子群体呈现出其复杂而又真实的一面，也使个体的人格人性的多样性与多变性得到了最充分的展示。

皇甫白沙应属于知识分子中最杰出的代表，他开朗爽直，有一种坚忍不拔的性格，不论遭受什么磨难，始终富有激情和理想，"不管处在什么样的环境下，依然不改变一贯的追求"。刚摘掉右派帽子回到施工室，便全身心地投入到工作中去，面对歪风邪气敢于挺身而出，以一种强大的人格力量震慑人心。和许多知识分子固守清高难以接纳世俗的性格不同，他具有很强的包容性，"可同各种人打交道，并可根据各类型的人采用不同的方式"，具有叱咤风云的领导才能，"文化大革命"中虽然再次遭受打击，仍然坚信乌云终将过去，"他还有更为重要的大任在后面"。小说中刻画的这些科技型的知识分子，虽然属于高智性的人群，但并不都具有政治上审时度势的清醒，即便清醒也无法把握自己的命运。金显成的见地总是切中肯綮，却陷在无奈的自我批判中。吴思湘的清醒也只是在力所能及的范围内提醒他的下属们避开潮头，免受更大的打击，却没法去保护他们。恃才傲气的苏非聪虽继承了哲学家父亲的睿智，天生目光敏锐，看问题有一种特别的穿透力，他能替人解惑，却终是看不清自己的命运。性格苦闷内向的吴松杰从他只想做一个有用的工具，或皮尺或标杆，而不愿做整治他人的笔、皮鞭和枪棍的诗歌表达中，仍能感到一个知识分子所具有的良知和清醒。他们两人在个性上完全不同，内在精神气质却相似，都具有中国传统知识分子惯有的宁为玉碎不为瓦全的精神气质，不惜以离职和生命的代价来捍卫最后的人格尊严。丁子恒是一个智性高而又相当严谨理性的科技型知识分子，他始终能够清醒地审视自己，审视身边的每一个人，他能清楚地看到自己及他人身上的弱点和优势，从具体的人和现象中透析出其内在的本质。但这种清醒并不会让丁子恒像当时的一些人文知识分子那样，用生命去承担思想的重量，反倒是愈清醒，愈使他走向了麻木中的痛苦的沉沦。因为身边一个个不同个体命运的痛切的警示，以及妻儿的身家性命，都让他不敢轻举妄动，明知是错的也不敢反对，违心而又痛心地做着自己不愿做而不得不做的事，"丁子恒在这种默默的承受中，几年以后他自己慢慢的就被改造过来了，就麻木了，就认为所有的一切就是这样的。"① 像丁子恒这一类型在知识分子人群中具有普遍的概括性，他们只能在内心最后坚守着独立的人格和思考，始终处在良知和现实矛盾冲突的搏斗中，这种巨大的精神压力，消耗着他们的生命，在不断地改造中没了傲气也磨蚀了傲骨，日渐变得麻木而卑恭，这既是个人的也是一代知识分子的悲剧。在后来的一些社会批评话语中，曾有过对当时的知识分子的种种指责，诸如懦弱、不讲真话、不坚持真理、丢弃了知识分子的道义良知等，但是当我们置身于小说具体的社会政治语境中时，会痛切地感到这种指责缺乏对生命处境体认上的宽容，也透露出其对特定历史情势缺乏更深刻的认识和了解。

在对知识分子群体的解构中，方方也对这一群体自身的弱点进行了揭示。在他们身上既有知识分子传统的清高自负的人格气质，也不乏浮狂傲气和骨子里的倨慢骄悔。才华横溢使他们看不起本事不如自己的人，也不屑与趣味不投的人交往，尤其是一遇风浪，便显露出他们易折易弯、脆性较大的特点。面对突如其来的打击，吴松杰选择了自杀，丁子恒认定一旦被打成右派送去劳改农场就自杀。因一句话被打成右派的苏非聪，虽以辞

---

① 方方、腾威：《小说的也是历史的》，《中国图书商报》2000年12月5日第2版。

职做了最后的抗争,却精神崩溃,难以承受艰苦的乡村生活。曾挺拔潇洒、傲慢而睥睨一切的孔繁正,在磨难中变得形神委顿、身躯佝偻,一脸恭顺和逊。神态洒脱、满腹诗文的刘格非更是不堪一击,不仅痛哭流涕丑态百出,而且血口喷己自我戕害,最终导致精神分裂。

在特定的政治语境的压力下,知识分子群体自身也在分化。平庸无能的何民友本是个令人同情的弱者,几个孩子残疾,一个掉进了粪窖,却卑鄙地出卖同事,用吴松杰的生命做铺垫,爬上了"文革委员"的席位。沈慎之向平日关系不错的同事射出了一支支暗箭,还有王志福的拙劣表演更是形形色色,除却个人品质问题外,更主要的还因为有外在的诱因。"反右"和"文化大革命"是个契机,把在常态下被抑制着的人性中恶的一面充分显露了出来,撕开了平日遮掩着的人格面具,使不同个体人格的复杂性与多变性得到了彻底的展现,这其中也体现着方方创作中一以贯之的对人性恶的深刻洞察。

三 主体叙事的双层构架

小说的主体叙事是在两代人的生存层面上展开的,其中也隐现着上一代人的影子,这种全景式的构架,既写出了知识分子个性人格的内在传承性,以及几代人命运的互涉性,也可以更立体地探寻扭曲人物命运的历史因由与现实际遇。

新时期以来,以知识分子为题材的创作并不在少数,像杨绛的《洗澡》,张洁的《方舟》《祖母绿》,王蒙的《活动变人形》《相见时难》,戴厚英的《人啊,人》,还有年轻作家徐坤的《白话》《梵歌》《热狗》,等等。不论是 50 年代还是 90 年代作家,在叙事主体与表现对象之间都具有直接的联系,是对同一代人的一种透视与叙写。《乌泥湖年谱》则穿行在两代人的生活空间中,这与方方的生命体验有着最直接的关系。正像方方所说的,父辈"这段经历不是我个人的亲历,我那时还很小,不是我的亲历我不能自己置身其中,发表很多感受,那样可能有些感受是不准确的、不对的"①,她只能站在历史的旁观者的视点上,以非体验的方式对历史的参与者和制造者的命运做历史的追踪和复原,表达当代人对父辈知

---

① 方方、腾威:《小说的也是历史的》,《中国图书商报》2000 年 12 月 5 日第 2 版。

识分子的再度理解和再度言说。但作为知识分子的子女，她又是一个历史的见证人，父辈们经历的许多事使她从小耳闻目睹，深深地积存在她的童年记忆中，这对她的体验限度是一种补偿，同时也能充分地开掘属于她个人的生存阅历，这是一个更为开阔的能让她自由纵横的叙事空间，可以使她对自我的表象重组能力和阐释力得以全面的发挥，因此，采用这种叙事结构，对方方来说是再自然不过的事。

丁子恒的家庭成为作家主要的观照对象，通过他的妻子与其他家属的交往，以及他的四个儿女与同学和玩伴的关系，铺开了小说另一叙事层面。从阅读接受上来看，将几代人的命运扭结在一起进行观照，比仅是去关注一代人的生存，更能体现出历史的真实性，并且可以提升撼人心旌的悲剧力量。不难看出，知识分子的成长和命运除了受到时代、环境的制约外，家庭、族系的影响也是极重要的因素，体现着一种内在的个性人格的传承性，江浙一带多才子，与当地书香世家众多有着直接的关系。我们从苏非聪、丁子恒的言行中可以体察到其知识分子父辈们的影响，同样地，这种影响也体现在林天问、洪泽海、大毛、皇甫浩这一代人身上。但令人痛心的是，代际命运的互涉性在小说中更多的是以其负面形式呈现的，特定政治背景下的株连，不仅给当事人造成极大的精神压力，而且也毁掉了下一代人的生活。苏非聪对自尊的维护使几个女儿失学成了农民；皇甫白沙在1957年的坚守使皇甫浩失去了读大学的资格，最终死在但家凹。林嘉禾的右派身份葬送了儿子——一个极富才华的年轻工程师的前程；博学的孔繁正因被打成右派，三个儿女都未能升学而去了云南或是去农村务农，一个则患了抑郁症。抄家使严唯正的儿子严晓文失踪，而丁子恒一味地忍耐和承受只是怕牵连四个子女，这种骨血之情销蚀着他们最后的精神坚守，也使他们陷入了更深的精神困境。

但是，这种叙事层面的结构安排也暴露出小说文本明显的缺陷，在对父辈知识分子的叙写中，方方依凭的是一个理性的视野，体现着深邃的历史超越性目光，整个叙事是浓缩的，不仅为我们精练地勾画了众多令人难忘的人物形象，并且其中也包容着对历史的洞察和对历史的反思。但在另一叙事层面，则进入到了作家感性的自我世界。方方明显地偏爱于这一视域，熟悉方方的人都会发现这其中有她自己家庭生活的影子，像几个孩子步行去武大串联，丁单因穿花裤子受到同学嘲笑等情节，在方方描写少年生活的《夏天过去了》中已出现过。由于熟悉，也由于不自觉中流露出的情感倾向性，使这一叙事层面显得有些过于铺陈。因为挖掘童年记忆对作家来说，是一个再度体验自我生命成长的过程，回忆中的往事因时空的置换，以及心理审视距离的拉大而产生着新的美感，哪怕曾经是痛苦的经历，在回味中也具有了别一的价值意义。小说中大量显示着动感的情节和场面，细致具体的细节描摹，对小孩子稚拙的语言思维和特殊的情感方式的重新模仿，体现着童心和童趣的对话等，使这一层面的叙事既生动又丰满，也为小说沉重的底色增添了亮度。尽管作品中特定时代的政治背景使人感到沉重和压抑，但读到这一部分内容时仍给人很多快乐，嘟嘟讨人喜爱的神态，三毛令人忍俊不禁的话语，都令人印象深刻，这也为丁子恒之所以忍辱负重苟且活着做了最好的铺垫。但由于方方过于沉湎于重新体验童年经历的快感中，而在叙事过程中缺少必要的节制，事情写得太细太长，从而使这一层面过度膨胀，在小说的篇幅上所占的比重已超过了前一层面。实际上，小说中最具分量最能体现意义的部分是在前一叙事层面，本应加强这一部分的叙事密度，进一步提升其深度内涵，从而实现创作上的新的超越，但由于叙事的粗疏反倒削弱了这种超越的力量。这说明方方在叙事层面分量的把握上，在对理性和感性视野的调整上，存在着明显的疏漏。此外，在叙事手法上两种叙事简繁疏密差异明显，也显得叙事风格上不够协调。

《乌泥湖年谱》以深远的历史眼光和深刻的理性精神，对知识分子群体所做的审视和反思，使其具有了特殊的价值意义，这注定使它不会成为应时之作，而会在历史和文学的坐标上留下刻痕，小说尽管以 10 年为限度，但已显示出其潜在的宏大构架，至少还有后 30 年空间的纵深可供继续探入，在创作的整体意义上已凸显出"史"的意蕴，这种潜在的未完成意义，不仅向我们预示着其未来庞大而有序的体系，而且也将使读者怀有深深的"阅读期待"。

原载《湖北大学学报》2002 年第 1 期

历史与文化语境中的家族叙事
——评张一弓的长篇新作《远去的驿站》

不难回忆，张一弓的创作，在新时期文学发展的过程中所曾获得过的声誉，以及他的那些直面现实、与时代的政治敏感区和社会的关注焦点相契合的作品所留给人们的深刻印象。他所具有的敏锐的社会洞察力和反思历史的理性精神，使他在文学创作中承当着时代道义担当者的使命。在沉寂数年之后，张一弓最近推出的长篇新作《远去的驿站》（长江文艺出版社2002年4月版），却向我们展示出他观照生活的一种新的艺术眼光，一种对创作自我的重新寻找，表现出他对人类生存和生命体验的另一种深度和其特有的文化品位。这部近30万字的长篇小说，是张一弓回到个人化的立场和角度，以个体生命的感悟和体验，所完成的对小说艺术的重新理解和尝试，这不仅使他的文化素养和自身的气质得以充分的显露，而且更值得一提的是，在以往的创作中，由于过于偏重内容上对社会症结的揭示和反思，以及对时代新事物的追踪，而有所忽略的形式意义上的创造，这次得到了充分的重视。对小说艺术的传达方式及文体意蕴的思考，进入了张一弓的创作构建领域，也实实在在地体现在小说文本中。

《远去的驿站》是部家族叙事小说，与中国文坛20世纪90年代以来盛行的这类小说有着共同的文学审美特质，所叙写的主要是20世纪前50年的历史，都是以家族的兴盛与衰败，以家族内部不同阶级阵营的矛盾对立与冲突，以个体生命之间的爱恨恩怨和聚合离散来反映中华民族生存的历史进程和心灵秘史，艺术地再现历史艰难曲折的延伸与挺进，展示传统文化的深邃、厚重。这是一部传奇式的家族史，也是中国社会近百年的变迁史。

小说在叙事结构上分为四卷，以儿子辈的"我"，也即作品中的一个人物斑斑作为叙事者，以板块式的结构写了"我"的母系、父系及三姨夫三个家族的故事，并加上两个卷外篇。这些内容张一弓"原要分为三部长篇来写"[①]，最后却归置为一体，因而这就形成了这部小说最突出的一个特点，即素材丰富、底蕴厚重，体现了作家深厚的生活积累和文化积累，具有广阔的社会涵盖面。尤其是在作品中集纳了数十个个性特异、命运奇崛的人物，他们都有着不同价值信念上的执着探求和最终舍弃一切所要坚定维护的内在精神，每个人物都成为某一人格类型的典型代表，都是一曲低回的人的挽歌，他们的命运牢牢抓取着读者的阅读视线。小说的卷首《胡同里的开封》和卷四《琴弦上的父亲》，写"我"的父亲母亲及相关人物，这成为框定三个家族故事的大的叙事框架。父亲张聪是执教于北京燕京大学和H大学的教授，在教学之余，耗费了他毕生精力的事是去寻找已经失传了的《劈破玉》，这个明代留下来的、有着四百五十多年历史的南阳鼓子曲，被史书誉为"俗曲之首"。虽来自民间，却又不是小家碧玉，要由十多种管弦乐器配合演奏，已脱离曲词而成为独立存在的管弦乐曲，被父亲认为已经具备了交响乐的要素。为了《劈破玉》，父亲一次次深入民间，翻山越岭，风餐露宿，遭遇过刀客和狼的袭击。千方百计地打探线索，从隐士、盲琴师和女艺人处搜集记录曲谱。父亲的喜怒哀乐，他的生命以及他与南阳著名曲痴的女儿宛儿令人感叹的爱情，无不与《劈破玉》相关。但父亲最终并未听到《劈破玉》的合成演奏便死于炮火，他付出八年代价并由宛儿译配完成的曲谱也丢失在战乱中。卷一《姥爷家的杞国》追忆的是母系孟氏家族，这是一个富有而和睦的知识家族。老姥爷是清末的举人，后极力引进西学，创办师范和农业化工学校，提倡教育与实业救国。姥爷一辈弟兄三个，出了一个拔贡、两个秀才，后来又都上了清末最早创办的高等学堂，成为新文化的传播者和马克思主义的最早接受者。卷中重点写的人物一是因桀骜不驯而身陷历史困境的大舅，写出了生命被撕碎的无奈和荒诞，另一是姥爷的得意门生，新中国成立前后一直担任杞地党的最高领导人的齐楚，写他曾有过的辉煌和所遭受的精神困境。卷二《桑树上的月亮》写父系家族的繁衍故事，远祖三兄弟摔香炉分家，就此分为张姓三支血脉。小说主要是写张庵桑园这一支的衰败，最动人的是出身富户的大脚祖奶奶与当把式的爷爷之间的传奇爱情

[①] 张一弓：《远去的驿站·后记》，长江文艺出版社2002年版，第373页。

故事。这一卷内容上最为散漫，而又写得最为饱满。完全采用了民间叙事的方式，融进了大量的历史传说和民间故事，充满了神奇的想象，因而写得灵动飞扬，亦真亦幻，如同久远的神话。卷三《关爷庙上的星星》则是表现三姨夫声名显赫的家族，贺明远和他有着传奇经历的父亲贺爷，都参加了革命，成为家族的叛逆者和掘墓人，而毕业于黄埔军校的贺石则成为蒋介石的追随者。这三个不同家族中的男性和女性，以及与其相关联的人物，多属于知识阶层，通过对他们命运的审视，也可以从中洞照出中国几代知识分子艰难的生存史和精神追求历程。

这种分板块叙事的结构显得简单而又自由，在"我"的叙述视角中，生命的多样性和性格的丰富性都在家族血缘的名义下得以连缀与展示。这部在结构上显得相当松散，类似于散文体的作品，却充分运用了小说营构中的两大支点：一是具有引人入胜的故事，富有传奇性；二是塑造出了许多个性张扬、令人过目难忘的人物，"他们都具有环绕着自己的社会矛盾和生存'难题'"[1]，是属于作家自己的独特发现。张一弓始终关注的是一个个具体而生动的人，关注的是永存于世的人类精神和抗争命运的生命冲动，他提供给我们的是充分浓缩了的、由鲜活的生命血脉充填的人生，其中蕴含着年逾花甲的张一弓生命体验中最丰厚的沉积，同时体现出其文化素养所能达到的穿透与观照人性的深度，而写人笔力的老到，也显示着他创作功力的深厚。

原载《中华读书报》2002年4月24日

---

[1] 张一弓：《远去的驿站·后记》，长江文艺出版社2002年版，第373页。

城灯光照下的尘世意象
——评李佩甫的长篇新作《城的灯》

因着前几年《羊的门》的风光红火，所以对李佩甫的新作《城的灯》抱有一种阅读期待。第一印象是，《城的灯》的书名和一些具体的创作手法，都明显地与《羊的门》有所照应，诸如篇首都摘以《圣经》中的话语作为引子来寓示题意，并且暗隐着作家的创作主旨。读过这段引语始知"城的灯"与"羔羊"可互为指认，在不用日月光照的城内，有神的光照，有羔羊为城的灯。由此知道，在李佩甫的创作意识中，羊和灯确有联系。

《城的灯》是一部以苦难和抗争为主题的小说，也是一部有关"家"的叙事。李佩甫在这个中原大地最底层的家庭故事中，在中国城市与乡村的日常生活场景里，将家族的群体命运和个人情感，以及特定的时代背景和政治话语合而为一，深入洞察和表现了当代中国社会所独有的国情与各种复杂的社会文化现象，对沉隐在社会和人际关系中的政治文化和权术文化做了尖锐而有力度的揭示。并且围绕着"家"的处境和"当家人"的困惑与焦虑，折射出中国传统文化中涉及"家"的难以撼动的文化根基。这种对个体家庭和个人经验的艰难写照，是对那个时代整个乡村家庭群体和个人命运的具有某种普泛概括意义的叙述。

小说主要集中在冯家昌在家道衰败中重写个人与家族历史的过程中。冯家是被压在社会最底层的乡村家庭，母亲早丧，留下五个未成年的儿子。老实巴交的父亲因是人赘的女婿，是村里的单姓而地位低下。他始终生活在社会边缘，在村里或是在家里都近乎是可有可无的人物，甚至在小说的叙事中，也显得无关紧要，因为他整个退出了矛盾冲突，早早地就出让了行使父权的权力。冯家昌是冯家老大，六岁时院里的桐树被邻居仗势掠走，父亲表现出的卑微和可怜兮兮的求助，村人的敷衍和沉默，促使他精神早熟，父亲在他眼里倒下了，他在心里一天天长成了自己的"父亲"，九岁时他便扮演和顶替了"父亲"的角色出外行走。家庭的极度贫困，使他只能屈辱地面对体面和自尊，咬牙忍受着常人难耐的苦难，这种扭曲和忍让，成为他日后活人的原初动力，也使他具有了坚强的生命韧性。

"家"始终是冯家昌焦虑和费尽心力的重心，家连接了彼此有血缘关系的家庭成员，体现了一种超稳定的象征秩序。冯家弟兄的姓名中都有"家"字，家昌、家兴、家运、家和、家福，命名不仅确认了个人身份，而且也体现了在"家"的象征秩序中的个人位置。"昌"字所带有的兴旺、兴盛之意，使老大的命名中似乎就已包含了某种隐喻意义，预示其对冯家昌盛重任的担当。在中国的家文化中，长子如父。家昌处在长子地位，因父亲的无能和羸弱，使他早早行使着父权，成为家中的"顶梁柱"，成为弟弟们期望的精神和物质的支撑，并且得到了家庭所有成员的一致认同。他在弟弟们心中体现着至高无上的权威，使弟弟们完全按照他的运筹和规划，也在他的谋略和引导下一步步走出乡村，走入军营，再走进城市，甚至走向世界，重新建立起威严而不可撼动的父权制的象征秩序，将平辈的兄长关系转化为自上而下的"父子"关系。这一点，极像《羊的门》中呼家堡的当家人呼天成，他成功地把村人控制在手里，对父老乡亲进行着有计划的修理，成为他们精神上的父亲。他用40年工夫营构了一个巨大的关系网，呼风唤雨，无往不胜。呼天成、呼国庆是在国家、天下的宏阔空间中施展手脚，冯家昌则是在"家"的场地上运筹帷幄，苦心经营，在兄弟之间编织起可遥相呼应的权势和金钱网络，要风得风，要雨得雨。他们虽各君临一方，但在精神本质和注重行动的人生方式上并无大的差异。

冯家昌以个人的努力、情感的牺牲和人格的变异，使自己拿到了城市的入场券，又经过殚精竭虑的不懈努力，使冯氏一门终于完成了从乡村走向城市的大迁徙，由此截断了家族困顿而苦难的历史。他不仅使冯氏家族在国家的象征秩序中找到了位置，重建了家庭的地位和尊严，而且也使自己的弟弟们在这一象征秩序中进入了社会的主流。冯家得以复兴，现在是政府有人，经商有人，出国有人，家族的命运从此得到改写，每个成员的人生也掀开了新的一页，他们或是副厅正处，或是驻外上校武官，或是资产过亿的民营公司董事长，冯家昌以心血和智慧，成功地扮演了被当下社会所重新包装了的一个理想"父亲"和长兄的形象。

《城的灯》很容易让人忆起路遥的《人生》，冯家昌和高加林的故事确有某些相似点，比如吃苦而忍让的人生，与苦难搏斗的精神，不屈的奋斗意志，但这两个人物却已有了质的不同。冯家昌成功的三个秘诀是"忍让""吃苦"和"交心"，高加林是凭借着忍耐和吃苦的精神，以一种奋斗的激情打拼着自己的人生。而"交心"则充满了谋划，冯家昌受的苦要超过高加林，16岁之前他没有穿过鞋，为练出一双铁脚，竟主动给脚上扎上蒺藜。他主要是凭借"交心"，而找到了善于周旋于权力场中的"知音"和"导师"，也以"交心"将自己逐渐融入了政治和权术编织的大网，他善于学习和吸纳权场经验，学会察言观色，揣摩上级心理，苦练削苹果和牙签的技艺，甚至小时候所受的苦难，也成为他博取人心、向上攀爬的资本，从开始的小心翼翼、战战兢兢到游刃有余掌握主动，最终超过了指点他的"高人"。如果说，高加林进城后抛弃了刘巧珍而选择了黄亚萍，还是基于高中时代的感情基础，两人在思想上经常能互相交流，而冯加昌则把刘汉香五年的等待和对冯家巨大的身心付出，在一秒钟内做了决断，把自己的婚姻，做了进入城市大门的最重要的一次交易。高加林是一个失败者，但他留给读者的依然是与苦难搏斗的毅力和勇气，当他被城市赶出去，背着铺盖卷再度回到家乡时，他决心要从这块土地上再重新站起来。冯家昌成功地占领了城市，却鬓染白霜，心力交瘁，虽然成了城的灯，同时也成为城市的羔羊。这个人物给人一种很复杂的感觉，其立足城市的行为方式究竟是堕落还是一种自我的救赎，似乎很难从道德上、精神上和价值取向上简单地加以评说，这无疑是当代语境下一个多重复杂的人格类型。

不可忽视围绕着冯加昌的几个特殊人物，比如胡连长，是他教给了冯家昌"忍让""吃苦""交心"的秘诀，使冯走上成功的第一层平台。尤其是久在官场中浸润的"小佛脸儿"侯秘书，一点点地指导着冯蹚深水的经验和技能，在当代文学画廊中，这是一个独特的形象，他提供了许多能留存记忆的细节，诸如他打耳的技艺，用竹签剔鱼刺而不破坏鱼形的本领，真可说是出神入化。在对他们的观照中，可以透析中国社会许多复杂的社会问题和文化现象，由此呈现出李佩甫赋予人物的复杂性和深刻性，以及对中国社会的认知深度。

小说中重点刻画的另一个人物是冯的初恋情人刘汉香,作为村支书的女儿,她成为冯命运中的契机,冯因此被特招为文化兵。她和冯家昌分置在城与乡的两极,而让他们豁出性命、丢下脸面,一次次地退让,所要做的都是一件事,挽救冯氏家族颓败的命运。不过,冯家昌秉持的是父权制的社会价值,无时无刻不意识到肩负的家族使命。刘则是出于女性或是母性的天性,不愿让冯的家人挨饿受冻没有鞋穿。她自愿上门,担当起不堪重负的生活重担。她守望着爱情,也守望着家庭、温情和最质朴的人性。在她身上糅合了中国传统的贤妻良母和现代女性的多种特征,在情感倾向上得到了作家更多的偏爱,而具有象征意义的是,传统美德和现代的开拓精神在她身上得到最完美的体现,她扶持了一个家,也造福一方百姓,发展花卉产业,变村为城,也亮起了灿若白昼的城的灯。小说的结局是一片耀眼的亮色,冯氏一门四条汉子齐聚在五星级宾馆欢宴,这是为家族历史的重写和个人辉煌的成功而举行的一次仪式,刘汉香成了这场欢宴的祭品,不知她的亡灵是否还能最后一次救赎或说是真正撼动他们的心灵。

有一点需要指出,冯的奋斗史虽然展示在当下的社会语境中,总的感觉仍然是停留在历史的忆旧中,与当下的社会生活多少有点距离。在写法上总体看来也显得比较平,倒是叙事话语在乡村场景中仍保留了李佩甫以往中篇小说的语言风格,用语很特殊,有鲜明的中原地域特点,用词也比较讲究,体现了作家深厚的语言功力。

原载《文艺报》2003 年 3 月 25 日

社会矛盾的日常化降解
——评苏童的《人民的鱼》

苏童最近推出了新作《人民的鱼》，这一题旨是醒目而又抓取人心的。当以"人民"这样具有宏大内涵的词语来定义"鱼"的时候，一下子让人觉得有一种宏大文学叙事的庄严和崇高感扑面而来，让我们感到苏童似乎有了某种新的追求和变化。与苏童在此之前写的《白雪猪头》《蛇为什么会飞》相比，鱼、猪、蛇作为叙事对象虽同属一类，却因定语的差异，而给人以完全不同的感受，一冠之以"人民"，便有了《白雪猪头》等作品所不具有的社会敏感性，显目地将小说叙事的社会政治意识形态的性质，以及其所代表的社会话语的立场凸显了出来。

在多数人的第一印象中，"人民的鱼"是一个政治的主题，很容易使读者在标题所赋予的意义的联想中，将其归置于当下风行的贴近社会现实的反腐败文学中去。的确，《人民的鱼》中的小说叙事涉及行政权力的威力和社会的不正之风。临近春节，居住在香椿树街127号的干部居林生的家，变成了一口"鱼塘"，因为许多有求于他的人都纷纷送来年货，"本地人将鱼作为最吉祥最时髦的礼物，送来送去"。居家宾客盈门，居家的鱼腥了一条街，引得街上的猫都往他家跑，香椿树街的这一年节场景，投射出权力赋予居林生的不同于常人的身份和特殊地位，以及权力对日常生活领域的渗透，还有权力对社会人心的侵蚀。

但读完这篇小说后我们却发现，尽管小说中有一些相关权力的叙事，但却不同于那些直奔政治主题的反腐题材小说，小说虽然具有一定的现实针对性和时代感，却不体现作家强烈的社会批判意识。苏童既不是以铁肩担道义的社会责任感去暴露和揭示社会阴暗面，也不在正义的激愤中表现出自己的社会评判尺度，若是以《人民的鱼》来推论苏童开始转向去写反腐败小说了，那就显得有些片面而不够客观。

反腐题材的小说正成为时下最引人注目的一类文本，不少作品行销于市面，在表达层面上也出现了不同的类型。涉及写政治腐败、权力腐败、司法腐败的，大都直切社会的焦点，关注时代的发展和中国改革的进程，关注普泛民众的生存状态和情绪需求，以有力的鞭笞来警醒震撼读者，以使命的担当来抚慰民众，像张平的《天网》《抉择》《十面埋伏》，陆天明的《苍天在上》《人间正道》，周梅森的《中国制造》《至高利益》，王跃文的《国画》，钟道新的《权力的成本》《权力的界面》《权力的终端》，毕四海的《财富与人性》等，都属于反腐题材的重磅力作，曾引起社会强烈的反响和广泛的共鸣。也有写文化腐败和生活腐败的，因其更多地沉潜在当代日常生活情境中，在习以为常中让人见多不怪、见怪不惊，甚至当作日常经验而被纳入生存过程，并逐渐被百姓所无可奈何地认同，像张平的《对面的女孩》，刘震云的《官人》《官场》等，表达和呈现上更庸常经验化和现实场景化。

苏童的《人民的鱼》似乎连后一种都算不上，它既不像前一类小说一样，大胆触及官场负面，将官场作为黑白两种权力之间的较量场，展示形形色色的官场欲求和官场黑幕，以及欲望诱惑下的权力和金钱的交易。这些小说中的正面形象，多是些不徇私情、不畏强势的小人物，腐败对象多身居高位，近期出现的创作趋势是官职越写越高，似乎级别越高，斗争越严酷而艰难曲折，就愈能体现反腐的力度，愈具有社会的批判性，而且它也不同于刘震云的《官场》《官人》这类小说，写到了人格的扭曲和心性的堕落。在其艺术把握上，不似当下的反腐题材的小说，多是采用头绪交错明暗起伏的情节线，楔入大起大落的戏剧化冲突，来展示权力机构内部错综复杂的矛盾，以及官场内外盘根错节的关系网，使作品中悬念不断，高潮迭出。相比起来，《人民的鱼》写得似乎过于平淡不惊，没有权力场上的较量和冲突，也没有大的矛盾斗争，不刻意去制造戏剧化的情节，不主体情绪化地去渲染人物，像一些产生轰动效应的小说一样，正面人物，常常是情态激昂，正气浩然，慷慨陈言，振聋发聩，以制造一种视觉和情感上强烈的冲击力。《人民的鱼》则平和得没有什么波澜，虽然有一点小的社会矛盾也在香椿树街的日常化的场景中给降解掉了。

因此，当《人民的鱼》的观照视点落在邻里间近乎无事的生存变迁的故事上时，我们发现，苏童的创作并没有新的变化，他还是写着他所熟悉的生活，继续扩展着他的已形成一定规模的"香椿树系列"。小说主人公居林生在香椿树街上职位最高，但在官场上，科级干部实在算不得什么，虽然年节上收受了不少礼鱼，可用妻子柳月芳的话说，一条大青鱼市场价也就四五十块钱，当她抱怨送一条鱼不如送50块钱实惠时，居林生还对她大光其火："你还有没有一点觉悟了？你是要让我犯法蹲学习班去吧？"观此言行，绝不像时下一些贪官那样令人憎恶。实际上小说的叙事，是在居林生的妻子柳月芳和邻居张慧琴之间以鱼为媒的交往上展开的，由居林生引来了鱼，由鱼穿针引线牵起了两家主妇亲如姐妹的友情，源源不断的鱼使柳月芳成了腌鱼高手，而她弃之不要的鱼头，则在家境不富却擅长烹饪的张慧琴手里变成了一家人的美味佳肴。后来居林生仕途失意，年节门前冷冷清清，而张慧琴却凭着自己精湛的家常厨艺开起了鱼头馆，过上了红红火火的日子。倘若顺着题旨"人民的鱼"的思路去审视作品，可能会这样去理解小说的意蕴，过去，人民的鱼是掌权者手里的年礼，现在鱼让老百姓发家致富，透过鱼反映出世道人心的变化。但我觉得从吃的角度去看作品，可能更切合实际些，鱼是一种美食，故事的展开、人物命运的升迁浮沉、邻里间的交往全纠结在鱼上，最终都落笔于吃。在小说中真正树起来的人物是热心快肠的张慧琴，她擅做会吃，能将不值钱的东西打点成美食，成为苏州美食之城的另一种铺垫。困难时期，她为居家烧菜待客，大大方方地享用着居家馈赠的食物，而毫不自轻自卑。当居家失去了往日的威风时，她又一片诚意地尽展烹饪的手艺抚慰失意的邻居，这个最苏州化的女性，才是苏童着笔的重点所在。

所以，《人民的鱼》算不上是反腐题材的小说，我觉得，题旨多少显得有些虚张声势。在没有冲突、没有戏剧化效果的日常场景中，给我们印象更深的是吃的趣味，以及通过吃所展示出来的浓浓的人情。略带些调侃的笔调，使这篇小说更像是一出轻喜剧，这种着眼于常态的写法，或许更能增添作品的现实感和真实性，平易写实的叙事既符合苏童惯有的写作风格，而且也更易获得读者的认同感，可以收到更好的接受效果。

原载《作品与争鸣》2003年第3期

个体民间意识观照中的历史叙述
——评周大新的长篇新作《战争传说》

与以往创作不同的是，周大新在这部长篇新作中将他的审美视点转向了历史视域，这种尝试性的话语转型，让人看到了周大新在创作风格上所发生的一种变化，以及他为寻求小说叙事的新变所做的努力。

当周大新将他源于战争的历史资料和历史知识的种种艺术化阐释，以"战争传说"冠名时，便已经给读者提示了这部小说主要关注的并不是历史的本体，而是主体意识扩张下的历史文本建构，是一种个人化和民间化的历史叙述。因此，评价这部既不是凭空虚构，又不是传统意义上的历史言说的小说时，就不可能站在历史学家的立场上从历史的维度去进行审视，而是应该将评论的重点放在对其历史叙述方式的探讨中，以及小说情节编织的技巧、语言特征的诗性表达上。从这点去审视，《战争传说》是富有创意的。

的确，在这部定格于1449年明代中期的"土木堡战役"和"北京保卫战"的战争传说中，历史事件只是引发故事的因素。尽管周大新在他小说篇首的"告白"中，将小说创作的起点定于学业的研究上，因研究战争理论而想研究透"北京保卫战"。为此，他查阅了许多史书方志，拜见了不少人。一时很难确定这是真实的"告白"，或只是小说文本创作的一部分，但通过阅读小说至少有一点是明确的，即周大新并不是由此去穿透和证实历史的真相。虽然"北京保卫战"是一个历史实体性的存在，统领这次战争的于谦也因那首出名的咏物诗而广为人知，但这些基本素材，只是周大新演绎历史话语所必具的一个先决条件，被他当作了建构自我主体想象的一个历史空间。与那些史传意义上的历史小说不同的是，周大新并不想循史而进，依循于史料去追寻历史事件和人物的真实与深度，而是借助于这个历史事件的框架和民间传说的影子,在寻找着自己的故事,或说是寻找激发自己讲述故事的由头,使自己的想象有一个生根之处,凭此去实现自我的历史言说。

应该肯定的是,周大新在这部远离现实生活,又与正统历史中心话语相悖的传奇故事中,最大限度地倚重了文学的想象力,充分体现了小说作为虚构性叙事文体的最本质的精神。他以圆熟的文学之笔,在想象的空间中搭置了自己新的小说艺术世界,在故事的层面,《战争传说》是好读的,能让人顺溜地一气读完。

以传说的形式介入历史和战争,使周大新放弃了这类题材惯用的宏大历史叙事的路数,以及当代人反思历史,或是借历史思考当下的欲望和意识。而重点是发掘正史上一无记载,多流传于历史边缘的某些不确定因素,转而从民间的视角去进行历史观照,以一个瓦剌族女子娜仁高娃的视点,来介入明朝中期"北京保卫战"这场发生在汉民族与游牧民族之间的战争,以传说的叙述方式,轻而易举地解构了这段历史。

尽管采用了个人化民间视角下的小叙事,但周大新仍然承接了传统历史小说创作中惯用的观念和手法,即个人价值只能在社会历史的价值尺度上得以体现,着重突出个人在历史上的地位,即使是小人物,也要刻意地去挖掘其对于历史进程所起到的促进作用。于是他让娜仁这个16岁的异族小女子肩负起颠覆大明王朝的民族重任,承载着瓦剌太师也先征服天下,让所有的人都去放马养羊的野心和抱负。并且让她在痛失了所有的亲人后,最终艰难地跨越了民族仇恨的界限,回归到人与生命的道义立场上,担当起使瓦剌大军退师、解救北京之围的历史使命。

周大新通过自己的想象和任由渲染的笔,把一个传说中的异族小女子提升到汉民族与游牧民族之间的战争冲突的中心。在小说中,娜仁高娃化名为尹杏,潜入北京城成为最受明英宗宠幸的宦官王振的妾,英宗对王振言听计从,王振又言听计从于尹杏,尹杏遵命于瓦剌军师帖哈,帖哈又受制于瓦剌太师也先。于是尹杏在这条战争链中成了最重要的一环,是她以也先的计谋说服了王振,由王振促成英宗错误的战争决策,并亲驾出征,结果50万明军主力在土木堡之战中被瓦剌军全歼,明英宗被俘,瓦剌大军兵临北京城下。周大新将尹杏塑造成改写历史的关键人物,这种写法多少有些投合大多数读惯了传统历史小说、习惯于从历史大局着眼的读者的阅读期待。而另一方面,周大新又明显吸纳了外国小说电影惯用的手法,即喜欢用一些小人物，甚至是些滑稽的或是社会的边缘人物来充当激烈历史事件冲突的锁扣，常常是一些无足轻重的人物，在有意或无意识之中改写了整个世界的历史。这种手法往往化解了历史的沉重感，注重强调历史的偶然性和巧合性，突出了作品戏剧化的效果，而其世俗化、平民化的叙事，也使读者始终牵挂着小人物的命运。因此，《战争传说》在总体叙事上并不是正面地去表现和渲染北京保卫战，而是落脚于对传说中的尹杏的爱恨情仇的展示上。

显然，周大新在创作时是考虑到受众的需要的，也体现出当下作家中一种比较时尚化的做法。在这样的历史叙事的外壳下，我们可以看到，在周大新一直所关注的明朝历史的框架中，在汉民族和北方游牧民族对立交锋的冲突中，更多地糅合了现代流行小说的一些经典行为和情节，诸如美人计、间谍战、献身与复仇、爱与恨、情与仇、性与欲等。于是当下的选美时尚在五百多年前正统年间的场景中重现，尹杏因恋人被杀而与明军有仇，又因酷似太监王振的初恋情人而从诸多美女中胜出。继而是前所未闻的特殊的间谍训练，以及潜入京城后被反复试探而危机四伏的日子，整天提心吊胆刺探北京守军军情的间谍生活等，这些都牢牢地吸引住了读者的视线。周大新在尹杏身上写了四个男人的故事，让她经历了与初恋情人阿台刻骨铭心的爱，饱受了太监王振有欲无性的摧残，还有与汉族军士卢石炽热如火的情与欲的燃烧，以及与帖哈之间无性无欲的关爱。尹杏因爱人的失去而立誓献身与复仇，最终又因爱人的再度失去而放弃对大明的复仇，这些几乎都是最能取悦于大众阅读的故事要素。周大新在写作时可能就已经考虑到其后续的市场潜能，即把影视改编作为最终的市场目的，其故事叙事紧张生动、波澜起伏，人物集中，情节紧凑。因此，在历史维度上可能会遭到非议的《战争传说》，却完全有可能在图影媒体的娱乐消费中找到亮点。

为使小说好看，周大新在小说叙事上采用了女性视角，并且也在尽量地体会和叙写女性柔情细腻的一面。但从他在讲述整个故事的兴趣上，还是能明显看出男性作家的观照点，他观察的对象不仅仅是女性的感觉、女性的心理及身体隐私，不完全拘泥于女性的视野，而是侧重于其他更大的方面，诸如战争对人的戕害，以及当事人在经历了战争后对自身的反省和认知。但将这些关于战争的沉重的思考承载于尹杏，多少显得有些不堪重负，在这个 16 岁少女的身影中，听到的却是太老成而理性的叙事者的声音。在《战争传说》中，周大新也局部地使用了一些魔幻的笔法，比如尹杏多次闻到云彩的香味，小和尚因失信而失音。小说中也多次神秘地写到了战争爆发前几年出现的种种不祥的预兆，诸如北京城墙坍塌处出现的箭与大刀之间横着簪子的画符，英宗对宠妃身上掖着麻绳的幻觉，居庸关前民居门额上神秘老者留下的诗句，被刮下的白石灰渣变得宛如血珠，还有小说最后两个女子长发飘飘没入宝蓝色苍穹的结尾等，都更加凸显了小说题旨所标示的传说的意味。

在小说的整体构思上，周大新有自己的创意，但在人物塑造上却存在着明显的不足。作品中的人物虽不多，却难以给人留下深刻的印象。那个深藏于后院论战讲史的骞师爷，出场虽不多却很有色彩，本是个可以开掘的人物，却没有展开，还有北京保卫战的主角于谦也着墨过少。总体印象是，多数人物比较平面化，性格内涵还不够丰厚。

原载《文艺报》2003 年 12 月 16 日

寻找和思考最宝贵的失去

——评姜戎的长篇小说《狼图腾》

《狼图腾》给人的第一印象是可看、好看，还能让人回过头来再读，很耐看。在时下出版的长篇小说中，把可看、好看、耐看几样都占齐了的小说并不多，尤其是这样一部没有名家效应的初涉文坛的隐身作家之作，一部不去刻意迎合大众的阅读趣味，甚至带点学究气的洋洋50余万字的巨制，一时间竟能在图书市场大热，吸引如此多的受众，引发网上坊间众说纷纭，这其中的缘由，着实让人深思，也值得探究。

无疑地，《狼图腾》是一部身份复杂、包容面广的"史记"，正因此，它才可能提供多向度的阅读空间，在不同层面上吸纳各类阅读群体的视线，满足着不同受众的阅读期待。

由于故事发生的特定的社会历史背景，以及作者插队牧区经历的再现，仍然可以将《狼图腾》归类为知青题材文本，依序"知青文学"的命名，冠之于"后知青文学"来加以审视。的确，2000年以降，表述中国知青记忆的"民间备忘文本"又开始形成新一轮的出版潮流，《狼图腾》与这类文本相似的，是其同样具有某些非虚构性的特点，许多情节和表述对象都在现实生活中有据可考，一些类似的生活和相近的场景，在逍遥的《羊油灯》、野莲的《落荒》里也能看到，甚至知青在内蒙古养小狼的故事可以成为互为参照的读本。流年似水，往事并不如烟，一代知青共有的集体记忆，再度在《狼图腾》中被还原为可感可触的生活，有过类似生存体验的读者会似曾相识，重返生命历史的记忆。而有所不同的是，《狼图腾》以其透视和感应人类族群生存的新颖而独到的角度获得了新意，不仅以特殊的文化印记和深刻的人文思考超越了知青文学，并且在叙事上也大大逾越了这类题材所原有的高度。《狼图腾》与标记为"新新闻小说"的《血色黄昏》，以及那一批强调纪实、非虚构性的《中国知青民间备忘文本》的差异在于，它不拘囿于本真的写实，而是腾飞起了想象和思考的双翅，着笔于文学审美的升华，又着力于理性思辨的力度，尤其在整体构思上，《狼图腾》绝非是一般意义上的知青文本。

随着人们对环境问题的重视和生态文学的兴起，《狼图腾》对生态问题的介入，也很容易将它与生态小说相联系。姜戎对曾经令人向往的原始自然所遭到的破坏性的改观，表达出深切的忧虑和愤怒，书中贯流的强烈的生态意识，与当下人们面对日渐恶化的环境，从而对生态现状所表现出来的前所未有的焦虑有着内在的关联点，在人类和其他物种以及自然生态负载了太多的不能承受之重后，姜戎对人、自然、动物之间和谐关系的探究是有其现实意义的。但显然，《狼图腾》与那些纯粹的生态题材的小说，诸如广受赞誉的胡发云的《老海失踪》、叶广芩的《木叶山鬼》的着重点不同，它更偏重于其他人文内容的表达，用通常的生态小说并不能完全概括它。

此书最为重要的聚焦点，是作家立足于人类文化学研究的视点，运用一种比较性的思维所做的当下性的文化思考。姜戎将狼图腾和龙图腾，游牧文化和农耕文化，汉民族和蒙古民族互为参照比较，在考察和辨析中启迪思考，追踪不同民族和自然物种的生存和发展规律，揭示出在单一文化和生存观照中所不易察觉的新颖独到的经验和观点。此外，引经据典地在每卷开头集纳中外历史典籍中有关狼的文字，为自己的观点做历史的理论的学术铺垫，这种学者式的研究型的思维方式，显露出隐身于笔名之后的作家真实的学者身份和文化立场。厚积的文化底蕴和强烈的思辨色彩，使得《狼图腾》成为一部具有文化寓意性和容括力的文本。

但这一聚焦点恰恰是作品最受争议的地方，也引发了各种思想的交锋。值得注意的是，对《狼图腾》的争论，大多不是在小说的审美层面，而主要集中在对人文、历史观念的认识上，这正印证了我先前说的《狼图腾》是一部身份复杂的书。通常小说更注重对个体生命的表达，在集体经验中彰显个性。而《狼图腾》寻求的是对人类、民族生存质量的追问，甚至直接用思想的形式来加以表达，这对传统的小说规范是个破坏。在内容上，《狼图腾》淡化了人物塑造，历史之人成了当下思想的代言人，其现代性的历史观、生态观使人质疑人物塑造的真实性，作品中凸显的狼成了作家论证观点的论据，成为思想表达的凭借物。甚至人物之口的思想表达仍让姜戎意犹未尽，因而在形式上，《狼图腾》也打破了小说文体的限制，从一体到杂体，在篇尾拼贴数万字的"讲座与对话"的论述文字，专门对狼图腾做理性的、文化的探掘。

但这种历史人文观点上的争论，仍是文化圈子内的行为，小说毕竟不是学术研究的载体。《狼图腾》实际上是在两个层面的交替上完成的，一是狼图腾引发的概念的理性的探寻层面，二是在可感可触的狼的生态层面。我觉得，《狼图腾》之所以得到不同层次读者的青睐，主要还是因为姜戎对狼这一自然物种的出色表达，是它在小说艺术天平上所获取的重量。实际上小说中的主要人物没一个能在读者心中立起来，真正的主角是狼，是让人过目不忘的白狼王和群狼，是过去时态中一条被知青养大又打死了的狼，它丑陋的相貌，以及凶狠、顽强的狼性深深地留在读者的阅读记忆中。假若去掉拼贴的数万字的论文和书中人物口中现代性的话语，《狼图腾》仍然是一部精彩地展示了原始草原风貌的动物小说，动物形象的悲剧性主题仍然会牢牢地抓取人心。

《狼图腾》让人重新思考生活与创作技巧的关系这一说老了的话题。名作家多强调技巧和想象力对创作的作用，而文学圈外的姜戎的初试成功，却得益于自身独特的、他人所无法重复的经历，得益于11年草原生活的厚重积累。自然生态的不可逆转的破坏，使姜戎成为对原始大草原和草原狼的最后的到场观察者，亲身遭遇了狼，从牧人口传中知道了上百个狼的故事，尤其是掏狼窝养小狼的特殊体验，从早到晚都跟狼亲密接触，与狼共生，与狼共舞，还有围狼、套狼、烧狼、辣狼、打狼这种世上少有的亲历性，决定了这部书的与众不同。

姜戎叙写的狼，在真实形态上获得了其他作家所难以达到的高度。狼在人类的初民时代曾多次被作为图腾崇拜的偶像，血性而充满活力，顽强、好斗，拼死不屈，紧盯目标锲而不舍，保留着嗜血的兽性，因而常成为作家表现的对象。杰克·伦敦《荒野的呼唤》中的狼，吉尔吉斯作家艾特马托夫的长篇小说《死刑台》中对草原狼的描写，都独具个性风格，充分体现了人的本质力量的对象化，是在想象中完成的对狼的塑造。邓一光的《狼行成双》以浪漫主义的方式来突出英雄主义和至死不渝的至情，创造了一个有关狼的动人的童话。贾平凹的《怀念狼》则是在没有了狼的当下空空怀想着狼，凸显了对狼的虚构性。姜戎对狼的艺术尝试，有扎实的生活根基为依托，他对狼的体验和认识，对狼性的了解和沟通，非现在的人所能达到，也不是仅凭借想象力就能抵达，再高的创作技巧也难以抵御生活目击者的真实的言说。因为想象可以产生相似的故事情节，但不到现场者是不可能生造出书中那许多独具表现力的细节的，也不可能围绕狼对草原作如此生动的描述。

在《狼图腾》中，狼原始纯粹的野性的粗犷，膂力的强健被演绎得血气生风。姜戎不惜花费大量笔墨营构情节和场面来呈现狼的血性，诸如狼与狗对阵撕咬的拼搏场面，血雨腥风，你死我活，残酷之极而又惊心动魄。狼与马群皮开肉绽、肚破肠流、顽强卓绝的自杀性攻击，狼对黄羊群血液喷涌、惨不忍睹的屠杀，等等，都达到了我们迄今所看到的惨烈的极致。而狼的狡黠诡计和智性更是出乎我们对狼的了解，打破了动物比人类简单、朴拙的概念，使自诩为万物之灵长的人对自身竟然被狼所惑、被狼所制而感到尴尬。

《狼图腾》是一本值得读的大书，至少可以得到以下收益，让我们真正地走进最具象的草原，走近最真实的狼，在愉悦眼目中了解大量相关狼的知识，包括狼嗥、狼烟等，重建和加深对狼的记忆，或是在作家的学识和思考的界面上触动思绪，并承受思考。

原载《文艺报》2004 年 7 月 13 日

神话原型与原始生命激情
——评李传锋的中篇小说《红豺》

  李传锋的小说创作整体性地体现出一种必然的选择。他的中篇新作《红豺》，又一次以动物小说的叙事方式将读者带到了鄂西这包藏独特文化意蕴的世界。这是一片沉潜在土家族民族记忆中的乡土，夺人眼目的依然是野性张扬的山野林莽，飞云流雾的绮丽风光，极具灵性的飞禽走兽，朴质拙野的民风人情……李传锋在对民族记忆的发掘中，仍在继续着他的建构山野寓言的努力。不过，如果我们将审视的目光，仅仅停留在李传锋所讲述的土家山野寓言的这一层面，似乎还不足以窥见他在《红豺》中所想要传达给我们的创作理念和文化深蕴。尽管《红豺》所采用的依然是李传锋小说中最常见的叙述方式，即以动物为中心，建构一个人与自然相谐相突的原真世界。但我觉得，较之他以前的小说，《红豺》融入了更多的文化意蕴与土家人独特的民族心理，以及他个人对当下社会变化的一些思考。李传锋已不再满足于在他的小说中建构一个"被看"和"好看"的陌生化的鄂西，他不光想要展示土家民族的原始记忆，挖掘本民族许多快要消失的生存印象，让他的小说成为土家民族风物志的一个标识，而且也希冀在小说中预留下可提供多向思考的空间，诸如人与动物之间的关系，自然生态保护和动物关怀等当下愈来愈引起人们广泛关注的问题，而《红豺》无疑在这两方面都较他以往的创作有了突破性的进展。

  作为一位从民族地区成长起来的作家，李传锋的创作有着极其鲜明的地域性和民族性，也体现出别具一格的思维方式和艺术视角。他一直致力于寻找鄂西山野中人与自然和谐生存的可能，这一主题的表现一直是以"动物小说"为其载体的。在他的小说中，动物往往是纯美的大自然与人的自然天性亲和的纽带。作为中间媒介，这些动物具有特殊的双重属性：

一方面是动物本能与自然灵性的天然流露；另一方面，它们又是人类精神世界与文化心理的一种外在体现。但是这两者又往往并不能共容于一体，因为人类的生存观念总是会与动物的生存现状相抵触，李传锋似乎很难在小说中找到一条平衡二者的途径，但在他的新作《红豺》中，我们看到了这二者渐趋弥合的可能。

红豺以土家山民的保护神的形象出现在小说之中，它的自然灵性和血性厮杀的野性，与保护人类家园的使命得到了完美的结合。李传锋不仅让红豺成为充溢着自然活力的生命象征，而且围绕着对红豺的叙写，传达出土家人特有的民族情感与心理内涵。的确，在历史语境中的土家人身上比汉民族体现出更多的自由的精神元素，保持着生命原色中最强烈的激情和冲动。红豺率性而为的撒野和土家人追求人性自由的极致，以及在横亘土家历史的撒野精神中生成和释放生命能量的生存情态，有着趋同趋近性，小说中的红豺形象，从某种意义上完全可以说是土家人的本质力量对象化的呈现。这使得《红豺》与以往单纯地表现人与自然关系的生态小说相比，具有了更为厚重的民族文化感。

作为保护神形象的红豺，以一种特殊的形式延续和扩展着土家族固有的图腾崇拜心理。土家族是一个以白虎为图腾崇拜的民族，首领廪君，巴郡五姓皆臣之，廪君死，其魂魄化为白虎。对于白虎，土家人所敬重的不仅是它的王者风范，更重要的是它身上所体现出的"德"与"力"：唯"德"以获民心，唯"力"以服民众。在《红豺》中，土家人的这种图腾崇拜的民族无意识心理，也通过情节和细节而得到了细致的展示。红豺在小说中不仅仅是普通自然物种的一种，它们对鄂西土家族人的生存而言，有着极为特殊的意义，作品突出了红豺在人、动物、自然环境共构的生态链中所具有的不可替代的作用。在高寒地不平的山区，玉米是山里人的生存之源，而凶猛的野猪，它的长嘴和獠牙一个晚上就能把山坡上已经成熟的玉米糟蹋精光，成为与人夺食的山中霸王。在山林里只有红豺与野猪相生相克，作为野猪的天敌，红豺无意中保护了鄂西子民的生存和繁衍。因此，勇武矫健的红豺，被土家人视为土地爷养的"神狗"，在山野里保护人们的家园不受野猪的侵害。山民们看到红豺就像看到了神仙下凡一般，他们会烧香拜佛，要红豺像祥云落地，或许红豺还不足以成为诸如白虎一样的图腾让山民崇拜，但它无疑已具有了这样的基质。红豺与山里的土家人保持着天然的友好关系，并在小说中一再地以保护神的形象出现，所以我们不难体会到为什么当山民面对野猪的疯狂肆虐却束手无策时，心里会不由自主地想到红豺，嘴里会情不自禁地发出"红豺快来"的呼求，这显然是土家山民无意识心理的自然显露。因为红豺已成为土家山民的生存中所必不可少的动物，是他们生存得以继续的必然条件。在长时间的生存共处中，这种依赖心理已完全融入土家人的生存意识之中，成为无意识的心理积淀。当红豺以这种无意识的艺术变体而出现时，也就成为这种民族心理的某种象征符号。

颇具意味的是，李传锋选择的"豺"这一保护者角色，却一直为汉族的正统文化所不容。凶残、狡猾、冷血、无情，是豺在人们传统思维中所具有的特征，对它如歌中所唱"若是豺狼来了，给它准备的有猎枪"。但这个最为冷酷和凶残的野兽，在李传锋的小说中却成了密林中的灵兽。它们娇小貌美、敏捷而雄健，在鄂西山林，它们就像漫天朝霞，将这里点缀得亮丽无比。这似乎是对人们传统心理的刻意反叛，但其实不然。红豺作为狗的近亲与人类有着潜在的亲近可能，这在李传锋小说中亦是不止一次地提及，它们也具备着狗的灵性与对族群的忠诚，土家人将他们对狗的崇敬也迁移到了红豺的身上。而且在土家族的远古神话中，狗是拯救他们民族于危难的英雄形象，土家人禁忌狗肉也正缘自这一传说。到了李传锋的小说中，土家山民初始年代的神话原型得到了保留，红豺与土家山民不仅相谐相安，而且以它们与生俱来的制服野猪的本领，成为承载土家山民生存信心的有效载体。在土家人对红豺的屡次企盼中，我们可以清楚地看到一种信仰的力量的存在。就像小说中的"我"面对野猪在苞谷地里的恶意作乱而毫无办法时感叹的那样：

> 看来，我只有认输。这时，我想到了红豺。只要红豺轻轻一叫，哪怕只叫一声，能把声音送到野猪的耳边就够了，那样的话，这个强盗一定会吓得四腿抽筋，尾巴缩进屁股眼里。①

作者似乎在特意突出可能出现的效果，而这着意的强调实则隐含的是土家人对红豺的绝对信赖。这就好比人类对上帝这一信仰的认识，虽明知它是乌托邦似的迷梦，却依然坚信它的存在。红豺在土家山民心中的地位

---

① 李传锋：《红豺》，《长江文艺》2003年第5期。

丝毫不亚于此，它成为人们艰难异常的生活中一个无法替代的精神依靠。它不仅是现实生存困境的拯救者，同时也是土家人在面对生存挑战时，会自然而然地被激发出来的一种精神力量。这就是在红豺身上所体现出的一个民族精神的内质。

红豺作为一种文化心理的表征，不仅仅是因为它在食物链中所处的天然优势地位而给土家人带来的生存保证，更主要的原因是它从根本上契合了土家人的精神实质。土家族是一个崇尚火的民族，他们的祖先廪君就是生于"赤洞"的一个创世者形象。"火"是土家族精神内核的写照，它的热力四射、跳跃突腾都象征着一种生命的活力。所以土家人崇尚的是勃勃的生命激情与原始冲动，即使这场面是泛涌着血腥气的。将"豺"命名为"红豺"，传达出李传峰潜意识中的民族审美心理，在颜色上凸显出"红"，本身就迎合了土家人的审美倾向。而且在李传峰笔下，豺群从林莽中奔出，宛如漫山红霞映透山野时，这其中所蕴含的就不仅仅是土家人对红色的天然崇拜心理了。红色所表征的涌动的激情与喷薄而出的生命冲动，都在这豺群的奔突中跃然纸上。这富于野性的、极具原始力量之美的生命冲动，使红豺的美与土家人的激情尚力的民族性格均得到了极好的张扬。

正因为如此，所以小说中充溢着野性和激情的画面屡屡出现，比如红豺追杀猪王场面的荡气回肠，它们为死去的儿女复仇情景的震慑人心，它们和野猪最后一战的如火如荼……红豺就像一团跳跃着的火，灼烧着整个鄂西山林，使这片土地具有了永不停息的生命活力。红豺是野性的，虽然它们与山民可以和谐地相处，但这并不意味着它们野性生命力的泯灭，它们在自己的逻辑世界中将生命力之美发挥得淋漓尽致。它们是自由的、任性的，甚至我们可以说是尚未开化的，然而与家犬在主人面前摇着尾巴相比，红豺无疑成为土家人崇尚自然生命冲动心理的更好写照。红豺似乎在铸就一种性格和一种永恒的精神魅力，与土家山民的民族性格与民族情感极为相似，激情尚力、野性纯真。它们不需要人情伦常的刻意约束，也不在意"知乎情，止乎礼仪"的文明规范，一切以自由而健康的形式进行着。这是土家人所赞赏所向往的生活方式，而《红豺》所提供给我们的正是这样一种生存的可能。

当红豺与土家族的生存意识和民族精神相连时，它就已超越了展现鄂西山林独特风貌的层面，成为一个民族寓言的叙述者。这里有土家族独特的图腾崇拜心理，有他们古老的神话传说的影子，也有他们个性化的民族性格与民族精神。李传锋正是要通过红豺与人的故事这个显象的层面，达到袒露风俗背后的民族精神与隐含的文化内核的目的。在显象的层面，红豺与人共同建构了一个生存的童话，这里有动物与人的心灵相通，有山野生活的自然与宁静；而在隐性的层面，则是作家在讲述一个民族生存的故事，他要透过红豺去凸显边缘地域文化特有的健康性、生命力和精神价值。所以与其说李传锋是在《红豺》中再现了生态小说特有的关于人与自然的主题，不如说他是以生态小说的形式展现了一个民族特有的文化内涵。在红豺身上，我们可以看到其许多与主流文化相异的基质，作为文化的符号，它正反映了土家族秉有的与主流文化所不同的异质性。李传锋正是抓住了这一点，将红豺融入土家族的民族文化与生存意识之中，二者的结合也造成了小说由山野寓言向民族记忆开掘的特色。

当然，李传锋在对民族记忆的开掘中也并不是一味地死守鄂西这块精神资源的沃土。他要展现土家族特有的文化底蕴，就必须将之放入一个更为开放的体系之中，使民族文化在与时代精神的融汇中不致丧失其现实的冲击力。李传锋选择恣肆、本真、富于生命力感的红豺正是这一观念在起作用。红豺，乃至土家山民的狂野率真的心性，痛快淋漓的生活方式都与文明社会中受扭曲的人性、精神的阳痿形成了鲜明的对照。不过正是这土家族特有的化外之景给予了现实中失去精神依托的人们以生命的冲击，人们可以通过重温土家人的民族记忆来宣泄和净化自我的情感，催生意志的复苏。从这个角度来看，如果仅仅说李传锋所发掘的民族记忆只是相对土家族而言无疑是非常狭隘的，因为这种民族记忆的重建是契合了当下人类精神资源普遍匮乏的现状的，它可以在现代人苍白颓废的精神家园中重现一方绿洲，这应该是《红豺》在开掘民族记忆之外的另一层深意。

为了使其笔下的小说世界成为土家族民族精神与民族记忆的写照，李传锋选择了鄂西山野作为其小说的背景。偏僻封闭的地貌、绚丽粗犷的原始信仰、充盈着自然气息的诗性文化，使这片土地充满了野性、浪漫和瑰丽的色彩。与之相应的是，李传锋在表现这种边地风貌时所使用的语言也极富诗意。"月挂在天宫的檐角，我的灵魂在拼命逃窜。忽然，有一个低低悠悠的呻吟传达过来，一声一声又一声，像情人在怀中的呓语，像枭鸟划过夜空。"如此描述山林中人与大自然脉息相通、情感相融的语言，在小说中随处可见。李传锋对土家族的民俗风貌、心性情感的把握始终处于诗性的状态之中，这当然更凸显出土家族的诗性文化对他骨血的渗透。

不仅如此，小说中几乎每一段故事的开头都会以土家族特有的五句子山歌的形式展开。这种过去一直口口记诵相传的五句子山歌，完全是巴文化的原始遗留，以古代巴国为中心，辐射流行于西南地区，在其他地区则很少见。作为一种民族文化中最具生命力的代表，五句子在巴境及周边地区，成为一种霸主型的山歌而流响百代，巴人、巴童随口能唱。将五句子山歌作为一种保真性的民间文学的引入，或许是为了揭示和重寻锁进歌谣中的民族的历史记忆，以及民族的文化元素和民族情感，也或许只是为了借这种在巴地各种劳动场合都能听到的山歌，来为小说营造一种氛围，一种特殊的地域的气息，体现出极地道的"鄂西味"来。但无疑地，这种艺术尝试，将会给民族文学的创作带来更多的活力。

原载《李传锋研究专集》，中央民族大学出版社 2005 年版

城市历史记忆的个体言说
——评方方的长篇小说《武昌城》

  武昌以前是有城的，在读方方的《武昌城》之前，武汉的很多人现在已经没有了这个概念，尽管留下了"大东门""小东门""汉阳门"这样一些地名，可那里已是立交纵横、车水马龙，城墙与城门早已没了踪影。发生在1926年初秋的北伐战争，攻城的北伐军和守城的北洋军在武昌城内外对峙，持续了40天的残酷的围城守城战役，使武昌曾经有过的雄伟的城墙、城门、护城河毁于一旦，灰飞烟灭。而今天，正像方方所说，"时光将这一切都已掩埋。生活在这时光表层上的人们，成天东奔西走，忙忙碌碌，竟对它曾经惊心动魄的过往一无所知"[①]。方方的小说，向今天的人们提示着这一段被湮灭了的城市的历史记忆，这记忆如此沉重感伤，又让人思绪万千。

  《武昌城》写作的缘起，是方方为写书而长时间在图书馆和档案馆泡资料的附带收获。那些史料中所沉积的历史真相，以及当下民众对历史的遗忘都对方方是个触动，促使她以文学的想象和笔触重现了1926年北伐战争中的武昌之战，讲述了几乎被武汉人遗忘的一段城市史。正因此，作为小说的《武昌城》的阅读意义是超出文学之外的，那些存放在图书馆或是历史档案库里的有关武昌战役的历史资料，包括那些具体的原始事件文本和抽象的阵亡数字，因为年代久远而又不易接触，并不会对普通人有直接的影响，不知不晓也就不体现任何意义。但是方方的小说所讲述的，是可感的，有人物、故事情节和细节的城市历史，而有细节的历史对普通受众就产生了意义，他们会和方方最初一样吃惊，"自己生活多年的城

---

  ① 方方：《武昌城·后记》，人民文学出版社2011年版。

市,竟有着如此复杂丰富的历史,有着如此惊心动魄的事件"①,不仅使更多的人从故事中感性地重建了武昌曾经有城的概念,而且会从作品中,从后面所附录的部分阵亡将士名单中去深切地体悟和感慨,革命的进程是怎样由无数的生命的消逝来推进完成的,这既有成千上万抛洒热血的革命者,也有许许多多无辜被卷进了战争的老百姓。也从此,他们再看自己生活的这座城市便有了不同于从前的眼光,于我,就是如此。

方方写《武昌城》,在将历史资料做艺术化的阐释中,并不仅仅是要表现革命军北伐攻城的历史,并不是想借此去穿透和证实历史的真相。而是在这个真实的历史背景框架下,着重去观照和表现城与人的存亡,是在主体想象扩张下的对历史的重新建构,也是一种个人化和民间化的历史叙述。因此,对这样一部既不是凭空虚构,又不是传统意义上的复原历史的小说,就不需要以史学家的眼光从历史的维度去进行考察,而更多的是要感知方方为我们提供了什么,去观照其对历史叙述的特点,还有人物塑造和编织小说情节的技巧,以及语言表达的诗性特征等,从这些方面去审视,《武昌城》是体现出作家的创意和深厚的文学功底的,小说所提供的对历史事件的想象和思情寓意,让读者对这场战争对武昌城和城里百姓的戕害,尤其对那些已平躺在纸面上的阵亡者有了一种切身的感知和深刻的痛感,也由此对武昌城的这段历史刻骨铭心。

首先要肯定的是方方的《武昌城》最大限度地倚重了文学的想象力,充分体现了小说作为虚构性叙事文体的最本质的精神。她在充分的想象中,借以圆熟纯青的文学之笔完成了对小说艺术空间的搭置。发生在1926年初秋的武昌战役,还有小说中出现的,诸如陈定一、曹渊、叶挺、郭沫若、纪德甫、邓演达、刘玉春、刘佐龙、吴佩孚等许多真实的历史人物,都曾是历史的实体性的存在。但这些只是引发故事的因素,被方方当作了建构自我主体想象的叙事空间的基本元素。借助于这样一个真实的历史事件的框架,方方寻找到了激发自己讲述故事的由头,使自己的想象有了一个生根之处,凭此去实现自我的历史言说,也借此去参悟战争中所呈现出的复杂的人性。在对历史记忆的表现中,方方着重展示的是生命的多样性和个人命运的悲剧。攻城与守城,作为人物活动的历史背景,只是对凸显在前台的个体生命的映衬,方方观照的视点是在一个个她所感兴趣的

---

① 方方:《武昌城·后记》,人民文学出版社2011年版。

有着多重复杂的人格类型上,诸如不同阵营的罗以南和马维甫,他们内心的纠结和抗争命运的无奈,给方方提供了穿透人性的机会,使她就此表达属于个人的独到发现。

《武昌城》分为上部"攻城篇"和下部"守城篇"。上部人物情节线比较多,写行动多,体现了"攻城"的"动"的特点。青年学生罗以南因他的生死朋友,且有过救命之恩的革命领袖陈定一被北洋军阀砍了头而万念俱灰,一心想出家做和尚,半路遇见了追随北伐军的同学梁克斯,被他鼓动和硬拽着参加了北伐军,成为政治部的宣传员。而梁克斯则执意要加入敢死队,并且顶替他人参加了攻城,双腿炸断困在城门洞里。与这一条线交织的是梁克斯的表哥独立团连长莫正奇,作为叶挺最看重的猛将,敢打敢冲,不畏牺牲,代表着北伐军勇往直前的革命精神。攻城一次伤亡惨重,便不得不改为围城,其后的战斗都是为了抢尸救人。在上部方方塑造了一组北伐英雄的群像,从军官、士兵到女护士,他们舍生忘死的精神都令人难忘。下部主要以罗以南的同学陈明武和北洋军参谋马维甫为主来展开叙事,描写围城40天,武昌城内百姓所遭受的饥饿、杀戮、奸淫和抢掠等人间惨状,以及无数生命的消逝。由陈明武这些支持革命的学生策反守城军官打开了城门,结束了武昌战役。方方借小说表达了自己的战争观,不论这场战争的合理性和革命性如何,最遭殃的是城中的百姓,饿死者不计其数,尤其是女性,不论是富家小姐洪佩珠,还是学生阿兰,或是下人吴妈,她们几乎是无可逃脱地遭受到战争的蹂躏和戕害。

在《武昌城》中,方方摒弃了用固有的观念看待历史的方法,她把攻城的北伐军和守城的北洋军基本置于对等的叙事中,不是简单地把对峙的双方处理成革命与反革命的关系,而是站在每个人物各自的立场和角度,感同身受地去写他们,通过对立交锋的冲突来完成对双方主人公的刻画,重点表现的是双方同样作为优秀的军人所承受的历史和个人命运的苦难,以及内心所曾有过的各种挣扎。人格和人性是方方创作中一贯看重并重点表现的内容,在罗以南身上就体现着一种人格精神的支撑,看似软弱无用又晕血的他居然一次次地不惧怕枪炮和死亡去救同学梁克斯,他觉得既然知道人还活着,他做不到不闻不问,更做不到不去相救。而他后来没去出家并且替代梁克斯去战斗,都是在践行着梁克斯的遗嘱。在与护士张文秀有关信仰和叛变的对话中,对革命并无坚定信仰的他强调的是自己的人格。另一个人物马维甫,虽然是处在革命的对立面,但在他身上,却体现着人性的幽光。我一直认为下部比上部写得好,就是因为对马维甫的内心冲突的剖析层层深入非常细致,将他的人性的悲剧写得淋漓尽致。作为朋友,他没有去救与他三年共进退的袁宗春而整夜噩梦,作为军人,他背叛了多年提携他信任他的上司,觉得羞愧难当,作为守卫城门的军官,想要恪守职责,却又不忍看着濒死的城中百姓而不去救,他拯救了自己的良心,打开了城门,又摧毁了自己全部的人格,这是不可承受的内心之痛,也是无法承受的历史之重,因而,最终他只能将这些所有的无法承受的沉重随他一起从城墙上跃下。对他的悲剧,方方参悟得极深极透,这是她热爱的人物,如她所说,"这些人,我们都应该记住"[1]。

《武昌城》看似是个宏大的小说主题,却以一种貌似日常化的叙事来完成,以个体生命的感悟和体验完成着对历史事件的重新理解和尝试,从个人命运和生存体验的角度,保全了在急剧动荡的历史事件中人类兴衰变迁的经验,这就是《武昌城》的叙事特点。对罗以南、梁克斯、陈明武这些学生类型的刻画,写足了早期革命者所具有的浪漫、充满激情的特征,以及他们中的一些人在最初选择革命曾有过的犹疑。而在莫正奇、马维甫这类军人身上,也能看到他们投身行伍所抱有的理想。不论是哪一类人,都直观而生动地体现了曾经的一代人各不相同的精神成长的旅程。缘此,不仅可以满足读者渴望真实地了解历史的欲望,而且也可以去认识人类进步所必须经历的过程。

原载《文艺报》2011 年 9 月 19 日

---

[1] 方方:《武昌城·后记》,人民文学出版社 2011 年版。

贯流于岁月之川的江河湖
——读刘继明的长篇小说《江河湖》

《江河湖》,一个很大气的书名,先入为主地标示出了刘继明这部长篇小说恢宏的大气势、大格局,这符合我对作家、对能与三峡大坝相提的小说的阅读期待。

这是一部与江河湖、与三峡大坝建造有关的小说。的确,在我们这个拥有着大江大湖,又屹立着三峡大坝的省市,作家往往会更强烈地表现出对筑坝这一地域性的历史、经济、文化的大事件进行书写的热情。三峡大坝在它勘探、立项和建成的近一个世纪的历史空间中,承载了中华民族的太多的梦想、担忧、痛苦和欢乐,这项为世界所瞩目的水利工程,成为这个时代最诱人的文学主题之一,有不少作家以不同的形式、从不同的角度写过。刘继明也曾写过《梦之坝》这样的巨型亚文学文本,显然,这成为他写作《江河湖》的底气和根基,至少为这部小说做了前期的扎实的写作准备。

不过,比之"写什么"来说,"怎样写"才是体现作家才情和作品品质的重点。《江河湖》的意旨具有很大的容括性,小说所呈现出的厚重内涵,并不受"长江""黄河""三峡大坝"这些具体的地域背景的框定,其寓意已超越了三峡大坝。这部近 50 万字的巨制,从中体现出一种宏阔的历史视野和理性的思辨精神,在看似宏大叙事的框架中,能清晰地看到刘继明所坚守着的、从未曾放弃过的精英化的个人写作者的立场,他不是以主流话语去演绎可歌可泣的筑坝雄奇,而是以个人的理性与睿智的态度,去介入历史、政治事件,反映时代的症候,对知识分子群体从运命之维和精神之维上去进行观照与反省。在叙事写人时,他秉持的是一种社会文化批判的姿态,字里行间闪现出思想的锋芒,这既是对写作者文化身份的一种标识，也使《江河湖》在貌似传统的叙事中流溢着精英文学的气息，与当下弥漫着浮躁之气的写作拉开了距离。

在人们很难再读完厚本小说的今天，阅读《江河湖》，之于我却是一次极佳的收获之旅，一种特殊的当代体验。尽管小说是虚构的文本，但在我的阅读中，却能感觉到曾与我们的生命之旅息息相关的一份真切的存在。小说在三峡工程这一世纪性的命题下，展示了中国近一个世纪的社会景观，调动起了我们所有的历史记忆，"反右""文化大革命"和"改革开放"；还有中国水利建设、三门峡工程、黄万里、水文生态问题等，这是一份长长的历史的记忆清单。从中可以把握当时社会政治的信息，分享思想的资源，重温生命的体验，在历史和现实的交错回想中，延伸我们对文本的种种联想和深度思考。

《江河湖》借助于筑坝三峡之历史大事，折射出几代知识分子的命运。刘继明关注的重点是人本身，尤其是人的精神层面，可以说，他是通过有关大坝的文学叙事，对几代知识分子生存和精神的异化状况做了一次探究性和批判性的考察。小说中所塑造的甄超然、沈福天、甄垠年、甄士年、倪爽、甄可昕、沈如月、邱少白等一大批知识分子的形象，他们的人生经历、思想历程，甚至命运遭际，都具有相当普泛的概括性和象征意义，成为中国几代知识分子整体命运和个体生存的一种缩影。沈福天和甄垠年有着相类似的留美经历，作为三峡工程的"主上派"和"主下派"，他们为大坝争执、怨愤纠葛了几十年，两强相持，难敌对手，但刘继明并没有对他们做正反对立化的刻画与判断，而是着笔于人物性格的张力，使叙事保持足够的相持力，借助于特定的政治语境，去呈现他们身上复杂而又真实的一面，也使个体的人格人性的复杂性与多变性得到了充分的展示。审时度势获得巨大殊荣、实现了自己筑坝梦想的沈福天，尽管占据了大量篇幅，但比之那个气质潇洒、骨里傲慢而睥睨一切的甄垠年，他却并未在读者那里获得更多的好感。这两个多重复杂的人格类型，令读者产生了诸多杂陈的感受，尤其是他们内心世界里的徘徊和挣扎，更是将读者带入了痛苦思考的视域。

小说对沈如月等人的描写，不仅扩展了小说的容量，完整地展示了一个世纪中从第一代到第三代知识分子不同的命运及心路历程，而且也拉近了过去与当下社会生活的距离，使叙事不是停留在历史的忆旧中，而是在一个当代的视角下被讲述。沈如月其实也承担了审视者的角色，不过她在对上一辈人的返视观照中所表现出的认知和判断上的犹疑，以及一种复杂难辨的情感，却显露出了作家自身的犹疑。

小说还令我看重的一点是，作家精细的社会观察、丰富的人生阅历，尤其是自身积淀的博杂的历史、文化、文学知识和共通的社会经验，使小说中大量的细致描摹有了充沛的底气，让读者一下子走进了小说的历史氛围和事件中。而甄垠年这个人物之所以有厚度，也因为有黄万里父子的经历作为铺垫。还有笔墨并不多的云少游，由作家赋予他的博学和思想让他一下子立了起来，给人留下了深刻的印象。

《江河湖》是一部厚积薄发、具有文学和社会价值的作品。阅读这样的作品，是需要有一定的阅历的，这样更易获得认同感，也可以看到作品背后的东西。这部作品的意义还在于，它或许可以作为另一种历史和时代记忆的备忘录，让以后的读者从这些形象记录中去了解中国 20 世纪所曾发生过的历史性变化和社会的变革，了解经历了这些变革的几代人的生命历程。

原载《长江文艺》2011 年第 4 期

理性:烛照生命的暗河
——评唐镇、刘工的长篇小说《同一条河》

毋庸置疑,长篇小说《同一条河》所带给人的是一种特殊的阅读体验,它的特异和出众之处,首先体现在它以一个幽灵的叙事视角,讲述着生命之河与命运之河的故事,尽管这种以死者魂灵的自白来建构小说的方式,在小说创作史上也时常能见到,像方方的《风景》便借死去的小八子发出故事叙事者的声音。但总体来看,这种叙事方式毕竟与传统的小说模式有所悖谬,所以仍会对读者的接受产生一定的新鲜感。

其实,《同一条河》真正独特的艺术个性,还主要在于它对隐性的生命的河流的探寻和思考。唐镇和刘工感兴趣的是沉隐在生活、人物、命运之下的一条生命的暗河,其中包容着十分复杂的内涵,这在小说中也表现在不同层面上。从整体构思上,作家将文学的观照视野投向了一块尚未被深入发掘的领地,以一种理性的审视意识体现出一种对人的深层精神主体的透视,一种对生命内在自我和本我的理解认识,甚至追溯到人的自然生命的源头,对以潜在状态存在着、在我们自身难以察觉之中规定制约着人的性格行为的基因组序展开了探索。而就小说中的人物塑造而言,作者又着重对人性的二重性及犯罪心理做了一定的创作尝试。因此这就产生了对这部小说旨意的多种理解和阐释,或是如编者认为的,《同一条河》是一部犯罪心理小说;或是像作家所言,他们感兴趣的是人类的基因,因为基因研究表明,"人的一切疾病根源都在于基因,人的一切行为基础也都在于基因,罪犯之所以犯罪,首先是因为自身具有犯罪基因"[①];还可能像有些读者认为的,作品表现了解放战争、抗美援朝、十七年、"文化大革

---

① 唐镇、刘工:《同一条河》,长江文艺出版社2002年版,第1页。

命"、改革开放等不同历史语境下的爱情恩怨故事，是一部反映了广阔社会历史生活画面的心理现实主义小说。的确，不论从哪方面来看，似乎都能从书中找到可供印证的依据。我觉得，一部小说，如果能够进行多角度的切入和多义性的释解，正说明《同一条河》的意蕴是丰富的，这样它才可能为读者提供不同层次的穿越空间。

《同一条河》将对社会生活的观照搁置在人物的主观视线中，由一个现实中并不存在的幽灵担当着整个故事的叙事者，这就使得小说在大体框架营造上呈现出一种心态或心理的结构，在一种内在的意识流程中铺开了小说的故事情节线，使整个叙事更趋向于主体心灵化和情绪化。作家在书中大量运用内心独白、自由联想，以及梦境、幻觉等心理表现手法，十分细腻地描摹了人物复杂的感受知觉、情感意绪、理性和非理性，并将笔触穿插到人性中最深邃而隐秘的地带，包括被压抑了的无意识欲望等，这不仅使作品获得了一种特殊的接受效应，而且也使其成为长篇小说文体研究中一个值得重视的文本。

在《同一条河》中，因意外而丧生的林小雨像一团飘忽不定的精灵，浮游在肖城的上空，无所不见地讲述着在她生命原型成型前和变成似聚似散、绿光荧荧的幽灵后所发生的故事。她充当着全知全觉的上帝的视角，将她的外祖父和祖母，以及孕育了她血肉之躯的母亲和父亲，还有她和兄长，她自己的恩怨情仇和涉及周围的人与事尽收眼中。这是一条由生命的基因、染色体和其他遗传因子连接而成的生命链，如作家所说，"我们写的是生命之'河'，三代人你中有我、我中有你、无法断开、无法独立、延续而成的生命之'河'。没有'性'就没有生命。正是上一代人身不由己的'性'事，造成了下一代人身不由己的诞生及身不由己的命运。'性'事本来是上帝赐给人类的最大的快乐，但在这里却成了一代又一代人的悲剧之源"[1]。作家在作品开端的这番自述，可以成为我们理解作品的一个注脚。

河之源始于乔国城，他高大英俊，是一个有着诗性气质的优秀男性，他一生的命运沉浮既系于历史风云的变幻，也与他的情感经历紧密相连。乔投身革命的直接动因，源于千金小姐楚天虹，这个让城师专的校花迫于麻脸接收大员的逼婚，而邀平日并无交往而情性暗投的乔一起出走。路途

---

[1] 唐镇、刘工：《同一条河》，长江文艺出版社2002年版，第1页。

中楚天虹因车祸如流星般陨落,但她却让乔一辈子刻骨铭心,成为乔日后婚姻爱情中难以逾越的心理障碍。乔的第一次婚姻是老首长自作主张的速成婚配,把其乡下侄女张桂香和乔硬扭在一起。抗美援朝后成为师政委的乔爱上了女演员陆岚,因向组织提出离婚,文武全才有望高升的乔受到了开除党籍、军籍的严厉处分,也被陆岚所弃。最终历经磨难而丧失了所有激情的乔,在丧偶的好好妈那里恢复了生命的平静。作为性情中人,乔生命中最关键的结都扭结在情上,这是他悲剧命运的根结。

女儿的名字寄寓着父亲最初的情感记忆,却是无爱的婚姻的果。乔虹生得漂亮,承传了父亲最优秀的基因,但父母婚姻的悲剧也延继到了她的生活中。她渴望父爱,却又因母亲的遭遇而憎恨父亲,始终纠缠在一种矛盾的心理中。处在"文化大革命"这样特定的历史背景下,她身不由己地被卷入狂热的社会政治运动中,一次次成为被利用的工具。她被同车间强霸蛮横的流氓无赖林森强暴,却为了政治的需要被"组织"强配成婚。她的婚姻不仅无爱,而且还充满了仇恨,身心被严重扭曲,她要离婚,却受到已被平反并得到提升的乔国城的强烈反对,不愿她步自己的后尘,再遭人指戳。父亲突发心脏病去世,使乔虹深受刺激,在愤怒和彻底绝望中孕育了第三代人。林小雨童年时期母亲因精神分裂悲惨地死去,父亲死在车轮下,这使她深陷在恋父恋兄情结中不能自拔,也是她日后疯狂地爱上了有如父辈的通达公司总裁柯中海的深层动因。在她身上既有外祖父重情的特点,也遗传了林森基因中疯狂的本性欲望和兽性的生命冲动。她为了对柯中海的感情,设计谋杀了视她如女儿的柯中海之妻肖云,不仅葬送了自己的生命,也把柯中海这个优秀的企业家送上了法庭。

确实,通过这些故事情节的设置,我们看到了作家真正所想要表达的意旨,以及他对隐秘的生命地带探入的纵深。正如作家所说,所有的河都有源,生命基因给定了人的物质躯壳所不可修改的参数,像乔家三代人漂亮的眉眼、脸形、身材和举手投足间的神韵。基因也成为人的一切善行和恶行的初始源泉,成为生命中含蕴的不可捉摸的潜能,定型着人的性格、情感类型等,像林小雨承继了外祖母和母亲的阴郁寡欢,以及乔虹对父亲既恨又爱的情感。基因甚至也在冥冥之中牵制着人的行为,支配着人的命运,像几代男女所无法摆脱的爱情婚姻悲剧和非正常死亡的命运,以及林森和林小雨的杀人行为。当然,作家也注意到了人与环境的关系,除了先天基因的内因之外,人所身处的环境的诱发或限定也不容忽视,倘若不遇上"文化大革命",林森杀人强暴的恶行会受到遏制,乔虹的性格和命运不会如此被扭曲、被戕害。

尽管作家在叙事中有些过于偏重对"生死有命"所做的形象演绎,多少使作品蒙上了一层宿命的色彩,但还是应该肯定《同一条河》所做的艺术探寻,它不光是在现实社会生活的层面上,而且是在心理、潜意识层面,以及对生命机能、生命活动的剖析中完成了对人的深层透视。文学是人学,作家通过不同途径,潜入人心,探入生命的深远幽秘处,正是为了更好地接近永无穷尽的探究人和表现人的最终目的,就这一点来看,《同一条河》以其独特的心理语言方式做了一次有益的尝试。

原载《芳草》2004年第12期

风,穿越细致,覆盖辽阔
——读王芸的散文集《接近风的深情表达》

王芸的散文集《接近风的深情表达》,让我们联想起有关风的意象,自由而张扬,灵动而多姿,如她所写,"风,一些随意组合的空气微粒,可以穿越细微也可以覆盖辽阔"。看见的,听来的,记忆中的一切,都会被敏感的她广博地收于囊中,"没有什么可以束缚风。时间有多辽阔,风就有多辽阔,空间有多辽阔,风就有多辽阔"。[①] 王芸写散文绝不停留于一隅一地,而是涉及一个广阔的视域,如风拂掠大地,穿透旅途,吹彻心魂。所以她的散文集中的作品就像不受羁绊的风,以各种姿态自由地纵情于纸上。

没有束缚地去写,这可说是王芸的长处,也使她的写作获得了最大的自由度。通常写散文的人,写久了往往会为追求风格化、个性化而在自觉或不自觉中对自己做出某些限定,在选材、立意的价值取向上构筑起自为自足的表达空间,或在写法上形成最具个人化的情感叙述话语,这往往容易引起关注,但限制也会由此而生。王芸尽管写作多年,活跃于湖北散文界,且有了80余万字的作品积累,虽已形成了王芸式的写作特点及文本特征,但她的写作却有着一种不确定的丰富性。她的散文建构方式以及由此显现的创作主体特征,虽然与性别有着直接的关系,表达着女人的感觉、独白和倾听,契合了女性最自然的表述,却不能以女性散文来框定。文中虽有很强的个人意识流露,却不是一种自我沉迷的、内在化的情感话语叙述。这些特点与她报社记者的身份有关,日常大量的新闻作品写作,注定了她是一个观察者、发现者,必须从容面对最真实而普泛的人生,面

---

① 王芸:《接近风的深情表达·扉页》,百花文艺出版社2005年版。

对最广大而无限的生长。因此，她的散文世界不是封闭的，而是开放的，呈现出覆盖生活的广度，是具有相对的公共空间性的叙写。

王芸是一位精细的、毫不吝啬自己感情和知觉的观察者，她的散文主要以"我"的视点，将现实生活中看到的、听到的、理解到的一切和偶遇事件所留下的深刻印记，路途中的切身感受，随性之所至，转化为散文中曼妙的文字。

几篇听来的故事，是我喜欢的篇什，这是三组奇妙的组合，《湖》《江》《古城》三篇写景散文，分别与三个听来的她、他、她的故事各成一组，既独立，又有潜在的连接，前者是故事发生的场景，后者是住在湖、江边和古城中的人的命运遭际。场景篇写得极美，人的故事篇却有些悲凉，与美景并列更让人心生感叹。王芸不是编故事的高手，而是一个出色的文字描述者，所经所历所闻所感，虽可以唤起她的想象力，却不会像小说家一样恣肆。她、他、她的故事，尤其是古城中投奔了匪窝的女侠她的经历，完全可以在写实与虚构中组合成很精彩的小说，而她只是以精练的叙述将其固形成速写式的人物剪影，这也包括《2004年春天的一场相会》中的筱和奶奶。她比较擅长完整优美地描述视觉印象，并不去深入挖掘世俗生活中的深刻和人性的深度，这也说明王芸的天赋更适合写散文。

王芸的不少散文写于路上，她对于可供自己观赏景物的道路感觉兴趣，同时对于一路上的事事物物流连不已，将感知触角流动于诗人、思者、游客之间。几组大的散文，像《水韵江南》《梦回新疆的几个记忆坐标》《因为一个名字来到凤凰》等，提供了一系列的风物小景，也提供了一系列人物写照最细微之处。王芸喜欢随意地在人事或景色中停留，并不深深地沉入，喜欢写一些纯粹的带有诗意的段落，把世界浸透在一种情绪之中，用激情或审美的眼光来鉴别人物，用最抒情的场景、情绪化的描述来深化审美效果。

她有一颗温柔而富有同情的心，多情善感，有人情味儿。《路过》《俯近》《遇见》《关于黑暗的几个瞬间与故事》等十余篇散文，写底层人生和现实世相。在对盲人夫妇、黑暗中的歌者、丢钱老人、路边卖汤团小伙的写照中，王芸表现出由衷的、真切的怜悯、忧伤和牵挂，对人性的缺陷和黑暗，她给予的是苛刻严厉的同情和审视。

从电影艺术中，王芸也在寻找着写散文的恰当素材，这不仅仅是写电影观感，而是她的另一种沉思空间，从这十几篇的篇名上可看出她思辨的品质，她是借助于影片在延伸自己的思绪，以生活的感悟来评价人物，去阐释更广阔的文化内涵，说出自己想要说的话。

散文是最具个人化的激情性灵的产物，独有的艺术潜质，使王芸选择了散文。值得一说的是王芸的文字，她对语言文字有一种特殊的敏感，将诗意和悲悯充盈在文字中，甚至有时候语言直接成为创作的切入点。作为一位细致入微、炉火纯青的观察者，她的文字仿佛能精确无比地潜入到个人心灵的重重起伏和褶皱之中，传达出对大自然变化万端的情愫，描摹出那极其细微的感想和冲动。她的遣词造句精确而灵巧，能迅速而准确地捕捉可见事物的形象，或如清风徐来，娴静而美丽，有深刻的诗意之美，或如风之起舞，有一种气势轰然回荡。

王芸的散文留给我的最主要的阅读印象是一种沉静中的平和，还有几分清明和理性，愿她继续上升的创作势头，在不断地创新尝试中完成自己新的文学表述。

原载《文艺报》2006年7月15日

向着生命的长旅

——读范春歌的散文集《天歌难再》

读范春歌的散文集《天歌难再》，给我印象最深的不仅仅是她在漫漫长旅中的种种见闻，更有那穿心而过的撼动。她几近踏着中国鸡形版图的边沿走了一圈，并四入西藏，将路况凶险的川藏线、新藏线、青藏线和滇藏线一一走过。背负沉重的行囊，独自一人，同时操持着记者的笔和艺术聚焦的长镜。这种壮举不仅是超越了一般女性的光荣，而且超越了寻常意义的勇敢和努力。

这本书之所以能打动人心，是因为它是一种最真实的述说，书中的一切，都出自她的眼睛、她的心灵，出自她所能感悟的一切。这是一次漫长而又充满艰险的长旅，也是一次生命的长旅。从有北极光闪烁的漠河最北边的人家到最西部的"冰山之父"慕士塔格峰下的哨所，从离太阳最近的雪域高原到海天一色的北部湾，她用双脚丈量着广袤的国土，在祖国的怀抱中领略着博大而丰富的地理地貌和人文景观。身在旅途，她接触了不同民族，赫哲族、鄂伦春族、回族、维吾尔族、塔吉克族、柯尔克孜族、藏族等，她以热情的笔触叙写着他们的生活和变化，以及从他们丰富的民族文化中所体现出的美丽。她走进了劳动者和战士的行列，报告着塔克拉玛干大沙漠中的钻井工人的劳动生活，报告着长年累月驻守在空气稀薄的帕米尔高原上、半年都被冰雪封在山中的边防战士的赤诚情怀。正是这些远离现代城市生活、远离绿色，被视为英雄的人们，以他们生命的洪流带动着她内心绵绵不息的激情，使她产生了最真诚的感动和敬意。她从每一束迸射的原油中所看到的不屈不挠的奋斗的血痕，那供奉于钻台上的最宝贵的青春都令她激动不已。还有，那在极度缺氧中操练的战士以及筑路者喘着的粗气声，那为减轻寂寞而对雪山喊歌的阵阵回声，都让她心中隐隐作痛，尤其是那位素未谋面的 19 岁小战士的死，更让她感到似长针穿胸而过的痛苦。我完全能理解她的这种心情，以及其中潜沉着的对生命的感叹和不平。既然生命对于我们每个人都是如此宝贵，而生命又如草木一季的短暂和脆弱，那么谁又该比谁放弃更多的人生享受呢？当她把自己整个儿放在这种质朴、自然、平实的生命状态中时，她不能不感受到圣洁的生命之流对自己灵魂的洗涤，与此同时，她也获得了一种与大地、与人民同在的惬意。如她所说，这是一次灵魂的朝圣，也是一次使心灵得以净化的苦旅。当她用笔带领我们再次穿越每每降临的长夜和白昼，穿越她用生命和双脚丈量过的岁月和疆土，穿越那由无数平凡的人生所构成的平静而又蕴含无穷丰富和伟大的共和国的史诗时，我们的心灵同样得到了一次过滤，我们的精神也会在一种不断追求的精神指向中完成一次固守。

　　春歌并没有把她所有的经历和那些彻骨的生命体验都变成文字。漫长而艰辛的苦旅将生命抻得很长很长，对她来说已是再寻常不过的经历，在我们哪怕经历一两件，也足以成为向人炫耀的奇遇，也足够在记忆中永久地储存。远行归来，她曾讲述过这一路的风雨兼程，那个口述的版本更撼人心魄，当她把这一切凝聚于笔下时，她省略了许多，也并不去着意渲染独自在路上所深存的寂寞和女生生理、心理上难抑的脆弱，以及对生命悬浮于危崖随时都可能撒手而去的惊恐。但我们仍能从这些已经淡化了的文字描述中，体验到战胜这一切所需要的勇气、意志和力量。我想，每一个读过这本书的人，都可以从中汲取勇气作为自己生命的动力，这或许能使我们摆脱平庸和琐细，也让我们从中获取生命的激情，来补偿在都市物欲横流中被大量无益的心机所败坏的精神。

原载《中国青年报》1996 年 8 月 29 日
被评为"青春热线"特刊好稿

现实的农村，真实的农民
——评王建琳的长篇小说《迷离的滚水河》

　　王建琳的长篇小说《迷离的滚水河》，由篇名很容易让人联想到她的另一部长篇《风骚的唐白河》，而且目前她手中还正写着《雪青的汉水河》，这么多以河来命名的小说，明显地已形成了一个宏阔的河的长篇系列。对王建琳，一般都把她定位于叙写新农村小说的作家，正是这个"新农村小说"的冠名，使她拥有了凸显个性特点的创作名片，也使她能不断地获奖，被更多的人所关注。

　　小说延续了王建琳一以贯之的创作路径与风格，她依然是以敏锐的"新闻眼"和"文学心"抵近中国乡村生活的前沿，从现实中寻找和发现"三农"中新出现的焦点问题，并将此作为自己的创作主题。从她的小说中，读者可以了解当下乡村中存在和正在出现的基本社会问题和矛盾，以及基层干部们化解和解决问题与矛盾的行为过程。《迷离的滚水河》就写了高致病性猪瘟——蓝耳病对乡村的大面积袭击，这是2007—2008年中国乡村所遇到的最突出的社会问题和各种矛盾的聚焦点，不仅对中国养猪业构成致命打击，直接影响了猪农的生机，而且也引发肉价暴涨，影响到城镇居民的生活。但这场猪蓝耳疫病的症候和后果，对多数人来说是陌生的，一般人很难想象这种突发性灾难，对一个个乡村、一户户养猪户所带来的致命性打击，以及面对突发性灾难，乡村干部和猪农们的反应与抗争，还有他们所经历的艰难的自救过程，小说便为我们还原和再现了这一现实场景。

　　《迷离的滚水河》并没有设置复杂的故事，而是直接把读者带入现场，一步步走进以养猪作为主打副业的白水镇和官渡村。王建琳写出了新型猪蓝耳疫病重创下的村乡世相，农民的惶恐和绝望，农民的狡猾和应对智慧，诸如自欺欺人地藏匿病猪，抢杀病猪去办喜酒，害人的收购病死猪的猪贩子，还有坑人的压价收购好猪的经纪人等，滚水河边的村镇所发生的情景，的确让人有些迷离。但不管灾难来得怎样凶猛，后果如何严重，读者最终还是看到了基层干部和农民的积极作为，他们从痛苦和迷离中走出来，不再怨天尤人地被天灾压住头，而且他们还抬起头来看到了天灾带来的天机，看到了未来几年养猪业的大的发展空间。《迷离的滚水河》所传达出来的讯息是丰富的，给读者提供了新的乡村经验，像以前连听都没有听过的猪蓝耳病的具体发病征候，发病的不同阶段的反应，疫病的几大病源分析，以及焚圈坑猪的具体过程等，这些内容不到现场是写不出来的。她的小说让人看到了许多我们目前还无法通过其他途径去感知或是去发现的内容。与那些以想象对中国乡村进行文化式表现的小说有着根本的区别是，她始终"在场"，以一种类似现场展播的形式，展现出具体的、可触摸的"体验的农村"，这些带有鲜活生态的乡村经验，为读者打开了一扇看乡村的视窗，也是一种难得的阅历和经验常识的补充。

在王建琳笔下，最突出的人物形象是乡镇干部，他们大都有成就一番事业的远大抱负和理想，都有踏实苦干的干劲，总是在危难时刻挺身而出，到第一线去化解矛盾、解决问题。《迷离的滚水河》中，当高致病性猪瘟——蓝耳病大面积袭击乡村时，白水镇的胡镇长和官渡村村支书田猛志便进入了这一叙事范式。复员军人出身的村支书田猛志，充满热血激情和理想，他有胆量、有魄力，有一种他人所没有的猛劲。他一回乡便遇上百年不遇的大旱，是他赊来打井机打井，并且动员各户青壮年劳力疏通沟渠，保住了官渡村在河地里的近千亩小麦，由此赢得了村民的钦佩。在突如其来的疫病面前，他带领村里民兵挨个到每家养猪户圈里进行排查，在疫情严重时，认真执行把起高烧的病猪坑光，把掀了猪圈的顶子烧光，把活蹦乱跳的猪赶快卖光的抗争措施。当然，在焚圈坑猪过程中他遇到了不可想象的阻力，但仍然行动果决，组织群众把病猪和病毒彻底干净地灭掉，抓紧改栏改圈，在秋后引进良种，再兴养猪业。随后在接踵而来的冰雹、稻飞虱、洪水等灾难中，在逼债、涨价、要命的一系列的遭遇中，田猛志都顶住了压力、百折不挠、忠正无畏。

与田猛志相映衬的是方雨荷，年轻美丽的她遭遇了一系列的家庭变故，大哥的死、二哥的失踪、父亲受伤失去劳力，使天资聪慧的她未能如愿上大学，于是将自己封闭在家里，成了失语的"半语子"。靠拜师自学和摸索实践，她掌握了娴熟的养猪技术，靠网络她与外面的世界并不隔膜，这也是田猛志想与她合作的原因之一。他们都有各自不同的命运遭际，在人生中经历挫折，在婚姻、家庭方面承受着多种痛苦，但他们始终坚守着一种改造农村的精神信念。猪灾后田猛志想办个标准化的千头养猪场，以建猪场带动建饲料场、建沼气池、建农村文化广场为农民谋利益，而有文化有见识的方雨荷也在田猛志的影响带动下，走出了个人的困境，积极出谋划策，最终他们也收获了爱情。小说还打造了一批镇村级的老干部，像具有政治眼光和经济头脑的胡镇长、多年苦干创造出实绩的田大中等，在危难时总是他们在指点导航，这凸显了老一代领导对新一代干部的帮带意义。小说还成功地塑造了一群女性形象，涉及老、中、青三代人物类型，鲜活生动而富有质感，这些女性形象也是最能体现王建琳的个人记忆和个性特点的人物。

王建琳的小说语言，体现了个性和原创性，长期生活在基层，她耳濡目染地获得了最生活化的语言，也擅长从丰富的民间话语中去提炼加工和吸纳有益的资源，并有机地化为了自己的语言。她擅长用农村中常见的东西来做形容和比喻，用得又很恰切传神，不但充满了乡村生活的气息，而且比喻联想十分丰富。读她的小说，会被她语言的生动、热情所感染，会为她的人物说话方式而乐不可支，这使她的小说语言很有张力，也充满了魅力，有意无意之中形成了一种"王式"语风，给读者一种特有的新鲜感。

王建琳的创作优势在于她对乡村生活的厚积，她曾经拥有的经验，以及她正在经历的生活，成为她创作乡村题材小说的有源之水，并且这水如她的河系列一样始终不会断流。我最为肯定的一点，是她的小说所具有的对中国乡村现实的近距离的"揭示"和"发现"的功能，她的传达和表现，使对当下中国乡村所知寥寥的我们，有了最直观的印象与感知，也有了新的认识和判断，对中国当下的农村现实是具有认识价值的。但整体来看，作为长篇小说，《迷离的滚水河》内容还是显得有些单薄，人物形象也存在类型化的倾向，驾驭长篇小说，除了厚重的生活积累外，还必须在不断操练中去积累写作经验，更新思想观念，期待她在河系列的下一部作品中能有大的提升。

原载《文艺报》2009年12月22日

跋

  这本自选集收有我自20世纪80年代以来所写的部分论文,还有文学时评。全书分为七个视域,以不同的视域命名来划分批评文章的不同类型。原先是八个部分,其中有一个部分是"跨越文化地域中的翻译审美观照",专谈文学翻译的,大概有六篇文章,篇幅最大的一篇发在《中国翻译》上,其他的发表在《光明日报》《中华读书报》《新闻出版报》《艺术广角》等报刊上,但最后我还是把这一部分去掉了,主要想使自选集中的文章类型不要太分散,更多地集中于对文学现象和作家、作品批评这一块。

  我在论文的排序上更多地呈现出一种编年化的特点,并没有太多地将那些或许可以成为个人学术标志的篇目给予特别的突出。编年体是一种最为简单的排列方式,当然也是一种无甚特点的方式,但这种排序的缺陷也是明显的,因为早期的论文是我在学术的跋涉初阶的成果,体现出学术上的幼稚和不成熟的表达。可我仍然在几个部分中采用了这种方式,因为我认为,这种简单的排序,可以让人顺延着时间性看到我一路走过来的足迹,从最初的浅显而逐渐地走向沉稳,从中可以看到我在学术探索上的成长与变化。

  视域一收录的14篇文章主要是针对当代的一些文学现象所做的思考,表达自己的认识和见解。像《海味文学的小家子气》,我原来的篇名是《海味文学的价值取向》,被《文学自由谈》的编辑改了名,这次想改过来的,但最终还是放弃了修改。对其他文章,我也一样,保持原样,不做任何增删,以最真实的原貌示人。也有的篇目,如《未成年人文艺接受中的"介入空白"》《茅盾文学奖的核心价值与评奖导向——有关茅盾文学奖的现象分析》,因为篇幅太大而没有收入。有一些针对当下的文章,像《宽容的限度》《掰开王朔》写得很有锋芒，但与其他论文有些不搭，所以在最后也被删去了。

视域二主要是近几年我对文学批评的一些认识和看法，因为自身是做文学批评的，而且也在从事文学批评课程的教学工作，对此有很多切身的体会和思考。这方面的论文也较多，像《文学批评学科的当下危机与建构转型》《批评的识见与勇气》《文学批评的软化》都没有收入，有的因为篇幅长，也有的是与其他文章有互涉的内容。还有《因特网与文学批评》，写得比较早，当时还算是有一定前瞻性的观照，但现在看内容已是司空见惯。但对我来说，它是有意义的，表现出我对新的问题的敏感性，因为对文学现象保持敏锐的感觉，是批评者所必须具备的素质。

视域三收录的是几篇长文，审视目光集中在地域视野中，是对湖北文学、武汉文学的综合性的论述，以20世纪90年代，或是新世纪为观照视角，对湖北文坛及作家的创作做了全面、细致的分析论述，这一时期是我对湖北作家作品读得最多的时期，几乎是跟踪阅读着湖北作家的新作。

视域四则是对历史小说的评析。这是我写得最费工夫，也是最认真的一批论文。有篇发表在《长江学术》上的《海峡两岸历史小说的叙事策略的差异性》，因是与人合写的，为了保证自选集的个人性，所以未收入。还有论述李自成和其他历史小说的论文，有的是我的专著《湖北当代长篇小说纵横论》中的内容，不想重复，所以放弃了。

视域五汇集的都是研究报告文学的论文和时评。纪实性文学因它的真实性而被我所喜欢，阅读这些作品，可以让我更贴近社会现实，看到当下存在的社会问题，这是对我长期阅读虚构的文学作品的一种补充。

视域六是关于作家创作的专论。《陆星儿和她的当代女性》是我写的最早的一篇论文，作为学步篇，写得极为认真。这篇文章总会令人联想起与此关联的写作语境，在复旦大学的图书馆里我用了近一个学期的时间，看完了陆星儿所有的小说，还有评论文章，认真地做了大半本笔记，这种情形让我难忘。《方方创作论》也是如此，是在寒冷的冬季，躲在没有人的学生宿舍里完成的。

视域七主要是作品评论，这些文章虽然不能作为科研成果，但却是我写得最多的一个部分，有的是我有感而发，也有的是任务。但多数并没有收录进来，因为自选集的篇幅有限。

感谢文学院为我出这本自选集，我在选文章时，也是尽量地把一些发表在报纸上的小文章选进来，因为那些大的发表在期刊的论文还比较容易保留，而这些小文章却很快会被散失或是遗忘。其实透过这些文本，看到自己对某种文学现象、对某位作家，或是某部作品赋予批评的意义时，我的心情是快乐的，读书、写作会在我的生命过程中延续下去，永远不会终结。